# チェ・ゲバラ 革命日記

エルネスト・チェ・ゲバラ
*Ernesto Che Guevara*
柳原孝敦 訳
*Takaatsu Yanagihara*

Diario de
un combatiente
**ERNESTO CHE GUEVARA**

原書房

チェ、エル・オンブリートにて。1957年。

フィデルとチェ、シエラ・マエストラ、1957年。

ラス・メルセデスの小屋でのチェ、1958年。

シエラ・マエストラでの戦士たちと地元の農民たち。

シエラ・マエストラの地元農民と会合するフィデルとチェ。1957年

チェと武具係オニ・サルディーバル、そしてふたりの作った武器 B-26。

B-26 を試射するチェ。

チェと地元の学校教師オリビア・ミランダ。

チェとウニベルソ・サンチェス、1957年。

ある日、シエラ・マエストラを駆け巡るチェ、1957年。

一番手前にマテ茶の容器《ボンビージャ》を持ったチェ。奥にフィデルと戦士たち。

ジャーナリストのジャン・ダニエルと写真家グワヨのインタビューを受ける。

エル・オンブリートに広げた旗の周りでポーズを取るチェと戦士たち。1957年12月。

地面に戦闘作戦の詳細な戦術を描いて見せるフィデル。周囲にいるのは、チェ、カリスト・ガルシア、ラミーロ・バルデス、フアン・アルメイダ。シエラ・マエストラにて、1957年。

シエラ・マエストラでの軍事行動最初期のチェ。

シエラ・マエストラの奥深くでのチェの肖像。1957年。

パタ・デ・ラ・メサでラバを連れたチェ。1957年。

フィデルを取り囲む戦士たち。ギジェルモ・ガルシア、チェ、ウニベルソ・サンチェス、ラウル・カストロ、クレセンシオ・ペレス、ホルヘ・ソトゥス、フアン・アルメイダ。シエラ・マエストラ、1957年。

チェおよびエベリオ・ラフェルテ大尉と会話するフィデル。1958年初頭。ラ・メサにて。

チェとセリア・サンチェス。1957年。

シエラ・マエストラでのチェとカミーロ・シエンフエゴス。

チェと戦士仲間たち。レオナルド・タマーヨもいる（立った人物）。

チェと配下の縦隊員たち。シロ・レドンドとラミーロ・バルデスもいる。

ラス・ビジャスでの軍事行動中のチェ。1958年。

フォメント陥落後、人々に語りかけるチェ。

フォメントで朗々と話すチェ。

戦士ホセ・ラモン・シルバ。

フォメント占領中、配下の縦隊員の一部に混じったチェ。ソベイダ・ロドリゲスやビクトル・ボルドンの顔も見られる。1958年12月18日。

プラセータの国営ラジオでのチェ。1958年12月24日。

ラス・ビジャス州プラセータのホテル、ラス・トゥジェリーアスでのチェ。サンタ・クラーラ陥落に向けて次なる作戦を練っている。

チェがアレイダとともにプラセータからレメディオスおよびカイバリエンを陥落に向かうところ。

カミーロ・シエンフエゴスとロリータ・ロセル、ヤグワハイのホボ・ロサードにて。

サンタ・クラーラの戦いの最中、ある兵営を占拠したチェ。

第八縦隊の戦士たち。ロヘリオ・アセベード、ホセ・R・シルバ、オスカル・フェルナンデス＝メル医師、それにバズーカ砲撃手アントニオら。

チェとエスカンブライ第二国民戦線のメンバー。エロイ・グティエレス＝メノーヨもいる。

チェが第二国民戦線幹部たちと統一協定に署名するところ。エロイ・グティエレス＝メノーヨらとともに。1958年12月12日。

チェとエロイ・グティエレス=メノーヨ。

エスカンブライ山地での第八縦隊戦士たち。

第八縦隊反乱軍放送でのチェ。エスカンブライのうだつの森《カバジェーテ・デ・カサ》。

第八縦隊反乱軍放送でのチェ。エスカンブライのうだつの森《カバジェーテ・デ・カサ》。

縦隊の仲間たちと休憩中のチェ。戦士オロ・パントーハもいる。ボリビアで倒れたゲリラ戦士だ。撮影はエルナンド・ロペス。

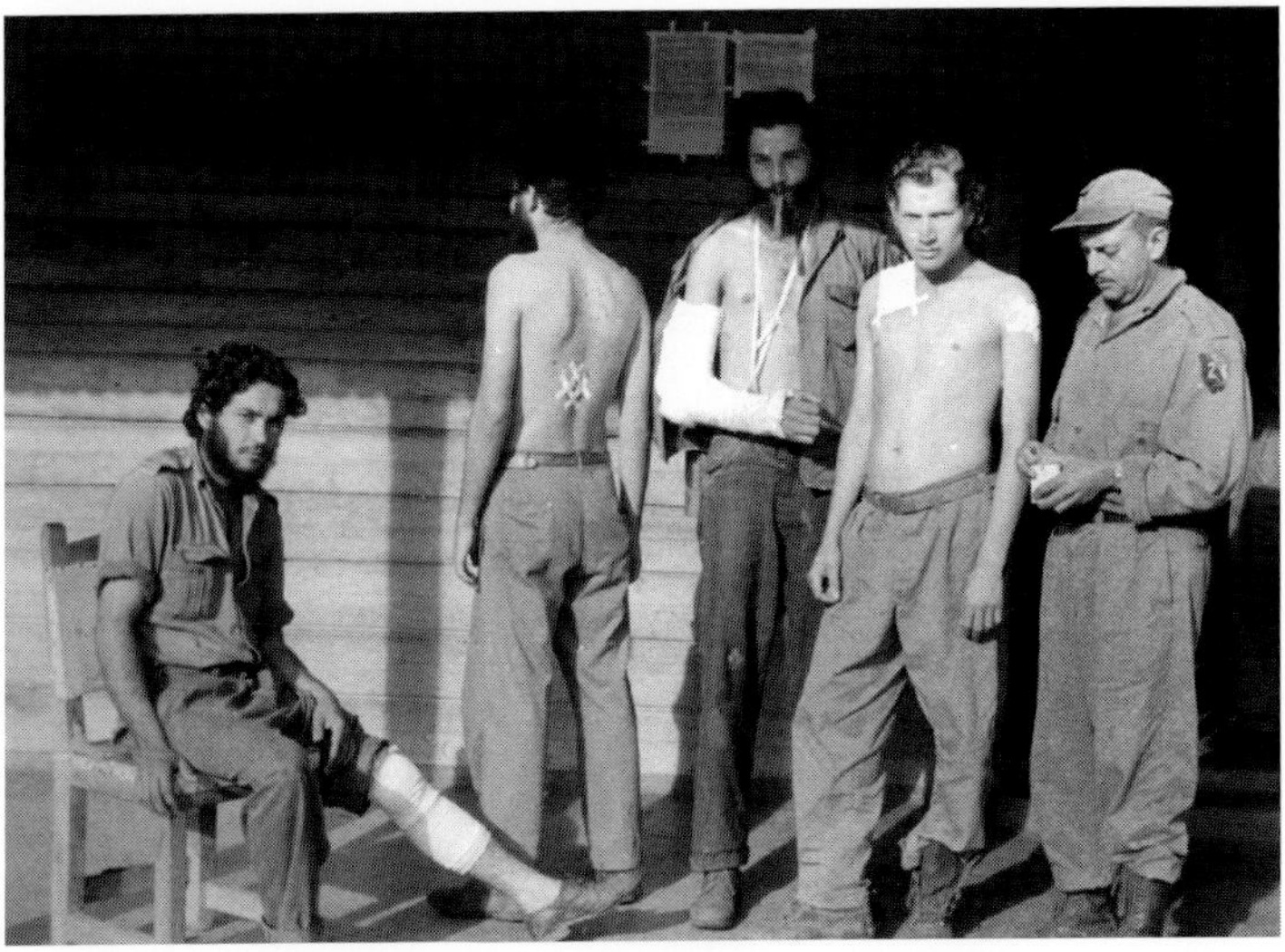

ガビラーネスの病院。つまりエスカンブライでのチェの最初の宿営となった場所。右端にいるのがけが人の手当をするラ・オー医師。

チェおよびラミーロ・バルデスがペドレーロ協定の調印式で革命幹部会のメンバー、ファラレ・チョモン、ロランド・クベーラ、ウンベルト・カステジョーらとともに。1958年12月1日。

エスカンブライのうだつの森《カバジェーテ・デ・カサ》、新兵教練所でのある日の授業風景。

新兵教練所の生徒たち。エスカンブライのうだつの森《カバジェーテ・デ・カサ》。

敵軍部隊の投降。

中央に卓越した戦士ロベルト・ロドリゲス、愛称ちびカウボーイ。

フォメント陥落後、敵軍兵士と握手するチェ。

CHE GUEVARA
Extranjero pernicioso y Lider Comunista expulsado de la Argentina

CAMILO CIENFUEGOS
Lider Comunista

"Villaclareños"

Estos son los dos hombres que quieren llevar a nuestros jóvenes a la muerte y destruir nuestras riquezas.

Nosotros somos Cubanos y no Rusos.

¡LUCHEMOS CONTRA ELLOS!

JUVENTUD CIVICA CUBANA

暴君側の軍によるチェとカミーロに対する手配書。

サンタ・クラーラの戦いで負傷者を手当てするフェルナンデス＝メル医師。

サンタ・クラーラ、ラ・ブエナ・ヌエバ商店の階上のチェとアレイダ。

チェとレネ・ロドリゲス。サンタ・クラーラにて。

アレイダ・マルチを伴いサンタ・クラーラの街中を巡るチェ。

レオンシオ・ビダル兵営でのチェとアレイダ・マルチ。

装甲列車の投降の際のチェ。

サンタ・クラーラで市民と意見交換するチェ。

サンタ・クラーラ、インデペンデンシア通りでのチェ。彼の隊列の以下の兵士たちが同行している。ホセ・アルグディン、アレイダ・マルチ、ヘンリー・ビジェーガス、ラモン・パルド=ゲラ。

レオンシオ・ビダル兵営で武器を点検するチェ。1959年1月1日。

1959年元日を祝うサンタ・クラーラの人々。

# チェ・ゲバラ革命日記◆目次

# 編者から

チェの作品を出版する企画は、これまでチェ・ゲバラ研究センターが展開してきたもっとも重要な社会貢献のひとつであった。センターの主要な目的は、チェが天職として、また自らの意志で選びとった、革命家としての短くも実り豊かな生涯をとおして遺した、理論と実践の両面における遺産を、研究し、探求し、広く世間に知らしめることだからだ。

これまでまるごと出版されたことのなかった本書は、チェの作品の中でも記念碑的な文書である。というのも彼は、ごく若いころから常に、個人的な体験を、直接かつ即時に、日記という手段を通じて、形あるものにする必要性を感じていたからである。日記の中には旅行の思い出を集めたものもあるけれども、今ここに出版されるものは、革命的で高い歴史的価値のある行動に結びついている。というのもこの日記は、キューバでの武装闘争において彼が個人的に果たした役割を映し出しているだけではないからだ。ヨット〈グランマ〉号が一九五六年一二月二日にわが国沿岸部に到達してから、一九五九年一月一日に勝利を遂げるまでの革命闘争の、二度と繰り返すことのできない瞬間瞬間を拾い集めるその行為の隅々にまで行き渡った、彼の思想をあますところなく示してもいるからだ。わが国民の歴史に残る出来事に対して、彼は必要と思われるだけの敬意をもって対処していたということだ。

チェ自らがつけたとしてもおかしくない『一戦士の日記』〔本書原題 *Diario de un combatiente* はこのような謙譲を含む意になる〕というタイトルをもった本書を読めば、読者は、彼がキューバの現実や文化、アイデンティティ、そして実際の政治情勢などに徐々になじんでいった最初の日々を、生き生きと疑似体験できる。最初のころは、現実の規模を知悉するにはいたらず、主観的になったり不公平になったりすることがあるけれども、そんなときでも、出来事を文章に刻み、ひとりひとりの登場人物の表情の濃淡をページ上でくっきりと浮かび上がらせるそのしかたは、キューバ国民の解放に寄与しようとの思いから闘いに参加した彼の、その活動への没頭のさまと敬意を表現して間然するところがない。

ページを統率する文体は一貫している。ときに皮肉に満ち、簡潔にして要を得ている。それにも増して顕著なのは、歴史的真実に対するこだわりである。誰かが何かについての観測を述べたり断言したりしたとすると、それに賛成できるかいなかということよりも、彼自身が我々の現実と周辺の事情について調べ、知識を増やし、その観測を深め、明瞭にしていくことを選ぶのだ。そうするにつれて彼のものの見方は複雑になり、自身の擁護する大義に対して忠実になっていく。さらに言えば、日記というものは個人的で内面を吐露するものであるというのに、いくつかの細部をのぞけば、ここでは彼の外国人としての条件がまったく表面化していない。アルゼンチン人とキューバ人との違いといった話をするような物事の評価のしかたを、彼はしていないのだ。これに対応するのはキューバ人戦士たちの反応だろう。あるとき、彼が山中で道に迷い、宿営地にたどり着いたとき、彼の最深部の自我が感じたことは何かというと、「私を見て期せずして拍手がわき起こった〔略〕。皆あたたかく迎えてくれた」という実感だ。

本人がどこかで認めているように、これらは短いメモの積み重ねである。そのときにはじっくりと考えを進める時間がなかったので、後々のためにと書いた個人的な短い備忘録だ。そのように書きつけた細部は、野営生活や戦闘、ちょっとした小競り合いなどに渡り、戦死した仲間の悲劇についても触れていて、短いながらもあの歴史的な出来事の真実がどのようなものであったか、雰囲気を伝えている。『革命戦争回顧録』の序文で書いていたように、彼はここに参加するにいたった全員が自分の立ち会った出来事を書いて欲しいと願っていたのだった。

小さなノートに綴られたこの『チェ・ゲバラ革命日記』は、後に世界的によく知られることとなった『革命戦争回顧録』を書く際に題材を提供した。間違いなくこの本が彼の語りの文体の分岐点となり、彼はここから知的にも政治的にも成熟していくことになるのだ。これまで『日記』の編纂が行われなかったのは、そうした成熟以前のものだからというわけではないにしても、このことはなにがしかは影響した。他に理由があるとすれば、ノートが何冊か欠けていることについての憶測や、チェ・ゲバラ研究センターの文書館に全巻揃いでないのはなぜかといったことなどが、まだ明らかになっていないからだ。そうした欠如のために、出版の決定はこの時代まで延びてしまったのだが、そうしている間に、『日記』のいくつかの部分は他機関から断片的に出版されたりしたのだった。

またここにも、チェ・ゲバラ研究センターの日記編集の作業にも、鋭いフィデルの檄が飛ぶことになった。最近、指揮官および長として「出来事の厳密な歴史」に責任を負う覚悟で、自身の革命戦争の記憶の一部を出版したフィデルは、そこで『日記』の出版の大切さをもう一度考え直すようにと書いたのだった。すでに明らかにしたように、いくつかの欠落があるけれども、それでも出すべきだ、と。

徹底した点検作業が行われた。当時のことを研究した本で、正確な人名や地名の書かれたものが参照され、チェの間違いや不正確な記述が修正された。チェはとりわけ最初のころ、間違いを犯しているが、自分の語る出来事が展開している一帯の地理をよくわかっていなかったのだから当然だ。戦士の名や日付にも間違いがあったので、正した。

この初版本では検出できなかった間違いもあるかもしれないし、重要なページが欠けてもいるだろうが、それは後の研究の課題ということになろう。それらを補うべくここでは、注をつけたり、傍証となる歴史文書を挙げたりしている。それらがまた、ある大いなる武勲の本当の意義に触れようとする者の助けとなるだろう。ある武勲というのは、一九五六年一二月五日、チェが自身の文書「アレグリア・デ・ピオ」で言った言葉によれば「砲火の洗礼」を浴びたその日に始まり、勝利の前段まで続いていくものだ。そのころ、一九五八年五月二六日、ラス・メルセデスでの軍事状況についての報告で、フィデルはこう書いている。「革命の理想においては、これまで死んでしまった者たちもまだ生き続けている。そしてこれから死ぬ者たちもずっと生き続けることだろう」

チェ・ゲバラ研究センター

ハバナ

# プロローグ

## チェ——山地《シエラ》と平地

本書の読者は、英雄ぶりと、世界中の人を救済するという目標への没入のさまが、チェの中で例外的な知的能力と才能、機知に結びついていることを見て取られるだろう。普通の人が見過ごし、忘却の彼方か記憶の片隅に追いやってしまうようなことを、彼はここで、微細を穿って描写している。真実と正義とを根源的なしかたで引き受けるだけの才能に恵まれた、例外的な精神の持ち主に備わる、無限の物惜しみ無さと連帯感にも比肩しうる、際限のない正直な態度で、チェは、彼の辛辣で洗練された知性の前を通り過ぎるありとあらゆることを、書き残しているのだ。

このアルゼンチン＝キューバ人がこんな形で彼のゲリラ戦士としての日々を再現してくれていたことに、我々は感謝しなければならない。我々は彼が作り出した未来の一部なのであるし、二一世紀もだいぶ先に進んでから生きる人々でも、古い歴史——ボリーバル［シモン・——、一七八三—一八三〇、南米解放の英雄。現在のベネズエラ、コロンビア、ボリビアなどを含む広い地域を独立に導く。スペイン系アメリカの統一に基づく独立を唱えたことでも知られている」やマルティ［ホセ・――、一八五三－九五。キューバの独立戦争中に死んだ英雄的詩人。カストロがとりわけ敬愛した思想家で、革命後は〈キューバの使徒〉と称されるにいたった。プロローグ後半の「我らがアメリカ」はマルティの良く知られた論文の題であり、ラテンアメリカ統一の理念でもある。ここでの「アメリカ」は、もちろん、アメリカ合衆国のことではない」の栄光の歴史のことだ――の奥深くから生まれ出てきた新生キューバの鍛造期に、オリエンテ州の山々の中で起こったさまざまな出来事を知り、楽しむことができるだろうからだ。

これまでチェについて書いた者は幾人かいるが、いずれも部分的な解釈をしたのみで、多くの場合、それは恣意的な解釈だったし、微妙な意味合いを持つ細部を隠蔽したり、あるいは単に忘れたりしていたので、結果的に彼らが私たちに提示したイメージは、ある過去についての戯画的なそれでしかなかった。過去に対しては知性と愛とをもって近づかなければならない。知性も愛もなければ本質は見失われる。その結果、この歴史の最も気高く、最も重要な要素を高揚するという特権と、密かな幸福感とを得られない。

チェがゲリラ戦の塹壕の中からこの回想録に描写した革命の成り行きの真っ只中に、私はいた。内輪の者にしかわからない、矛盾に満ちてもいるが、活き活きとした物事や人の繋がりを自分のこととして引き受け、自身の骨の髄とし、自らの心臓に浸透させた。こうした経験をして、この歴史を愛してきた者である我々は、革命についてのひとつのヴィジョンを持っているので、事実の迷宮の中に迷い込んだりしないいし、何らかの傾向のある解釈を擁護したりはしないものだ。我々は本質を明らかにするよう努めるものなのだ。

本書中には、チェの視点からではあるが、山地部隊と平地部隊の間の論争が出てくる。これには私も、平地すなわち我が国のいくつかの都市での地下活動という塹壕から参加する栄誉に浴したのだった。それゆえ我々としては、キューバ革命の胚胎過程に深く根を下ろすこの問題を取り上げないわけにはいかない。チェは革命の最大の鍛造者のひとりなのだから。フィデルとラウルの兄弟とともに、最も高い地点にいるのだから。

チェ・ゲバラ研究センターが私に、本書に注釈を加えるよう依頼してきたことは、私にとっては栄誉であり、自分のこととして嬉しく思う。ここでこのゲリラ戦司令官が読者に差し出している事実や価値判断のいくつかに、私がかかわっていることは知られたことだからこその依頼だろう。私の心の中で咀嚼され、充分に仕分けのついていることを、適切かつ有用なしかたで表明しようとすると、多大で錯綜した努力を要するものではある。しかし、私は自分が社会に対して負った責任から逃れることはできないし、逃れてはならない。なんとならば、チェの偉大さやフィデルの独自性、それにキューバ革命の本質の一部をよりよく理解するためには、白日の下に曝されるべき真実を、私こそが裡に抱えていると自負するからである。

拙著『ノッカーの音』で言及したある出来事が、私の話を理解する鍵となる。その本の中で私はこう書いた。

〔略〕保険をかけるのが第一だとの原則に照らし合わせてみれば、重要な書類はどれも、兵士たちとは違うルートで運ばれるべきなのだが、我々は貴重極まりない書類と写真を荷物に抱えていた。それが暴君側の警備兵に奪われ、体制に利用された。

それらの中に、チェ宛に用意された手紙の手稿が含まれていた。フィデルに読んで聞かせたところ、彼が私に送らないようにと指示したものだ。しかし、ともかくそれを、私は迂闊にも他の書類とともに荷物の中にしまったのだった。いまだに私は、それを自ら持ち歩いていたことに対する良心の呵責から逃れられない。おかげでフィデルとラウルにたいそう迷惑をかけてしまった。

その原稿の中で私は、平地部隊を率いる戦闘員たちに対するチェの判断についての見解を述べていた。論争は社会主義の理念に関するものだった。チェの中ではそれはもう、結晶化しているものだったが、我々の多く、つまり平地部隊の者たちは、まだその考えを学んでいる最中だったのだ。したがって、葛藤やら疑念やらを免れていなかったのだ。

同時に、私の頭を離れなかったのは、国民解放革命の価値を云々するのに、社会主義思想にあっては、指導部の出自や立場が問題になるという事実だった。社会主義というのは国際的な規模での運動だから、我々ラテンアメリカ諸国の現状とその歴史にはそぐわない発想なのだと思っていたのだ。

この問題の重要な点は、フィデルの才覚のおかげもあって、チェがその最大の創造者のひとりとなっていたキューバ革命は、既にこうした口論をはるかにしのぐ地点で実践に移されている最中であったということだ。革命をともに闘っている最中の口論であったから、これらの不和の根は後回しにされたのだ。

一月の勝利から数ヶ月としないうちにチェは、その類まれな才能で、我々の誰よりも厳密に、共産主義インターナショナルの運動が直面する問題の根本を理解した。そしてそれに対してどのように向き合い、ラテンアメリカおよび第三世界での経験によって、運動を支える理論を豊かにするにはどうすればいいかもわかっていた。

一九五九年以後、チェの仕事に協力した最も重要なメンバーとは、かつて平地部隊で大きな責任を負った者たちだったのだ。

こんなささいな出来事があったからといって、我々ひとりひとりがチェに対して抱いていた敬意に影響があったわけではない。それどころか、彼の評価は年を追うごとに高まり、彼は世界中の革命闘争の最高のシンボルとなったのだった。

そういえばあるとき、こんなことがあった。サンティアーゴ・デ・クーバのアメリカ合衆国領事館のある職員、というのは〈七月二六日運動〉とも繋がりのあった人物だが、その彼が、先に言及した手紙の一節が軍の手で公刊されたときに読み、麗しの思い姫に向かってこう言った。「マリア、ハシントがこんなことを書いたなんて、どういうことだろうね?」彼をなだめようとして彼女は応えた。「だってスターリンを攻撃してるじゃない……」するとアメリカ人はテクストを示しながら言った。「問題の根本はそんなことではないんだ。よく読んでみなよ……」〔略[1]〕

では、当時、バティスタ軍が公表した手紙の一節を再掲載しよう。

五七年一二月二五日、シエラ・マエストラ

驚嘆すべき友、チェへ

君がダニエルに書いた手紙と彼の返事のコピーを受け取って、二信めの覚え書きを書いている。いつにも増して、ここ数日、出かけて行って君に会う時間がなかったことを残念に思った。正直な話、ここではやることがいっぱいあって、ぼくは持ち場を離れられないからだ。

面と向かって話し合いができさえすれば、問題などいくらでも解決できるのは間違いないし、我々の思想信条に対する君自身の当然の懸念も解けるのだが。

確かに、ぼくは君に、君が悪趣味であっただけでなく不当でもあったと言わなければならない。君が我々のことを保守反動だと、キューバ版プチ・ブルジョワジーの出身だと、あまつさえその代表だと思っていることは、当然のことだし、ちっとも不思議だとは思わない。ましてやそれを悲しいと思ったりもしない。なにしろロシア革命の歴史経過に対する君の解釈とぴったり合致する考え方だからだ。結局のところ我々に残された方策といえば、このちっぽけな国民革命だけなんだ。何しろ世界のプロレタリアートの先導者たちは、一九一七年のあの素晴らしい爆発を、ロシア人にとっては当然なことなのだが、何よりもまずツァーリの封建体制に対する解放運動の中で計画されたナショナリスト革命へと変革させてしまったのだから。そうしておいて、その国の外にある地方の人々には、連鎖的に世界革命を起こす可能性を残してくれなかった。だから今ではその革命も思いも寄らない方向からやって来る……

何につけても残念でならないのは、スターリンがフランス人でなかったことだ。あるいはイギリス人でも、ドイツ人でもなかったこと。だから彼はロシアの統治者の域を抜け出ることができなかった。せめてパリに生まれていれば、世界をもっと広い視点で見ていただろうに。

繰り返すが、こうしたことは何もかも、我々のせいではない。そうではなくて、一〇月革命の本当の天才たちが、政治的に無能でちゃんと判断できなかったことがいけないんだ。

確かにぼくは君に少しばかり腹を立てている。我々はある協定をずっと拒み続けなければならなかったのだが、その態度に対して、君が理解を示してくれないからだ。サンティアーゴに着いたらすぐ、この問題に関係する書類を送ろうじゃないか。いいかい、チェ、言っておくが、革命政策が国際的局面において何らかの不和を産み出すことがありうるとすれば、ぼくは、我々の革命の政治思想に関して、常に最もラディカルな立場に立つつもりだ。

我々は協定を拒否し、我々の基本方針に従うように要求した。それを公にしなかったのは、そんなことをしたら、当時は民衆に誤解が生じただろうとの思いからではない。そうではなくて、基本方針が受け入れられる可能性が尽きるのを待ってから、拒絶を公にするかどうか、フィデルと議論しようと思ったからだ。だからフィデルが我々のと同じ方針を公に打ち出すのを見たときには、ずいぶんと嬉しくなったものだ。シエラの手紙に署名したひとり、ラウル・チバスがマイアミで、我々の方針の中に彼の方針が含まれていると言ったときには、ずいぶんと満足したものだ。「プチ・ブルジョワジーの左派リーダー」と、君が言うには我々がそれを具現化しているという当のプチ・ブルとが同じ意見だと知って、ずいぶんと喜んだものだ。

君にプチ・ブルだと思われて満足だと言ってやりたいが、それというのも、ぼくは極めて心穏やかだからだ。そんなありきたりの言葉は自分には無縁だと思っているからだ。〔略〕ぼくは労働者たちを頑張って組織してきたし、彼らが我々の革命において決定的な力になるように〔略〕。もし我々が間違っていたというのなら、もっと正確に指摘してくれ〔略〕。

敬意をこめて

ハシント

前述のテクストで書いたように、我々は学んでいる最中だったたし、社会主義に対する「偏見」を免れてもいなかった。悲劇は、こうしたことが当時、ソヴィエト連邦共産党第二〇回大会（一九五六）において表明された批判的報告による告発という出来事によって確認されたということだ。しかしながら、これらの批判も問題の深部へは達しなかったたし、当時は、良く知られたハンガリーへの戦車介入の事件が起こっていたのだった。

忘れもしない、フィデルはシエラ・マエストラで私に、手紙をゲバラ司令官に送らないようにと指示したのだ。当時はフィデルの指示は絶対だった。しかし軍がそれを公刊してしまい、チェが日記の中でこの問題について言及することとなった。私は自らの本の中で、こうした困難があったけれども、メキシコでフィデルに合流し、〈グランマ〉号でやって来て、キューバ史上最も人々の心に残ることになった英雄に対する称賛の念は崩れてはいないのだということを示した。

この日記の読者諸兄に対しては、当時彼が、共産主義者でないと書いた——それもある程度致し方ないのだが——仲間たちは、その後も社会主義革命とともに、そしてフィデルとともにあったのだということを断言したい。戦死した者もいるが、彼らとて、私のこの文章と意見を同じくすることであろう。[2]

そうした仲間のひとりがレネ・ラモス＝ラトゥール（戦闘名ダニエル）だ。平地部隊で最も首尾一貫し、自らの思想に忠実であったリーダーだ。それだけに、チェがこの回想録の中で書いていることは感動的だ。一九五八年七月三〇日、戦闘に倒れたときの記述で、こう述べているのだ。

〔略〕私とレネ・ラモスの間にはイデオロギー上の食い違いがあり、政治的には敵対していたけれども、彼は自らの義務を果たして前線で死んでいった。こんな風に死ぬということは、心の底からの力に駆られて動いていたということだ。私はそんな力は彼にはないと言ったのだが、今、それを修正する〔略〕[3]。

この心の底からの力というものがチェを、そしてダニエルを偉大にしているのだ。こうした者たちは、一時的な政治的不和を乗り越え、歴史によってひとつに結びつけられているものだ。

キューバでは、この議論の中心にいた者たちも社会主義の理念を受け入れ、二〇世紀の人類の最大の栄光とみなしてチェを愛している。これらの分析を踏まえれば、フィデルの偉業が、いかに他に類例を見ないものであるか理解し、正当に評価できるだろう。最初から最後まで戦った革命家たちの間の意見の相違、山地部隊と平地部隊の対立もものともせず、解体せずに統一を保ったから、アメリカで最初の社会主義革命が達成されたのだということもわかる。この例が何らかの教訓になればと期待する。

独立戦争百周年世代の者たちの急進化を促進した重要極まりない要素がある。帝国主義だ。一九三一年から一九五八年一二月まで、キューバには常に、帝国主義を後ろ盾とした実力者としてバティスタが君臨していた。彼を擁護するための犯罪は街中に、牢獄に、畑に観察できた。それがキューバの一九五〇年代だったのだ。こうして北米合衆国の利益が保障されていた。三月一〇日のクーデタで政権についた暴君は、そこからあらゆる点で守られ、我々の国民に対しては犯罪を犯し、法を踏みにじって対処していた。

当時チェは、直接にはわが国を知らなかった。数ヶ月の後にはこの国の歴史についての展望を得ることになるのだが、それを間近で得るにいたっていなかったとしても、無理からぬことだった。彼はキューバについての知識を得はじめたばかりだった。我々は社会主義についての知識を得はじめたばかりだった。後には我々も勉強し、我々の父や祖父から受け継いだ正義感を働かせて、その知識を得るにいたるのではあるにしても。

チェの日記が刊行されるにあたり、その中にこうした言及があるのだから、それに触れられている私としては、年月が過ぎて心も落ち着いたことだし、キューバ人ゲリラ兵士たちへの敬意の念を表すためにも、これが山岳部隊と平地部隊の間に生じた唯一の不和でもないということを、示しておく必要があるだろう。

こうした意見の相違は、実践上の変更や調整を含む運動の文脈に照らし合わせて分析しなければならない。この文脈が、敵との戦いの中で確実な道を模索する革命家たちのものの見方に反映しているからだ。山地シエラ・マエストラでは、ゲリラ戦士たちは革命闘争を勝利へと導くような展望を展開した。平地部の都市で、指導部と戦士たちが考えたことは、四月九日のストライキへと結実した。

ここで示された情景に登場するひとりひとりは、この活動を勝利に導くには何が大切かと、さまざまに異なる意見を持っていただろうが、それとは別に、全員にとって明確だったことがある。それは、大衆の武装蜂起や革命的ゼネスト、〈七月二六日運動〉の計画、それに議論の余地のないフィデルの指導者としての働きが、革命の基礎になったのだということだ。

我らがアメリカの人々が、政治的に短期的な目標達成が不可能であったので、育んできた歴史意識がある。必要とあらば理想を守るために闘い、死ぬという行為が、模範となり重要であるという意識だ。チェにおいて崇高なしかたで示されていることだが、我々は、より高い政治的、社会的未来を築くための闘いで、犠牲になった模範的人物に、どれだけの歴史的価値があるか知っているのだ。

エルネスト・チェ・ゲバラはその精神的遺産を受け継ぎ、それをさらに豊かにした。人格を鍛え上げ、アメリカの貧しき人々の権利を、その多大なる才覚と勇気、人格とを傾注して守るという、決して放棄してはならないと自らみなした社会的責任を、引き受ける決意をし、それを実行に移し、それに命を捧げた。それはまたラテンアメリカの祖国の数々を精神的に統合するという、ボリーバルやマルティの望んだ行動でもあったのだ。

このアルゼンチン＝キューバ人、そしてラテンアメリカ人愛国者の心理と精神の内奥には、マルティ思想の倫理と教義が、何らかのしかたで、多かれ少なかれ、根づいている。少年時代や青春期にはマルティの表現として知ることはなかっただろうけれども、この根が彼を貧しき者たちに対する人道的立場へと向かわせたのだ。彼は我らがアメリカの悲しきハンセン病施設で医者として働き、わが大陸の隅々で、悲惨にあえぐ人々と触れ合ってきた。

こうしたラテンアメリカと世界に対する感情は、貧しき人々の利益に供するその知性と考え方に表れているのだが、この感情がフィデルとチェとを結びつけたものだった。単に反乱を起こしたいというだけなら、二人の同盟関係は一時的なものに終わったかもしれない。こうした知性と精神を備えた反乱だったからこそ、二人の結びつきは確固としたものになったのだ。チェとマルティの祖国との結びつきは、精神的、道徳的豊かさのために分かちがたいものになったのだ。精神や道徳の豊かさは、我らがアメリカの娘たる豊穣に他ならないが、これがゲバラの感情の中にも、常にあり続けたというわけだ。フィデルとチェは同じひとつの知性と考え方によって結びついている。二人にあってはこれが、人間の正義と自由に対する情熱を、およそ教養豊かな高貴な精神の持ち主ならば裡に抱えている深い知見に結びつける根になっているのだ。

アントニオ・〝ニコ〟・ロペスがグワテマラでアルゼンチン人医師と知り合ったので、フィデルに紹介したいと私に打ち明けた、あの遠い日以来、私はチェへの愛と驚嘆の念を深めて来たし、あの議論の最中にあっても、一秒たりとも彼への尊敬の念をなくしたことはない。他の革命では、ここでのものと類似の議論が持ち上がり、それが取り返しのつかない結果をもたらす不和を産み出すこともあったろうが、我々はそんなことはなかった。キューバ人たちは何しろ、光栄にもフィデルの指揮する革命を経験したのであり、フィデルとは、マルティばりの深くラディカルにして、普遍的価値のある民主主義の伝統を引き受けた人物であるのだから。

アルマンド・アル＝ダバロス博士

†注

1　アルマンド・アル＝ダバロス『ノッカーの音』、レトラス・クバーナス出版社、ハバナ、一九九七、一五一―一五三ページ。

2　例外はカルロス・フランキだ。彼はこの時期、マルクス主義者を名のっていた。

3　エルネスト・チェ・ゲバラ『チェ・ゲバラ革命日記』、一九六ページ〔邦訳、本書、三〇八―三〇九ページ〕

# 1956年

1956年12月

# 二月

## I[1]

二日[2]

ロケ[3]が海に落ちた。

我々はマングローブ林で下船し、重い装備をことごとくなくしてしまった。ファン・マヌエル・マルケスを筆頭とする八人の行方がわからなくなった。森の中のガイドなしの行軍だったので、わずかしか進まなかった。

**三日**

ゆっくりと歩いて行軍。偵察機が入れ替わり立ち替わりやって来る。食事は一度だけだった。夜になってルイス・クレスポの行方がわからなくなった。

**四日**

はじめのうち、ゆっくりと行軍。ルイス・クレスポが姿を現し、言うことには、独りで歩いている最中に、行方のわからなくなった連中に出くわしたとのこと。彼らを待ってからまたゆっくりと歩き始めて、アグワ・フリーア〔アグワ・フィーナ〕[4]まで行き、そこで食事。夜になってからこの村を出て一二時三〇分まで行軍。サトウキビ畑で三時間休憩した。サトウキビをたくさん食べ、クズを放ったままにして、それから夜明けまで歩いた。

**五日**

山脈に囲まれた窪地の、サトウキビ畑を取り囲む森の中で野営。四時三〇分に敵軍の奇襲を受ける。参謀本部はサトウキビ畑に後退し、同じ方向に後退するようにと命令を出した。後退は大規模で、逃走劇のようだった。本部は装備をだいぶ見捨てた。私がその中から弾丸を一箱拾い出そうとしたら、機銃掃射があり、たぶんそれでアルベントーサが致命傷を負った。私の首もかすめた。弾丸がまず箱にあたり、私は尻餅をついた。しばらくの間、戦意をなくした。ペペ・ポンセは片肺に傷を負った。ラウル・スワレスは片手をやられた。後退の際、私の背後ではピノ司令官が投降を叫んでいた。フエンテスも同様で、さらに何人も重傷者がいた。

何人かで一団となり、サトウキビ畑を抜け出した。アルメイダとラミーロ・バルデス、ベニーテス、チャオ、そして私だ。密林に分け入って進んだが、背後ではサトウキビ畑に火が放たれ、燃える音がしていた。いったん行軍を中止するしかなかった。どこに向かっているのかさっぱりわからなかったからだ。

**六日**

夜が明けると行軍を始めたが、ほどなく大きな洞窟に出くわした。[5]日がなその中で過ごすことにする。残っていたのはミルク一缶と水約一リットル。すぐ近くで戦闘の音が聞こえた。飛行機が機銃掃射をしていたのだ。夜になって洞窟を出、月と北極星を頼りに進み、月が沈んで星が見えなくなったところで眠った。

**七日**

密林の中を東に向けて進んだ。途中、珊瑚礁のくぼみに溜まった水を飲んだ。ミルクは前日、ベニーテスが自分の服にぶちまけてしまっていた。何も口にしなかった。

**八日**

さらに東に進んだ。昼間、かなり大きく、木々も絡まっている岩礁の岩の下に海が見えた。夜になるとその先へは下りることが出来なかったので、そこで止まった。

**九日**

かなり込みいった木イチゴの茂みを抜け、昼には海辺にたどり着いた。昼間は飛行機がいるので、前進はできなかった。一リットルの水だけを抱えて、灌木の下に身を隠し、夜を待った。日が暮れてから進み、実のなったウチワサボテンを見つけたので、すべて食べ尽くした。さらに前進を続けると、掘っ立て小屋で仲間を三人見つけ、合流させた。仲間とは、パンチョ・ゴンサーレスとシエンフエゴス、それにウルタードだ。

**一〇日**

夜が明けると密林に踏み入り、水はないかと探したが、成果ははかばかしくなかった。カニを食べた連中はひどい喉の渇きを訴えた。

再び夜、歩を進め、ある入り江に行き着いた。後で知ったところによると、〈牛の口《ボカ・デル・トロ》〉と呼ばれている場所だ。[6] 鶏の鳴き声が聞こえた。夜が明けるのを待った。

一一日

私たちのすぐ近くに家《ボイーオ》があった。[7] 中の様子を覗いに行くかどうか審議した。パンチョ・ゴンサーレスと私は近づかない方がいいと言った。ベニーテスとシエンフエゴスは見に行くべきだと主張した。見に行くことになったが、ベニーテスが行って中に入ろうとすると、海兵が見えたというので、退散、大きく回り道をして巨岩の反対側の洞窟に身を落ち着けた。そこから一日の動きを見ていると、下船する軍人の一隊も見られた。ランチから一七人が降りてきた。夜になってほとんど水一滴ないままに前進を続けた。トウモロコシ畑に着いたので、柔らかい穂を食べて空腹をわずかばかり慰めた。夜明けには小川を見つけ、心ゆくまで飲んだ。水筒にたっぷり水を入れ、小山にのぼってそこで日中を過ごした。

一二日

夜、北に向けて歩いた。新たに見つけた家《ボイーオ》に入りかけたけれども、先頭を行く私の耳に、「わが戦友に乾杯」という声が聞こえてきたので、尻に帆をかけて退散した。また小川に出くわした。一二時まで行軍して、そこで休んだ。皆、ひどく困憊していた。

一三日

一日中何も食べず、水もほとんど飲まなかった。日が暮れてから北に向けて行軍を始めた。行く手に村があって、後で知ったところによると、それはピロンという名だった。午前一時、私はよせと忠告したのだが、みんなである家《ボイーオ》[8]に行った。あたたかく迎え入れられ、食べ物を食べさせてもらった。皆、食べ過ぎて気分が悪くなったほどだ。一日中その家に籠もっていた。再臨派[9]の人たちがたくさん、私たちを迎えに来たので、夜になってから、四人は彼らのひとりの家へ行った。四人というのは、アルメイダとパンチョ・ゴンサーレス、チャオに私だ。ベニーテスとラミーロは別の家に行った。シエンフエゴスはさらに別の家に行った。ウルタードは彼と一緒に行かなければならなかったのだが、残ることにした。具合が悪かったのだ。死者が一六人出たことを知らされた[10]。そのうち八人は〈牛の口〉で、投降したところを皆殺しにされたそうだ。最初に出て来た名は、チバス[11]、ロヨ、イルセルだった。仲間五人が引き渡され、こちらは生きていることもわかった。イダルゴ、セサル・ゴメス、フエンテス（最初に降参しようと言っていたやつだ）、モンテス・デ・オカ、それにアルマンド・ロドリゲスだ。仲間の何グループかが、山に向かう途中、ここを通過したことも教えられた。武器はA・G[12]、つまり私たちを歓迎した人物の家に置いた。残っているのは小銃と弾丸だ。全員がキューバ農民風の服を調達した。アルメイダと私はピストルを持った。それからA・Rの家に戻り、そこでたらふくいただいた。

**一四日**

取り立てて記すべきこともない日中だったが、日が暮れてから、不快な知らせを受けた。武器が敵の手に渡ったというのだ。ウルタードも引き渡されたが、詳細はわからない。仲間四人はG・G[13]に案内されて家を出、別の農民の家に行った。道中、新たに死者が出たことを知った。ピノ[14]とファン〔ホセ〕・ラモン、それからたぶん、エンリケ・カマラ〔クエレス〕だ。生け捕りにされた者もいた。チャウモント、セラーヤ、エチェバリーア、ソト〔ソット〕だ。釈放されたのは、以下のメンバー。カリスト・ガルシア、カリスト・モラーレス、カルロス・ベルムーデス、モラン、グワン〔ワウ〕、アルセニオ・ガルシア、料理人パブロ。フィデルについては具体的な情報はない。

**一五日**

特に何もなく一日が終わった。G・A[15]から受け取ったメモによれば、ファウスト[16]の居場所がわかったとのこと。だからしばらくこの場に留まっていようと。アレハンドロ[17]も見つかりそうな兆しが見えると。

一六日

アレハンドロの無事が確認された。山岳地帯で落ち合うことになった。その他は特になし。新たに二人の捕虜が出た。メキシコ人のセラーヤとアマーヤ[18]だ。死者もひとり確認された。ルイス・アルコスだ。

一七日

C・M[19]に先導されて北に向かい、P・C[20]に引き渡される。ラミーロとシエンフエゴスは下痢をして具合が悪く、居残ることにした。自動車道を突き抜けていこうとしたが、見張りがいることに気づき、キャッサバ畑の茂みでもう一晩過ごすはめになった。新たな未確認の捕虜の情報が入った。ロケとマルケス[21]だ。死人がさらにひとり。F〔フェリックス〕・エルムーサだ。

一八日

出発の準備を整えていると、G・Gがやって来て、戻ってライフルを二丁取り戻してくるので待っているようにとの命令を伝えた。チャオを連れて行った。他は特になし。

**一九日**

いつものことだが、日中は待ち、R・P・M[22]に先導されて六人で出発した。チャオは所定の場所で合流できなかった。案内人が違う命令を受けているというのだ。自動車道を突き抜け、ほとんど一晩中歩き、D・M[23]の農園の一部である小さな森で野営した。彼には朝早く朝食を持ってきてもらう手はずになっている。C・Mは私たちと一緒に行くことにした。アレハンドロに会って話し、彼の人となりを知りたいのだと。

**二〇日**

驚き、不快な思いをした。D・Mは連絡を受けていないし、クレセンシオ[24]とは無関係だというのだ。メッセージを持っていったのはC・Mだが、彼はさらにプリアルまで行ってモンゴ[25]にこの悪い知らせを伝えた。午後五時まで森にいたが、その時間、アルメイダとベニーテスが食べ物を探しに行くと、必要とあらば力尽くでも調達してくると言って出ていった。必要はなかった。男はメッセージを受け取っていて、食事を用意していたのだ。しかし、いずれにしろ、我々を近くに置いておきたくないとの思いがあるらしく、大急ぎで我々の目的地にはどう行けばいいか教えてくれた。何度か道に迷ったが、明け方には例の家にたどり着いた。C・Mが立ち寄ったと知らされたが、彼は信用ならないとも言われた。フィデルは、ライフルを置いてきたことで私たちに厳しい説教を垂れた。[26]

二一日

届くことになっている武器を待って一日過ごした。我々は一五人。フィデルとファウスティーノ、ウニベルソが一緒に行動していた。ラウルとアルマンド・ロドリゲス、アルメヘイラス〔アメイヘイラス〕、レネ、シロがやはりひとかたまり。アルメイダ、ベニーテス、シエンフエゴス、ラミーロ、パンチョ・ゴンサーレス、そして私だ。チャオはまだ自分の任務から戻っていない。それぞれが持っている武器は、今のところ、以下のとおり。フィデルとウニベルソ、ファウスティーノ、ラウル、シロ、アメイヘイラス、レネは照準器つき銃。アルマンドは機関銃。アルメイダは自動小銃、私のピストルはチャオが持っている。新たな捕虜の情報。モンタネとヒルベルトだ。死人も新たに二人。エドワルド・レイエスとレイバだ[27]。奇襲に遭ったのだ。マルケスの死はほとんど確認された。ぜんそくの発作に見舞われ、一晩中具合が悪かった。我々がいるのはモンゴ・ペレスの家だ。

二二日

ほとんど全面的に動きのない一日。全員に武器が行き渡る。ジョンソン軽機関銃が二丁、トンプソン短機関銃が二丁に小銃がある。私のピストルはクレセンシオ・ペレスが持ち、私には造りの悪い小銃が回ってきた。ぜんそくは良くなった。

敵の手に渡った者二人が確認された。カブレラとゴドイだ[28]。死人がひとり。ネオリオ・カポーテ。

**二三日**

相変わらず同じ場所にいる。軍事演習。私が慌てて知らせを運ぶ係。皆、戦意充分、てきぱきと集結した。マンサニージョから応援が到着。トンプソン短機関銃用四五口径の弾丸三〇〇個にダイナマイト九本を携えて来た。ほとんど全面的に装備をととのえ、その場で床に就く。マンサニージョからやってきたのは、エウヘニア[29]という若い女性とその夫だ。ファウスティーノはサンティアーゴ経由でハバナ[30]に向かった。その際、照準器つきの小銃を私に置いて行った。宝だ。ちょっとした治療には充分な薬も持ってきたが、器具がない。

**二四日**

クリスマスイブもこの場所で過ごす。あることを待っているのだが、無駄ではないかと思いたくなる。ジョンソン軽機関銃がもう一丁出てきたが、今のところ用途なし。ある新聞に出たニュースによると、遠征隊には札付きの悪党で、国を追われたアルゼンチン人共産主義者が加わっているとのこと。名前は、ゲバラに決まっているじゃないか。

**二五日**

豚肉を皆で盛大に食べ、そしてとうとう、ロス・ネグロスへの行軍を開始。はじめはゆっくりと進み、途中、鉄条網を破って名刺代わりとした。ある民家を占拠しようと予行演習していたら、そこへ家主のエルメル〔エルメス〕[31]が現れた。二時間談笑し、コーヒーも飲んだ。
ついに街道を行く決意を固め、少し前進したが、音を立てるので道中のどの家《ボイーオ》も我々に気づき、逃げていってしまった。夜明けに目的地に着いた。

二六日
小川のほとりで眠ったり体を休めたりして日中を過ごし、夜になってから廃屋となった小屋で就寝した。ラモンなる人物の率いる一団がいろいろと知らせをもってやってきた。翌日、カリスト・ガルシアとカルロス・ベルムーデスを連れてくるので、ゲリラ隊に参加させ、マンサニージョからの人員を待つ役に就かせようと合意した。私はそれは正解ではないと思ったのだが、フィデルは言い張った。ゲリラ隊の構成は以下のようになった。参謀本部はフィデルとウニベルソ、クレセンシオにその息子セルヒーロ[32]、そして私だ。ラウルの分隊にはラミーロ、シロ、レネ、カリスト、そしてチャオ。アルメイダの分隊はアメイヘイラスにベニーテス、シエンフエゴス、パンチョ・ゴンサーレス、そしてアルマンドだ。前線の班を統率するのがアルメイダで、彼は機関銃を持つ。ラミーロとカリスト・モラーレスはジョンソン軽機関銃を持つ。

**二七日**

この日は日中、特に何もなく、アルゼンチン風に牛を焼いた。なかなか美味に仕上がったが、なにしろ時間がかかった。夜になってカリスト・ガルシアとカルロス・ベルムーデスが現れた。後者は片脚がだいぶ悪く、ハバナに送られることになるだろう。こんな状態では戦えないからだ。明け方、フリオ・ディアスとルイス・クレスポ、それにガリシア人モラン[33]が仲間に加わりたいとやって来た農民を三人つれて到着した。加わった者たちの名は、ギジェルモ・ガルシア、中尉の位を持つ人物だ。そしてマヌエル・ファハルド[34]、セルヒオ・アクーニャ、ラモン・トーレスとその兄弟ファンとアンヘル・マレーロ。クレセンシオが途中参加の農民の責任者だ。

**二八日**

日中は取り立てて何もなし。『ボエミア』誌が届いたことくらいだ。そこに紹介された新たな人物〔というのが……〕[35]。午後、新しく来た人物のひとりマヌエル・ファハルドが見張りに立っているとき、銃が暴発した。銃声に反応して皆が武器を構えると、そのときカリスト・ガルシアの銃も暴発した。一瞬ドキッとした、それだけだ。

二九日

日中は何もなかったが、夜にちょっとした出来事が。マンサニージョのあの彼女がまたやってきて、機関銃の装填器を四個に手榴弾六個、起爆装置二〇個、ダイナマイト九本、彼女にお願いしていた本を持ってきた。本は代数学、キューバ史入門、キューバ地理入門などのもの。夜、スコールが降り、我々は全員、びしょ濡れになった。ほとんど誰も眠らず、火を起こすのに躍起になり、それからバナナを焼いた。

三〇日

南進し霧に覆われた林に出た。しばらく休んでまた進み、マレーロ一家の家《ボイーオ》[36]に着いた。ここの三人の息子は革命に参加することになったのだ。この家で我々は食事をした。それからある林に行き、そこで夜を過ごした。

三一日

今年最後の日は新兵たちの訓練のうちに過ぎた。少し読書し、戦争に関するちょっとしたこともした。我々はある家《ボイーオ》で眠った。クリスマスイブをこっそりと過ごしたあの家だ。夜も更けたころニュースが届いた。ラモン・トーレス〔マレーロ〕が持ってきたのだ。一個大隊がシエラ・マエストラ方面に向けて集結したとのこと。エストラーダ・パルマから山脈に入ったというが、この場所の近郊を我々は通ってきたはずなのだ。荷物が多すぎて妨げになる。個人個人にハンモックを買おうという話が出た。

†注

1 ローマ数字はやがて『チェ・ゲバラ革命日記』となる日記に使っていたノートの順番を示すためにチェが付した番号。以後、注は編者によるものとし、そうでない場合はそのことを断ることにする。

2 『チェ・ゲバラ革命日記』は一九五六年一二月二日に始まる。この日〈グランマ〉号が旧オリエンテ州ラス・コロラーダス海岸に到着した。検索を楽にするために月日を明記するが、チェ自身が記している場合はその限りではない。キューバ海岸への到着とその後の日々のことはチェ自身がエルネスト・チェ・ゲバラ著『革命戦争回顧録』（オーシャン・プレス、メルボルン、二〇〇六［平岡緑訳、中央公論社、二〇〇八］）九―一三ページ（邦訳二二―二七ページ）所収「アレグリア・デ・ピオ」で語っている。このテクストからの引用はすべて上記の版からのものとする。したがって、以後、引用の当該ページ数のみを記すこととする。より正確を期したい向きには、以下の本を参照されることを推奨する。ペドロ・アルバレス＝タビーオ、エベルト・ノルマン・アコスタ共著『革命戦争記』上下巻、国家評議会出版事務所、ハバナ、一九九一、フィデル・カストロ著『戦略の勝利』と『戦略的反撃』、いずれもオーシャン・スール社、メキシコ市、二〇一一。

3　本書巻末には戦士たちの人名録を付した。ロベルト・ロケ＝ヌニェスはヨット〈グランマ〉号の水先案内人だった。
4　チェが地名や人名を間違って記している場合には、初回は角括弧［　］に入れて適切な形を示し、次からは正しく表記することにする。必要な場合を除き、このことについての注意書きは加えない。
5　この逃走の一部始終はエルネスト・チェ・ゲバラ、前掲書、一五〇―一五八ページ所収の「迷走」の章［邦訳「彷徨」一八一―一九〇ページ］に語られている。
6　トロ川河口のこと。
7　農夫マヌエル・フェルナンデスの家。マノロ大尉として知られているこの人物は、遠征隊員九人をバティスタ軍に引き渡した。そのうち八人は殺害された。地名や農夫の名、一九五七年二月一九日までの関連の出来事についての言及は、前記『革命戦争記』から取られた。
8　農夫アルフレード・ゴンサーレスの家。レヒーノの丘のふもとにある。その地域の再臨派のメンバーであり、その派の牧師アルヘリオ・ロサバルは、遠征隊の援助をすることを公に宣言していた。
9　このグループを率いていたのがアルヘリオ・ロサバル。彼の名はときどき、A・Rとして現れる。
10　殺されたり収監されたりした遠征隊員たちについては、まだよくわかっていなかったし、ニュースも正確ではなかった。後々、『革命戦争記』で正確に伝えられる事実もあるし、『革命戦争回顧録』で詳細に論じられる事実なども ある。
11　その日殺された者のひとりは、アンドレス・ルハン・バスケスという。どうやらチェは勘違いしているようだ。というのも、遠征隊のメンバーのリストにチバスという姓の者は見当たらないからだ。

12 人物がイニシャルで書かれるときには、最初に記す。ただし、この場合は、注の8で示した農夫を指す。
13 ギジェルモ・ガルシア。
14 オネリオ・ピノ＝イスキエルドとペドロ・ソット＝アルバは敵の手を逃れた。
15 G・Gと書くべきところだ。というのも、メモはギジェルモ・ガルシアからのものだったから。他の日にもG・Gと書かれている。その際、そのことについて注はつけない。
16 ファウスティーノ・ペレスの戦闘名。
17 フィデル・カストロの戦闘名。
18 フェルナンド・サンチェ＝アマーヤ・パルダルは、その後、逃亡に成功。
19 カルロス・ロペス＝マス、カルリート・マスとして知られた人物。
20 農夫ペドロ（ペルーチョ）・カリージョ。
21 アレグリア・デ・ピオで散り散りになって逃走した際、ファン・マヌエル・マルケスは独りになって逃げ回り、一二月一五日、エスタカデーロで捉えられた。そしてサン・ラモン近郊で殺害された。
22 リカルド・ペレス＝モンターノ。
23 デリオ・メサ。
24 クレセンシオ・ペレスは、この一帯でセリア・サンチェスが組織した、いわゆる受け入れネットワークを統率する農民。ギジェルモ・ガルシアやテハーダ兄弟らもそのメンバー。
25 農民ラモン・ペレスはクレセンシオ・ペレスの弟。
26 シンコ・パルマスでの合流。フィデルとラウルは一二月一七日から、他の遠征隊員とともにこの場にいた。

この合流そのものについては、チェがエルネスト・チェ・ゲバラ、前掲書、一五〇―一五八ページ所収の「迷走」の章［邦訳「彷徨」一八一―一九〇ページ］で書いている。

27 不正確な情報だ。というのも、遠征隊の仲間に加わるはずだった者のうちレイバ姓はひとりだけ、エニオ・レイバ＝フエンテスがいるが、彼は〈グランマ〉号での出発の何日か前に、他の仲間ともどもメキシコで捕まっている。密告によるものだ。後にシエラ・マエストラで闘いに合流した。

28 実際は、イスラエル・カブレラは一二月五日、アレグリア・デ・ピオの闘いで死んだ。ノルベルト・ゴドイ・デ・ロハスは戦闘後、捕虜になった。

29 若い女性はエウヘニア（ヘニャ）・ベルデシア、およびその仲間、エンリケ・エスカローナとラファエル・シエラだ。ただし、いずれも夫ではない。

30 ハバナでの〈七月二六日運動〉のネットワークをたてなおすために、フィデルが派遣したもの。目的はもうひとつ。名うてのジャーナリストに渡りをつけ、シエラ・マエストラにフィデル配下のゲリラ隊がいるとのニュースを流してもらうことだ。

31 エルメス・カルデーロ。

32 セルヒオとされたりセルヒーロとされたりする。後者はあだ名なのだ。

33 ホセ・ロレンソ・モラン＝レシージェは一九五七年、裏切り者としてグワンタナモで軍事裁判にかけられた。

34 マヌエル・ファハルド＝ソトマヨールはニケーロの出身。マヌエル（ピティ）・ファハルド＝リベーロと混同なきよう。こちらはマンサニージョの医者で、後に第一従隊に加わる。

35　この版では、状況についての細かな価値判断の抜け落ちている箇所がある。必要と思われるときには、各括弧と三点リーダーの略号で示すことにする。

36　農民フアン・マレーロとその家族の家。うち、息子はアンゲロとラモン。

# 1957年

# 一月

一日

とある林の中で日中を過ごす。夜になって協力者の家《ボイーオ》に泊まりに行く。その協力者が食事を運んできてくれたはいいが、しつこい雨で我々はすっかり濡れ鼠だ。そこで受け取ったニュースによると、エストラーダ・パルマから四〇〇人の部隊がやってきて、我々がプラタ〔ラ・プラタ〕へ向かう道を分断しようとしているらしい。それに一帯の警備要員はかなり増員されたようだ。さらにはモンゴが手配されているとのニュース。彼の家は捜索されたらしい。マンサニージョから一一人、ラ・グロリアという名の別の場所からの一団も、モンゴ・トーレスに率いられてこちらに向かっているとのこと。我々は待たないことに決めた。

二日

雨の夜明け。晴れるまで家の中で待つことにした。時間が経つにつれ、農民たちがやってきては手伝いたいと言ってくれる。そのうちのひとり、[1]クレセンシオの知り合いに案内を頼むことにする。モンターノ兄弟二人は、武器も持たずに分遣隊に加わることを渋った。夜に出発するも、泥だらけの小径に悩まされるし、下痢に苦しんでいる者もいるしで、ゆっくりの行軍となった。そういう理由で立ち止まることもしばしばだったし、転倒したりもしたのだが、ともかく一〇時間行進し、川辺に出、膝まで水に浸かって渡ったほとりで野営した。

三日

日中は服を干し、眠って過ごした。夜になって食事をし、ラ・プラタに向けて出発。すっかりお馴染となったゆっくりとした足取りで二レグワ〔一レグワは約五・五キロメートル〕ほど歩いた。午前一時に目的地に着いた。案内役の兄の家（兄の義理の息子の家）で眠る。良いニュースだ。ネネ・ヘレスが重傷を負って危篤だという。ネネ・ヘレスというのは、アレグリア〔・デ・ピオ〕での我々の居場所に軍を案内したやつのことだ。

**四日**

何の動きもなく、我々も同じ場所に居つづけた一日。チビリーコで戦闘があったとのニュースが届いた。それからフィデルが戦死したとも、そしてまた軍の部隊はマエストラから撤退したとも。

**五日**

我々を追跡中のグループについての知らせはなく、日中、木々の生い茂る地帯を抜けてエリヒオ・メンドーサの家まで行った。丘の上からカラカスの町が見えた。山に覆われていて、ここからなら容易に抵抗が可能だ。エリヒオはずいぶんとびくついていて、勘弁して欲しいと言いたげだったが、山の中で見えない娘[2]の家《ボイーオ》に泊まることにした。見通しは明るい。というのも、そこからラ・プラタまでは一面の森で、険しい地形だからだ。身を守るには理想的だ。川の名はアヒ。

**六日**

ラウル〔・バローソ〕というのはレブリハ〔レブリヒオ〕の義理の息子、その彼がマンサニージョの彼の義父の農園に、武器はないが人員が一〇人いるとの知らせを携えて来た。アクーニャとレネが会いに行き、夜、九人を連れてきた。彼らは武器も持たずにジープでモンゴ・ペレスの農園まで行き、そこからは道なき道を突っ切って我々に合流したということだ。彼らの知っているニュースは中身がなく、古い情報だった。名前は、フランシスコ・エチェバリーア、ダニエル・エミリオ・モトラ、サルバドール・ロサーレス、アントリン・キローガ、この組織のリーダーだ、ヘラルド・トーレス〔ヤヨ・レイエス〕[3]、フリオ・アコスタ、エリベルト〔エルミリオ〕・レイ、ルイス・サリーナス、ルディ・ペサン〔ペサント〕（最後の彼も組織のリーダー）。どのように人選したかというと、まず各組織から優れた者を五人選び、それからその五人につき優れた者を二人選んだのだとのこと。

**七日**

朝早く行軍を始め、林を横切る。日中かけてカラカスの麓まで到達。エル・ムラートは近い。そこが目的地なのだ。夜になって宿営する家《ボイーオ》[4]の家主が来るのを待った。家では豚をつぶして待っていてくれた。この日はじめての食事だ。壁のない屋根だけの小屋で夜を過ごした。この新たな地点で何かことが起こるまで静観することにした。

**八日**

特に何をするあてもない一日。宿営した場所で過ごす。密偵を送り、海岸かその近辺でフリオ・ゲレーロを探させる。

## 九日

ゲレーロが到着。連れてきたのはエリヒオ。我々のいる農園の主だ。てんでんばらばらなニュースを受け取るが、どうやら一帯に敵兵はいないもよう。夕方、思いも寄らない事実がわかった。我々がここにいるという知らせが何人かの住人に伝わり、やがてある密告者の耳にも達した。そしてこのチクリ野郎、沿岸部の部隊に知らせに向かったとか。もう少し進んで近くの家《ボイーオ》まで行って、身を潜めていようということになった。この地帯から出ることはできない。エチェバリーアがマンサニージョ方面に行って命令を伝え、武器を調達してくる手はずになっているからだ。夜になってエリヒオの家《ボイーオ》まで降りていって食事した。そこへラモン・マレーロがやってきた。この一帯でいちばん頼りになる男だ。彼はマンサニージョからラジオを持ってきたが、悪いニュースもひとつふたつ運んできた。ギジェルモ・ガルシアは我々がどこにいるかわからなくなったとのこと。クレセンシオのもうひとりの息子イグナシオと、さらに新たな志願兵をひとり連れているのに。武器も三丁しか手に入らなかった。自分の武器を渡したがらない連中がいるそうだ。自分の武器というよりも、そこら辺で手に入れた武器というべきか。手に入ったのはジョンソン軽機関銃一丁、レミントンのセミオートマティック一丁、それに小銃が一丁のようだ。夜にある程度歩いたが、案内された道がひどい状態で、ほんの少しの距離なのに何レグワも歩いた気になった。ラミーロが具合の悪い脚に打撲を負った。運悪く裂傷になっているようで、歩くのがかなりつらそうだった。他の連中を近くの屋敷[5]まで行かせ、我々二人は近くの家《ボイーオ》に残った。そこで私が包帯で応急処置をした。脚に添え木をあて、どうにかこうにか歩けるようになった。

一〇日

動きなく、食なし。午前中、ラミーロを宿営地に連れて行く大仕事。彼はたぶん、裂傷を抱えているので、我々がこの地を離れるときも居残らなければならないだろう。午後、ちょっとした見ものが。海兵隊員一八人が前方の道路でフィデル捜索網を張っていたが、気を抜いていた。捕まえるのは簡単だったが、襲撃はできなかった。食料が到着していなかったし、ギジェルモ・ガルシアも欠いていたからだ。フィデルは急襲をしかけて数日分の食料だけ抱えて森に逃げようと案を立てた。悪くはないと思ったが、だいぶ荷物が重い。私の考えは、まずは充分な食料を管理できる野営を張って、襲撃のため観察隊を送るというもの。加えて本部の宿営地も確保する。ラミーロは一時的に脱落するが、マンサニージャから参加の連中がひとり二人、決定的に脱落する。そのうちのひとり、ロサーレスが結核だと私に申告してきた。彼の行動には少しばかり疑わしいところがあるが、フィデルは何の手続きもなしに離脱を許可した。もう二、三人、決断しかねる者がいる。この一帯に我々がいるとわかってすぐに警備隊が来たということは、密告者たちが機能しているということだ。懲らしめてやらねば。フィデルは新たな志願兵のひとりエンリケ[6]に、いつでも襲撃をかけられるだけの食料を調達してくるようにと命じた。家を見下ろせる丘で夜を過ごした。

一一日

同じ場所で日中を過ごし、食料とギジェルモが来るのを待ったが、来なかった。水を向けると、マンサニージャからの連中のうち五人が離脱を決意した。武器が足りないとか、向こうで協力できることがある、などと言い訳した。四人が日中に出発した。ひとりは体調を崩したのだ。ラミーロの脚の具合は相変わらず悪い。この場に残していくことになるだろう。他に変わったことはなかった。警備隊は現れなかった。

**一二日**

当初、夜のうちに出発する決意を固めたが、クレセンシオの願いもあり、また、置き去りにしたままのミルク缶を待とうということになって、翌日まで待つことにした。農民リーダー[7]との話し合いが持たれた。少しばかりおしゃべりで日和見なところがあるが、我々の側についてくれることになった。我々が彼に伝えた計画というのは、農民たちに恐怖政治を敷く三人の農場監督[8]を殺すというものだ。

**一三日**

午前中、何人か客があった。農民のリーダーは仲間が二〇人いると伝えてきた。商人が二人、物資の補給や情報伝達に関して協力してくれるそうだ。食料と医薬品を頼む。土地の人々も何人か表敬訪問し、協力を約束してくれた。昼食をたっぷり摂り、午後三時、ラ・プラタに向けて出発した。五時まで歩いて小休止、空き地を突き抜けることになるので、暗くなる六時まで待った。月明かりの下、九時半ごろまで行軍を続け、小さな空き地で就寝。道は案内役のエウティィミオ[9]の友人、メルキアデス・エリーアスが、山刀でわかりやすく切り拓いてくれていた。

**一四日**

朝六時、行軍の続きに取りかかり、ある丘の支脈沿いに進み、ラ・マグダレーナ川が見えたので下りていった。二時間ばかりして川に到達。そこで昼食。フィデルは照準器つき小銃をひとつひとつ手に取って点検した。使える武器は二三丁。照準器つきが九丁、自動小銃五丁、通常の小銃四丁、トンプソン軽機関銃二丁、短機関銃二丁、それに一六口径の散弾銃だ。午後、あとふたつ三つ山を越えればラ・プラタだというところで案内役エウティィミオのいとこ二人と出くわした。そのうちの一人を捕虜として二、三日確保することにし、もう一人は解放した。[10]山で薪を刈るために作った道を見つけ、そこを進むうちに夜になり、ラ・プラタは見えずじまい。

**一五日**

ゆっくりと行軍を続ける最中も、照準器で軍の兵営を探す。水も少なかったし、食べ物といえば缶詰ばかりだったので、小川に水を取りに行った。朝食はひとりにつき鰯一缶（九二グラム）、昼食はチーズ一切れ、ドゥルセ・デ・レチェ「ブラン・マンジェのようなもの」半ビン、チョリーソ一切れ、コンデンス・ミルク半ビン。一日でこれだけ。用心に用心を重ねて行軍を続け、ラ・プラタの河口と建設途中の兵営を遠く見晴るかすようになった。軍服に上半身裸で家仕事をしている一団が見えた。午後六時には警備兵を乗せた巡視船がやってきて、一連の演習が始まるが、それが何を想定しているのかは理解できなかった。襲撃は翌日に延ばすことにした。

## 一六日[11]

夜明けから兵営の監視を始め（沿岸警備艇は引き下がった後だった）、見回りにも出た。どこにも敵兵が見当たらないので不安になった。午後三時、少しずつ道路に近づいて観察することにした。兵士たちはその間もやってきていたのだが、我々は気づかなかったのだ。ラ・プラタ川を渡り、夜には道に出て陣を張った。五分後には二人捕縛[12]。いっしょにいた少年も二人、捕らえた。一人は以前もエウティミオに密告したことがあると白状した。少し締め上げると、兵営には一〇人ばかりの兵士がいることが明らかになった。その日の午後にナランホからやってきたばかりなのだと。その上、ちょっとしたら例の三人の農場監督のうち一人がこの場所を通過するはずだとのこと。チチョ・オソリオ、三人の中でいちばんの悪玉だとみなされている輩だ。事実、ちょっと後で彼がラバに乗って現れた。ラバを引いている一四歳の黒人少年はエル・マシーオにあるアルテアガの店の店主の息子だった。男は「止まれ、警備隊だ」の叫びにびっくりし、「蚊」と叫んで答えた。それが政府軍の合い言葉なのだ。それから「俺はチチョ・オソリオだ」とも言った。すぐさま四五口径のリヴォルヴァーを奪い、黒人少年からは持っていた小型ナイフを奪った。フィデルの前に連れて行くと、フィデルは地方警備隊の大佐を騙り、不測の事態が起こっているようなので調査していると言った。チチョ・オソリオは酔っていて、フィデルを信じたようで、この一帯の敵の名を一人残らず挙げ、「根絶やしにしなければ」と、文字どおりそう言った。その言明を聞けば、我々にとって誰が味方で誰がそうでないのかがわかる。エウティミオはどうしたと問えば、フィデルをかくまったので探して殺してやろうと思っているのだが、見つからないと言う。フィデルのやつは見つけ次第殺してやらねば、とフィデルが言えば、彼は興奮して右手を叩く。クレセンシオのことも殺してやると意見した。あることないことを言った末にフィデルの言うことを聞くと請け合い、何やら企んだような顔で、我々を兵営の襲撃に導くと申し出てきた。防御が手薄であることがわかるはずだと言うのだ。川を渡ってから、軍規によれば捕虜は縛られなければならないと決められていると伝えた。酔いがひどかったのか、それともお人好しが過ぎるのか、まだ我々が誰なのか気づいていない。彼が説明するには、見張りが立っているのは、建設中の兵営ともう一人の農場監督オノリオの住む棕櫚の家の間だけだとのこと。我々を兵営近くのアナカウィテという場所まで案内した。エル・マシーオに向かう自動車道の通っている場所だ。ルイス・クレスポが偵察に行き、帰ってきて農場監督の言うとおりだったと知らせた。チチョが言っていた場所でタバコの煙が見え、見張りの者たちの声が聞こえたとのことだ。地面に伏せるはめになったのは、その場を通りかかった三人の騎馬監視隊に見られないようにするためだ。ラバを引くようにして徒歩の捕虜をひとり、脅したり汚い言葉を投げかけたりしながら引いていた。彼らを通したのは、宿営地のこんな近くで止めようものなら、警戒態勢に入るかもしれないからだ。二二丁の武器での最終的な襲撃の準備が万端整う。チチョをアナカウィテに残し、見張りを二人つけた。この二人には銃撃が始まったらすぐ彼を殺すように言いつけてあったが、二人は厳密にこれを遂行した。フリオ・ディアスがシエンフエゴス、ベニーテス、カリストを率いて、自動小銃で右端から棕櫚の家を襲うことになった。フィデルとウニベルソ、ルイス・クレスポ、カリスト・ガルシア、ファハルド、それに私は中央突破だ。ラウルとアルメイダはそれぞれの部隊を率いて左から兵営を襲撃する。敵陣から四〇メートルほどの地点までほふく前進、それからフィデルが機関銃の閃光を二度放って戦端を開くと、使える限りの小銃の発砲がそれに続いた。兵士たちには降参するようにと脅しをかけるのだが、襲撃の開始は未明二時四〇分で、数分後には手榴弾を投げろとの命令が出た。ルイス・クレスポが自分のものを、私も自分のものを投げたが、爆発しなかった。ラウル・カストロはダイナマイトを投げた。棕櫚の家に火をつけるようにと命令が出て、まずウニベルソがやってみたが、近くで発砲があったので泡を食って戻ってきた。次にシエンフエゴスが行ったが、やはり否定的な結果。それからルイス・クレスポが、今度はどうにか火をつけ、そして私が行った。見るとその標的は、ココヤシでいっぱいになった納屋だった。ルイス・クレスポが馬小屋だか豚小屋だかの前を横切ったとき、兵士が一人出てきたので、胸に負傷させた。私は彼の小銃を奪い、しばらくはそれを楯にして発砲し、たぶん、敵兵一人に傷を負わせたと思う。ルイス・クレスポは敵の負傷兵から弾薬帯を奪うと、別の場所に移動した。シエンフエゴスは木の陰に隠れて逃げ出てきた軍曹に発砲したが、倒せなかった。両前線とも発砲をやめていた。トタン屋根の建物から出てきた連中が投降した。シエンフエゴスが棕櫚の家の中庭に踏み込んでいったが、いたのは怪我人だけだった。戦闘の最終的な戦績は、スプリングフィールド銃八丁、機関銃一丁に発砲は千発。我々の側はだいたい五〇〇発ほどを使った。加えて、弾薬帯にヘルメット、腸詰め、ナイフ、服、それにラム酒まであった。敵方は二人戦死し五人が負傷、うち三人は重傷。三人捕虜にした。私がオノリオの家とその周辺施設すべてに火をつけて回り、誰かが兵営に火をつけた。兵営は実に印象的な光景を呈した。穴だらけになったのだ。我々の宿営まで捕虜三人を連れて撤退するようにとの命令が下った。この三人は解放し、怪我人には薬まで持たせた。捕獲した民間人五人も、密告などしようものなら大変なことになると警告してから、解放した。朝四時半にパルマ・モチャに向けて行軍を始め、夜明けに目的地に着いた。

**一七日**

急ぎ足でパルマ川を上流に向かう。そこで悲しい光景を目にした。一帯の家族がこぞって海岸方面へと逃げていたのだ。というのも、ある伍長と農場監督のミロ[13]が、航空隊による反乱分子掃討のための空爆がこのあたりを目標としていると吹き込んだからだった。見え透いた手口だ。農民たちを追い払っておいて、彼らが放擲していった土地を精糖会社が奪うのだ。残念なことに、彼らがそんな嘘をついたちょうど同じ日に、たまたま我々が兵営を攻撃したものだから、我々が彼らに警告を与える結果となった。彼らはそれでおずおずと逃げ、多くの人が泣く泣く家を捨てていく。朝の間歩いて着いたテントのある家《ボイーオ》で、たいそうな豚肉のもてなしを受ける。水清らかな川べりで終日身を休める。眠るときは高台に上ったのは、敵兵が来てはと用心してのことだが、敵は来なかった。

## 一八日

夜明け時、近くに敵兵がいたとの知らせをクレセンシオが持ってきたので、すぐに出発しようということになったが、その前にフィデルが、弾丸の分配を確認したいと言った。小銃一丁につき四〇発までと取り決めていたのだが、一〇〇発持っていたアクーニャから余分な弾を奪おうとしたところ、拒否した。フィデルが彼を取り押さえるように命じると、銃を構えて撃つ素振りを見せた。ラウルが割って入り、それからクレセンシオがアクーニャを説き伏せて弾薬帯と銃を引き渡させ、我が隊に残れるように懇願しろと伝えた。フィデルはそれを受け入れたが、最悪の事例を作ってしまった。ことはこれでは済まないだろう。アクーニャはまるで自分の主張が通ったのだと言いたげに振る舞っていた。

デルフィンの家《ボイーオ》[14]まで行軍。この付近の最後の入植者のひとりだが、彼もまた海岸方面に逃げていなかったので、そこで食事をし、眠った。向こう数日は以下の配置で行くことに決定した。こんな配置だ。四角が調理場で、黒い点が我が軍の配備だ。上から下、右から左と順に、1モランとアメイヘイラスが照準器つきを持って。2フリオ・ディアス、他にベニーテス、シエンフエゴス、そしてカリスト・モラーレス。3モトラーとレイ、フリオ・アコスタ、フェリート〔フェリシート・ホルダン〕。彼はアコスタより大きなスプリングフィールド銃を持っている。4ギジェルモ・ガルシアにエドワルド、パンチョ、そしてイグナシオ、クレセンシオの息子だ。5アルメイダとチャオ、レネ、アクーニャ兄弟、セルヒオ。6ラウルとシロ、そしてアルマンド。7フィデルとウニベルソ、クレセンシオ、ルイス、カリスト、ファハルド、そして私。

一九日

午前中、フィデル率いるグループと全配備を見回りに出たら、弾丸のお見舞いを食らった。敵と勘違いされたのだ。撃ってきた連中は、走って逃げた。ベニーテスが蔓で顔を傷つけた。彼の代わりにレネを前線の班に置くことにした。一キロ向こうに住んでいる男の子をひとり捕まえて、いろいろな物資を持ってくるように、それから軍が来たら知らせるようにと頼んだ。

二〇日

午前中、クレセンシオと連れだって付近を探索し、コーヒーを少しとトウモロコシを挽く機械を調達して戻った。日中は特に変わったことはなく、ただひとつだけ、情報提供者からの知らせがあった。敵兵士の小集団はことごとくエル・マチョ方面に引き下がり、ラス・クエバスに一〇人を残すのみとなったとのこと。軍参謀本部発表によれば、ラ・プラタ地帯での戦闘によって軍の側には二人の死者に五人の負傷者が出、我々の側は死者が八人あったとのこと。参謀本部は夢を見ているのか、それとも農民を八人弾圧したという

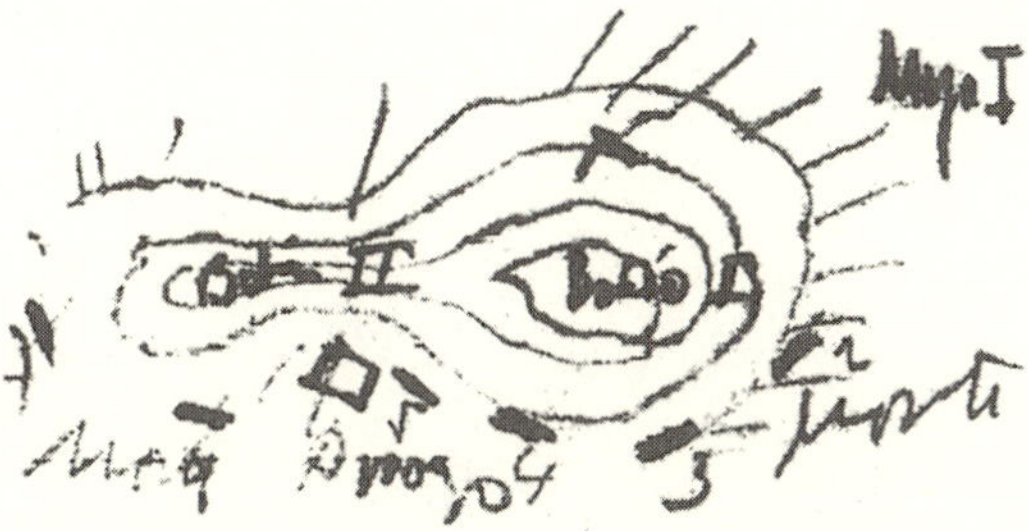

右上の文字は「地図Ⅰ」、等高線のようなものの内部は家《ボイーオ》Ⅰと家《カサ》Ⅱ

ことなのか。エウティミオが伝令を携えて自分の村に向かった。これで我々のグループは三〇人になる。彼の仲間エンリケと、それから捕虜にして先導させていた彼のいとこ、戦闘の日に離ればなれになっていたあの人物とも数に入れての話だ。彼らはそれぞれ彼らの手には余る武器を手にしていた。つまり、散弾銃と、チチョ・オソリオの持っていた四五口径のリヴォルヴァーだ。ぜんそくが少し始まり、夜はやっていられなかった。

**二一日**

とりたてて何もない一日。ルイス・クレスポとカリスト・ガルシアが近所の無人になった家を探索に出かけ、戻ってきた。遠くで爆発音がしたが、なぜだかはわからない[15]。ラジオからではバティスタ軍の様子はうかがえない。エウティミオが彼の村から携えてくるはずの知らせをじりじりとして待つ。塹壕と通信手段は良くなりつつあり、まずまずの効果を見せている。

**二二日**[16]

明け方、パルマ・モチャ川の方角から断続的な銃声が聞こえた。我々は身構えたが、夜明けまで何もなし。朝食もその後の食事もなし。一二時ちょうど、カリスト・ガルシアと一緒に警備に立っていると、彼が家の中に人影を見つけた。よく見えなかったので照準器を覗いたところ、敵兵だった。カリストが知らせに行こうとすると、もうやせっぽち[17]が先に行っていたので我々は持ち場を動かなかった。六人出てきて三人はいちばん屋根の高い小屋に入っていった。フィデルが戦端を開くとすぐに男が、「ああ、母ちゃん」と叫びながら倒れた。仲間二人もすぐに倒れた。突然、私の位置からわずか二〇メートルのところにある家《カサ》Ⅱ（地図Ⅰ参照）に、兵士が一人隠れたのに気づいた。足だけが見えたので、その方角に発砲した。二発目で敵は倒れた。ルイスが手榴弾を持ってきた。家には他にも敵がいると聞きつけ、フィデルが持って行けと言ったのだそうだ。ルイスが援護に回り、私が中に踏み込んだが、幸い、猫の子一匹いなかった。銃と弾薬帯を奪い、敵を見た。弾丸は心臓の下にあたり、貫通して右側から出ていった模様。死んでいた。本部に戻った。自分の部隊を率いて敵の攻撃を一手に引きつけていたフリートが、敵は我々の陣地を包囲しようとしていると知らせてきたからだ。ルイスと一緒に家《ボイーオ》Ⅰにあるはずのガーランド銃三丁を取りに行かせてくれと言ったが、フィデルは反対した。全員が本部に引き揚げたと思ったら一グループだけまだで、1の位置にいたそのグループは小川を下って退去しなければならなかったからだ。我々は皆、小川を横切って山をラ・プラタ川方面に上っていった。しばらく歩いていると、前に書いた四名からなるグループは我々に合流した。山中の森の悪道を歩き続けて頂上を越え、反対側の麓で、そこから先は進めなくなったので睡眠を取った。このたびの戦闘を大まかにおさらいした。話し合って確認したところ、確実な死者が四人いた。家《ボイーオ》での三人に、私が殺した一人だ。モランかアメイヘイラスが一箇所傷を負った。フリートはたぶん、三箇所負傷した。ガーランド銃一丁と七〇何発かの弾丸をせしめた。使った銃弾は二〇〇発ちょっと。ダイナマイトを持ってくるのを忘れた（レネが自分の背嚢の横に置きっぱなしにした）し、撤退の際に背嚢を三つなくした。勝利と言っていいかどうかは疑わしいが、こちらは誰も倒れなかったのに対し、敵は何人か倒したのだから、それだけで勝利だ。士気は上がる。

**二三日**

朝の最初の光とともにエル・ムラート方面に出られるルートを探すが、うまく道が見つからなかった。それで、小川の上の一軒の家《ボイーオ》に寄ったが、川はラ・プラタ川だとわかった。家主はマランガ芋の持ち合わせがなかったが、別の家[18]に連れて行ってもらったところ、食事を作ってくれた。できたころには夜になった。最初の家の主[19]は、話を聞いてみると親をチチョ・オソリオに殺されたとかで、彼が死んだと聞くと、喜んだ。この一帯での出来事だったが、確認はされていない。食事はかなり質素なもので、家の中でそれぞれの持ち場で横になったときには腹半分から四分の一というところだった。

**二四日**

夜明け前に家《ボイーオ》を出て再びラ・プラタ川に下りる。川に入ってゆっくり行軍。農民たちが家を捨てて逃げた地帯に行った。そのうちの一軒の家《ボイーオ》に上がり込み、家の者が逃げる際に置き去りにした子豚で食事を作った。夜、アルメイダやエドワルド、フリオ・アコスタと探索に出ていたクレセンシオが、捕虜を三人連れ帰った。私服を着た地方警備隊員だ。親戚全員の健康にかけて誓うが、自分たちは何も知らない哀れな三農民だと主張した。三人の証言は充分な一致を見ていたが、どうやらあらかじめ口裏を合わせていたようだ。唯一良かったことは、カシージャス司令官がパルマ・モチャ地帯に援軍のために送られてきているとわかったことだ。カシージャスということは、どうやらヘスス・メネンデス[20]を殺した人物か、でなければその弟だ。私は最も厳しい処分を主張した者のひとりだったが、そんな我々の主張は受け入れられず、彼らは尋問を受け、夜の間拘留され、その後解放されることになった。そのうち一人にはモラレス大尉[21]への手紙を届ける役目を頼んだ。モラレスはバヤモの駐屯軍に責任者として赴任していたのだ。

二五日

四時三〇分、捕虜をダイオウヤシの木の壁でできた小屋に閉じ込めたまま出発し、山をのぼり、ラ・マグダレーナ川におり、それからカラカス、エル・ムラートまで行った。ある山の尾根をのぼりながら、この日は我々がメキシコを出発してからちょうど二ヶ月目だということを思い出し、しばらくラジオを聞きながらそれを祝った。折しも古い民謡《ランチェーラ》を一曲、演奏していたのだ。一日中、いくつかの山をのぼったり下ったり。食事は残った最後の一缶で質素にすませた。そして風吹きすさぶ居心地の悪い高台で就寝。一日のおさらいをした。最後の小戦闘はいまひとつだったが、捕虜を捕まえたおかげで三八口径スタール銃と全弾装填された弾倉三つ、四五口径と三八口径のリヴォルヴァーを一丁ずつが手に入った。少なくとも二丁は我が軍の兵士に持たせるに有用な武器ができた。

二六日

相変わらずの方角を目指しているのだが、遠回りを重ねざるを得ず、空腹はなはだし。一二時頃立ち寄った家の混血《ムラート》の少年たちがよくしてくれて、いっぱい食事を作ってくれたが、それでもまだ我々の餓えた腹はおさまらない。食事を作っていると子供たちの母親が帰宅、最初、我々が兵士であるという話を呑み込みかねていたが、やがては革命に協力すると言った。道を教わって、日が暮れると出発した。六時ごろ、ひとりの農民《グワヒーロ》[22]と出くわしたので、ラ・マグダレーナ川まで連れて行くようにと強要した。エル・ロブレと名づけられた地点まで行くつもりだ、と彼には伝えた。夜一一時、川に到着、そこで就寝。

二七日

朝早くから山を登りはじめ、ある更地まで行った。ここはラ・プラタ襲撃の際に一度通過した場所だ。そこで一日過ごすも、何も口にせず。ギジェルモが〔日記原文に空白あり〕[23]の家に行って料理を作った。夕暮れ時にエウティミオが到着、具体的なニュースをたんと持ってきた。戦闘のあったその日には彼はパルマ・モチャに着いており、遠くに銃声を聞いたとのこと。一日中友人の家に隠れていると、そこに敵兵たちがやってきたので、彼らが翌日攻撃に打って出るつもりなのだとわかったらしい。まだ我々がそのへんにいたら知らせなければと思い、朝早く出発したところ、デルフィン〔・トーレス〕の家は灰になっており、ヒメコンドルに食いちぎられた死体が三体あった。我々の形跡をたどって山を歩いていると、敵兵の一団に出くわしたので、攻撃した。というよりも、エル・インフィエルノで彼らの攻撃を食らったのだ。エル・ムラートまで来てみると、家が一一件焼き払われていたが、彼の家は無事だった。我々の知り合いの家で焼かれたのは、エンリケ、その義父のフィコ、オレステス、それにアントニオ・カブレラの家だった。カブレラが我々に供給するはずだった品物の数々も奪われた上に、彼も捕まって連行された。夜になってチチ・ガルシアというおしゃべりで神経質な少年がやってきて、手榴弾を二発持っていると言った。それを我々にやると約束した。それから米やフリホール豆などの物資も少しばかり。隠れるのにとてもいい場所があるとの知らせを受け取った。近くにはヌニェスの会社の所有する牛もいるとのこと。食事はまあ美味しかったのだが、一日たった一食だった。我々自身の経験から言って、危ないとは思ったのだが、かまわずその家で眠った。

**二八日**

エウティミオは母親が病気だとの理由で一週間、我々のもとを離れることになった。一方、レイが仲間を離脱した。マンサニージョのグループで残っていた三人のうちのひとりだったが、力にはなれないと自覚したとのこと。また一方では、セルヒオ・ペレスがエドワルドを伴い、許しを得て離脱するので、一緒にレネ[24]が出発した。彼はさまざまな任務を負ってハバナに向けて行くのだが、実質的には無期限の離脱許可みたいなものだ。ラミーロがシロ・〔フリーアス＝〕カブレラがまとめるグループをつれてやってきた。我々の注文した品物を持ってきた。ヤヨ〔・カスティージョ〕、というのはマンサニージョから加わって、病気になって後方に取り残された人物だが、この彼も一緒で、さらにはマンサニージョからの者が八人ばかり、どうやら銃を持っているらしい。夜、チチ・メンドーサに頼んでいた品物が届く。タバコと葉巻、ハチミツ、砂糖、フリホール豆に米、塩、コーヒー、バターとコンデンス・ミルク。

**二九日**

物資を整理、調理場は下の方、小川のほとりに作り、宿営はそこから二〇〇メートルばかり上方、岩だらけの場所にしつらえた。そこに小さな仮の小屋を作ったのだ。私の住まいはルイス〔・クレスポ〕と〔マヌエル・〕ファハルドと一緒に作った。食事はたっぷりあったが、もっと手に入るのは確実だった。モランに豚を一頭つぶすように命じたら、二頭つぶしたのだ。モランは下方の警備責任者の任にあたり、それのみに留まらない活動を展開、小遠征に出て近隣の家《ボイーオ》から収奪してきた。戦士がひとり加わった。チチ・メンドーサの甥で、我々の形跡をたどってここまでやってきたのだという。その彼を〈運動〉に参加できるまでに訓練する役はわたしが務めた。その小僧[25]は二〇歳で、父親をバティスタ派の者に殺されたので、復讐のために参加するのだという。夜、フィデルが軍団の連中に訓示を垂れ、訓練が足りなかったり心が萎えたりすると危険だと警告した。以下の三つの犯罪を犯した者は死刑に処されると警告。すなわち、不服従、脱走、負けを認めること、だ。遠征に参加するよう誘われたが、残ってセルヒオ・アクーニャとイグナシオ・ペレスの訓練に当たることにした。ふたりはフィデルの演説を聴いて、自分に当てはまると自覚したのだ。夜もだいぶ更けてから上の宿営にクレセンシオが現れた。一行からはぐれてしまっていたのだ。カリスト・ガルシアと二人で彼を迎えに出た。モランと新入りの小僧はこのあたりに土地勘があるとのことで、エベリオの家《ボイーオ》に残って我々とシロ・〔フリーアス＝〕カブレラとの接触の仲介役となる男が連絡してくるのを待った。

## 三〇日[26]

作ったばかりの宿舎で寒い夜を過ごしたと思ったら、超低空飛行の飛行音に叩き起こされた。他の者たちも荷物をまとめ終わったかと思うころ、機銃掃射が始まった。下で警備していた連中がやってきた。シエンフエゴスが弾が尽きたと言うので、一〇発渡した。宿営近くの干上がった川床に逃げた。調理場にいた連中がいなかったので、しばらく待ったが来なかった。それで川に行って自動小銃を貸してくれるように頼み、代わりに私の照準器つき銃を置いて行き、宿営まで戻って逃げる際に置き去りにしたものをいくつか取ってきた。ラジオなどだ。状況は混沌としていた。いったい何が起こっているのか、誰もわからなかった。最初に炸裂した掃射はどれもかまどに命中したが、近くから地上の部隊が攻撃しているのかもとも思った。我々の側に損害はなかった。チャオとともに上の宿営に戻っていくつかの物資を取り戻した。司令官の星つきのフィデルの帽子にメキシコ製の小銃二丁などだ。クエバ・デル・ウモに再集合との命令だったが、困ったことに、私はクエバ・デル・ウモについては名前と、漠然と西の方に山を超えて行ったところにあるということくらいしか知らなかった。戻ってみるともう誰もおらず、あまりはっきりとしない形跡をたどって歩くはめになった。しばらく歩いてから道ばたで、身を隠しつつも道を見張れる位置で野営することにした。持っていた砂糖を少し食し、休んでいると、そこへギジェルモ・ガルシアが、セルヒオ・アクーニャを伴って姿を現した。この二人は最後に調理場から逃げ出したのだ。モランがその場所に照準器つき銃を置いていったはずだと思い出し、我々、ギジェルモと私の二人で探しに行くことにした。調理場に行ってみると向こうからガリシア人ことモランがやってきた。ちょっと前に飛行機は爆弾を落とすのをやめていた。モランが明らかにした情報から類推できたことは、一、飛行機は五機。二、近くに地上部隊はいない。彼は特別に劇的な経験をしたらしい。ロラ・ミランという密告屋に至近距離から発砲されたというのだ。幸い怪我はなかったが。モランは新入りの兵士に割り当てたスプリングフィールド銃を持っていたが、銃撃の最中に彼のことを見失ったとのこと。ラバのように荷物を担いで帰り道に就いた。宿営に着くと荷物を軽くするために、私の持っていたサトウキビをすべて、それに食べかけの缶詰めチョリーソ、はちみつを食べ尽くした。仲間の通った形跡をたどりながら進んでいたが、ある小径までたどり着いたところで、形跡がわからなくなった。そこで我々は惨憺たる光景を目の当たりにした。〈運動〉に好意的な人々や、少なくとも政府を快く思っていない人々の家が、ことごとく灰燼に帰していたのだ。子猫が一匹、我々に向かって悲しげな泣き声をあげ、そこらの豚が一匹、ぶうぶう言いながら向こうへ歩いて行った。それがすべてだった。小川の近くに陣を張り、そこで夜を過ごした。

### 三一日

山の上に陣を張った。畑を見下ろすことができたが、そこにクエバ・デル・ウモがあるはずだった。ギジェルモと一緒に周囲を探索するが、見つかったのはバティスタ軍の形跡ばかり。我が軍のものは何もなし。監視に立っていたセルヒオ・アクーニャは、人影を二人見たと思うと言った。うち一人は帽子をかぶっていたと。しかし、彼が我々を呼んでいる間に見失ってしまったと。だから我々は人影を見るにはいたらなかった。話を聞いてギジェルモと私はだいぶ下まで下りていき、谷底で人気のない家《ボイーオ》に何軒か出くわした。誰もおらず、何も残されていなかったので、アヒ川の辺にあるギジェルモの友人の家まで行った。彼を見て友人はたいそう驚いたが、食べ物を少しわけてくれた。家に来ればもっと出すが、ここに持ってくるのは、危ないので勘弁願いたいと言った。彼が言うには、シロが送った品物はすべて警備兵に奪われ、焼かれたとのこと。ラバは押収され、ラバ引き[27]は殺された。シロの店は焼かれ、妻は捕まえられたが、後に解放された。二〇〇人からの男たちが、カシージャス司令官の指揮下、午前中にここを通過したので、この家の近くで前夜は宿をとったのだろう。それから我々はかなり長い道のりを歩いて上り、宿営地に戻った。

**†注**

1　ファン・レブリヒオのこと。一帯の住人で、彼らを兄のラファエルのところまで先導する。

2　エロイサ・ラミーレスとその夫フロレンティーノ・エナモラード。
3　ヘラルド（〝ヤヨ〟）・レイエス。
4　エリヒオ・メンドーサが彼らを先導してエウティミオ・ゲラの家まで行った。
5　エベリオ・サボリー＝ロドリゲスの家。
6　エンリケ・スワボのこと。
7　アルフォンソ・エスピノーサ。この一帯の住人で、農民のリーダーとの評判があった。
8　トマス・オソリオ、別名チチョと、ミロ・サボリー、それにオノリオ・オラサーバルのこと。
9　エウティミオ・ゲラ。後に裏切ってフィデルを殺すように命じられ、最終的に裁かれる。
10　アルベルトとエバリストのディアス＝メンドーサ兄弟。
11　この出来事はエルネスト・チェ・ゲバラ、前掲書、一四―二〇ページ所収の「ラ・プラタの戦い」〔邦訳二八―三六ページ〕に語られている。一九五七年一月一七日に起こった。ただし準備は一六日に始まった。だからチェはこの日の出来事に続けて、一連の行動としてすべてをここに書いたのだろう。
12　ビクトリーノ・ペーニャとヘスス・フォンセカ。
13　伍長の苗字はバッソルスで、ミロ＝サボリーはヌニェス＝ベアティ精糖会社の冷酷無情な農場監督。
14　デルフィン・トーレスの家はジャーノス・デル・インフィエルノ〔地獄の平原の意〕の名で知られる地帯にある。
15　実際には、ラ・プラタでの戦闘のニュースが伝わって、暴君バティスタは重装備の部隊を派遣するように命じた。そして当時のアンヘル・サンチェス＝モスケーラ中尉の指導下で訓練をしていたのだ。それを見てフィデルは次なる戦闘の準備にどれだけ必要かと見積もることになる。このとき聞こえた銃声は、農民のニコラス・ペレスに対するものだった。案内しろと迫られたが拒んだために、撃たれて負傷したのだ。そして翌日、とどめをさされた。

16 エルネスト・チェ・ゲバラ、前掲書、二一―二四ページ所収「アロヨ・デル・インフィエルノの戦い」参照［三七―四一ページ］。

17 レネ・ロドリゲスのこと。

18 エミリオ・アリアス、別名ビンダの家《ボイーオ》。

19 エミリオ・ミハーレス。

20 砂糖農園労働者のリーダーで、ラモン・グラウ・サン・マルティン政権時代の一九四八年、暗殺された。一帯にいたのはアルカディオ・カシージャス＝ルンプイ司令官で、ヘスス・マルティネスの暗殺者の弟。

21 フィデル・カストロがモンカダ兵営襲撃［一九五三年、カストロが最初に革命運動を起こした際の攻撃目標。これでカストロは逮捕・収監されたが、裁判での堂々たる自己弁護が評判を呼ぶ。後に恩赦を受けメキシコに逃れ、今回の準備に取りかかった。こうして始まった革命運動は、兵営襲撃の日をとって〈七月二六日運動〉と呼ばれることになった］で逮捕された際に、敬意をこめて扱った軍人。

22 ココ丘の住民エベリオ・エナモラード。

23 『日記』を書いていた時点でチェの見知らぬ人物だが、これはフェロ・ガルセスのこと。

24 レネ・ロドリゲスは、マンサニージョやサンティアーゴ、それにハバナでの運動のリーダーへのフィデルの指示を伝える任務を負っていた。ハバナではファウスティーノ・ペレスと接触し、シエラ・マエストラにジャーナリストを早く送るようにしてもらう手はずになっていた。

25　チチ・メンドーサの甥、エバンヘリスタ・メンドーサ。

26　一月三〇日から二月一日の間に起きた出来事は、エルネスト・チェ・ゲバラ、前掲書二五ー三〇ページ所収「空爆」［邦訳四二—四八ページ］に語られている。ゲリラ戦士たちは敵が正確に場所を突き止めてきたので、すっかり混乱しているが、それというのも、まだエウティミオ・ゲラの裏切りを知らないからだ。エウティミオは自ら小型戦闘機に乗り込み、宿営地と思われる場所を正確に指し示した。宿営はフィデルが念のためにとあらかじめ二、三〇〇メートルばかり上方に移していた。

27　エリエセール・タマーヨ。

# 二月

一日

寒くて風の強い一日。味方と出会えそうなきざしが何ひとつ見当たらない。前の日歩いてだいぶ疲れたので、探索には出なかった。午前一一時ごろ、尾根の向こう側で銃声が、それから、もっと近くで、助けを求めているかのような誰かの悲痛な叫び声が聞こえた。こういったことのおかげで、セルヒオ・アクーニャはすっかり戦意を喪失し、正午、こっそりと宿営を抜け出し、武器と弾薬帯、それに毛布を置いて出て行った。持っていったものは農民帽《グワヒーロ》にコンデンス・ミルク一缶、チョリーソ三本。しばらくして物音が聞こえたので、身構えたところ、クレセンシオが現れた。我々の仲間ほぼ全員とマンサニージョからのグループによる隊列を引き連れていた。我々の側でいないのは、以下のとおり。セルヒオ・アクーニャ、こいつは脱走した。[1] マヌエル・アクーニャもどうやら脱走したもよう。カリスト・モラーレスとカリスト・ガルシア、それに最近参入の小僧、[2] 彼はガリシア人モランが銃撃を受けた際に行方がわからなくなったのだった。そのあたりで豚とマランガ芋を食し、同じ道を下って空き地に出たところで、谷底にランタンの光が見えた。そこで、木々に隠れて眠ることにして、続きは日が明けてからにしようということになった。マンサニージョからの連中が、物資が敵の手に渡ったというニュースは嘘だと言った。彼らはたんまりと持っているし、傷の手当て用の道具も一式、それに全員用の着替えもあるとのこと。うまい具合に山に隠していたのだ。私はマンサニージョの女の子たちが縫い付けてくれたイニシャル入りのパンツと肌シャツを手に入れた。フィデルのもとに集結したメンバーは次のとおり。ラミーロ、彼は脚の具合もだいたい良くなっていた。ルディ〔ベト〕・ペサント、エル・ムラートで我々を置き去りにしたやつだが、それが戻ってきたのだ。ヤヨはエル・ムラートで体調を崩したが、既に回復していた。エミリオ・エスカネイ〔エスカネージェ〕、アダルベルト・ペサント、アントニオ・フェルナンデス＝ガルシア、レニス・ラミーレス＝フォルガード、フベンティーノ〔原文空白〕、そしてラファエル・ラブラーダ。これは農園で捕虜になった後、自ら志願して一行に加わった人物だ。アダルベルト・ペサントがこのグループのリーダー。エステーバン・エチェバリーアとシロ・〔フリーアス＝〕カブレラは何日も前にプリアルに行ったきりここには戻ってきていなかった。

## 二日

今日でベリーセ〔ベリク〕での下船から二ヶ月になる。書き記すほどのことは何もなく、ただ一日、土地勘のある者は探索をし、我々は寝た。午後六時に山を下り始め、前日にギジェルモと通った道に出た。ギジェルモと一番最近加わった農民のラブラーダは、探索に出る際に、後で落ち合う場所をしっかりと決めておかなかったので、どこにも見当たらなかった。私はフリオ・アコスタとカミーロを伴い、先日食事を分けてもらった家まで行ったが、そこにもいなかった。うち捨てられた家《ボイーオ》で就寝することにしたが、私ははじめてベッドに寝ることができた。バナナの木の間にひとつ隠されていたのだ。

三日[3]

朝五時、行軍開始。決まった目的地なし、ギジェルモ・ガルシアもおらず[4]

# II

やがて出くわした家《ボイーオ》には人が住んでいて、我々が姿を現すとたいそう驚いた様子だったが、それでも、煮バナナを恵んでくれた。これが我々の一日の食事のすべて。ラ・デレチャの小川を渡って山を上り続け、おそらく、老エウスタキオ〔エリヒオ・メンドーサ〕の所有地に入ったと思うのだが、クレセンシオが方角を間違え、一日中歩いても家《ボイーオ》は見つけられなかった。結局はその山の更地で野営した。

**四日**

夜、マラリアの散発的な発作に見舞われ、朝を迎えたころにはへとへとだった。そんなわけで行軍を続けることはできなかった。私に付き添って残ってくれたのは農夫《グワヒーロ》ルイス〔・クレスポ〕とフリオ・アコスタ。三時頃に試しに歩いてみたが、とてもゆっくりとだったし、目眩を感じて立ち止まる始末。そこでフリオが前に出て、誰か来てくれと呼んだ。私の背嚢を農夫《グワヒーロ》の代わりに持って助けてくれ、と。私は相変わらずよたよたと歩いたし、下痢に苦しみ、一日に一〇回もひり出しに行くはめになった。日没時にもののない辻商店の並んだ場所に出て、その場所で野営と相成ったが、夜中スコールに悩まされた。幸い、たいしてものは濡れなかった。

**五日**

我々は道を間違えていたのだが、幸い、正しい道に行き着いた。私は歩くのが大儀でたまらず、我々の歩みはのろいものとなった。一一時半ごろ、ラウルが指揮する警備隊に見つけてもらった。一行はチキンのスープを携えていて、これが大いに助かった。宿営地に着いて下の家に行ってガリシア人と一緒に休んだ。彼は脚を悪くしており、自己申告によれば、熱もあるとのこと。この日の夕方、クレセンシオ率いる一団がハバナに向けて出発した。メンバーは次のとおり。クレセンシオの息子イグナシオ、ラミーロ、彼はまだ膝の具合が完璧ではない。ベニーテス、パンチョ、チャオ、ルディ・ペサント、アントニオ・フェルナンデス、それにヘスス・ラミーレス。彼は騙されて連れてこられたと主張して不協和音をもたらしている。対空防御装備の整った宿営に行くと言われたのだとか。ところが来てみたらこんなにラバみたいに歩かされ、食べ物も水もない、と。他の者はここに居残って力を補充することになる。しかも、予備隊としては、我々のところに残ったのは最良のものだった。夜の一二時、家の主人のエナモラードが我々を叩き起こし、騎馬隊が山から下りてくると警告した。当然、すぐに荷物を抱えて外に出たが、警告は間違いだった。その後は調理場で寝た。

## 六日

活発な動きは何もない一日だったが、シロ・フリーアスとエチェバリーアが新たな志願兵三人を連れてやって来た。いとこのシグニオ・フリーアスに、エンリケとミゲルのディアス兄弟だ。[5]彼らが持ってきた知らせは、実に幸先の良いものだった。ファウスティーノが三〇〇〇〇ドルの募金を集めており、五〇〇〇〇までは到達しそうだとのこと。島全体でサボタージュが続いており、ディアス＝タマーヨ[6]はもう少しで寝返りを打ちそうだとも。軍の傍受されたメッセージやその他の情報源からのニュースによると、不満ははなはだ大きい。実に悲しいけれども教訓になる知らせがひとつ。セルヒオ・アクーニャはいとこたちの家に行き、自分の手柄話と持っていた武器の話を熱心に吹聴した。結果、ペドロ・エレーラなる人物が彼を密告、ロセジョー伍長率いる警備隊がやってきて彼を捕縛、拷問して四発お見舞いしたあげくに縛り首にしたとのこと。彼がしゃべりすぎた可能性が大いにあるので、我々はフロレンティーノの家を出なければならない。彼もこの家のことを知っているのだから。ガリシア人モランは病に倒れた。半分は本当の病気、半分はいつもの仮病。エウティミオが様子見に出かけてミルク五〇缶と葉巻を少々抱えて戻ってきた。

**七日**

美味しい昼食を摂ってから、どこに向けてかわからないが、その場から離れるために家を出た。実際にやったことは、二キロばかりも歩いてから、水無し川のある峡谷で野営をすることだった。夜になってから、シロ・フリーアスを代表とする使節団が、彼の家に何か食べ物はないかと探しに行った。同行者はウニベルソとフリオ・アコスタ、エチェバリーア、それにシロのいとこシグニオだ。彼らが出発してすぐにとんでもない土砂降りになり、濡れないようにとの我々の用心も台無しになる。一晩中濡れて不快な思いをしながら眠るはめになった。

**八日**

夜明けとともに一日が始まり、遠征隊が嬉しい驚きを抱えてきた。料理した鶏が五羽に砂糖一壺だ。

加えて、缶詰もよりどりみどり、ビールに穀物まで持ってきた。シロの家の鍵をもらいにいった場所の近くでエウティミオを見たとの情報も持ってきた。エウティミオが部隊を離れたのは、ミルクを買いに行ったときに、運びきれずに残った弾丸を取りに行くとの口実だったのだから、彼がそんなところにいるのは説明がつかないし、許されてもいない。日中は息をひそめて過ごす。午前中はカラカスが空爆されているのが聞こえた。夕方、その日ラウルと始めたフランス語の授業も終わろうかというころ、前日のようにしつこい雨が降ってきて、やはり前日同様ものを濡らしてしまった。雨が上がるとすぐ、調理場に行き、ギジェルモの指示にしたがってかまどに火をつけた。一〇時頃にはまずいユカ芋のポタージュができた。皆それをガツガツとかきこむと、二回り目の料理、朝の分を作りはじめた。米とフリホール豆、根菜を入れたものだ。ルイス・クレスポと私で調理番の者たちを手伝い、寝たのは朝の一時か二時くらいだった。

**九日**[7]

特に何もなく、ただ物資調達のための探索に出ただけの一日だろうと思われた。探索にはシロ・フリーアスと農夫《グワヒーロ》ルイスが先陣を切って出かけた。しかしながら、朝一一時ごろ、ラブラーダが〔原文に空白〕[8]とかいう者を捕虜にした。蓋を開けてみると彼は、食料雑貨店のセレスティーノ〔・レオン〕のところの店員だった。この男が報告するには、セレスティーノの家に敵兵が一四〇人いるとのこと。実際、木々の生えていない山頂付近に彼らはいて、そこから隊列を組んで出ていくのが見えた。捕虜を尋問する一方で、我々は丘の上の方に陣取り、仲間ふたりと、それからエウティミオを待った。エウティミオの奇妙な言動がますます疑わしく思われるようになったのは、彼自身が、翌日この地帯に空爆があると示唆したとの捕虜の報告を聞いたからだ。一時三〇分、アルメイダとフリオを後衛に残し、他の者はここからほど遠からぬ空き地に行って、ことが起こるのを待つことに決めた。しばらくしてシロとグワヒーロが戻ってきたが、何も不審なものは目にしなかったとのこと。そんな会話をしているところへ、シロ・レドンドが何かを見ただか聞いただかしたと思った。私は離れた場所にいて、注意を払わなかったのだが、そのとき、発砲音が聞こえ、それから、機銃掃射が始まった。あっという間に機銃掃射の音と爆発音があたりを覆い尽くしたが、攻撃は我々がさっきまでいた宿営に集中していた。野営地にはすっかり何もなくなり、気づいたら私はひとりで投げ捨てられた背嚢の山に取り囲まれているのだった。自分の背嚢の方へ走っていったが、毛布を取り出そうとして中身がばらけてしまった。大急ぎで片付けようとしたら、私のいた場所から二メートルばかりのところに二発、機関銃かM1ガーランド銃の弾が撃ち込まれた。誰かに引っ張られたのだと思う。私は唸り声をあげてその場を出たが、やっとのことで毛布を肩にからげたのだった。本と薬、ライフル一丁を置いたままだった。何もかも私のものなのだ。取りに戻ろうとして、弾丸が当たらなかったのはたまたまなのだと気づいたときには、もう遅すぎた。私の恥はいかばかりだったか。アルメイダのいる後衛に戻り着こうというところで、また弾丸が二発ばかり近くに炸裂した。逃走する一団のメンバーは一二人。アルメイダ、フリオ〔・ディアス〕、ウニ〔ベルソ、シエンフエゴス、ギジェルモ、シロ・フリーアス、モトラー、ペサント、エミリオ、ラブラーダ、ヤヨ、それに私だ。我々はエル・ロモン・デ・タテキエトから斜めに離れていく道を取った。ばらばらに逃げる際にはそこに向かう手はずになっていたというのにだ。そうしておいてから戻り、川を渡り、ラ・マエストラ山を占拠するはずだった。追跡の手は近くまで迫っていた。散発的にM1ガーランド銃の銃声が、我々のいた場所からほど遠からぬところから聞こえた。いつの間にか五時一五分にもなったと思ったら、山がそこで終わりを告げる切り立った空き地に出ていた。しばし躊躇した後、そこでやつらを待ちかまえようということになった。もしここまで来れば、迎え撃つだけだ。来なければ、夜を待って歩を進めよう。幸い、敵はもう来なかったので、我々はシロを案内役に立てて進むことができた。その前にフリオとウニベルソが二手に分かれた方が早く進めるのではと提案してきた。そうすれば残す痕跡も少なくて済むと。しかし、我々は一行の団結を維持することが先決だとして反対した。小川沿いに山を下りてリモーネス川に出、しばらくそのまま進んでから、ある小径をたどっていったら、切り立った崖を背にした森に着いた。そこで就寝。

一〇日

すっかり静かな一日。ラブラーダをエル・ロモンにいるフィデルとの連絡役に派遣した。ラ・アバニータで我々と合流してフィデルの命令を伝えてもらうのだ。夜、我々のいたドス・エルマーナスからラ・アバニータまでのわずかな距離を移動して、そこで就寝。

一一日

昼の間は昨晩寝た場所からほんのわずかのところで過ごす。とんでもない間違いを犯してしまった。というのは、昼のさなか、明るい光を浴びて、山の更地を歩いてしまったのだ。しかも草木も生えていない場所だ。幸い、大事にはいたらなかった。ギジェルモの友だちの黒人少年に出会い、二食恵んでもらった。ラブラーダと落ち合う約束をした場所にはなかなかたどり着けなかった。夜になってやっと着いたときには、彼はいなかった。夜は一時までの時間を歩きずくめで、月の光を浴びながら道の傍らに横になった。寝入る時間だったのだ。もうエル・ロモンは視界に入っていたというのに。

一二日

起床して林の中を登ったが、着いた先は、シロが請け合ったような更地ではなかった。逆に近隣には家《ボイーオ》が何件もあった。もっとも、家はどれももぬけの殻で、我々はさしたる危険もなしにその地帯は通過した。ただし、私のいたグループ、というのは、他にモトラーとエミリオ、ペサントのグループだが、それが半時間ばかりも道に迷うことにはなった。正午にはすっかり明るくなった山道をへとへとになりながら上っていくと、頂上には我々の仲間がいた痕跡がみつかった。午後二時近くに森の中にぽっかりと空いた更地に着いた。木々が生えていなかったので、そこからはラウル[9]の家が見下ろせた。シロとエミリオ[10]がそこまで出向いて行くと、誰もいなかったので、近くの家にも行ってみると、そこにいた数人が我々全員分のささやかな食事を持たせてくれた。それから、フィデルが仲間七人とともにラ・デレチャ・デ・ラ・カリダーにいるとの知らせも教えてくれた。加えて、密告屋はエウティミオ・ゲラであることもはっきりしたとのこと。しかも、それだけにはとどまらない。我々の宿営の調理場に攻撃があったとき、全員がそこにいると思って攻撃を命じた張本人が、やつだったとのこと。ことの始まりはパルマ・モチャの後だった。ある酒場で捕らえられ、人生が変わってしまった。一〇〇〇〇ドル手渡され、警備隊員にしてやると言われて、フィデルの命を売り渡したのだ。我々を探し出してどこにいるか突き止めてから、母親が病気だと言い訳して離脱した。攻撃が無駄に終わったことがわかると、また我々を探し、フロレンティーノ〔・エナモラード〕の家にいることを突き止めると、我々がエル・ブーロと呼ばれる場所に向かっていることを知らせた。我々が行く先を変えたので、離脱するはめになった。自由にやれる身だったので、言い訳はどうにでもなった。そうしておいて我々を一掃する攻撃を命じた。フィデルが機を見るに敏で、撤退を命じたので攻撃は失敗に終わった。さらにわかったことは、フリオ〔・セノン〕・アコスタ[11]が死に、警備兵もひとり死に、それ以外にも怪我人が何人か出たということだった。確認された情報だ。五五分でフィデルが待つ場所に着いた。いたのは彼とラウル、アメイヘイラス、ファハルド、エチェバリーア、それにガリシア人モランだった。彼は先日までの痛みは癒えた模様。夜にはある家族[12]の住む近所の家に行って就寝。

一三日

朝遅く、豚や牛の肉を使った美味しい朝食が届く。おかげですっかり胃がずたずたになった。というのは、前日、マチョ[13]を一匹食べ、腹が緩くなりかけていたのだ。この日の特筆すべきことは、一、ガリシア人モランが脱走した。山に行く手を阻まれ兵士たちに見つかりそうになり、持ち物一式を置いて、こっそりと、朝、マンサニージョに向けて徒歩で出て行ったエチェバリーアの痕をたどっていったもよう。二、新たなメンバー[14]が入隊を許された。教師をしていて、自己申告によれば、モンカダ兵営での戦闘経験があるとのこと。とんでもないおしゃべりだ。尋問すると、彼がモンカダで戦ったことなどないことが明らかになった。彼の問題は、地元で盗んだ農耕牛を二頭、引き連れているということだった。あるいは、盗んだものをもらったのかもしれない。彼の入隊を許したのは、この一帯から連れ出すためだ。というのは、住人たちは彼を、というか、彼のおしゃべりを疑ってかかっていたからだ。いずれにしろ、訓練が必要だとの忠告は与えた。夕方には出発するつもりでいたのだが、結局、翌日の朝に出発ということになった。

**一四日**

朝早く、つましい朝食を済ませると、ラ・アバニータへ向けてぼちぼちと出発した。ドミンゴ・トーレスの家へ向かうのだ。トーレスはクレセンシオの親戚で、エウティミオの友人。人々に彼の所行を知らせたいし、ドミンゴ・トーレスはどうなのか見てみたいとの思いからだ。目的地近くの空き地に出ようとするころ、機関銃の発砲音と爆破音が聞こえはじめ、それにまじって散発的に猟銃の銃声も聞こえた。銃声は半時間ほども鳴り続けていたが、どこから来るのかわからず、私は困惑した。場所はラ・アバニータ近くのピニョナル界隈だった。歩を進めると、毛布を見つけた。選りすぐりと書かれたやつだ。どうやらラミーロ・バルデスのものらしい軍靴も見つけた。議論の余地はない。味方が近くを通ったのだ。干上がった川に着いたところで、案内役が近くのカヨ・プロバードという名の場所に住む友人たちがいるかどうか見に行った。彼が出ていったすぐ後で、激しいスコールに見舞われ、ほとんど皆、ずぶ濡れになった。雨合羽などの装備が手薄なのだからしかたない。一時間雨に打たれたところで案内役のディオニシオが戻ってきた。家は近く、食事も作っておくように言いつけたというのだから、嬉しいではないか。家にはすぐに着き、そこで食事し、眠った。家主のディオへネス・スワレスが教えてくれたところによれば、味方一五人がドミンゴの家に立ち寄ったとのこと。彼らは三日前に出て行ったが、どこに向かったかは知らないと。我々が聞いたような銃声は一度しかなかったとも言われた。二月九日だったと。明らかにエウティミオが我々を騙してしかけた奇襲のことだ。しかし、味方とは誰のことだ？　クレセンシオに、最後にちりぢりになって以来会っていない連中、マンサニージョから参加の連中、それともハバナに行った者たちか。

## 一五日

どうやらこれまでの物音はどれもピニョナルの人々による単なる訓練らしい。少なくとも家主は、その現地周辺に調べに行って、そう言った。昼の間ずっと、迫撃砲の発砲音が鳴り続けていた。どうやらいろいろな方向に発されているようにも聞こえるが、我々の見解が一致するところでは、ラス・

ドス・エルマーナスの丘に向けられているのだろう。何日か前に通過した場所だ。山羊のチリンドロンを食べているとき、思いがけない来訪者があった。ガリシア人モランだ。いろいろと言い訳をした。狩猟に出たときに宿営の近くでエウティミオを見たというのだ。それで一日中後をつけてみたが、見失い、その日は宿営にも帰れずじまいだったとのことだ。実際のところは、ガリシア人を連れてきたディオニシオ・オリーバの証言によれば、エウティミオは彼の家にいたとのことだが、それはガリシア人の言った翌日のことらしい。そのときディオニシオは我々と一緒にいて、やつを引きつれて来ることはできなかった。あの馬鹿者は、まだ我々が彼を疑っていることを知らないのだ。ディオニシオの弟フアンには、実際、自分は警備兵を後ろ盾につけていると、フィデルを一発で仕留めるし、そのために手榴弾で道を開くのだと警告したとのこと。フアンの家にいたガリシア人は、やつを殺しに行こうと思ったが、家主が、近所迷惑になると反対した、と当のモランは言う。ガリシア人の言うことが本当かどうか、確かめるのは難しいが、私に言わせれば簡単な話だ。脱走したが、案内役代わりに利用しようと思っていたらしいエチェバリーアをつかまえることができず、失敗したのだ。彼をその場で殺すべきだと私は助言したが、フィデルは決定を先延ばしにした。すっかりお世話になった「ぎゅっと詰め込んだ」家を出て、エビファニオの家の方へ向かった。道中、というのは本当に街道沿いにまっすぐ歩いたのだが、途中、ドミンゴ・ゲラの雑貨店があった。誰もいなかったので、襲撃して占拠すると、缶詰がワンサカあって天国だった。実際には気を使って食べ過ぎないようにして、逆方向に行ったと思わせるような痕跡を残してから、シロ・フリーアスを案内役に行軍を続けた。三時にはエル・ヒバロと呼ばれる川沿いの小さな集落に入った。そこで野営し、私は何よりもサイズの大きな鰯の缶詰を二つ食べたのだが、かなりまずかった。あまり眠れなかった。寝たのは四時半だったからだ。

一六日

我々はエビファニオの農場の縁の小さな林に陣を張り、シロに情報を集めてくるように命じた。ところが彼はすぐにいい知らせを持って戻ってきた。一緒に仲間を連れてきたのだ。ルイス・クレスポにフベンティーノ、エビファニオの二人の息子[15]、それにシロのいとこだ。フベンティーノは猟銃の弾によるらしい軽い傷を指に負っていた。マンサニージョとサンティアーゴからはフランクとセリア・サンチェス[16]が駆けつけてくれた。我々の宿営から数メートルと離れていない彼らの宿営に行った。そこで菓子の配給が始まったが、おかげで、当然のことながら、消化不良になってしまった。夕方になってフランクの妹ビルマ[17]が、アイデー・サンタマリーアやその夫アルマンド・アルと一緒にやってきた。ひとりひとりと個別に話してみると、彼らの大半は反共産主義の組織に属していることがはっきりとわかる。とくにアル[18]はそうだ。それでも〈七月二六日運動〉の署名した書類の中には、一連の充分に進歩的な革命法令を打ち立てるとしたものがある。ただし、アメリカの独裁政権の数々とは外交関係を結ばない、などという現実離れしたものもあるにはある。夜には『ニューヨーク・タイムズ』の特派員[19]がインタビューにやってくるとの知らせを聞いた。そこで班の他のメンバーと訪問客――ファウスティーノも含む――は、彼を待つ間ある小屋に寝に行こうとしたのだが、我々を案内する係だった農夫《グワヒーロ》ルイスが道に迷い、あちこちと回り道をしたあげく、木々の間で実に不快なしかたで就寝することになったのだった。私の蒸気療法器は壊れてしまったのだが、アイデー・サンタマリーアもぜんそくを患っていて、彼女の器具を貸すと約束してくれた。

**一七日**

もう一日同じ場所にとどまり、〈運動〉の幹部たちと作戦計画について議論する。『ニューヨーク・タイムズ』の記者はやってきた。通訳には有名な経済学者フェリペ・パソス[20]の息子がついていた。私はインタビューの場には居合わせなかったのだが、フィデルの話によれば、男は気のいいやつで、悪意に満ちた質問などはしなかったとのこと。フィデルにあなたは反帝国主義者かと質問したので、フィデルはそうだと答えた。ただしそれは自分の国から経済的な鎖を取り除きたいという野望を持つという意味であって、合衆国やその国の人々を嫌っているという意味ではない、と。フィデルは合衆国がバティスタに軍事援助をしていると不平を言い、シエラ・マエストラを拠点に活動している反乱軍を平定できもしないのに、その軍事援助で大陸を防衛すると主張するなど、おかしな話ではないかと示唆した。仕事を終えてグリンゴ［外国人、とくにアメリカ人に対する蔑称］が早々に退散したころ、私が警備に立っていると、警戒体制を強化するように言われた。エウティミオがエビファニオの家にいるというのだ。アルメイダの命で先遣隊が組まれ、彼を捕まえにいった。さしたる苦もなく彼を捕らえ、手榴弾三発に四五口径のピストル一丁を押収した。先遣隊のメンバーは、フリートにシロ、シエンフエゴス、アメイヘイラスだ。エウティミオはフィデルの前に引き出され、体制側の協力者として名前が書かれた通行許可証を突きつけられた。エウティミオはひざまずき、ひと思いに殺してくれと懇願した。フィデルは命は助けてやるというふりをしたのだが、エウティミオはチチョ・オソリオの一件を憶えていたので騙されなかった。それでフィデルは処刑を命じ、シロ・フリーアスが旧友の立場から心に響く説教を垂れた。男は黙って、しかもある種の威厳を保って死を受け入れた。とんでもない大降りになり、何もかも真っ黒に濡れた。仲間たちも、そして彼も不快な思いをした〔……〕。皆寝付きが悪かった。ずぶ濡れだったし、私にはぜんそくもあった[21]。

**一八日**

朝早く、その場にエウティミオを埋葬し、この問題に終止符を打った。全グループが出発の準備をした。ゲラ〔＝マトス〕というのは我々とマンサニージョとの取り持ち役を務める人物だが、彼がある女性を連れてきた。〈運動〉に大いに賛同している〔……〕[22]。フィデルはあるマニフェストを書いており、それを公表する準備をしなければならない。文書の中身は攻撃的で震えるほどだが、教条的ではない。しかしながら、第一宣言を二五万部刷りたいのだとのこと。こっちは革命的だ。二つの文書はうまい具合に補い合っている。フランクはファウスティーノとゲラ、それに例の女性とともに一方の側から戻っていった。アルとアイデーはセリアとビルマを連れてもう一方の側から戻ることになっていた。その瞬間、ピストルの発砲音が鳴り、我々は身構えた。しかし、すぐに何でもない、何でもない、という叫び声が聞こえ、ガリシア人モランが現れた。四五口径の弾丸で脚に傷を負っていた。弾の排出口は大腿骨の外側顆にあったが、骨にどれだけの損傷があるかはわからない。応急処置をした。ペニシリンをやり、脚は伸ばして添え木を宛てた。発射の瞬間については、ラウルとフィデルはわざとやったのだろうと非難した。私にははっきりしないことがいくつかある。シロ・レドンドはその場で見ていたのだが、そのときそこに馬に乗ってやってきた少年を慌てて止めようとして、たまま発砲してしまったことは間違いないと言った。少年というのは、結局、家の者だった。夜に出発したが、ガリシア人は動けなかった。だからそこにひとり居残ることになったが、たぶん、あまり歓迎されていないという気がしているだろう。[23]セリア・サンチェスが彼をマンサニージョの〈運動〉側の診療所に連れて行くと申し出た。エビファニオの家に行き、宴会と相成ったのだが、私は楽しめたものではなかった。腐ったチョコレートのせいだ。そこで我々は女性陣とアル、それに、特別な任務を帯びて出かけることになるエチェバリーアとモトラーとも別れを告げた。女性陣のうち、アイデーが一番、政治的にしっかりとした人物のようだ。ビルマは誰よりも興味深い。セリア・サンチェスは非常に活発だ。アルマンド・アルはこれから新しい理念に染まっていく余地がある。家の近くのコーヒーの木の叢で、かなり快適に眠った。

**一九日**

平穏な一日。怪我をしただの人が訪ねてきただの、あるいは刑を執行するだのといった騒ぎも一段落、ただもう少し先に進むだけにとどまった一日。ヒバコア川沿いの縦に長い林まで行った。エンリケ・ディアスが持ってきた知らせによると、チチ・メンドーサは警備兵の手にかかって死んだ。ガリシア人モランは後方の林で、日中は面倒を見る者もなく過ごしたわけだが、我々が出発しようというころになって、次のようなことが起こった。マンサニージョから参加のメンバーのひとりエミリオが、突然に激しいヘルニアの発作に見舞われた。仮病ではないと思われたので、家にあるヘルニアバンドを持ってきてもらう間、そこに残していくことにした。別れ際にはエピファニオの家で仔羊肉のフリカッセを食べ、それから山の中に入り、エニオ〔原文に空白あり〕の店までやってきた。この男、前は気前よくものをくれたのに、今回は提供を渋ってきた。けれども店員のペドロという混血《ムラート》がよくしてくれた。エル・ムラートに寄ったときの顔見知りで、缶詰をたんまり量り売りしてくれた。その場で、つまり近くのコーヒーの木の叢で夜を過ごした。メンバーは我々のグループ一七名に、〈グランマ〉号の仲間で新たに加わった者三名。ヒルにソトロンゴ、ラウル・ディアスだ。この三人の仲間がたどることになったその後の苦難の物語は、多かれ少なかれ我々のに似たものだった。ちりぢりになって山中をさまよい、食べるものもなく、オホ・デル・トロに行き着き、そこから仲間に連れられてマンサニージョに、そこで二ヶ月間隠れて過ごしたとのこと。そんなわけで、残すは防御力を回復して、この一帯に山といる兵士たちの集団に新たに二度ばかり襲撃をかけることのみとなった。ここまでの道すがら、二日前まで一二人ほどの兵士のいたらしい小兵営の近くを通ったのだった。一二人なら、我々にとってはどうということのない獲物だ。

二〇日

すっかり怠惰に、就寝したのと同じコーヒー叢で過ごした一日。ラジオは「〈グランマ〉号遠征隊員」レイナルド・ベニーテス＝ナポレスが捕まったと伝えた。つまり彼は生きているということだ。夜になってこの叢の縁まで出て行くと、そこにペドロ〔・ポンセ〕がやってきた。彼の雇い主が百ペソのカンパを申し出たとの知らせを持ってきた。金は受け取らなかったが、代わりに美味しい鶏肉ライスを食べ、缶詰を譲ってもらった。午前一時にラ・ビヒーア方面に向けて出発したが、着くのに二時間もかかってへとへとになった。缶詰がたくさんあったので、ひどく重かったのだ。望楼《ラ・ビヒーア》の名にふさわしい丘の上で就寝。その土地の持ち主が誰なのかは知らない。

二一日

ある山のふもとのコーヒー園で日中の大半を過ごした。午後二時、ウニベルソが柵の向こう側に農夫をひとり見つけた。怪しい動きを見せながらこちらを覗っているようだったので、すぐに捕まえた。可哀想にその男、たいそうびっくりしていた。フィデルが彼に、我々は地方警備隊であると、革命軍の連中がどこにいるか教えろと言った。彼は革命軍など知らないと言うので、反乱分子だと説明した。すると彼は、誰ひとり怪しい者は見ていないが、見かけたらサン・ロレンソの警備隊に知らせると言った。そこでフィデルは、我々が革命軍であると、貧しい者たちのために闘っているのだと、しかし彼は警備隊側に協力すると表明したのだから、縛り首にしてやる、と言った。その男、というのがペドロ・ポンセだったのだが、これを聞いて彼は大慌て、汗びっしょりになって立ち上がり、震えながら言ったのだった。「そんな、まさか、何をおっしゃってるんですか。家にいらしてください。鶏肉ライスをご馳走します」。フィデルは笠に着て、農民たちがなかなか我々を助けてくれないと不平を漏らし、食事を提供してもらうと、家に隣接するコーヒー園まで下りていって、そこで夜を待ってから食事した。それから月が出るまで眠り、午前二時三〇分に少しばかり行進して、以前とは逆側の斜面にある林まで行った。他に書くに値することは、ラジオがレイナルド・ベニーテス＝ナポレスへのインタビューを流したことだ。ベニーテスは肝心なことは何も言わなかったが、どうやら彼の一団は壊滅的だろうとの印象を残した〔……〕。

二二日

完璧なお忍びを通した一日。以前の地点から二キロと離れていない、鬱蒼とした灌木の繁みに覆われた高い山の裾野でのこと。昼の間は特になにもなし。ラジオから心穏やかならざるニュースが流れる。秘密裡に爆発物を作っていた工場が二軒みつかり、九名が逮捕され、M1ガーランド銃二〇丁に一五万発が押収されたとのこと。数量は誇張してあるが、明らかに何かは捕らえたもよう。出て来た名前を見るに、〈運動〉の側の人間ではないけれども。我々の新たな宿の唯一の問題は、水だ。夜、ギジェルモとペサント、ヤヨの3人が近くの川に行って全員の分の水を汲んできた。私はぜんそくの発作に見舞われたが、これは危険な症状へと向かっていくことを予感させるものだ。薬のインタールの予備がなくなりかけているのだ。幸い、先は短い。あと二〇日もすれば五日だ。五日にはまた物資を持った仲間が来る。

**二三日**

きょうも空白の一日。相変わらずの場所で缶詰を食して過ごす。ラジオから流れてくるニュースで気になったのは、ミジョ・オチョーアやパルド・ジャダ[24]、グラウ[25]らがバティスタと会見し、即時の選挙を要求したというもの。

**二四日**

一日中何もなし。ただし、食料は尽きていく。日が暮れて、シロとギジェルモが馴染みのメンドーサの、つまりチチの父親の家に行ったが、劇的な歓迎だったとのこと。おやじさんは部屋に隠れてしまい、おふくろさんは何度も何度も出て行けと言い、しまいには戸を固く閉ざして夫婦は家に閉じこもってしまった。二人は元来た道を戻るはめになった。閉ざす扉あれば翌日には開く扉がある。シロの友人の家だが、本人によれば、彼のために「頭を悩ませた」のだそうだ。ラジオは日曜でマルティの記念日[26]なのでニュースはない。しかし、こんな日なので、国民的規模での重要な出来事があるかもしれないとの思いはある。

二五日
水と爆弾の一日だった。朝から迫撃砲の音と、機関銃や猟銃の散発的な発砲音とが聞こえ、それが時間が経つにつれて近づいてきた。ついに五時三〇分くらいにもなるとかなり近くで聞こえるようになった。山の木の生えていない場所を登攀し、そこに夜になるまでとどまった。翌日には我々のいた林はすっかり切り倒されるだろうという仮定に立ち、そこからどんなことが可能かを検討した。シロはここに残って友人宅まで下りていき、食事をしたいと言ったが、この場は離れることにした。七時ちょっと過ぎに行軍を始め、一一時にはラ・マハグワの川に到着した。しかし雨が降りだしたので、そこで夜明けまで野営した。食料もほとんど底をつき、チョコレートとコンデンスミルクだけで栄養を摂る。ラジオでは嬉しいニュース。というのは、明日にはメディアへの検閲も解け、パルド・ジャダとミジョ、それにグラウ・サン・マルティンがバティスタに会見して総選挙を要求した後に共同で出した声明が明らかになるということだからだ。こうしたことから考えると、二八日には防御線の一時的な中断があるかもしれない。

二六日
ピリピリと張りつめた一日だったが、何も起こらなかった。行軍に取りかかると夜が明けたので、最初に見つけた林に隠れた。私はぜんそくが少し苦しくて、昼間もあまり眠れなかった。ラ・メルセ〔ラス・メルセデス〕方面から散発的な迫撃砲の音が聞こえた。そして我々のところから、明らかに慌てふためいた農民《グワヒーロ》たちが見えた、しかしながら、後でわかったところによると、そんなものはいっさいなかったとのことだ。夜になってから林を抜けてエミリアーノ〔・レイバ〕の家まで行った。エルナンの父親だ。エルナンはシロの義理の兄弟。そこで知らされたことは、このあたりでは動きはなかったということと、敵部隊はサン・ロレンソとラス・ベガス、それにラス・メルセデスに駐留しているということだ。最後の地点には確実に一一五人いる。エミリアーノの家では子豚のフリカッセを出してもらったが、いつものごとく、また具合の悪くなるものがたくさん出た。夕方までとどまってニュースを聞いてから、しばらく眠り、夜明けに行軍を再開した。ラジオからニュースが流れてこない。検閲の廃止は地を這うメディアにしか及んでいないのだ。明日には、きっと。

二七日

ほんの少し歩いてラ・デマハグワの東斜面中腹にあるコーヒーの木の叢まで行った。家主は留守だったが、フロレンティーノ、というのはアヒ川の彼だが、その甥が家にいて、我々をすばらしい料理でもてなしてくれた。ただし私はその好意にふさわしいしかたで応じることはできなかった。昨日の豚のおかげで吐き気がしていたからだ。砂糖を買いに行った先の雑貨店の店員が、我々のことを黙っているかどうか怪しく思われるとのことだった。呼びにやったが、もう男はいなかった、あるいはいないと言われた。けれどもその弟だという人物によれば、誰にも何も言わないとのこと。夜、エルナンがやってきて、我々を遠くまで連れ出すと言ったが、私はぜんそくの発作に見舞われるし、雨は降るし暗いしで道は歩けない。結局それほど遠くへも行けず、ディオスダードという人物の家に着いたが、本人は不在だったので、そこを占拠し、快適に、比較的乾いた寝床で寝ることができた。エルナンは翌朝また来ると約束して帰っていった。一方、ハバナではラジオの検閲も解け、ニュース番組は検閲中に起きたテロリストたちの行為をたんまりと流した。しかし、期待の地平をはるかに超えていたのはマシューズによるフィデルのインタビュー記事だった。『ニューヨーク・タイムズ』に三日に渡ってフィデルの言葉を全文掲載したのだから。パルド・ジャダは政府に激烈な言葉を浴びせ、『ヘラルド・トリビューン』にフィデルのインタビューの裏づけ取材を受けた政府は、国防大臣[27]の口を通じて、これはでっち上げの記事に決まっている、そうでないと言うのなら、マシューズとフィデルが一緒に写っている写真を出してみろ、と答えるに留めた。

**二八日**

あらゆる種類の感情の波に呑みこまれた一日。家主は一秒たりともいられないと思い、妻だけが、慌てふためいて怯えながらだったけれども、家からわずかばかりの物資を持ち出してくれた。エルナンは午前中にまた来ると約束していたのに、来なかった。そんなこんなで、フィディルは、だいたい一〇時くらいに小屋を明け渡すことになったのだが、ちょうどそこで私のぜんそくがひどくなり、私は物理的に歩くことができなくなった。〈テドラル〉を飲んでみて、落ち着くかどうか様子を見たが、どうもうまく効かなかったらしく、二本残ったアドレナリンの一本を使うことにした。山の剥き出しの岩のところを登攀するのに一苦労。午後四時には農夫《グワヒーロ》ルイスがラス・メルセデスからサン・ロレンソへの街道に何か見なれないものが見えると言った。私にはロバの群れに見えたし、歩兵隊だと言う者もいた。そんな具合に意見が分かれたが、ウニベルソがやってくると照準器をあらぬ方向に、ラス・ベガス方面への道路に向けてみたのだった。そうしたところそこに、大勢の隊列が、我々が向かおうとしていた先の更地に陣を張ろうと登っていく様子が見えた。それで南側へと登っていったが、それが目眩のするような坂道だった。しかし数歩と行かないうちに最初の迫撃砲が鳴った。つまり街道にあった見なれないものとは、それだったわけだ。そしてすぐさま機関銃の掃射音もした。私は歩調を合わせることができず、たびたび遅れた。それでもどうにか更地に出て登攀、取り立てて何もなしに頂を越えることができた。その間も迫撃砲は鳴り続けていた。シロ・フリーアスがいなかったが、というのも彼は、襲撃の始まったときに別の道はないかと探索に出ていたから遅れたのだ。我々が丘の反対側に出て、そうするのにちょうどいい川の辺で休憩しているときに合流した。それからもう少し歩いてある家の近くに来たので、夜になったらその家に乗り込むことにした。私の印象では、敵の攻撃が近くになされたわけだが、情報は直接の密告によるものではないだろう。我々がラ・デマハグワのどこかにいるらしいという漠然とした知らせが伝わったのだ。やつらは谷底を流れる川へと砲撃を続けたが、そのときには我々はもう高い場所にいて、危険にさらされずに済んだというわけだ。夜が訪れ、それとともに豪雨に見舞われたので、私はずぶ濡れになり、ぜんそくもひどいことになった。最後は仲間二人の腕に支えられて歩くことになった。[28] 我々のいる場所の名はエル・プルガトリオというのだったが、ここで我々が国軍兵士と名乗ると、人々は信じてくれた。七面鳥を三羽殺したけれども、調味料や他の食材がなかったので、家主（夫は不在で、その妻がいた）の娘婿を起こし、ニンニクに玉ねぎ、野菜も少々と米を売ってもらった。彼と、いとこの夫という黒人が付いてきた。「ゴンサーレス司令官[29]」、つまりフィデルとの会話ではひとりはかなりのバティスタ派であることを露呈し、もうひとりはチバス派［キューバ真正党《オルトドクソ》の党首の在にあった一九五一年、自殺したエドワルド・チバスの支持者ということ］だと白状しさえした。それがわかったし、私のぜんそくがひどくて、アドレナリンをもう一本打たなければならなくなったので、私はエル・マエストロ[30]とともにここに残ることにした。信頼できる方の人物に我々の素性を明かし、マンサニージョまで行って吸入薬を買うようにお願いして、お礼を渡すことにした。フィデルが自ら名乗ったところ、男は喜び、次のように任務を遂行しようと請け合った。娘をマンサニージョに連れて行って医者に診せ、薬を出してもらうときに私のための製品も処方するようにお願いする、ということだ。そのために彼にお礼に五〇ペソを渡した。これで私は革命兵士の中で最も高くついた人間だと自慢になりそうだ。フィデルと残りの一七人の兵士はラ・ミナ［ミナス・デ・フリーオ］という名の地帯に向けて出発した。我々は重大な問題でも持ち上がらない限り、三月一五日くらいに落ち合うことを取り決めた。エル・マエストロと私は夜が明けてから出発した。私のしつこいぜんそくも少しは治まっていた。ラジオのニュースも実に楽しいものだった。攻撃が続き、あるいは激化する一方だが、パルド・ジャダがマシューズと電話で会見し、フィデルとのインタビューの一件は本当なのか嘘なのか訊ねたというのだ。マシューズが答えて言うには、証拠として出せと言われた写真は存在すると、それを新聞に掲載しなかったのは印刷するには鮮明度が足りなかったからだと、しかしながら次の版に掲載してもいいし、一方で、フィデルの自筆になる手紙、二月一七日づけ、シエラ・マエストラで書かれた手紙も掲載するつもりである、とのこと。一方、ディアス＝タマーヨ将軍は国防大臣よりもさらに威勢よく、あの騒々しいインタビューを否定、上記山脈に張り巡らされた警戒線を突破することは不可能だと言った。〈グランマ〉号遠征隊員のうちさらに何人かがバヤモで捕縛されたとの未確認のニュースも流れた。私が思うに、アルマンド、チャオ、パンチョ、カリスト・モラーレスのうちの誰かだろう。それからまた、マルマンド・アルが捕まったとのニュースも流れた。彼は〈七月二六日運動〉のナンバー2とされていた。



†注

1　彼の行く末は悲劇的だった。軍の警備に見つかって捕縛され、その後、縛り首になった。『日記』二月六日参照。

2　エバンヘリスタ・メンドーサのこと。

3　二月の二日と三日の間には、次のような小さな書き込みがある。「左側を／診察／脈拍二五八」

4　ここで文章は途切れ、第Ⅱ分冊に続く。

5　『革命戦争記』には、シロ・フリーアスのいとこはニエベス・カブレラ、通称ピポと記されている。また、エンリケとミゲルはエビファニオ・ディアスの息子。

6　軍参謀本部長マルティン・ディアス＝タマーヨ将軍。

7　エルネスト・チェ・ゲバラ、前掲書、三一―三九ページ所収、「アルトス・デ・エスピノサの奇襲戦」〔邦訳四九―五八ページ〕参照。
8　アドリアン・ペレス＝バルガスのこと。
9　ラウル・バローソ。
10　エミリオ・エスカネージェ。
11　「アルトス・デ・エスピノサの奇襲戦」では、チェはセノンのことを、シエラ・マエストラで彼が読み書きを教えた最初の教え子として回想している。そしてまた「当時の最も偉大な仲間のひとり」と見なすとも書いている。
12　ディオニシオとファンのオリーバ兄弟のこと。
13　キューバの一部地域では豚のことをこう呼ぶ。
14　ルイス・バレーラス。
15　エンリケとミゲルのディアス兄弟。
16　歴史的な出会い。ここではじめてフィデルとセリア・サンチェス〔カリスマ的女性革命家で、カストロの愛人と噂された。詳細は巻末の人名録参照〕が顔を合わせたのだ。
17　チェがこのグループのことに触れるのははじめてのこと。仲間の誰かから間違ったことを教えられたのだろう。フランク・パイスとビルマ・エスピンの間には何らの血縁関係もない。フランク・パイスとの出会いを知りたい向きには、エルネスト・チェ・ゲバラ、前掲書、四〇―四四ページ所収「裏切り者の末路」〔邦訳五九―六四〕参照。

1957年2月

18 この版に寄せたアルマンド・アルによるプロローグを参照。

19 ラテンアメリカ関係の論説主幹ハーバート・マシューズのこと。

20 フェリペ・パソスはアメリカ合衆国キューバ解放協会のメンバーで、〈七月二六日運動〉の協力者でもあった。革命勝利後はキューバ国営銀行頭取を務め、一九六〇年に職を辞して後は合衆国に移住した。本文でチェが言及しているパソスの息子というのはハビエルのことで、彼はビルマ・エスピンとともに、北米のジャーナリスト、ハーバート・マシューズがフィデル・カストロに行ったインタビューの通訳を務めた。

21 エルネスト・チェ・ゲバラ、前掲書、四〇―四四ページ所収「裏切り者の末路」［邦訳五九―六四］参照。

22 リリアン・メサのこと。ジャーナリストのH・マシューズとその同行者たちのハバナからマンサニージョまでの移動を手伝った。

23 こういった行動が疑わしい態度と関連づけられ、後々、これが事故ではなく、こうして脱走する機会を窺っていたのだと見なされることになる。

24 両者とも真正党《オルトドクソ》の一派閥を形成していた。党は曖昧な態度を示し、暴君と和解しようとしたり対決しようとしたりを繰り返した。

25 ラモン・グラウ・サン・マルティンはキューバ大統領。第一期は一九三四年に百日間、キューバ革命党政府によって任命された。その後、一九四四年から一九四八年にかけて第二期を務めた。汚職によって特徴づけられる。

26 キューバの国民的英雄ホセ・マルティが武装蜂起を提起した日のこと。この提起によって、一八九五年二月二四日、独立戦争が再開された。

27 サンティアーゴ・ベルデハ。
28 このことはエルネスト・チェ・ゲバラ、前掲書、四五―五〇ページ所収「辛苦の日々」〔邦訳六五―七一〕に語られている。ルイス・クレスポがチェと彼の背嚢をかついだ。
29 アルマンド・ゴンサーレス＝フィナレー、当時、東部地区軍司令官だった。
30 ルイス・バレーラスのこと。後にゲリラから離脱した人物。

# 三月

一日

不快さ、ねばねばした感じとはこれのことだ、として記憶に刻まれそうな一日。待ち合わせの家から一〇〇メートルのところで座って過ごす。ぜんそくは一進一退を繰り返し、一向に止まず。それから一〇歩ばかり前進したのみの居心地の悪い斜面で一晩を過ごす。ぜんそくが喉を熱くし、夜半過ぎまで眠れもしなかった。我慢がならないのだが、翌日三時まで待たねば、男が任務を果たしてきてくれるかわからないのだ。夜、三度の地震が、呼吸困難にあえぐ夜の時間に少しばかり異なる色合いの影を落とした。昼間、前日我々がいた山で迫撃砲と機関銃の音が鳴っていた。ということは、我々がその場所にいたという知らせを、部隊は何らかの形でつかんでいるのだ。明日には今いる場所の山狩りが始まるだろう。同行のエル・マエストロはだいぶカリカリとして、繁みの中へ中へと絶えず入って行こうとする。今日はニュースを聞けない。ラジオはフィデルが持っていったのだ。

二日

まったく動きのない一日。眠れずに夜を不快に過ごした場所にじっと座り、期待と恐れを胸に午後三時になるのを待った。その時間に男が薬を持ってやって来ることになっていたのだ。実際、約束の時間に彼は吸入薬ディスプネ＝イナルを手に現れた。なるほど、一瓶だけではあったが、同時にミルクと、さらにはチョコレート、それにクッキーを少々持ってきてくれた。いつまでも空腹の癒えない私は、チョコレートをがっついた。薬を使っても少ししか楽にならなかったのには、そのせいもあるのではなかろうか。夜になってもまだ歩けず、雨が心配なので、以前襲撃した家《ボイーオ》に入った。住人家族が上の方に別の家があるのでそちらに行き、空き家になったところだ。そこで幾分落ち着いて眠れたが、ぜんそくはよくならない。ほとんど何もニュースが入らない。唯一ホセ・イサークがマンサニージョから携えて来た知らせは、報道の保障がまた中断されたというもの。検閲がどうなっているのか、報道できないというわけだ。

三日

今日は精神において勝利し、肉体において敗北した日。ぜんそくの具合は薬の投与以前とほとんど変わらないけれども、五日には指定された場所に行かねばならないので、力をふりしぼってある山を登ったのだが、通常の状態なら一時間ばかりですむはずのその山を、五時間もかけてへとへとになりながら登ったのだった。もう何日も前から牛乳とわずかなものしか口にしていないことをつけ加えれば、坂道を登るのがどれだけ大変かわかるというものだ。午後六時には最低でもここには到着しようと思っていた更地に着いたが、ディオスダードの家までは行けなかった。本当はそこまで行って食事にありつきたかったのだが、もう力が残っていなかったし、暗くなってどこに何があるのかわからなくなったのだ。板チョコを一切れ食べたら、たちまちぜんそくが激しく襲いかかってきた。しかし安定剤のおかげで夜の間はあるていど休むことができた。くたくたになる一日がまた控えているのだ。

**四日**

くたくたになる一日は私をくたくたにしたが、すっかり参らせるものではなかった。その一日が終わるころにはラ・デマハグワの川に着いた。日が暮れる前にディオスダードの家に下りていったが、行ってみるとそこには誰もいなかった。それだというのに、エル・マエストロは家に近づくのを警戒して、いつまで経ってもそこには来なかった。望楼から見張っていたけれども、近隣には人のいる気配がしなかった。夕方六時半になって、いよいよエル・マエストロは脱走したかと思ったので下りてみると、まさに立ち去ろうとするところだった。態度がはっきりしなかったので私は彼を罵倒し、〈運動〉から離脱しろと言ったのだが、彼は受け入れなかった。途中あちこちに爆撃で折れた木を確認しながらしばらく歩き、アルダーナおばさんの家まで行った。彼女の息子たちにはかつて、ラ・プラタ川上流の地域で食べ物を恵んでもらったのだった。おばさんはやさしく我々を迎え入れ、抱きしめて、目には涙までためながら、爆撃を受けて息子がひとり死にかけていると話してくれた。しかし食べ物は何もないとのことだったので、空きっ腹を抱えたまま隣の家に行った。サルベリオの家だ。彼の甥エナモラードは、前回、我々によくしてくれた。この家の奥さんが白米と目玉焼きを作ってくれて、それが私の胃には実にありがたかった。それでもぜんそくはひどいままで、一〇歩も歩けば立ち止まらないではいられないありさまだった。極めつけはエル・マエストロだ。臆病風に吹かれて案内役のとんでもなく大きな回り道の案に賛成し、おかげで、当然のことながら私は憔悴する始末、それでやっと午前二時にもなってエルナンの家についたのだった。本当なら一二時には着いていたはずなのにだ。疲れ切った私はそれ以上歩くことはできず、目標地点にもたどり着けそうになかった。そこで眠ることにした。屋根に守られ、夜半過ぎから降り始めたひどいスコールはやり過ごすことができた。

**五日**

ここまで来たらおおっぴらに白状してもいいだろう。この行軍は失敗だった。我々はほとんど進みもしなかったというのに、合流の期限は今夜で切れたのだから。夜明け時にエミリアーノのおやじの家のドアをノックしたら、ずいぶんとおびえていたが、息子はもっと縮み上がっていた。二人が言うにはここいらはすっかり敵の手に渡っているとのこと。あちらこちらに警備兵がいると。だからここにいてはいけない、川沿いに上流に向かえば板造りの家があるので、そこまで行ってくれとのことだった。先にそこで待っていると。私は歩くのに苦労したが、我々は川沿いの湿地まで行って、そこで夜を待っていると、夜にはエル・マエストロの友人ラウルが彼を探しに来た。ラウルを通じて、機関銃を抱えた農民《グワヒーロ》アルマンド・ロドリゲスがこのあたりを通過したことを知った。ただし、服装は平服で、それは二月一一日のことだったそうだ。つまり、エスピノーサ岳の攻撃の二日後だ。

エミリアーノのおやじの家に行って食事した。そこでエルナンがマンサニージョに向けて出発したことを知らされた。襲撃のあった日、彼はルイス・ロドリゲスと一緒に私に会いに行こうとしていたが、そのときに銃撃が始まった。エミリアーノの娘たちは、男たちも元気をなくしているというのに、たいそう威勢がよく、おまけに愛想もいい。エミリアーノが名前の挙がったロドリゲスの家に我々を連れて行った。彼がラ・ビヒーアの山に導いてくれるはずだ。しかし、彼が教えてくれたところによれば、カブレラの家とエビファニオの家の間には警備兵が二〇〇人いるそうだ。そんな状況だし、私はこんなありさまで、頑張ってみるのもむなしいので、川のところに隠れていることにした。そしてルイスがエル・ヒバロ地帯に行って、その地所にどれだけの警備兵がいるか探ってくることにした。そうした上ではるかに近道を辿って直接エビファニオの家まで案内してくれるとのことだ。

六日

何もかもうまくいかなかった。エミリアーノは家に帰ったときに警備兵を四名見た、あるいは見たと思った。それですっかりびびりメーターの針が振り切ってしまった。その恐れがルイスに感染し、彼はエル・ヒバロには行かずじまいだった。ただし夜には、このあたりには警備兵がいっぱいいるとの知らせを持ってきた。だから我々をラ・ビヒーアに連れて行くことはできないとのこと。なにしろ危険なのだ。つまり我々は丸ごと一日無駄にしたというわけで、我々に残された道は二つしかない。案内をつけずに二人だけでラ・ビヒーアに行く道を探す。ところが私の肉体的な条件はひどいときている。でなければエル・プルガトリオの山のラウルの家の近くに戻る。結局我々は、山に戻ることにして、アドレナリンを注射してから行軍を再開した。目標とする地帯からほど遠からぬ森までは比較的楽に着くことができた。そこであまり強くないスコールに打たれて一晩過ごした。我々の取り決めはこうなった。ラウルが一日一回、二日にわたって食べ物を運んでくる。それから、更地伝いに山を進む。なるようになれだ。人々の印象は悪い。ルイスは食事代にと五ペソ受け取ったが、ラウルは靴を買うからとじかに同じ額を要求し、そのわりに額に見合ったものも出さなかった。さて、それで後は山に出るタイミングを待つばかりとなった。エリオ・フィゲレードの雑貨店は反乱兵士二〇人に物資を供給したとの知らせが伝わり、家宅捜索を受けたとのことだ。このあたりでの情報の伝わり方がじつに奇妙だ。

**七日**

完全に真っ白な一日だった。時計を睨みながら食事までの時間を数えて過ごす。食事は五時半に運ばれてきたが、私のガルガンチュア並みの胃には不十分だった。ラウルはビヒーアまで通れそうな峠があったとの知らせを持ってきたが、これまでの経験があったし、ろくに食べてもいないので、ちゃんと食べて準備し、明日、夜になってから出発、まずは一日かけてエビファニオのところに行くことに決めた。ラウルとその弟は、チチ・メンドーサの死の次第を我々に語ってくれた。彼は個人的な問題から密告され、機関銃の銃弾を浴びることになったとか。我々の仲間に志願してきて、エル・ムラートの爆撃の際に行方のわからなくなったエバンヘリスタは、結局、脚を怪我したのだという。

## 八日

依頼した任務は完全に失敗だ。我々は夜の間前進し、森を出てエルナン・ペレスの家《カシータ》に行った。そこではルイスが我々を待っていた。彼がここからだったら楽に行けるというところまで安全な道を案内してくれた。彼はコーヒーの木の叢で待つようにと忠告したが、私は体調が良かったのをいいことに歩き続け、結局、午前一時には道に迷ってしまった。そこはエビファニオの家の近くなのだが、正確には何があるのか、どの方角に家があるのか、まったくわからなくなった。朝が明けるまでの間、コーヒー園で眠った。ルイスが最後に残していった情報は、どちらも確かなようだ。レオン・イルセル、というのはジミーの父親だが、彼はバヤモで蜂起したとのこと。それから年端のいかない三人の北米人が反乱軍に加わったということ。前者は考えればあり得る話、後者はフランクから既に聞かされていたことだ。

**九日**

重苦しい一日。コーヒー園で過ごす。夜になって断続的な猟銃の発砲音。他には特になし。影がすっかり濃密になってから出発し、家畜場を突っ切って山を下り、ラス・メルセデスに向かう街道まで行った。そこまできて、さてどこに向かったものかわからなくなり、長いこと迷うことになったのだが、それというのも、この地域に九ヶ月住んでいたエル・マエストロの方向音痴のおかげだ。でもどうにか、夜明け近くには目的地に着き、そこで少し眠った。こんな非常識な時間にエピファニオの家のドアを叩くのははばかられたのだ。

**一〇日**

朝五時ちょっと過ぎ、夜が明けつつある時間にノックしたが、彼らは治安警備隊の罠だと疑い、開けることを拒んだ。我々は灌木の茂みに隠れてすっかり朝になるのを待った。最悪な事態になるのを恐れてのことだったが、何も起こらず、何のことはない、彼らはただ疑り深くなっているだけだった。よくしてもらって、すぐにまた家の近くの灌木の茂みに隠れ、日中を過ごした。折から警備隊員にとっては休日なのだった。[1] フィデルについての良くない知らせ。メリーノ高地で部隊の襲撃を受け、二つのグループに分断されたとのこと。フィデルについた一二人のグループと、シロ・フリーアスのところの六人のグループだ。この一行、それからある家を襲ったのだけど、そこで不意打ちを食らって銃口を向けられ、地面に突っ伏して難をかわすと、散り散りになって逃げた。ヤヨは発砲が止んだところでたまたまエビファニオの家に、猟銃も軍服もなしに上がり込み、何があったか陰鬱な調子で話し、その後仲間に連れられてマンサニージョに行った。シロは無事でシエラにいることがわかっている。フィデルの消息はわからない。連絡がついたのでマンサニージョの連中が明日、会いに来ることになった。フィデルに命じられた場所に一五人派遣する計画を実行できそうだ。この地帯の雰囲気は悪くない。エビファニオの家族はそんなに嫌がってはいない。地所は捜索を受けていないし、ミゲルは一度捕まったけれども、それも数時間だけのことで、近隣の住民が懇願し、身元を引き受けてくれて釈放された。エンリケは遠くへ行った。[2] 心の底からいやな思いをしたのは、〔エミリオ・〕ラブラーダが死んだという知らせを聞いたときだ。エスピノーサ岳で襲撃を受けて逃げている最中に、ある家で捕まったのだそうだ。どうやら、エル・ロモンに誰も見当たらなかったので、ある家に入って何やら無駄なことをやっていたところを、捕まったらしい。なかなかなくならない古くからの習慣だ。家の中でぼんやりしているときには、武器を手放すのだ。バティスタがラジオでしゃべったらしいが、聞けずじまい。したがって、どんな調子の演説だったのかはわからない。

一一日

今日も画期的な出来事のなかった一日。バティスタの演説に野党勢力は厳しい批判を多数寄せている。和解の道筋をつけていないからだ。山に登るというグループのリーダーが私を訪ねてきた。名前は知らないが、決然として、少しばかり思い上がっているように見えた。[3] シロ・〔フリーアス＝〕カブレラと話し合ってどのルートを辿るか決めたいから連れてこいと要求したので、私はすぐにディオニシオに頼んだ。ちょうどシロに言われてこちらの首尾を確かめに来ていたのだ。ディオニシオには明日の夜シロを連れてくるようにと頼んだ。そうすれば明後日にはサンティアーゴの責任者と会談を持ち、山に入って行くことができるだろう。彼は私のなくした薬と、セリアが送ってよこした本を何冊か携えて来ていた。それにフランクが捕まったとのニュースも。男は、フィデルが三月五日にはエビファニオのところにいて部隊を待ち伏せするつもりだとの意志を公にしたことを批判したが、それは正しいと思う。そのころには道という道が封鎖されていたのだから。

## III[4]

一二日

つまらない一日。シロを待って過ごす。すでにわかっていることにつけ加えるべきことは何もない。うまいものを食べた。

**三月一三日**

目を開けたと思ったらそこにシロがディオニシオを伴って現れた。間を置かずに二人は彼らを見舞った出来事を語り始めた。どうやらルイス・クレスポの誤解のせいで一行は二手に分断されることになったらしい。一二人はフィデルとともにいなくなっていた。ヤヨの持ってきた知らせは間違っていた。どういうことかというと、フィデルを探して歩いているうちに、ある家で、何人かはわからないが、警備兵に出くわし、発砲を受けたというのだ。シロとファハルドは一方の側から逃げた。ギジェルモはもう一方の側から逃げた。ヘルメットに弾を受けたとの意識があったが、猟銃も背嚢も放ったままだった。ペサントとフベンティーノは後にラ・デレチャにたどり着き、ヤヨはこの近所に来て悲劇的な知らせを伝えた。しばらくしてソトゥスが現れた。サンティアーゴからゲラとともにやってきた男はそういう名なのだ。我々は一五日か一六日には連中を驚かせてやろうと合意。その日はこちらではそのほか取り立てて何もなかったが、ハバナでバティスタ襲撃事件が起きたとのニュースが舞い込んだ。結果、学生運動のリーダー、エチェベリーアが死んだらしい。

**一四日**

平穏な一日。食事はたっぷりだった。ペペ・ロハスと明日会う約束をとりつけた。雑貨屋で、我々が必要とするときのために一〇〇ドルぶんの物資を確保すると約束してくれたのだ。ラジオがもたらすニュースは検閲にかかっているので、不確かなものばかりだ。どうやらテロリストの一団は大統領官邸の一階と二階を占拠したらしいが、バティスタは三階にいて、海兵隊が彼を救援に駆けつけ、そこにいる者を片っ端から亡き者にしていったようだ。逃げおおせたのも何人かいる。まったくよくわからないのがペラーヨ・クエルボ[5]の死のこと。襲撃とは無関係な場所で死んだのだとのこと。メネラオ・モラ[6]も死んだとされる。かつて大胆な行動に打って出て、追従者たちを刑務所から救い出した男だ。出来事を俯瞰する視点が欠けている[7]。

**一五日**

取り立てて目新しいこともなく日中を過ごし、夜になると、この先何日食べられなくなるかわからない最後の暖かい食事を摂った。少し歩いて約束の場所に出た。マンサニージョに向かう街道とティオ・ルケ〔ティオ・ルカス〕川の交わる場所だ。そこで待った。しばらくして砂を運搬するトラックが通ったが、シロの受けた印象では機関銃を運ぶ警備隊のもののようだったとか。平服の砂掘り人夫が二人しかいないことが確認されると、一気に緊迫した空気が流れた。しばらくして待ち合わせの相手ペペ・ロハスがやってきた。牛乳を二箱、チョコレート一箱、干し肉に腸詰めを持ってきた。それから我々の側の部隊の到着を待ったが、無駄に帰した。朝の五時になってそろそろ退散しようとしていたところ、突然農民がひとり路上に現れた。急のことで隠れる間もなかった。警備兵のふりをして、夜中に出歩いてはいけないとたしなめたが、シロが顛末を確かめたところ、我々が革命戦士なのはばれていたのだとのこと。農民は彼のことを知っていたのだ。彼にはこのことをくれぐれも黙っているようにと命じ、我々は川べりの茂みに隠れ、成り行きを見守った。それが午前中のこと。

**一六日**

朝早くエビファニオの息子のひとりの訪問を受けた。彼は何が起こったか話してくれた。仲間を運ぶトラックが雨のため側溝にはまり、皆、重い荷物を背負って歩くはめに陥った。今も徒歩で向かっているが、目的の場所には着けずじまいとのこと。我々は以前の宿営まで戻り、一日中待機した。蚊が多くてほとんど眠れなかった。夕方になってエンリケがやってきてシロを誘い、仲間を迎えに行った。眠っているような起きているような状態で朝の三時まで過ごしていると、仲間がやってきた。皆、疲労困憊、そもそもソトゥスにしてから、もうだめだと言っていた。一行とともにペドリン・ソットもやってきた。〈グランマ〉号でいっしょだった人物だ。朝までぐったりと死んだように過ごした。

**一七日**

全員が目覚めると近くの小さな林に移動、そこで日中を過ごした。人員は五〇人でそれが五つのグループに分かれる。表面上は組織されていないように見えるが[8]、それでもこの部隊は〈グランマ〉号の部隊と同じ不都合を抱えているように思われる。軍隊並みの規律の感覚を欠き、山歩きにも慣れていないのだ。食事は一日一回、フリカッセだけだとエンリケが命じると、それだけで皆、不平を垂れる。夜、行軍に取りかかった。ララという苗字の農民が案内役。部隊に参加したこの人物はカシージャスの書類を持っていた。最初の山に登っているときに、もう背嚢も武器も担げないと言うものが現れた。それでもどうにかこうにか、二〇〇メートルごとに休憩を取りながら、ティオ・ルカスの山を登り、プリエトの家まで行った。着いたのは夜明け時で、ソトゥスはここでも後衛に回った。近くの小高い場所に陣を張り、そこでしばらく眠った。

**一八日**

プリエトは我々によくして、まずまずの食事を出してくれた。五〇人もの人間を食わせるのは並大抵のことではない。一行は皆、疲れ切っていて、見張りにも立たなかったが、夕方、美味しいアヒアコを食べて力を取り戻した。ディオニシオがラ・デレチャまで仲間を迎えに行き、午前二時には一行は宿営に到着した。一行とは、ファハルドにギジェルモ、フベンティーノ、ペサント、それに最近加わった三人のソトマヨール[9]だ。

**一九日**

何もせずに日中を過ごした。一行は彼らにとっての革命最大の功績の疲れを癒した。夜、コーヒーで一服した後、少しばかり行軍してある山の上まで行った。そこでドミンゴ・トーレスの家に武器を取りに行ったディオニシオとマヌエル・ガルシアを待った。ベニーテスとペサント、それに二人の脱走兵が置いていった四丁の武器だ。ドミンゴ・トーレスは善良な老人のようだ。物静かだが熱狂的といった佇まい。その彼からコーヒーの苗木を一本、植えるといいといってもらった。一〇時ごろに仲間は武器を抱えてやってきたが、月が出るまでもう一時間待った。それから森の中を少しばかり行軍。少しばかりと言っても、それは道のりにして短いということであって、山中では二時間もかかった。そうして出たのは、そこから先すっかり更地という場所。そこで眠った。

二〇日

朝早く出発してとてものろのろと山の更地を歩き、ラ・デレチャの下り坂に出た。そこで我々を待ち受けていたのがリゴベルト・サンチェス。一帯の地主だ。彼の家にいた仲間たちを豪勢にもてなしてくれたのだ。何をすべきか話し合うためのちょっとした評議会が組まれた。農民一行も何人か加わって思い思いに口を挟んだ。私はギジェルモに三人ばかり連れてカラカスに行くようにと前もって伝えてあったので、シロが彼にシラントロに行けと言ったときには、ギジェルモはいやだと答え、かなり激しい論戦となった。そこで私が鶴の一声を発することになった。以前いたことのある場所まで行って、そこで野営を張った。午後、ギジェルモはソトマヨール兄弟とマヌエル・ガルシアを伴って出発した。私は夜になってから野営地を出、最初のうちは農民たちを診察して回った。ディオニシオがいっしょで、だいぶ早足で歩き、一二時に出て二時四〇分にはアンゲロ・マレーロの家に着いた。クレセンシオが山中でラミーロやチャオ、パンチョ、そしてモンゴ・トーレスらと休んでいるのだった。そこには一四〇人の武装部隊がいる。しばらく話して朝まで睡眠を取った。

## 二一日

クレセンシオが少し落ち込んでいるようだった。地主の友人に宛てた手紙を読めと言ってよこしたので見ると、例のサトウキビ畑の火事の件を否定し、〈七月二六日運動〉は常に建設的なことばかりやっていると、否定的なことなどしていないと書いてある。彼はこの手紙の内容を公開するよう頼んできた。私は、それはフィデルがはっきりと口に出して言った命令にじかに反することだと答えた。フィデルは手紙を公開するなという命令を出すと言ったのだった。夕方、マレーロの家に薬が持ち込まれ、そこでマレーロのおやじは近くの林に我々がいることを知った。すぐにクレセンシオにそこから出て行ってくれと頼んできたので、我々はその晩のうちに〈グランマ〉号の仲間三人、つまりラミーロとパンチョ、それにチャオと戻ることに決めた。ラミーロは喜んだが、チャオとパンチョは不承不承だった。一一時までカリスト二人[10]を待っていようということになった。マヌエル・アクーニャは来られないだろうとの見積もりだ。というのも、リモーネス一帯は敵に占められていて、アクーニャを殺そうと待ちかまえているのだから。夜になってアンゲロの家《ボイーオ》まで下りていったところ、すぐに豪勢な食事を出してくれた。それから一一時までそこで眠った。一一時になるとラ・デレチャ方面に向けて出発、午前三時半にはドミンゴの家に着いた。ラミーロの脚はいまだに良くなっていない。しばらく後に宿営を張って落ち着いた。

二二日

プリエトが朝やってきて、警備兵が四〇人ラ・アバニータにいると知らせた。次から次へと人が訪ねてきたが、周囲は落ち着いていた。食事に対する不満が少しばかりあるようだ。どうにかしなければとホルヘ・ソトゥスと話し合い、各人に一日二食、たっぷり配給するようにと手はずをつけた。

二三日

このところ雨が降らない。我々にとっては助かる。フィデルについてのニュースを待って過ごすが、出ない。ギジェルモについても同様。宿営に変わったことはない。前夜、ホルヘが連れてきた新参者たちと少し話し合い、シエラでの闘争がどういうものか、どれだけ堅固な規律が必要かを説明した。彼らはホルヘが命令を下すそのやり方に不平を垂れていた。少しはわかる気がする。フィデンシオ・フリーアスの息子だという農民がやってきて、仲間に加わりたいと言った。ひと晩じっくりと考えて、明日の朝、結果を教えるようにと言った。あらかじめ先の見通しも説明した。

二四日

朝からギジェルモが下にいるということが伝わった。フィデルにも出会えたそうだ。じりじりとしてさらなる知らせを待った。昼間、ギジェルモのメッセージが届いた。フィデルの痕をたどったが、本人には出会えずじまいだと伝えてきた。その後ギジェルモ本人がやってきて、三月二一日づけのフィデルのメッセージを渡した。ラ・デレチャに向けて移動中だと書いてあった。あらゆる兆しから読み取るに、フィデルは夜にも現れるものと思われる。ディオニシオはエル・ロモンあたりに行ってみたが、彼を見つけることはできなかった。夜、ある農家に行ってちょっとした相談事をした。それが終わったところでフィデルが姿を現した。それを機に、仲間一二人と新たな仲間ひとり、ビタリアーノ・トーレスが再び集った。ラミーロと私が、そこにいた者の中でも一番の保守派だった。食後、我々は下に残って兵力の配備計画を作った。いっしょにいたのはホルへ・ソトゥスとファハルド、ギジェルモ、それにニュースを聞きつけて下りてきたシロだ。分割した兵力をウニベルソ率いるひとつの司令部がまとめることにした。ウニベルソはこれで将校となる。三つの分隊の長はラウルとアルメイダ、それにソトゥス。ファハルドと農夫《グワヒーロ》〔ルイス・クレスポ〕は個別の警備兵、私は軍医。ラウルは私が警察も兼ねるといいと主張したが、フィデルは反対した。前線部隊を司令するのはカミーロ、後衛部隊の長はエフィヘニオ。三つの分隊の長は右のとおり。それぞれの分隊は長を含めて六人の班三つからなる。シロも将校だ。評議会のメンバーはフィデルとラウル、アルメイダ、ソトゥス、シロ、ギジェルモ、カミーロ、ファハルド、それに私だ。フィデルはまだ攻撃には早いとの意見を述べ、何人かの支持を得た。私は政治的かつ軍事的理由から反対した。あまり取り合ってくれなかった。結局、森の中をトゥルキーノ丘まで行軍し、その間は戦闘を交えないように努めることに決した。肉を少々食べ、歓談するうちに夜が明けた。

**二五日**

それから山に入った。フィデルはグループの面々を確認し、指示を与えていた。ところがやおら私を呼びつけて、サルバドール[11]がサンティアーゴから書いてよこした手紙のことを話した。軍からの密告で、クレセンシオ・ペレスが我々を売ったことはわかっているという。カシージャス司令官側に寝返ったのだ。我々が合流することになっているある地点で、我々を引き渡すつもりらしい。そう考えると話のつじつまが合うし、エウティミオの経験もある。[12]フィデルは少数の信頼できる者たちを招集し、今夜のうちに移動することを決定した。残っている連中に肉をたっぷり与えるよう命じられ、我々年寄り二〇人ばかりとグリンゴ三人、[13]それにホルへはリゴベルトの家に行って食事をとることにした。フィデルは全戦闘員に向けて熱弁をふるい、我々の欠点を挙げ、それを克服して戦闘を実現しなければならないと説いた。夜になって全員で山を下りた。食事に協力してくれた人々に解散を言い渡した。おかげで皆、満足したと思う。中にひとり、八番目の子どもをお腹に宿している女性がいて、男の子だったらフィデルという名にすると言っていた。リゴベルトのところまでの道のりは長く、悪道だった。上り下りの斜面があり、真っ暗な夜だったのだ。フィデルはすばらしいじゃないかと悪態をついたが、[14]その不機嫌もすぐにどこかに行ったのは、目的の家について丁重なもてなしを受けたからだった。一帯の農民たちは我々に会いに出かけた後で、その人たちに会いに行かねばならなかった。食事をして、フィデルは少し仮眠を取ることに決めた。午前三時ごろ、行きよりもかなり急いで帰り道に就いたが、以前の場所に戻るのではなかった。ラ・デレチャに置き去りにした連中と合流するためにある岳まで行くのだ。ちょうど日が顔を出したころに、到着。新たな志願兵がひとりいた。

二六日

前もって告げていた組織の再編成には取りかからずじまい。フィデルは午前中、睡眠。その後おみやげにと牛乳を持ってきたリゴベルトを迎え入れた。しばらく会談を持ち、数日後に実行予定のある計画を立てた。じつにすばらしい計画だ。ディオニシオが新たな志願兵を二人つれてきた。プリエトの妻のそれぞれ兄といとこだ。日中は仕事をし、日が暮れてから一時間ばかりの小さな行軍。ある岳についてそこで夜を過ごした。食料の最後の残りを食べきり、たぶん、この先不景気になる。政治のニュースを聞いていると、バティスタが相変わらず引き延ばし工作を取っていることがわかる。しかし野党も不安定な現状を利用して陣地を稼ごうとしている。それにバティスタにはクーデタが起きるかもしれないという恐れもある。パルド・ジャダのような人物がマイクを通じて告知しているからだ。市民団体が明日、キューバからの殺人の一掃を求めてのストに打って出る。

## 二七日

朝の間は動けなかった。夜にならなければ水を取りに行けなかったからだ。フィデルは今のうちに水を補給して、後々部隊のみんなが喉の渇きに苦しまないようにと考えたのだった。しかしながら、後衛の誰かが猟銃の装填スプリング音を聞いたらしい。新兵がピリピリするあまりの空耳だと思うのだが、時間前に出発することにした。エル・ロモンの頂上に着こうというころ、グリンゴのちびどものひとり、一番おとなしい者[15]が、疲れのあまり失神したようになった。エル・ロモンは、手持ちの高度計によれば、海抜八〇〇メートルの高さだ。エル・ロモン頂上に着くと、部隊の最終的な再編成に取りかかり、一行はこのような構成になった。前衛の指揮をとるのはカミーロ、配下には四人。そのうちひとりは案内役だ。三つの分隊の長をホルヘとラウル、アルメイダが務める。それぞれの分隊には班が三つ。班長は、ラウルの分隊がフリートとラミーロ、それにディアス[16]。ホルヘの分隊はシロとギジェルモ、レネ。アルメイダ分隊の班長が旧第五分隊長のエルメス〔エルムス〕[17]、ギジェルモ〔・ドミンゲス〕、こちらは旧第四分隊長、それから、学生班の班長ペナだ。司令部のメンバーはファハルドにシロ、農夫《グワヒーロ》〔クレスポ〕、ウニベルソ、彼も今では将校、そしてフィデルと私だ。後衛の指揮はエフィヘニオが執る。配下には三人。四時にエル・ロモンの反対側の農園に下りていき、ユカ芋とバナナを大量にかついできた。私はウニベルソとシロと一緒になって大きな袋を担いで歩いた。ただし、下り坂だった。前衛のうち二人が道に迷って脱落したので、その次を行く部隊が二人についていってしまった。司令部は道を誤らなかった。ラウルの部隊も大丈夫だったが、ホルヘと後衛はやはり迷ってしまった。フィデルはたいそうな剣幕で怒ったが、最終的には皆、目的の家に着いた。そこでユカ芋とバナナを煮て食べ、朝四時まで寝た。それから行軍を再開、二時間歩いて山に着いた。

**二八日**

森に着くと寝る者と食べる者がいた。私は食事をすることにした。午後二時には行軍を始めたが、上り坂で一苦労、新兵の多くはだいぶ音を上げていた。三時も過ぎてから山の頂上に立った。七五〇メートルの地点で、近くにはフリオ〔・セノン〕の墓があった。そこで革命軍メンバー全員が黙祷を捧げた。休憩後、行軍を再開したが、シロの班にはかつて撃ち合いのあった場所に行って、そこに隠してある食料を取ってくるようにと命じた。ギジェルモの班にはビエンベニード〔・メンドーサ〕の家に行き、マヌエル〔・アクーニャ〕がそこに隠した猟銃を取ってくるよう、そしてついでに、そこの家の人々はどんな具合か見てくるようにとの指示があった。それから農夫《グワヒーロ》とビタリアーノ、その他もうひとりには知り合いの家に行って明日の日中のために食事を準備するようにと伝えられた。たいして歩いてもいないうちに夜が訪れたので、台地状になった場所で日が改まるのを待った。政治状況ははっきりいって和解の方向だ。首相が代わり、新たな首相〔アンドレス・〕リベロ＝アグエロ[18]は必要とあらばシエラ・マエストラまで出かけて行って事態の解決を図りたいと表明。上下両院委員会も同様の表明を出した。〔アンセルモ・〕アジエグロ[19]は反乱軍の意見も考慮すると述べた。パルド・ジャダの要求するところでもあると。

二九日

午前中、リモーネスの方から断続的に発砲音が聞こえた。司令部にパウリーノという名の混血《ムラート》がひとり加わった。医療品を運ぶ係だ。ぜんそくの発作のために、これまでに私は医療品をいくばくか手放してきたのだ。昼の間、リモーネスとタバコ、カラカスの間の更地を、とてもゆっくりと、休み休み歩いた。夜になってラ・デレチャの川にある小屋に向けて山を下り始めたところ、任務を終えて戻るところだったビタリアーノに出くわした。これから豚一頭に加え、缶詰やラードを運んでくるとのことだった。二時間ばかり下り、夜のうちに川に着いたが、道に迷っていると、誰かが切ってくれたマランガ芋の山にたどり着いた。皆で抱え込んだ。ある山に登ると一軒の家に着いたので、そこでマランガを煮た。午前一時には補給の品が着いたので、平等に分配した。豚からはラード三缶と冷製肉四缶ができた。夜明けには山を登り、台地状の草木のない場所に出たので、そこで休憩。シロとギジェルモに与えられた任務も遂行された。シロは食料など跡形もなくなっていたと報告。ギジェルモはビエンベニードの妻からの白状さえも引き出してきた。エウティミオが我々を裏切る前に、そうするつもりだから気をつけろと、彼らに警告したというのだ。ラウルのフランス語の教科書はそこにあったのだが、持ってこなかった。食べものとハチミツをもらったとのこと。政局は相変わらず。

三〇日

政局が転換した。ペラーヨ〔・クエルボ〕の真正《オルトドクソ》党グループが、前もって人権の保証および恩赦がなければいっさいの対話を拒むと言った。〔ラファエル・〕ディアス＝バラール[20]は「外人部隊傭兵」フィデルと会見する可能性などないと表明。両院委員会はヒアリング対象となる諸派のリストを提示したが、その中に〈七月二六日〉はなかった。我々の痕跡を嗅ぎ回る農民三名を捕まえたが、調べてみるとそのうち一人はシロの仲のいい友人だった。かつて治安部隊の案内役を務めた人物の娘と近々結婚するという。強いられた結婚だとのこと。青年は目覚め、闘う準備ができたと語った。若牛と豚、それにマランガ芋があるので、次に我々がここに来たら提供しよう、とのこと。今回はただコーヒーと砂糖だけを頼み、彼らはそれらを夜になるころに持ってきた。仲間たちは班ごとに料理を作るようになってきた。食べられるものは何でもかんでも放り込む。フェルナンドという名のくだんの農民と話し合い、今度近くを通ったら誰かを送っていろいろと物資を無心することを取り決めた。

三一日

バティスタが演説で、反乱グループとなど話し合いはできないと表明した。そんなグループは存在しないのだと、フィデルはシエラ・マエストラにはいないのだと。朝、別の農民がやってきた。セレスティーノというその人物は、周囲には危険がいっぱいだと知らせに来たという。誰からも我々がここにいると教えられたわけではないのだが、自分で気づいてやってきたとのこと。フリオ・ゲレーロが何日か彼の家にいたのだそうだ。その農民によれば、フリオには仲間が一二人同行していて、彼は全員に食事を与えたらしい。男はカカオも持っていて、あらかじめ金をやり、近所の農場の収穫の時期の約束も取りつけた。カラカスから山に登り、頂上（一二五〇メートル）に着いたところでディオニシオに出くわした。クレセンシオからのメッセージを携えていて、それには武装グループはいないと、あるいはそこにいる連中は武装していないと書いてあった。しかし、マンサニージョのグループが武器を提供してくれるようだから、フィデルにそれを手に入れる許可を出してほしいとも。クレセンシオは脚が悪くてうまく歩けないのだそうだ。フィデルは返事に本気で差し出してくれるものはなんでも受け取ればいいいと、それから仲間をちゃんと武装させてから合流すればいいと返事した。下山を始め、一時間でエル・ムラートのかつての宿営にやってきた。空爆を受けた場所だ。そこに五時二〇分までいた。それからルビオの家に下りていって、そこで食事し、休んだ。前衛が早い時間にこの家とその住人を抑えておいたのだ。それから家主といっしょにいた農民を二人、捕らえた。ハチミツを買い上げ、他にも物資を手に入れた。物資補給のシステムがだいぶうまく回っているようだ。隊の士気は高い。ウニベルソが川に置き去りにした猟銃は見つかった。

†注

1 一九五三年三月一〇日がバティスタによるクーデタの日で、それを記念したもの。

2 ミゲルとエンリケはエビファァニオの息子。

3 ホルヘ・ソトゥスのこと。ソトゥスとの関係はエルネスト・チェ・ゲバラ、前掲書、五一—五六ページ所収「増援部隊」［邦訳七二―七七ページ］に語られている。
4　新しいノートの始まり。前に述べたように、チェ自身がローマ数字で書いている。
5　真正党《オルトドクソ》のリーダー。この出来事のために独裁政権の弾圧を受けて死んだ。
6　反独裁制の戦闘家で、大統領官邸襲撃の協力メンバーだが、戦闘中に戦士。
7　三月一三日と一四日、チェは大統領官邸襲撃について聞いたニュースのことを書いている。メモしたことがらについて、何が起こって誰がそれを行ったのかということが、深く知ることができていないとみなし、最後には「出来事を俯瞰する視点が欠けている」と書きつけている。エルネスト・チェ・ゲバラ、前掲書所収「増援部隊」五六ー五七ページ［邦訳七二―七三ページ］ではもっと詳しく総括している［注3では「増援部隊は原書五一ページから五六ページとしているので、ここには矛盾がある。五一―五二ページか？］。
8　原文のママ。
9　ホセとマルシアーノのソトマヨール兄弟に、そのいとこアンヘル・エモンセラのこと。
10　カリスト・ガルシアとカリスト・モラーレスのこと。〈グランマ〉号遠征隊員。
11　フランク・パイスの戦闘員のひとり。
12　この観測は、いささか根拠を欠き、すぐさま否定された。エウティミオの裏切りという前例があるために、疑いがどこまでも晴れることはなかったのだが。
13　グワンタナモの海軍基地の軍人の息子で、ゲリラに参加を希望した三人。名前はそれぞれ、チャールズ・ライアンにマイケル・ガーヴェイ、ヴィクター・ビューハイマン。
14　［原注はここでの「悪態をつく」という語putearがアルゼンチン語法であることを注釈している。逆に言えば、ここまではゲバラがアルゼンチン人であることの違和感は産み出されずにきているということだ。山中の地形などに関しては、むしろキューバ語法に満ちている」

15 マイケル・ガーヴェイのこと。彼はほんの一五歳だった。
16 エミリアーノ・アルベルト・ディアス゠フォンテーヌ、別名ナノ。
17 エンリケ・エルムス。
18 上院議員にして体制の代理人のこの男、後に一九五八年の選挙の茶番劇に打って出て大統領に選ばれるが、革命が勝利したため、その職に就くことはなかった。
19 上院議長。
20 独裁政権のスポークスマンにして忠実な協力者。

# 四月

一日

パルド・ジャダは新聞に寄せたコメントで、いろいろと矛盾があると指摘している。バティスタはシエラ・マエストラには反乱軍はいないと声高に宣言したというのに、バレーラ[1]はシエラ・マエストラに展開する部隊の指揮を改めて執るために出発したではないかと。ペレス＝セランテス[2]も、年端のいかぬ三人のグリンゴどもの捜索にと同山脈《シエラ》に向かったと。夜が明けてまた宿営まで登っていき、そこで昼まで待った。日中、しかたなくカラカスの山の頂を登ったり下りたりして、かつて立ち寄ったことのある家が見下ろせる森に出た。しかしその家も今はもぬけの殻。そこで料理して残りの時間を過ごした。

二日

ペレス＝セランテスはシエラ・マエストラ行きを否定した。海軍の飛行機が一機、墜落した。両院委員会は、軋轢を回避するために選挙の日程を明記しない文書を共同で作成するとの合意に達した。非常に穏やかな日中。大量の調理ができたのは、立ちこめた霧が晴れず、煙をごまかしてくれたからだ。夜になって小屋まで下りていき、よく食べた、というのはつまり、少なくとも量はたっぷりだったということだ（マランガ芋とフリホール豆）。それから下山した。しばらくすると前衛隊が、途中で捕まえた若い農民三人を引き渡してきた。その後、さらにもう一人。近隣の住民だと身元は割れた。一人は山の上にある家に行っていいとして解放され、一行は残りの三人、父と息子、それに娘婿だったが、その連中について、川の近くの砂州にある家まで行った。コーヒーを飲みながらフィデルは、気になるところをいろいろと探っていた。それから行軍を再開し、川（六五〇メートル）に着くと目の前の山を登り、その頂上（一〇二五メートル）には夜明け時に着いた（途中の家《ボイーオ》で眠ったのだ）。ヤヨは、四散していた時期にガブリエルとかいう人物の家に置いたままの猟銃を取りに隊列を離れた。〈グランマ〉号から下船して今日が四ヶ月目の日だ。

三日

ペレス＝セランテスはラジオのインタビューを受け、自分がシエラに行くとのニュースを聞いてたいそう驚いたと述べた。そんなことを口に出したことなどないというのだ。しかしながら、北米の居住者たちがそれを依頼してきたし、政府も許可を出しているので、行くつもりだとも。ただしまだ接触はしていないと。エチェバリーアがエル・プリアルで捕縛された。彼はラウルの日記と学生たちの宣言書、それに写真や手紙を持っていた。捕まる前に誰かにそれを渡したかどうかはわからない。ヤヨは猟銃を手に入れて三時に戻ったが、特に変わったところはなかった。日暮れ時には少し行軍してエル・マグダレーナの両側の川をふたつ超えた向こうに渡った。ラミーレスという苗字の農民一人を捕らえ、いくつかの情報を得た。近所の家の住人の素性などだ。バルトロと言うらしい。この人物の家に行ったところ、良くもてなしてくれて、いい具合に味つけされた料理をいただいた。食べ終えてみると私はバカラオ鱈に当たったらしく、トコシマをスプーン一杯飲むことにした。しかし、たまたまそこにあったのはトコシマの缶に入った消臭剤で、三口も飲んだところで気がついたのだった。何ごともなかった。朝まで眠った。

## 四日

とある農園伝いに山をのぼり、マランガ芋とバナナを調達。それからは長い坂道で、ブエルタ・デ・カルネーロの山の上（一一〇〇メートル）に着いた。カラカス一帯を見渡せるすばらしい見晴台になっていた。そこで料理して三時には長い下り道を下り始め、コラーレスという農民の家に着いた。前にフィデルが立ち寄ったことのある家だ。前もって先遣隊を送っていたので、うまい食事にありつけるものと期待していたのだが、当の農民は夜に料理をした方が危険が少ないというので、何も用意していなかった。料理している間に私は、その家の子どもたちや夫人を診察した。彼女はマラリアだったので、カモキンを処方した。料理の準備ができたのは夜の一時くらいで、私たちは五時には起床した。家主によれば、一帯には敵部隊の動きがあったらしく、革命戦士を装った警備兵が革命に協力した農民たちを捕まえていったのだそうだ。

**五日**

早い時間に山の最初の部分、つまりはげ上がった部分は登り終え、森の中に入っていった。それから、たぶん、エル・ピナールの山という名前だと思うが、その山を登り続け、カラカスのそれより一〇メートル高い（一二六〇メートル）頂上に出てからはラス・ベガス[3]からラ・プラタに向かう街道に入った。そこをある程度歩いてから下り、かつてクレセンシオといっしょに通ったことのある更地を歩いた。ある地点で方向を間違えたのだが、結局はある家に着いた。かつては人のいなかったその家にも今は持ち主がいて、それがミゲルという名のハイチ人だったのだが、彼は私たちをみてもそんなには怖がらなかった。その家でフリオ・ゲレーロを知らないかと訊ねたが、そいつは逃走中であり、家は焼かれてしまったので、誰も彼がどうなったか正確には知らないとのこと。そのハイチ人の家で食事し、眠った。ぜんそくが少しぶり返し、私は何やら具合が悪かった。興味深いニュースとしては、敵兵が三二人、この一帯を通過していったとのこと。また、フアン・アマドール・ロドリゲス[4]が、反乱軍と話をして政治的歩み寄りを計るつもりだと宣言したとのこと。

**六日**

サント・ドミンゴの訓練場にいた五六名のキューバ人亡命者がマイアミに庇護を求め、自分たちはトルヒーヨ政権の実質的な捕虜であり、収容されていた訓練場というのは、キューバ攻撃のための訓練を行っていた場所だったのだが、思いがけず両国間に協定ができたので収容所に変わってしまったのだと明かした。一日中動きなし。朝早くミゲルの家を出て森の中に陣を張った。ここは前に来たときに、警備兵を捕虜にした場所だ。以前は家長〔アンヘル・ベルデシア〕がフィデルの父君といっしょに働いたことがあるという農民の一家に会ったのだった。最初フィデルのことがわからなかったのだが、ラウルを見てわかったもようで、それでやっと仕事をお願いすることができた。イサークを探しにいくという役目だ。夜には山の上の戦略に利用する小屋までいき、そこで三つのグループに分かれて眠った。この日の唯一の汚点はラ・カリダー・デ・マタから参加の二人の黒人少年が脱走したことだ。前々からびびりの徴候を見せていた二人だ。[5] 二人を探す任務はソトマヨール兄弟に任された。なにがなんでも連れてこいと。

**七日**

今日、バティスタが話した。[6] 演説が始まったのは土砂降りのスコールの最中だったので、皆が退散した後だった。話したのは三、四分で、たいしたことは何も言わず、すぐに別れを告げた。印象としては、この儀式は失敗に終わった。最大の失敗はこれだけの外国の特派員を集めたことだ。日中は農園で、派遣した連中からの知らせを待って過ごした。全分隊が森の中に集まった。前衛と後衛は別で、空き地の入り口に留まった。一日中、誰も来なかった。農夫《グワヒーロ》ルイスはソトマヨール兄弟とともに探索してハチの巣箱ふたつから採蜜するようにと派遣されたが、巣箱は空だったとのこと。しかし開墾している男たちをみつけ、昼の間ずっとその者たちを引き留めた。夜になったら全隊列が家《ボイーオ》に下りて食事をし、食べ終わると森に戻った。

**八日**

グラウ［ラモン・グラウは真正者《アウテンティコ》党主として三〇年代と四〇年代に大統領を務めた］はもう調停委員会に報告書を提出する用意はできており、全政党が彼に従う見込み。例外は真正党《オルトドクソ》不介入主義派の者たちで、その一派を率いるビスベ[7]は棄権を予告している。議会を不成立とみなす学生たちも例外。カマグエイの裁判所長がラジオのインタビューに応え、ペレス＝セランテスが行こうが行くまいがシエラ・マエストラに行き、グリンゴ青年三人を探すと同時に、和解のための対話を始めたいと表明、これに関していろいろと愚かなことを述べ立てていたが、なかでも、外国列強が介入する好機と見なす前に、対話によってキューバに平和をもたらさなければならないと言った。朝のうちは家《ボイーオ》の中で過ごし、それから山を登ったかと思ったところに家主一家がやってきたので、捕まえた。男は苗字をペーニャといい、ラス・ベガスの商店主サンティアーゴ・ゴメスの甥と一緒だった。甥には塩、その他のものを持ってくるようにと頼んだ。家主はずいぶんと信用ならないやつだったが、それでもどうにか少し歩み寄った。しばらくして農民《グワヒーロ》ロネルがイサークを連れてやってきた。何かの請求書も持ってきた。イサークは呼ばれてとても熱狂しているとのことだったが、少しばかり金の問題に興味があるもようで、物資を頼めばやってくれるほどの勇気はなさそうだった。夜、フィデルはラウルとホルへを伴って追加の物資を調達に行き、ついでにイサークと話し合い、マンサニージョに金を受け取りに行くようにと画策した。だいぶ時間が経ってから戻った彼はお冠で、というのは我々が米を食ってしまった上に、何もかも期待通りにはいかなかったからだ。

**九日**

真正党不介入主義派《オルトドクソ》に真正者党《アウテンティコ》プリーオ［グラウに次いで大統領の地位にあったカルロス・プリーオ］派や民主党不介入主義派が加わり、和解を拒否する姿勢を示し、共同で声明を発表すると約束した。ディアス＝タマーヨはオリエンテ州の軍のリーダーの任を引き継いだ。グラウは下院議会に参加、政治犯の恩赦と人権の保障、一九五七年一一月の選挙、新しい投票用身分証の発行、四三年法の適用などを訴えた。我々が日中やったことといえば、ただ新しい宿営に移動したことだけだった。それまでのところから五〇〇メートル離れているだけだが、山脈とはげ山の間にあって、最良のものだ。これまでに最良とまでは言わないが。食料はだいたい三日分ある。ソトマヨールからの知らせを待ってトゥルキーノ岳の向こう側への移動を再開する予定。今日は米と、それから宿営近くの小川で獲ったエビを食べた。

## 一〇日

サンタ・クララで蜂起があったが、その規模は不明。[8] バティスタは明日、ジャーナリストたちを乗せた飛行機をピロンに飛ばし、革命が現実的に根絶やしにされたことを確認してもらうとのこと。製糖を終えた製糖工場が一九ある。同じ地点で日中を過ごす。一日中、実質的には何もせず。ただし、夜、私はまだ具合が良くならないという農民の妻を診察に行った。アンヘル・ゴメスに頼んだ塩が到着したが、それ以上に重要なのは、彼がもうひとり農民を連れてきたことだ。ペーニャという名の彼はおじさんが蜂起したそうで、その彼を探しているとのこと。男は興味深い情報もいくつか教えてくれた。とりわけ商品を補給したばかりの店が「すぐそこの更地に」あるという。その店を四〇人で襲撃に向かった。前衛と後衛からもうひとつ小さな見回り隊をつくり、ポパを探しに行った。ポパというのは密告屋なので、ひとつ脅しをかけて、雌牛の一頭もくすねてやろうというのだ。農民《グワヒーロ》ペーニャはマンサニージョに送られた。ジャーナリストたちと接触し、ここかもうひとつの宿営まで連れてくるためだ。セリア・サンチェスと繋がりを作るのが任務だが、彼女が無理なら、ジャーナリスト専門学校の校長に頼んでコネをつけてもらう。私が農民の家《ボイーオ》で休んでいると、商店襲撃に行った部隊が外を通った。店には在庫があまりなかったのだそうだ。それから前衛と後衛で作った部隊もやってきた。こちらは首尾よくポパに打撃を与え、馬を一頭せしめることができた。しかしポパは密告屋ではないとの印象を得たとか。馬は金で買ったわけではないが、怪しい真似をしなければ金は払うと約束した。

一一日

ニュースはほとんど聞こえなかった。朝、宿営に戻ると、ぜんそくが進行していることに気づいた。日中は何もせずに過ごし、夜になって農民が人を使って探しに来たので、薬をやり、病人の面倒を見ているので行けないと伝えた。馬をつぶして皆が美味しく食べたが、農民たちは別で、彼らは食べなかった。我々の部隊で食べなかったのはウニベルソとパウリーノ、それにマルシアーノ[9]。最初、翌日出発することにしたのだが、馬を干し肉にする見通しがたたず、フィデルは考えを変えた。私はぜんそくが進行してあまり眠れなかった。

一二日

ジャーナリストたちも油断のならない連中だ。シエラ・マエストラに関しては何ひとつ開示してくれなかった。一日中ぜんそくで農夫《グワヒーロ》〔クレスポ〕のハンモックに突っ伏して過ごした。夜の間、親切にも譲ってくれたのだ。干し肉は加工の時期を終え、とても美味しくなってきた。皆、馬を食っている。

一三日

CMQ[10]がフィデルへのインタビューのために特別に記者を派遣してきた。バレーラはラジオで、フィデルが口先で騒いでいるだけで、シエラ・マエストラには彼の仲間などひとりもいない、と言った。アロンソ・プホル[11]は、シエラ・マエストラの蜂起兵たちの意見に耳を傾けるようにと要請した。かなり美味しい朝食を食べてから家のある更地の方角へむけて出発。皆ついてきて、山の上に向かった。司令部は下に残って農民のラジオから流れてくるニュースを待った。この男はずる賢く、金で動いている。家を空けると言っておきながらいつまでも空けない。昼食後、山をのぼって更地に着き、そこで夜を過ごした。私は農夫《グワヒーロ》ルイスのハンモックで、そして彼は下の家の農民から買ったハンモックで寝た。高度は八五〇メートルで、夜は寒い。

**一四日**

外からのニュースはとぼしい。所在なく歩いていた警官がふたり、サンティアーゴで死んだ。電気会社はストに出た。我々の側からのものはもっとたくさんあって、しかもいいものばかりだ。一日中同じ場所にいたが、午前中、アンゴ〔・ソトマヨール〕がセルヒオ・ペレスとともに戻ってきた。アンゴとその仲間は一四時間でラ・デレチャに着いたが、逃亡兵よりも先だったとのこと。やつらは三日後に現れた。リヴォルヴァーと薬を返し、いろいろと言い訳を並べ立て、何も口外しないと約束した。セルヒオ・ペレスが先導してきたのは、彼の父親が歩けないからだ。彼は小さなグループを作ってはいるのだが、たぶん、武器は足りていないのだろう。他にも一九人のグループがあるとの神話があって、期待できるのだが、本当にそれが存在するかどうかは不明。しかし彼らが運んできたよいニユースというのは、何よりも、セリアの手紙だった。それによれば、エチェバリーアは何もしゃべっていないし、彼から押収されたものは何もないのだそうだ。万事うまく行っているとのこと。工作は進んでいるし、金もあるので送ると、ただし、これから送るということだが。それから注文のあったラジオもこれからだ。他の連中は生きているのかわからない。明後日にはイサークがくることを期待しよう。それから同じ頃までにペーニャも戻るはずだ。セルヒオ・ペレスは後衛に配置され、エル・ロモンからの人々を待つことになった。

**一五日**

朝八時に行軍を開始。一時間ちょっとで頂上に着いた。そこ（一一五〇メートル地点）でしばらく休憩。その間にシロとその班が下りの道を探索し、ギジェルモはかつて戦闘後[12]に登った道を探索した。ギジェルモが下り道を見つけたので、その道を下りることにした。いくつか枝分かれがあって、現実的なルートを探し当てるのに苦労し、少し時間がかかった。下りてしばらく休憩、ショウガをかじっていると、シロが戻ってきた。しばらくしてかつての宿営に到着。かつて私が兵士を殺したあの家にいた一家の者たちはたいそうびっくりし、それからひどくおびえた。もう一軒の家は焼け落ちていて、家主は戻っていなかった。連中はすぐに家を明け渡すことにした。その前に死人の知らせを教えることも忘れなかった。四人いたのだそうだ。すぐに何人かを様子見に出した。食事はまあまあ。それから寝たが、ぜんそくが少し出た。

一六日

他にやることもなかったので、探検隊を派遣した。ひとつはギジェルモが率いるもので、これは夜の間戻らなかった。政府の敵だと思われるエミリオ・カブレラなる人物に会いに行ったのだ。昼下がり、三名のグループが捕まえられた。マルティネスと彼の妹でイェヨ・メンドーサの妻、それにとても挑発的な混血少女だ。イェヨとかいう輩とその弟、それにそのおじがカシージャからスパイとして送り込まれたとの情報をつかんでいた。一行は何度でも誓って言うが、自分たちはスパイではないと、誰にも何も言わない、と言ったので放してやった。ぜんそくはひどくなっていく。捕虜の一行が残していったニュースによれば、報道の保障が回復したとのこと。

一七日

朝目覚めると、エミリオ・カブレラが訪ねてきていた。彼の家にギジェルモと仲間ふたりは米をもらいに行っていたのだった。男は品のある顔立ちをしており、我々の味方だと語った。そして何より、密告屋が誰なのか教えてくれた。フィリベルト・モラというらしく、ではそいつを捕らえようと、ギジェルモとホセ・〔アリアス・〕ソトマヨール、フリート、それにフベンティーノが出かけて行った。フィデルが農民《グワヒーロ》エミリオにラジオを持っているかと訊いたところ、すぐに持ってくると言って、午後には持ってきた。午後には後衛も到着。途中、激しいスコールをやり過ごしてから来たそうで、他の農民から手に入れたラジオも持ってきた。この日午後に新たな宿営へ向けて出発する手はずになっていた。先導するのはペペ・マルティネスと、それからもうひとり、シロ・フリーアスが連れてきた農民。ところが、ギジェルモが一日中戻って来なかった。夜、食事の準備をしていると、一帯をしばらくの間飛行機が飛び回った。フィデルはこれにひどくやきもきして、翌日の早朝に出発することにした。最も重要なニュースは労働者と交通・電気の団体との軋轢に関係したものだった。コンフィーニョ[13]は労働者がこれ以上ラディカルな態度を取らないように仲介者を装っている。調停は二二日の月曜日まで中断されるが、バティスタは今年中の選挙の要請には応じないもよう。バレーラ大佐はハバナに戻った。ピロンに舞い戻ることはないと思われる。部隊の一部も引き揚げた。

**一八日**

朝早く、ギジェルモがフィリベルト・モラを連れて現れた。前者の話を聞いてみると、このフィリベルトという男がどんな人物かがわかる。密告の常習犯なのだ。シロがフィリベルトの親しい仲間のモンテーロとかいう人物の息子たちに目撃されていたということもわかった。シロはむだなやり方でごまかそうとしたが、見破られ、彼らは父親に告げ口、父親はエル・マチョの軍本部に知らせに行こうとしているらしい。この男は、というのはつまりフィリベルトは騙されてここに連れてこられたのだが、フィデルを見るとただちに事の次第に気づき、言い訳を始めた。彼はまたいつかの奇襲攻撃の際に軍をその場所まで案内した張本人だった。小径を歩いてある廃屋に着くと、そこではペペ・マルティネスともう二人が待機していた。ひとりはサント・ドミンゴという集落の商店主で、ラロ・サルディーニャスと言った。無条件に我々に協力してくれるとのこと。それから、個人的な知り合いではないが、フィリベルト・モラという名の密告屋には気をつけろと警告してくれた。我々は彼に定期的に物資を供給してくれるようにと頼み、彼らは先に出発。我々はもっと後で、隊列を組んで出発。ぜんそくのせいで私は歩くのに苦労した。野営地にする予定だった場所に近づいたところでペーニャが我々に追いついた。マンサニージョからの伝令だ。セリアからの手紙と五〇〇ドルを携えて来たのだ。セリアはこの前にもうひとり伝令を送っており、それにはもっと金も持たせたという。ただし、送った先はサンティアーゴだったとのこと。同時に、ジャーナリストたちの居場所がわかり、シエラに送る予定との知らせがあった。フィデルはラロをマンサニージョに送ってセリアに手紙を渡すように頼むことに決めた。ハシントの書いた文書もあった。そこで彼は反共産主義に賛成の立場を明確にしている。あろうことか、ヤンキーの大使館と何やら共謀することすらほのめかしている。そういうことをするやつなのだ[14]。宿営に到着後、ただちに密告者が処刑された。一〇分後、〔……〕私が死を宣告した。夜になって四〇人で物資を取りに出かけたけれども、しばらくして戻ってきた。というのも、案内人のペペ・マルティネスが道を間違えたのだ。

**一九日**

午前中、指令を受けて〔ペペ・〕マルティネスとペーニャが出発。マルティネスはどうやら我々の味方らしいマルシアーノという人物の居場所を突き止める役目、ペーニャはマンサニージョからの一行を待ち受けて連れてくる役目。マルティネスは一日経っても戻って来なかった。私は六時間ACTH［副腎皮質刺激ホルモン。てんかん治療に用いられる］を投与。少しでも良くしようとの思いだ。夜、なかなかペペが帰って来ないので、翌日には動こうということになった。

二〇日

前衛が探索を始めたときにマルティネスがマルシアーノを連れて現れた。彼は意外にも不案内で、道に迷ったとのこと。マルシアーノは我々の大のシンパで、仲間たちを何人かかくまったことがあることがわかった。特にラウル・ディアスやソトロンゴは、再会してすぐにわかった。この場所は幹線道路からだいぶ離れているので、自分の家まで来るといいと言ってくれたので、三時間後にはそうした。私はぜんそくがひどかった。ラ・マエストラの上にあるその家《ボイーオ》に到着後、谷の小川のところまで下りていって、そこで野営を張った。夜、物資を取りに四〇人近い遠征隊を派遣。もうひとり商人が登場、九〇ドルで牛一頭も売ってくれた。

二一日

午前中、物資を調達に行った連中が戻ってきた。ラバで運んできた荷物は、山の上まで運ぶことができなかったので、あきらめねばならず、隠してきたというのだが、これがいろいろな不都合を引き起こしてしまった。というのも、ある密告屋——中立派だと思っていたのだが——に見つかってしまったからだ。牛を殺し、贅沢に分けて食べた。夜、六人がこちらに向かっているとの知らせが入った。二人が女性で、二人がグリンゴだ。連れてきたのはラロ。翌日まで待つことにした。というのは〔そいつは[15]〕ラロのコーヒー園で眠るだろうからだ。我々を一目見ようとやってくる農民の数が多くて困る。一番大切なニュースはアルマンドの機関銃についてのもの。彼がクブリーアスとかいう人物の家に置いてきたというものだ。レアルという名の、マチャード時代にエルナンデス[16]指揮下のゲリラ戦士だった者が、それを取りに行った。マンサニージョから二人の人物が合流したが、彼らは一月前から我々を探していたそうで、ペーニャの二人のおじとともに仲間に加わった。一帯の人間二人と、マランガ芋を四六〇キロ買う契約をした。

二二日

この日、夜か、夜半過ぎにジャーナリストたちが来ることになっていた。だから陣営も水の近くの更地に替えたのだった。陣地替えは夕方に行われたが、私はぜんそくのせいで人の二倍三倍手間取った。司令部は一番高いところに陣取ったが、それには二重の目論見があって、ひとつはこれでより安全であるということと、もうひとつはジャーナリストたちにより強い印象を与えられるということだ。ペーニャと新入りたちを物資の買い出しに派遣、缶詰や米などを頼んだ。で司令部にジャーナリストたちが来られないとの知らせが舞い込んだ。兵士一〇名がラロの家を取り囲んだのだ。彼の妻がそれをペーニャに伝えた。いっさいはあの靴の男が密告したためと思われる。マルシアーノは家族をニケーロに連れて行き、自分は我々の軍勢に加わった。ギジェルモが密告した農民を捕まえに行く役目を受け、カミーロは部下を連れてジャーナリストたちを迎えに、そして必要とあらば救い出しに行く役目を引き受けた。

二三日

ジャーナリストたちは捕まっているわけではなかった。こちらに向かっていると、ビタリオがカミーロから送られて伝えに来た。彼らは下の道を「自由意志で」外れて歩いているのだそうだ。敵兵はルカス・カスティージョの家にしばらくいてから引き揚げたのだそうで、警戒するまでもなかったようだ。ギジェルモが密告屋と思われる農民の息子ふたりを連れてきた。彼らによれば、父親ともうひとりの息子は馬でエストラーダ・パルマに行ったのだそうだ。シロが我々より上方にある更地を探索、歩ける道を見つけた。捕まえた子どもたちの父親が姿を現し、密告したのは自分の息子だと告げた。ひとつ脅しを入れてやらねばということになった。解放はしなかった。夕暮れ時にジャーナリストたちが二人のキューバ人青年に連れられてやってきた。サンティアーゴの行動隊代理人マルコスと、通訳のマルセロ[17]だ。セリアとアイデー、それにグリンゴのジャーナリストが二人。リポーターのボブとカメラマンのウェンデル[18]だ。一晩中話したが、グリンゴたちの残した印象は良好だ。

二四日
翌日、宿営を背景にインタビューが始まった。[19] 三人のグリンゴのちびどもは質問にだいぶうまく応えていた。一日中、そんなこんなでばたばたした。前日の父親と息子たちを解放した。

二五日
多数の兵士がこちらへ向かっているとの情報が届いた。新たな志願兵が四人加わった。ひとりは我々の痕跡をたどってきたそうで、どっちにしろ我々の行くところ、痕を見つけてついて行くつもりだとのこと。ビクトリア・デ・ラス・トゥーナスからの人物は二ヶ月前から我々を探していたと。小柄なカマグエイの者が二人、こちらもずいぶん前から我々をつけていたそうで、冒険者二人組みたいだ。[20] ラ・マエストラの更地沿いにトゥルキーノ岳への道を進んだ。首尾は上々だった。途中で雨に降られたので、ある農民宅に押し入った。息子が三人いた。小麦粉を食い、服を乾かし、寝た。

二六日
マルコスはサンティアーゴに向けて出発。機関銃一〇丁とジョンソン軽機関銃一一丁、それに小型カービン銃六丁を持ってくる役目だ。案内人はモリネーロスという名の男で、マリフワナの運び人[21]をしているおかげでシエラ一帯をくまなく知悉しているのだった。私はぜんそくがひどく、人の後からゆっくりと歩くのみ。カメラマンのウェンデルはひどいびびりだ。我々を泊めてくれた農民《カンペシーノ》は無分別なことをしてくれた。我々がやって来ることを知り、それを他の住人たちに話したのだ。連中はそれで家《ボイーオ》を捨てて逃げた。我々の仲間の一部が道に迷っていることが知れると、男は隣人たちが軍に密告したに違いなく、軍が我々の仲間を襲ったのだと予想し、そうなると自分は殺されるだろうと思って逃げた。しかし、途中、モリネーロスに出くわし、彼がその男を説得、戻って司令官と話すようにと諭した。彼は言われたとおりにし、そこで事態が明らかになった。つまり、我々の仲間は単に道に迷ったのだと。トゥルキーノ岳のはげ山部分を一三〇〇メートルの高度まで登った。過去最高の高度だ。さらに三人加わった。コリーア――ずいぶんとおしゃべりだ――が連れてきた農民《グワヒーロ》二人、それにフリオ・ゲレーロ。こちらはついに我々を見つけてくれたというところ。ゲレーロが語ったところによれば、彼にもある程度の金と引き替えにフィデルを殺さないかとの提案があったとのこと。しかしずいぶんとお手頃な価格、三〇〇ドルと生まれたばかりの雌牛一頭だった。激しいスコールに見舞われたので、川《アグワ》に着く前に宿営を張った。

**二七日**

午前中、出発しようと準備していると、くぐもった発砲音が聞こえ、すぐにアルメイダがやってきて、怪我人が出たと報告した。前衛のバスケスが猟銃の銃身に手を置き、誤って動いてしまって発砲したのだそうだ。入射穴は小さかったが出口では左手が砕けていた。腱が二本、完全に引きちぎられており、骨が剥き出しになっていた。できるだけ傷口を洗って、包帯を巻くと、ペーニャにマンサニージョまで連れて行かせた。水飲み場《アグワーダ》まで歩きつづけ、そこで休むことになっていた。ラロ・サルディーニャスが我々に追いつき、ガリシア人モランを連れてきたと知らせた。しかしモランは脚の怪我でそれ以上歩けなかった。人を派遣して物資とガリシア人の背嚢を取りにやった。本人は我々がホアキン山のふもとのラ・アグワーダに着こうというころになって追いついた。すぐにガリシア人は極秘裡に考えているすごい計画を語って聞かせた。私は相変わらずぜんそくが続いているが、トゥルキーノ岳を登る準備はできている。翌日のことだが。

二八日

朝早く、かなりの数のグループで登攀を始めた。というのは志願方式にしたところ、誰もが決意満々だったのだ。トゥルキーノ岳の頂上（我々の高度計によれば、一八五〇メートル）でテレビ向けに英語でインタビューを撮影した。そこでありったけの武器を使って演習を行ったが、それはジョンソン軽機関銃であった。私は他の連中より二、三時間遅れて到着したが、私のトムソン式小型機関銃を試す段になって、二度も缶を打ち損ねた。それで猟銃の薬莢を渡されたのだった。下山を始めたときにはラミーロと私は最後尾につき、夜の八時ちょっとに到着した。山の上り下りに一二時間も使ったことになる。ホアキン山は一五五〇メートルだ。

二九日

前日の疲れを取る休日。ウェンデルはクブリーアス〔コリーアス〕とともにマンサニージョに向けて出発。マルシアーノはフィルムのロールをサンティアーゴに運んだ。新たな志願兵が何人か来た。中にエスカローナというのがいて、父親も連れてきていた。そのうち受け入れた三人にはラロ・サルディーニャスの店で物資を調達してくるようにと派遣した。夜、フィデルと話した。彼はガリシア人間と武器からなる遠征隊を新たに組織する、その後アメリカ合衆国に行き元手を増やし、かつプロ〔モラン〕の計画を聞き、部分的に受け入れることにした。ガリシア人をメキシコに派遣し、残りの仲ガンダをする、というものだ。私はガリシア人のような輩を派遣するなど危険だと、やつは自ら逃亡兵であることを認めているようなものだし、士気は低い、策略家でおしゃべり、とんでもない嘘つきなのだと言ったのだが、聞き入れてもらえなかった。彼の言い分はこうだ。ガリシア人には何かをやるために合衆国に行かせた方がいい、ただ恨みを抱いたまま行かせてはならない。というのも、ガリシア人は結局ただ我々を見捨てて合衆国に行きたいだけなのだ、と。つまり彼もこの点に関して私と同意見だというわけだ。

三〇日

目覚めとともに受け取った報せは、前日入隊を認めたばかりの例のエスカローナという男が、警備兵に捕まったというものだった。そして彼は自分の知っていることを洗いざらい、我々がどこにいるのかまで含めてしゃべってしまったという。我々はすぐに宿営を畳まなければならなくなった。私はACTHを少し打っていて、後衛を除けば最後に出立した。難儀な思いをしながらホアキン山を登っていると、敵兵のいる地帯に発砲するのだといって班を率いるギジェルモと行き交った。それで私の機関銃を彼に渡すことになった。ホアキンの頂上に着いて下りに向かったところで、ぜんそくが引いていることに気づいた。それですぐに隊列に追いついた。隊列にはレスティトゥートという捕虜がいて、自身の申し立てによれば、我々の仲間に加わるためにやってきたのだとのこと。ある地点についたところで、仲間たちがそれはアンヘリートの家に続く下り道だと気づいた。アンヘリートというのはびっこの男で、いいやつらしい。下山を始め、そこに行ってみると、家主は我々をマランガ芋でもてなしてくれた。それから飼っていた豚も差し出してくれたので、串刺しにして焼いた。家主の家で朝もだいぶ遅くまで眠った。

†注

1　ペドロ・A・バレーラ大佐はシエラ・マエストラ作戦部隊の大佐。

2　サンティアーゴ・デ・クーバの大司教。モンカダの出来事［一九五三年七月二六日のカストロらによるモンカダ兵営襲撃と、その後のカストロの投獄、恩赦など一連の出来事のこと］では仲介役を務め、革命派の者たちに協力したことで知られる。

3 ベガス・デ・ヒバコアのことだが、ここはいつもラス・ベガスと略称で呼ばれる。
4 ラジオのコメンテーター。
5 チェは臆病cobardíaという語をときどき、cofardと書いている［原注に記されたように、ここは独特の俗語になっている。訳者としては新たな俗語を作る力もなく、「びびり」とした］。
6 三月一三日の大統領官邸襲撃に対してのブルジョワおよび支配者層の組織した総括の儀式。
7 マヌエル・ビスベは真正党の卓抜した党員で革命の忠実な協力者。
8 どうやら偽の報告のもよう。この時期、この種の行動は記録されていない。
9 エルネスト・チェ・ゲバラ、前掲書、五七―六一ページ所収「隊員の鍛錬」［邦訳七八―八三ページ］の物語を参照のこと。
10 キューバのラジオ、テレビ草創期の放送網のひとつ。
11 カルロス・プリーオ＝ソカラスの真正者党《アウテンティコ》政府の副大統領。この政府は一九五二年三月一〇日、バティスタに倒された。
12 一月二二日、エル・インフィエルノの平原での勝ち戦のこと。
13 当時の政権の利害に屈した労働者の指導者。
14 ハシントことアルマンド・アルによる本書プロローグ、五―一二ページ［邦訳七―一九ページ］参照のこと。
15 原文のママ。
16 マリオ・レアルは一九三三年に暗殺された革命戦士ファン・エルナンデスと関係があった。

17　マルコス、またはニカラグワことカルロス・イグレシアスはサンティアーゴ・デ・クーバ行動隊諸派の代理人。マルセロ・フェルナンデス＝フォントは〈七月二六日運動〉のリーダー。
18　北米CBSネットワークのジャーナリスト、ロバート・テイバーとウェンデル・ホフマンのこと。
19　エルネスト・チェ・ゲバラ、前掲書、六二―六八ページ所収「有名な訪問会見」［邦訳八四―九〇］参照。
20　その「冒険者二人組」のひとりは後にチェの部隊でも一、二位を争う好戦的な戦闘員になった。小柄だったので〈ちびカウボーイ〉のあだ名をつけられたロベルト・ロドリゲスだ。旧ラス・ビジャス州サンタ・クラーラの戦闘の際に戦死した。
21　近隣の農民の一部に存続していた習慣で、これに携わった者も反乱軍の説得を受け、納得してこの習慣をやめ、多くの場合、ゲリラの活発な協力者となった。

# 五月

一日

ＡＣＴＨのおかげで体調は良いが、早朝からグリンゴ青年ヴィックのいる後衛まで使いに出された。この青年が胃の調子が悪いので歩けないと弱音を吐いているというのだ。びびり半分、ホームシック半分というのが本当のところだろう。彼の背嚢まで私が担ぐはめになった。我々から三名が離脱することになった。ガリシア人モランとチャオ、彼はちゃんとした理由から許しを得てのこと、それにサンティアーゴの学生だ[1]。学生はヘルニアがひどくなったのだ。ガリシア人が他の二人を導いていき、彼は彼で、その後、依頼された任務を果たすことになっている。日暮れ時、ひどい雨に打たれながら、近くの村のある夫婦が暮らす家に着いた。夫婦はよくしてくれて、我々はその家で食事し、眠った。

## 二日[2]

ギジェルモが戻っていないのが心配ではあったが、朝早く出発した。昼、歩を止めてラジオのニュースを聴いた。国を二分する対立の和解に直接触れるようになっていた。選挙の日を繰り上げることが唯一の有効な譲歩であると。そうしているところにギジェルモが到着。ラロ〔・サルディーニャス〕と〔エンリケ・〕エスカローナもいっしょだったのだが、それに加え、マンサニージョの銀行員というのをひとり伴っていた。仲間に加わりたいというのだが、私がせめて一〇万ドル持ってきてほしかったものだと言うと、腹を立てていた。それからグリンゴのカメラが一台。これで『ライフ』誌にルポルタージュを送るのだという。何度もこのカメラを我々によこすようにと頼んだのだが、いい返事は得られなかった。それから、北米人リポーターがもうひとり、こちらに向かっているとの知らせも受けた。それを知ったグリンゴは、数日ここに残ってニュースの特集記事を書くことを提案、フィデルの同意を得た。フィデルはまた、もうひとりをロランドという村人の家に留めておくようにと指示した。ラロは自分の店に戻っていった。ギジェルモは任務を遂行し、ラ・マエストラで発砲、ついでにブラジル産の古い手榴弾も投げた。結果、一〇〇人ばかりの敵部隊が撤退を始めた。しばらくしてモリネーロスが合流。マリオ〔マルコス〕をサンティアーゴに連れて行った者だ。フィデルに会いたいというポーターひとりとその妻も連れていた。けっこうな枚数のハンモックの網といくつかのメッセージ、それに金もある程度持ってきてくれた。日暮れ時、ある家《ボイーオ》に着き、そこでモリネーロスが手ずから持ってきた鶏三羽を食す。皆は別の場所に陣営を構えており、フィデルが彼らを一旦は一時半に起こしたのだが、さらに少し眠るというので、今度は我々が三時一五分に起こすことになった。私がその役目を引き受けようということになって現地へ向かった。二度分岐点があって右側を選んで行かなければならなかった。小屋をひとつ通り過ぎて、ふたつめの小屋に行くはずだった。ところが困ったことに、そのふたつめの小屋というのを見つけられなかったのだ。あちこち歩き回り、しかたなくそこで寝ることにして、誰かが通りがかりに見つけてくれるのを待つことにした。

三日

目が覚めるともう明るくなっていた。五時半だ。しかし人のいそうな形跡は見当たらず、仕方なしに北に向かって森に入って行った。込みいったカズラの原生林の間をゆっくりと歩き、その間も今にも仲間たちと出くわすのではないかと期待していたが、それらしき徴は見出せずじまい。夕暮れ時、更地からある製材所に下りていくと労働者が二人いたので、警備隊の者であるというふりをしたが、信じてもらえなかった。わかったことは、これまで歩いてきたあたりはカリフォルニアと呼ばれる地で、そこいらには常に警備兵がいるということだった。また更地まで登ることにした。途中、またカズラとの格闘があった。そうこうしているうちに夜になり、そこで眠った。はじめて野良犬と出くわしたが、機関銃の銃身を起こすと逃げていった。

**四日**

遅く起床。下山を始め、最初は気乗りしなかったのだが、灌木に囲まれて額に汗することになる。やがて、空き地に出た。そこから何件か家が見えた。用心して下りていき、そのうちの一軒を訪ねてみると、廃屋だった。もう一軒、人がいる家に下りていくと、住人は私が現れたのを見てたいそう驚いた様子。けれどもその後はよくしてくれた。ただし、あまり食べ物はなかった。午後をそこで過ごし、もう一食、つましい食事を恵んでもらった後で別の家を訪ねた。そこでは夜になってからどの道を行けばいいか教えてくれた。言われたとおりにしたのだが、私が迷った地点には到達できなかった。わたしはそこに行きたかったのだ。夜で、何も見えなかったのがいけない。私はラ・マエストラの山の上、とある捨てられた小屋の中で眠った。

**五日**

朝早く山を下ったが、家を避けながら歩いた。ついには街道の前に出た。そこにあった無人の小屋で何時間か夜を待った。夜になってから川を遡って、道に迷った晩に立ち寄った家に行った。野菜を取りに外に出て来た家主に目撃されたので、私は自分から目の前に出て行って食べ物を頼んだ。最初やつは何も知らないと言い立てたが、やがて兜を脱いだ。街道を青年がふたり歩いており、そのうちのひとり、レイナルドという人物は我々の仲間に加わろうとしていた。彼らに合流して街道の真ん中を「自力で」出会うために歩き始めた。先導役が言うには、このあたりで皆が歩みを止めて私を探していたとのこと。日暮れ時に我々は宿営に着いた。後衛には新たな北米人ジャーナリストが引き留められていた。私を見て期せずして拍手がわき起こった。ボブが今し方出て行ったところだという。皆あたたかく迎えてくれた。ナポレスという名の密告屋を処分し、それほどの罪のない他のふたりは解放したとのこと。皆どうにかやっていた。だいぶ遅い時間まで話し、料理して過ごした。[3]

**六日**

夜明け前に街道沿いに行軍を始めたが、すぐに明るくなった。するとあちこちから我々を見物に人がでてきた。そしてすぐさま仲間に加わりたいと言い始める。ラ・ウビータという名の場所の、とある家に落ち着き、そこで私が数知れぬ女たちや子どもたちを診察することになった。ほとんど全員、ビタミンB欠乏症の症候を見せていた。だいたい同じような処方をし、ひとりに金をやって必要な薬を買うようにと言いつけた。夕方、その場を離れ、別の小さな家に行って眠った。最初の家を出発する前、フィデルはギジェルモ・ガルシアを大尉に昇格させ、隊列に加わった農民《グワヒーロ》たち全員を指揮下に置くように命じた。

**七日**

夜明け時、誰にも見られないように出発した。家がいくつもあったので、難しいことだった。しまいには見つかってしまったが、その人たちが良い人々で、フチア［嚙歯目の動物。食用］のいる場所を教えてくれて、それを食べるといいと言った。フィデルは一匹しとめた。この人たちはまた、たいそう疲労困憊して少しぜんそくの出て来たアイデーを引き取ってくれた。同じく、その場で写真係ギジェルモの班の青年にマラリアの発作が見られたので、彼もその人たちの家に引き取ってもらうことにした。夜もだいぶ遅い時間まで歩き、それから休んだ。

**八日**

遅く起床、明るくなってからしばらくは待機、それから午後、行軍を開始したが、恐ろしい知らせを受け取った。武器を運ぶようにと言われていたニカラグワが、ハバナで捕まったとのこと。雨のせいであまり進むことはできず、まだ目的地にはほど遠いというのに、少し休んだ。

**九日**

朝まだきに歩き始め、すぐにトタン屋根の場所に到着、そこで荷物を下ろし、ほとんど空の背嚢を担いで出発。持ち物はハンモックの網と食べ物少々。ジャーナリストと、それから数人の病人は残った。我々は急いで行軍を続け、ある空き地に行き着いたので、モラとイグナシオ・ペレスが探索した。そうしている間に敵軍の伍長を捕まえた。軍と遅れを取った分隊との間の連絡を取ろうと馬で移動中だったのだ。分隊は二日前にこの空き地を通過したのだった。探索に出たふたりが、我々のシンパの若者をひとり連れてきた。若者はまた、周辺の人々についての良い知らせをもたらした。一時間歩いた先に商店があるので、そこに行くべきだとのこと。その前に三人、道の探索および、我々の到着を先触れするために派遣していた。それに加えて今回、モラの弟を同じ目的で派遣、彼は馬で発った。我々は空き地を突っ切ったところにある森の中の小さな更地で任務の結果を待った。ラジオではグリンゴ青年ふたりがグワンタナモに着いたと知らせていた。ジャーナリストのボブが二人をサンティアーゴの領事に引き渡したと。夜になってひとりがへとへとになって馬で戻ってきて、特に何もなかったし、遠かったと報告した。私は馬を受け取るとそれに乗り、商店まで行った。難儀な三時間の道のりだったが、それでも徒歩で行くよりは短い時間だ。七時に来ることになっていた連中は現れず、我々はただ生活必需品をいくつか買うに留めた。

**一〇日**

二時半に起床、三時、出発。私は騎馬で。直線距離六〇〇メートルの登り、道のりにして数キロは、一行にとってたいそう難儀な行程。はげ山部分を登っているところで日が出て来た。大騒ぎになって我々を見に人がたくさん出てきたが、そのとき、どこかよくわからない場所で発砲音がした。仲間たちは更地を登り終えていたが、写真係のギジェルモ・ドミンゲスの行方が懸念された。様子がわからないまま数時間経ったところで、マンサニージョの青年がひとりやってきた。フィアージョ[4]だ。彼の知らせによれば、この騒ぎは戻ってきたクレセンシオ一行と四人の警備兵の間で起こった小競り合いだそうで、死人がひとり出たが、誰だかはわかっていないとのこと。夜になって再び歩き始めたところでギジェルモ・ドミンゲスの遺体が見つかった。上半身裸で、ライフルの弾を左の肘に受けており、左乳頭上部あたりには銃剣による傷があった。頭は一二口径猟銃のものと思われる弾丸に貫通されていたが、それはギジェルモが持っていた武器だ。ギジェルモはその場で埋葬された。クレセンシオを巡る話は次のようにまとめられそうだ。フィアージョが伝令に送られたが、彼はある場所で敵の兵士たちを背後から目撃、すぐに取って返してクレセンシオに伝えた。彼は使える武器をすぐにかき集め、攻撃を決意。アグスティン・ララとモラの甥に伝令をやった。その間に兵士たちはギジェルモを捕虜にしていた。我々一行が山の反対側にいるものと予想してラ・マエストラの更地を登って行ったところ、アグスティンと出くわし、至近距離から発砲、しかし双方とも退却した。しばらく後にクレセンシオたちと交戦、退却時に可哀想にギジェルモを殺して行った。小銃はどれもできが悪いようだ。エルモが銃が詰まって手間取り、どこに行ったかわからなくなった。クレセンシオは二四人率いていたが、武器はろくなものがなかった。馬を一頭、犠牲にし、ひとりひとりが結構な量を食べることができた。朝三時に就寝、すっかりへとへとだった。

**一一日**

朝早く起床。フィデルが宿営内を査察している間、我々は五〇〇メートル先で何ごとか捜し物をしているらしい四人の人物を目撃。使いをやってフィデルに知らせ、先遣隊を出し調べさせるべきだと意見したが、彼はたいしたことはないといって取り合わなかった。しばらくして、ギジェルモの班が持ってきた薬を分配しているところにマルシアーノ・オリーバが万事順調だとの知らせを持ってきた。それから、武器は他の経路でやって来るとのこと。ルイス・ペーニャが知らせを伝えにくるとも言われたが、ペーニャはまだ現れない。案内してくれたおやじを送って製材所まで行ったらしいが、その後何があったかは不明。フィデルは捕虜を銃殺するのは乗り気がしない様子。我々は皆、銃殺すべしとして意見の一致を見ているのだが。ラジオのニュースにとても元気づけられた。明日には北米のニュースネットワークの全局でインタビューが放送されるとの予告が出たのだ。次の日曜にはテレビでも流れる。サンティアーゴの裁判所は被告たち[5]に判決を言い渡した。彼らのうち四〇人だけが犯罪が立証されて有罪とされた。裁判長は、大変な非常事態であったので、その青年たちが武装蜂起したのは憲法に叶っているのだと表明して反対票を投じた。検事は彼らに対して告発すべきことはないと、彼らは正当なことをやったまでなのだと表明。行軍を続けたが、豪雨で二時間、足止めを喰らった。それから空き地に出たけれども、そこを突っ切るのは難しそうだったので、休んだ。

一二日

一日中ある空き地に隠れていた。ブーロ山に行くために作った道のあたりだ。しかしそこでは特に何もおこらなかった。午後、ペーニャがやってきた。捕まったのではないかと心配していたのだが無事で、サンティアーゴからふたり仲間がやって来るとの知らせを持ってきた。フィデルはふたりを迎えに行くようにと命じた。かくして夕方、カルロス・パソとアンドレスという名の、実に屈託のない太っちょがやってきた。私にライターをプレゼントしてくれた。ふたりはこれから送られてくる物資についての仕入れたての知らせを持ってきた。それから物資を運ぶ手段も合意に達した。物資というのは、五〇丁もの武器だ。昼まである廃屋で語り合い、そこで食事の準備をした。一二時には別れを告げ、我々はちょっと歩き、三、四日前に宿営を設けた場所まで行った。太っちょは我々に女物の革ジャンをプレゼントし、これで帽子を作るといいと言った。

## 一三日

朝、グリンゴのジャーナリスト[6]が私に、フィデルはインタビューに応じるつもりがあるのかないのか訊ねた。私はあれこれと適当なことを言ってごまかした。だが、実際のところ、彼の振る舞いには本当にびっくりする。写真を撮ろうとしてもハンモックに寝そべって『ボエミア』誌を読み続けている。まるで傷ついてすねて誰も寄せつけない、といった雰囲気。しまいには司令部の連中すらも追い出す始末。ラジオのインタビューの翻訳も終わり、後は録音するだけとなった。しかし夜になってもフィデルの不機嫌は治まらず、録音は明日にしようと言って愚図った。まずいと言い立てて食事も拒否。

一四日

準備万端整ったと思われたころ、近くに敵の部隊が迫ってきたとの知らせが入り、インタビューをしないまま移動するはめになった。もうしばらく歩いたところでかなり強いスコールに見舞われた。例の男はとんでもなく惨めな思いになったらしく、わたしの前で、あの男にインタビューを申し込んだために一杯食わされた、と文句を垂れる。何と言って謝ればいいのかわからなかった。マラリアだったので置き去りにした者が我々に追いついた。神経が恐ろしく参っていて、今にも泣き出しそうだった。彼は三日間ひとりでさまよったのだという。というのも、除隊許可をもらって隊列を離れた連中が捕まり、彼のことをしゃべったというのだ。彼の話はつじつまが合わず、はっきりともしない。除隊の許可を出すことにした。増水した川に陣を構え、そこで食事をした。水の音がうるさくてインタビューができない。が、フィデルは明日、実現すると約束した。ちょっとした事故があった。ベト・サムエル、というのは一五歳の少年なのだが、彼が健康上の理由から除隊を願い出、別のある男がついでに一緒に行くと、そしてもう戦いには加わらないと申し出た。するとすぐさま一六歳の子どもが自分も辞めたいと言い出し、もう耐えきれないので辞めたいと思っている者がたくさんいることがわかった。フィデルは成人した者は逃がさないよう、そしてそうでないものは放してやるように、年齢が年齢なので除隊許可を出すようにと命じた。除隊の許しを得た者のうち七名が捕らえられたことはわかっていたので、これまでに知られていることを語って聞かせた。この場合は、とりわけ危険な状況になる。というのも、武器が運び込まれる経路が敵に知られてしまっているからだ。ハンモックをつった場所が悪かったらしく、可哀想なジャーナリストの杭が一本、倒れた。私が午前三時少し過ぎに横になろうとして乗ったら、彼が地べたに丸まっているのが見えた。上には杭が倒れかかっていて、網がぐちゃぐちゃになっていた。ゆっくり眠れるように整えてあげた。

**一五日**

早朝起床し森の中の登り坂を小川沿いに行軍、そんなわけでインタビューは叶わずじまい。それからスコールに見舞われ、二時間立ち往生した。行軍を再開して決定的にインタビューを録音する手はずをつけた家に近づいたところで、ギジェルモの班の誰かが打撲を負ったというので診に行かなければならなくなった。男は背中から木の幹に倒れたようで、たぶん、一番下の肋骨を骨折している。やっとのことで彼を担いで移動したが、ペラデーラ川〔ペラデーロ川〕を渡るときに私は遅れを取った。川を渡るために靴を脱いでいると、その間にギジェルモと手伝っていたもうひとりが、私に何も告げずに彼をとある小屋に置いていくことにしたからだ。それに気づいたので私は彼と居残ることにしたはいいが、医療品はもう先に行ってしまっていた。しばらくしてアクーニャの甥が現れた。近くの小屋に移動して次の指令を待てとの命令を伝えに来たのだが、従うことはできなかった。夜も更けていて、その男を連れて歩くには道は険しすぎたのだ。三人分の食事を用意し、最初の小屋にアクーニャを見張りとして置き、私は怪我人とふたりで二つめの小屋で眠った。

一六日

朝のうちはしばらく雨。司令部からの知らせは来ず。仲間を追って出発しようかと準備を整えたところへブルーノ・アクーニャが現れ、怪我人を誰か信頼できる人物の家に預け、後衛に追い着けとの司令官の命令を伝えた。頼んでおいた医療品も送られてきた。怪我人にギプスをつけ、それから彼をとある廃屋に置いてきた。ただし、近隣の住民数名に見てもらい、夜になったら移動するように頼んだ。本部は実際、遠くなかった。一キロばかりも歩いたところで司令部のある建物についた。その日の残りはそこで過ごした。農民《グワヒーロ》たちや仲間の兵士たちの診察に追われていたのだ。一度、近くに兵士たちがいると告げられたけれども、それは間違った警告だった。ある農民《グワヒーロ》が我々が怪我人を連れて歩く姿を見て勘違いしたのが間違いのもと。

一七日

午前中、南に向けて出発。山をひとつ登り、川まで下りて、そこで宿営、眠った。武器はもうこちらへ向かっているとの知らせが届く。モラのひとりが脱走。もうふたりモラというのがいて、彼の兄弟だが、こちらにもある程度の責任がある。糞をするふりをして少し遅れ、消えたのだ。アンドリューはまだ離れることができないでいるが、今では少しほっとしている。

一八日

一日中同じ場所で過ごした。しつこい雨に悩まされ、ほとんど食事の準備もできずじまい。武器二五丁と弾丸六〇〇〇発の到着の知らせ。武器は一〇丁がジョンソン軽機関銃、ボルト式小銃一〇丁、機関銃三丁に良く知らない武器二丁だ。我々のひもじさも喜んだのが、百キロ以上もある雌牛の到着。これはすぐに全員の腹の中に入った。ラジオのニュースはことごとく、明日アメリカ合衆国中で放送されることになっているシエラ・マエストラのフィルムに関するものだ。驚いたことに、誰ひとり予想しなかったことが起こった。突然アンドリューが荷物をまとめ、案内役に連れられて出て行ったのだ。ヨットに乗ってサンティアーゴに行くことになる。

一九日

ラジオが壊れて合衆国からのインタビュー番組[7]を聴けなかった。午前中はこれといって大きな出来事もなかった。午後、以前から逃げようとしていたふたりのうちのひとりが逃亡。若者ふたりに追わせたが、今のところ何も言ってこない。フィデルは気を揉み、すぐにでも宿営を畳むべきではないかと考えていた。とそこへ、武器を乗せたトラックがもう待ち合わせ場所に着いているとの知らせが入った。一瞬、懸念に襲われたのは、警備隊を乗せたトラックが製材所から下りていったことが分かったからだ。が、逆方向で、単に海岸に向かっていたのだった。二五人送って、その連中が夜明け時にすばらしい荷物を持って帰った。うちわけは以下のとおり。三脚つき銃三丁、マキシム機関銃三丁、

M1カービン銃九丁、ジョンソン軽機関銃一〇丁に加えて、弾丸六〇〇〇発。唯一残念なのはM1用の弾薬が足りないことで、なにしろ一丁につき四五発までしかなかったのだ。当初、以下のように分配されるはずだった。M1銃一丁はラミーロに、二丁は前衛に、二丁は後衛に、四丁は三脚つき銃二丁の護衛。ジョンソン銃の行き先はまだ決まっていない。マキシム銃は一丁がホルヘに、もう一丁がアルメイダに、そして最後の一丁が司令部に行く。そしてたぶん、私が扱うことになる。三脚つき銃は一丁はラウル、もう一丁はギジェルモ、最後の一丁はクレセンシオに行く。[8]

## Ⅳ

二〇日

夕方、ハンモックを撤去し、トラックを待つのに適した場所のある一軒の家に向けて、ゆっくりと山を下っていった。だいたいあらかじめ準備したとおりに武器の配備は前もって済んでいた。逃亡者を追いかけるようにと派遣した人物がやってきて、くだんの人物は船に乗って沿岸部沿いにサンティアーゴ方面に行ったと報告した。おそらく、政府に洗いざらいぶちまけるつもりなのだろう。夜になってから新たな宿営に到着。夜を過ごすために、労働者向けの小屋に落ち着いた。四人からなる新たな小班ができた。私の扱う機関銃を運ぶのだ。メンバーはプポとベアトン、オニャーテ[9]、それに最近加わったホエル[10]という名の少年だ。この少年は何の前触れもなく、他にふたりを連れてきて参加した。ふたりは入隊を認められたが、三人目は認められなかった。

二一日

取り立てて何もなく一日が過ぎた。午後、ディオニシオがメッセージを携えてやってきた。それからクレセンシオのもうひとりの息子も。さらにふたりに除隊許可を出すことにした。クレセンシオ指揮下の者ひとり、これは本物のヘルニアだ。それからギジェルモの部下もひとり。腹部の痛みを訴えているのだが、どれだけ痛いか私にはわからない。夜、エンリケ・ロペスの娘に会いに行った。エンリケというのはフィデルの旧友で、バブン製糖会社の管財人だか工場長だかをしている人物。物資を買いに出た者たちと一緒に出発した。とても手厚くもてなされた。妻が料理してくれた美味しい料理をたっぷりといただいた。真夜中ちょうどに宿営に帰着。持ち帰った必需品を班ごとに分けた。

二二日

朝、全員で出発し、道に沿ってとある山に向かった。奇襲攻撃をしかけるのだ。山で一日の大部分を過ごした。その前に私はレネの班のムニョスという輩の診察をすることになった。これがとんでもないびびりだったのだが、加えて腕に打撲を負ったのだった。これ幸いとばかりに隊列を離れたいと言い出した。正午、エンリケが藪から現れ、運び込まれる予定の物資をずらりと数え上げて報告した。サトウキビ小屋に行ってみることにして、道沿いに向かった。まだ昼の内だったのだが。おしゃべり小僧をひとり捕らえたが、彼は我々の味方だと言い張った。夜、刈り場に着くと、別ルートからすでにホルヘ〔・ソトゥス〕が到着していて、サンティアーゴの〈運動〉メンバーからの手紙を渡してくれた。中にレネ〔・ラモス＝ラトゥール〕からの報告があり、新たに武器を送ると書いてあった。ダビー[11]からの革命戦略に関して実に明瞭な報告書もあった。他にもいろいろなものを送ると書いてあった。六一ミリ迫撃砲などもあると。サトウキビ小屋ではひとつひとつの小屋を見て回り、それから豚肉を焼き、ライスを添えて贅沢な食事をした。真夜中ちょうどに、サトウキビ小屋の食糧倉庫用の物資を積んだトラックが来たが、我々の分け前はそのごく一部だった。エンリケの家で就寝。

二三日

　夜半過ぎに起床、トラックに乗せられて宿営まで移動。そこで物資の分配を行い、午後には巨大な農耕牛が届いたので、犠牲に供された。二五〇キロ近い肉が腹を空かせた部隊の兵士たちに分配され、皆はそれをライオンのようにガツガツと食べた。環境を少しばかりきれいにするために、除隊したい者にはしてもいいと伝えた。その呼びかけに応えた者は、手にギプスをはめたあの男に、クレセンシオの部下ふたり、それにほぼ一班まるごと、というのはギジェルモの分隊のエフィヘニオ〔・レイエス」班、彼自身を含むその班丸ごとだった。この襲撃《ラッチャ》から離れて残ったのはたったひとりだった。[12] さらに何人か、フィデルが彼らに辛く当たるのを見て退きたがったけれども、もう許可は出なかった。結局九人が去り、残ったのは合計一二七人になった。おかげでほぼ全員に武器が行き渡った。肋骨が折れたあの男が隊列に戻った。もうすっかりいいようだ。面白いことに、以前脱退しようとしてそのために捕らえられた男が、今回は離脱したがらず、ナノの班に喜んで居残った。

二四日

農耕牛を含むのでだいぶ荷物が重かったが、上り坂の行軍を始めた。ぜんそくの最初の徴候が出てきた。一六二五メートルの山を登り、反対側の道の途中で身を潜めた。私は二脚を据えてその道のところに構えていたが、隊列の掃射には格好のその場所は、農民《グワヒーロ》が通った際に隠れるには適しておらず、実際、人が通り見つかってしまったので、その人物を捕らえねばならなくなったのだった。捕まえてみるとその人物はエンリケ〔・ロペス〕の妻の弟で、それ以上のことはせずにすんだ。周辺を警備兵は通過せず、夜になってとても冷たくて不快な川で宿営した。

二五日

その場で一日、特に何も起こらずじまい。ひとつだけ挙げるなら、ラジオのニュースがマヤリー地方に反乱部隊[13]が下船したと伝えた。ラジオによれば、二七人の下船者のうち、すでに五人が捕縛されたとのこと。トルヒーヨの軍勢と思われる。夜、前衛隊のひとりが逃亡。胃の具合が悪いと言っていたが、半ば裏切っているようだ。密告者だとは思わないが。ラロがやって来て、また去って行った。

二六日

慌てることもなく行軍開始。先日の待ち伏せの場所に着くと、我々の伝令のひとりが、捕虜をひとり捕まえてきたが、報告によればその男は変装した警官だとのこと。尋問してみたが、決定的なことは何ひとつ得られなかった。本人はフィデル派だと主張し、仲間に加わりたくて来たのだという。全員が一日中、待ち伏せの体勢で過ごしたが、その日のうちにフィデルとの議論が持ち上がった。私は一回の奇襲攻撃で五〇人か六〇人の警備兵を捕縛することができるのだから、その機会を逸してはならないと言い、彼は兵営ひとつを攻撃することでもしなければ士気は上がらないと述べた[14]。原則として兵力六〇人のウベーロを攻撃することが検討された。午後、太っちょ農園主がやって来て、雌牛とマランガ芋を差しだそうと申し出てくれた。一緒に来たのが〔エルメス・〕カルデーロ。ウベーロにあるバブン製糖会社の管財人の娘婿だ。フィデルは男と翌日正午に会う約束をした。エンリケを通じて、そこのサトウキビ小屋には変装した警備兵が三名いることを知ったので、そこへ三名派遣した。我々は新たな場所に移動した。側道にある池《アグワーダ》の目の前だ。そこで食料とタバコが届くのを待っていたら、それに代わってまたエンリケがやって来た。今回はサトウキビ小屋から警備兵がひとりいなくなり、その近くで疑わしい音が聞こえたと告げに来たのだ。フィデルはカシージャスが近くにいるのだろうと予想し、先遣隊八〇人がその場に行くようにと命じた。同時に、二人は警備兵を捕まえることを考えるようにとも。その場に陣を設営したとき、万事順調だと、密告者たちは我らの手に落ちたとの知らせが入った。しばらくして捕虜たちが連れられてきた。白人と黒人がひとりずつだった。白人は大泣きしていた。カシージャスからの命を受けていろいろと調べて歩きまわっていたのだという。哀れに思うことはなかったが、その臆病ぶりには心底ヘドが出そうだった。

**二七日**

朝早く、食料を積んだジープがやって来た。一〇時には将校たちが集まり、指令を受けた。ただし、言われたことはただ、全員を集め、武器を準備して戦いに備えろ、ということだけだった。向こう四八時間のうちに戦闘があるだろうからと。一二時から一時半の間に食事を準備するようにとの命令もあった。その時間にピントという人物が捕らえられ、連れてこられた。密告者と思われたが、そうではなく、解放された。二人の密告屋警備兵のための穴が掘られ、実行に移せとの命令が下った。後衛が二人を処刑した。森の中をゆっくりと歩いていると日が暮れた。その時間からは道を行軍した。フィデルはあらかじめ管財人の妻と息子たちを連れ出すように命令していたのだが、妻はその場を動くことを拒否した。そのことは後で知った。我々が大急ぎで海岸に向かっていると、向こうからジープがやって来たので身を隠した。後衛の者がひとり、ジープを運転していたカルデーロに見られたらし

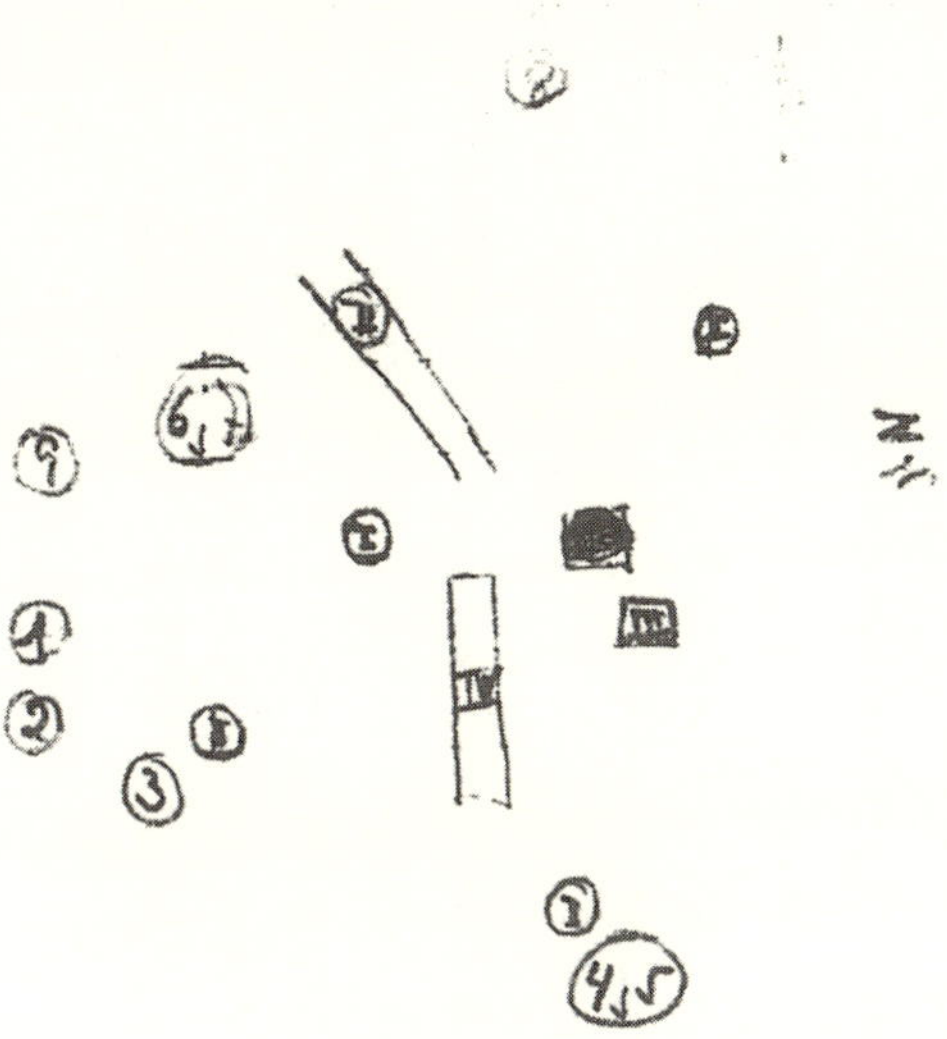

-Ⅰ　見張り小屋
-Ⅱ　本部棟
-Ⅲ　兵営
-Ⅳ　バブン製糖会社の建物
1　司令部
2　ラウルの分隊
3　アルメイダの分隊
4と5　ホルへの分隊
ギジェルモの分隊
6と7　前衛
後衛
8　クレセンシオの分隊
9　マドセン機関銃を持つ私

いが、その者はジープの運転手が誰か確かめもせずに通した。それを知ってフィデルはたいそうお冠で、後衛の男バレーラを拘留した。しかしこれもひやりとした経験に過ぎず、しばらくしてジープは戻ってきた。そこで我々はカルデーロの身に何が起こったか知ったという次第。我々の味方の管財人ラロの妻を家から連れ出す役目を負っていたのだ。行軍を続け、それでもともかく攻撃をしようということになった。近くに到着すると人員を配置して、未明に攻撃をかけるための最終的な計画を練った。命令では、まず見張り小屋を占拠し、それから兵営に向けて前進、弾丸で蜂の巣にするというものだった。戦場の平面図は上のようになる。

## 二八日

明るくなってみると、とんでもない事実に気づいた。兵営が見えないのだ。カミーロのところをはじめとするいくつかのグループは方向を間違えていたし、ホルヘ〔・ソトゥス〕のグループなどは間違った報告を受けていて、そこから兵営を見下ろせるはずだと言われていたのに、それができなかった。私のところからは、五〇〇メートル先の兵営に向けて発射することができた。発射の合図はフィデルの発砲で、それに続いて機関銃の掃射が始まった。兵営も火器で応じ、それなりの成果をあげたが、そのことは後で知った。アルメイダの部下たちが、彼が恐れ知らずに率先垂範するので、それにつられてどしどしと前進する。カミーロが前進するのも見える。帽子に〈七月二六日運動〉の徽章が飾りつけてあるのでわかる。私は助手ふたりに銃の脚を持ってもらいながら左側から前進、ベアトンは手持ちの機関銃を持っていた。やがて我々に、クレセンシオの分隊からびっこのピロン[15]が、後衛からマリオ・レアルが、ラウルのところから年寄りアクーニャが加わった。我々は前進を続け、本部棟の方に走ったふたりは私のマドセン機関銃の射程外だ。私は撃ち続けるが、距離を少しずつ縮めながらだ。もう身を隠す灌木もなくなったころ、私のすぐ近くでレアルが倒れ、私は彼を助け起こした。頭に細いかすり傷を負っていた。しかし、損傷は左の頭頂部の渦巻きあたりで脳にまで達しており、右手が動かせなかった。服を緩めてやり、傷口を紙でふさぐと、ホエルにまかせて私は機関銃を取った。しかし、取ったと思うまもなく兵営と見張り小屋は降伏した。私の正面、一五メートルのところで、レアルと年寄りアクーニャに怪我を負わせた兵士が降参した。診療所に連れて行かれた。そこでは医者とその助手が捕虜になって足止めを喰らっていた。私はいろいろと準備をし、捕虜ふたりを呼び寄せた。すぐさま怪我人が運ばれてきて、治療に当たった。レアルは重傷だった。シジェーロス〔・マレーロ〕は腕に怪我をしており、骨折があるようだ。それからもうひとり、右の肺に弾丸を受けた人物は、弾が脊椎に達して止まっており、かなりの重体だ。戦闘は次のように展開した。発砲音と掃射音が鳴るとすぐに皆前進した。司令部だけはその場に留まった。そこにいたフリート〔・ディアス〕は木の幹に身を隠していたけれども、片側の目に銃弾を受け、ほどなく死んだ。案内役のエリヒオ・メンドーサは与えられた小銃で闘おうとして飛びかかっていき、腹を撃たれ、まもなく死亡。ホルヘは分隊の先頭に立って前進したが攻撃をかわされ、海に入ってどうにか命拾いした。警官[16]はその後から来て、殺された。前進の最中に負傷したのは、マナルス[17]が片側の肺に、そしてキケ・エスカローナが腕と手、尻にだった。ギジェルモの分隊のアンセルモ・ベガは身をもたげすぎ、撃たれ、死んだ。ルイス・クレスポが司令部から手助けにやってきて、見張り小屋内の敵を一掃、抗戦もやんだ。その場には三人残り、四人目は走って逃げたが、海岸で銃弾に倒れた。アルメイダは部下を伴って見張り小屋に向かい、その三人も殺した。が、まだ誰か残っていた。それも手ひどくやっつけたものだから、ずいぶんと警戒された。我々の仲間たちは、彼らが味方にやられたと思ったのだ。何がどうなったのかわからないが、あっという間にシジェーロスと〔マリオ・〕マセオ、エルメス〔・レイバ〕らが負傷した。サンティアーゴからの若者で、パントーハの機関銃を手助けしていた者も負傷。当のアルメイダも肩と右脚に傷を負った。〔グスターボ・〕モルは同じ場所で死んだ。ラウルは分隊をさらに分割し、ナノ〔・ディアス〕に機関銃を持たせて下方にやった。三脚つき銃で兵営のすぐ近くにまで迫り、これが陥落するとピストルだけを手に前に進んだ。その瞬間、我々の側の機関銃の掃射に対して兵営から応戦があり、ナノは頭に致命傷を負った。アクーニャは我々と一緒だったが、レアルを助けに行った際に右の手と腕に怪我をしたので匍匐《ほふく》前進で戦火を逃れたところ、負傷したアルメイダと出くわし、かついで後衛まで運んだ。クレセンシオの分隊はほとんど活動しなかった。機関銃が動かなかったのだ。兵営に攻撃をしかけるのに最良の位置にいたというのに。敵があらかた降参すると、前衛のふたり、〔ビクトル・〕モラとビタリオ〔・トーレス〕は我々に抵抗を続けていた兵士を屈服させた。その捕虜をつれて我々は医者と助手を取り押さえにいった。その者の治療をまかせてから私は本部棟を捜索、もう二人、警備兵を見つけた。敵方の負傷者は一九人、死者一二人、加えて一四人が捕虜になった。医療班を除いて五一人だったことを考えれば、六人の警備兵が逃げおおせたことになる。二時間四五分も続いた戦闘だったけれども、すばらしいことに民間人には怪我人ひとり出なかった。我が方の怪我人たちは、レアルとシジェーロスを除き、連れ帰った。その二人の面倒は医者にまかせた。死なせないよう責任をもって看てもらう。怪我人たちがどこかへ向かったので、私はきっと近くの、我々が背嚢を置いた場所に行ったのだろうと思ったが、治療しようとそこへ行ったところ、誰もいなかった。どこかへ行こうにも車もなかった。しばらくして山の上からトラックがやって来た。そこから本部棟の近くまで三時間もかけて行ったが、誰もいなかった。しかたがないので本部棟まで行き、エンリケ〔・ロペス〕に司令官や他の仲間のいる場所まで運転してもらうことになった。夜になってやっと怪我人の治療ができたし、ずっとしたくてしょうがなかったことをした。眠ったのだ。[18]

二九日

朝早くから飛行機が飛び始めたので、できるだけ早く出発することになった。怪我人は私に任された。残ったのは以下のメンバー。アルメイダ、ペナ、キケ、マナルス、アクーニャ、エルメス・レイバ、マセオ、以上が怪我人、それに甥の方のアクーニャと案内人のシネシオ・トーレス、私の機関銃の助手二人に、私。武器も持った。エンリケがトラックで我々を迎えに来る手はずになっていた。かなりの数の武器と、兵士から巻き上げた物資を残していったから、それも取りに来なければならないのだ。しかしながら、エンリケの使いの者が来て、来られなくなったと伝えた。女の子がひとり具合が悪くなり、サンティアーゴに連れて行かなければならなくなったというのだ。おかげで、ハンモックで担架をこしらえ、移動可能な距離だけ移動、着いた先の小屋に鶏がたくさんいたので、美味しく食べ、そこで休んだ。怪我人の状態は良好、ただ、傷口の化膿したキケと、肺に受けた弾丸が危険なマナルスだけは別だ。外部のニュースがまったく入ってこない[19]。

三〇日

六人ばかり志願して、歩けない者のハンモックを森の中で担ぐ手伝いにくることで話がついていたのだが、代わりにM1ガーランド銃の発砲音が何発も聞こえただけで、誰も来ずじまい。しかたがないからシネシオと二人の助手を連れてできるだけのものを取りに行った。それでもクレセンシオの三脚つき機関銃とその他の壊れた武器は捨て置かねばならなかった。うまい具合に隠しておいたのだが。それからヘルメットその他の道具も置いてきた。長時間かかる距離ではなかったが、怪我人たちは少しばかり弱っていたので、ほとんど午後まるごと費やすことになり、さらにいくつか物資を隠すことになった。小さな棕櫚の小屋があり、そこにはかつてパルマ・ソリアーノで商売を営んでいた男とその妻、義理の弟が住んでいた。そこで夜を過ごしたが、夫婦からベッドまで奪う格好になった。

三一日

朝早くシネシオとアレハンドロが出発、本人たちの言う「命令」を実行に行った。我々が出発できるようにいろいろと画策してくれたのだ。アクーニャとホエルが途中で置いてきた荷物を取りに行ったが、しばらくしてホエルが戻ってきて、坂に怪しい連中がいると知らせた。私は機関銃を手にその場に行き、注意深く近づいて銃身を彼らに向けた。結局その連中はフィデルが解放した捕虜だとわかった。我々の見回りに出くわしたときのためにと渡された注意書きを見せられた。宿営に連れて行ったことは実に良い効果をあげていた。この連中は我々の山での陣の張り方がすばらしいと驚嘆していたのだ。中に年老いた伍長がひとりいて、空腹と疲労のあまり泣きそうになった。彼を前夜眠った家まで連れて行き、我々は立ち去った。しかし我々のたどるルートがやつらに知られてしまいはしないかと心配だった。午後、中国人《チノ》モラがやってきた。この地方で最初に占拠した小屋の住人だったが、警備兵に捕まってたいそうびびってしまってやって来たのだった。ほとんど全員が怖がっているせいで、誰か案内人をマンサニージョに送る見通しが立たない。

## †注

1 ホセ・ルピアーニェスのこと。彼は手術を受けてからゲリラに戻ってきた。

2 エルネスト・チェ・ゲバラ、前掲書、六九—七四ページ所収「行軍中」［邦訳九一—九六ページ］参照。

3 エルネスト・チェ・ゲバラ著、前掲書「行軍中」（前の注参照）および七五—八二ページ所収「武器が届く」［邦訳九七—一〇四ページ］を参照のこと。

4 フィアジートことラモン・キンティリアーノ・フィアージョ＝バレーロ。

5 逮捕された〈グランマ〉号遠征隊員たちのこと。一一月三〇日のできごとによって起訴された、フランク・パイスを含む一行のこと。エルネスト・チェ・ゲバラ著、前掲書七五—八二ページ所収「武器が届く」［邦訳九七—一〇四ページ］を参照のこと。

6 アンドリュー・セント・ジョージ。チェは彼をCIAの工作員だと思っている。エルネスト・チェ・ゲバラ、前掲書、一七一—一七七ページ所収、「不愉快なエピソード」［邦訳二〇五—二一二ページ］参照。この人物の人となりについてはフィデルもチェも良く知っていたが、それとは別に、近くでの敵の一連の動きがフィデルに疑いをもたらしたらしく、そのことをチェはその「皮肉たっぷりの文体」で語っている。「皮肉たっぷりの文体」というのは、当のフィデルがそう表現してるとおり、チェの特長である。［ここで編者は勘違いをしているもよう。セント・ジョージの件はひとつ前の注の「武器が届く」のページに載っている。また、彼はCIAの工作員ではなく、FBIの局員とされている］

7 ジャーナリストのボブ・テイバーによってなされインタビューのこと。

8 チェは三冊目のノートの最後に、次のようにメモしている。「アンドルー・セント・ジョーンズ、パーセイル・ドライヴ・アパート一〇四、一／C　マウント・ヴァーモント、ニューヨーク州　電話　一一MOmo四—七四三〇」。

9　プポとマノロ・ベアトンは、革命の勝利後、兵士クリスティーノ・ナランホを殺したとして銃殺された。もうひとりのゲリラ戦士の名はアレハンドロ・オニャーテ＝カニェーテ。別名をカンティンフラスという〔カンティンフラスはメキシコの喜劇映画俳優。ハリウッドでも活動し、典型的なメキシコの農民の役などで知られる。ラテンアメリカ全土で知られている〕。

10　ホエル・イグレシアスはシロ・レドンド侵攻部隊の第一および第四縦隊のメンバー。革命の勝利後、ゲリラ戦での数多くの勲功が認められ、反乱青年会〔AJR〕の幹事長となった。

11　これもまたフランク・パイスのこと。彼のもうひとつの戦闘名だ。

12　サルスティアーノ・デ・ラ・クルス、別名クルシート。この人物をチェは「最も愛された戦士のひとり」と見なしていた。

13　元大統領カルロス・プリーオの真正者党有志機構（OA）の準備した〈コリンティア〉号の下船失敗のこと。このときの遠征隊は惨殺された。

14　この議論については「武器が届く」（エルネスト・チェ・ゲバラ、前掲書、七五—八二ページ〔邦訳九七—一〇四ページ〕）に語られているので参照のこと。チェはこう述べている。「そのときの議論ではフィデルが結論を下し、私はそれに納得しなかったのだが、それから数年が経った今になってみれば、彼の見通しは正しかったと認めざるをえない〔略〕」。

15　ボンバとして知られる人物。

16 フランシスコ・ソト＝エルナンデスのこと。
17 ミゲル・アンヘル・マナルス。
18 エルネスト・チェ・ゲバラ、前掲書、八三―九三ページ所収、「ウベーロ兵営の戦闘」〔邦訳「エル・ウベロの戦い」、一〇五―一一五ページ〕参照。
19 同右、九四―一〇〇ページ所収「負傷者の看護」〔邦訳一一六―一二三ページ〕参照。

# 六月

## 一日[1]

森に移動することにした。家から二〇〇メートルのその森でシネシオの帰りを待つことにした。午後一時ごろに家主夫婦がやって来て、我々が警備兵たちを置いていったあの家に行って鶏を捕ってくると伝えた。三時にシネシオが新たな志願者を三人連れてやって来た。フェリシアーノはおしゃべりのおじさんだ。バンデーラスは混血《モレーノ》で、悪いやつには見えない。イスラエルはいちばん良いように思われる。静かで活発だ。[2] 皆は怪我人を連れてペラデーロ川界隈のパポの家に近いある小屋に行って夜を過ごすことにした。シネシオと私は鶏を捕まえに行った家主が帰ってくるのを待つことになった。六時一〇分に帰ってきたので我々も出発することになったが、持ち物をすべて持って出ることはできなかった。途中で夜になるだろうことはわかったし、それは良くない徴候だったからだ。到着したときには、もう最初の容器に入った食料を料理し終えていた。

二日

キューバに上陸後六ヶ月となった今日は、朝から雨。とてもゆっくりと行軍を始めた。引きずられて歩くアルメイダに付き添い、最後尾を行った。ある開墾地を横切っているとき、アルメイダの痛みが激しくなったので、そこで立ち止まることになり、その間イスラエルが近道できるようにと森を切り開いて道を作ってくれた。再び歩きはじめようとしたところで、イスラエルが食べ物を抱えて戻ってきた。おかげでアルメイダも元気が出た。しばらくは彼をハンモックに乗せて担いでいったが、ある地点から先はそれでは通れなくなったので、また引きずって歩く。途中でまたスコールに見舞われ、目的の家まではもう数メートルだというのに、五時までそこにいた。一レグワに満たない距離を歩くのに一二時間もかかったわけだ。しかしその晩は屋根に守られてぐっすりと眠った。そこはイスラエルの家で、重なるようにして寝たのではあったが。

三日

午前中、下にある家に下りていった。イスラエルの家族の、父親の家だ。イスラエルはこれまでのところ、最良の協力者だ。シネシオをつれて近くの家にトウモロコシをもらいに行った。人っ子ひとりいなかった。おかげで急いでサンティアーゴと連絡を取る必要が生じたので、シネシオにもうひとりのイスラエルの持っている二〇ペソと残った背嚢を持ってくるようにと命じた。一日中戻って来なかった。唯一、先駆けに送ってきた品物がチーズだった。今日の出来事はそれだけ。

**四日**

朝早くシネシオとその仲間が戻ってきた。背嚢とバケツは持ってきていたが、金は携えていなかった。一日待っても男が現れなかったのだ。すぐにもうだいぶ良くなっていたマナルスを派遣する準備を整えた。シネシオ本人もフェリシアーノの家族と出発した。サンティアーゴまで行かなければならないと考えると彼の革命の情熱も冷めてしまったらしく、同行者を連れて行ったのだ。シネシオの任務はマナルスをサンティアーゴに連れて行き、それからすぐにキケを一番通りやすいルートで連れに戻ることだった。病人たちは皆、回復している。誰よりも難しい局面にあったキケすらもそうだ。イスラエルが海岸に雌牛が一頭いると伝えに来た。行って捕まえるだけだと。

**五日**

特になにもなく、物資を待てども届かぬ一日。マセオはもう治療を必要としなくなった。フィデルについての知らせはない。

**六日**

バンデーラスと私の二人の助手を連れ、彼の農園に食べ物を取りに出かけたが、途中、イスラエルと出くわした。物資を手にしており、雌牛は下にいるので、早いところ取りに行こうと言われた。我々は食べ物を取りに行って手間取っていたので、イスラエルは先にアクーニャとエルメスを連れて出発した。エルメスは今日、怪我が治ったのだ。それからバンデーラスと私の助手二人も出発したが、だいぶ遅れを取っていたし、不承不承だった。彼らは一晩中戻って来なかった。イスラエルが心配なニュースを持ってきた。セリア・サンチェスが捕まったというのだ。だとすれば私の日記も敵の手に落ちたことになる。

**七日**

午前中、ポーターたちがやって来た。バンデーラスと助手たちが遅れていたので、顔合わせが叶わず、荷物はすべてこの連中が運んできたのだった。バンデーラスと話し合い、彼の立場について考えた。〈運動〉に参加するのなら訓練を受けなければならない。そこまでではないというのなら、言ってくれれば、単なる協力者またはシンパとして扱おうと提案した。彼は我々の仲間に加わりたいのだとのこと。昼の間は特に何もなし。

**八日**

マヌエル・ロドリゲスの兄の家に下りていっていろいろと腹を割って話し合いをもつように言われた。アレハンドロを連れて行った。そこへ着くと物資はもう山に上げられたことを知らされた。イスラエルに相談に行こうと思ったらいないとのこと。男を連れて山を登り、そこで精算。確かめてみると値段が上がっていた。領収書は五〇ペソにも満たない額だったのが、実際には七〇ペソ払ったそうで、少なくとも二〇ペソ足りないのだそうだ。もう一度海岸に使いを出すことで話がついた。しかし、個人的な買い物にすることにした。私はその二〇ペソがどこに行ったのかはっきりするまで、誰ひとり〈運動〉に参加することはできないと言って脅した。マヌエルと接触を持ったおかげでセリアの件の詳細がわかった。ペラデーロで戦闘があり、そこで彼女が死んだというニュースが流れたのだ。戦闘などなかったのだから、何もなかったということだ。マヌエルはあさってには帰ると約束した。フィデルについての知らせはなく、シネシオも戻って来ていない。加えて、ウベーロで死者ふたりの写真が撮られたとのこと。ひとりはエリヒオで、もうひとりは誰だかわからない。ひょっとして行方のわからなくなっている、ニケーロというあだ名の仲間だろうか。地元の人間だ。

**九日**

特に何もなし。怪我人は快方に向かっている。イスラエルはすでに話をつけ、ここの方が役に立つという見通しを得た。なにしろこれだけの保存食があるのだから、等々。

4788

# チェ・ゲバラ革命日記

**愛読者カード**　エルネスト・チェ・ゲバラ 著

＊より良い出版の参考のために、以下のアンケートにご協力をお願いします。＊但し、今後あなたの個人情報（住所・氏名・電話・メールなど）を使って、原書房のご案内などを送って欲しくないという方は、右の□に×印を付けてください。　□

お名前《フリガナ》　男・女（　　歳）

ご住所　〒　　－

市　町
郡　村
TEL　（　　）
e-mail　@

**ご職業**　1会社員　2自営業　3公務員　4教育関係
5学生　6主婦　7その他（　　）

**お買い求めのポイント**
1テーマに興味があった　2内容がおもしろそうだった
3タイトル　4表紙デザイン　5著者　6帯の文句
7広告を見て（新聞名・雑誌名　　）
8書評を読んで（新聞名・雑誌名　　）
9その他（　　）

**お好きな本のジャンル**
1ミステリー・エンターテインメント
2その他の小説・エッセイ　3ノンフィクション
4人文・歴史　その他（5天声人語　6軍事　7　　）

**ご購読新聞雑誌**

本書への感想、また読んでみたい作家、テーマなどございましたらお聞かせください。

郵便はがき

料金受取人払郵便

新宿支店承認

7752

差出有効期限
平成25年9月
30日まで

切手をはらずにお出し下さい

1 6 0 - 8 7 9 1

3 4 4

（受取人）
東京都新宿区
新宿一ー二五ー一三

原書房

読者係 行

1 6 0 8 7 9 1 3 4 4　　7

**図書注文書**（当社刊行物のご注文にご利用下さい）

| 書　　名 | 本体価格 | 申込数 |
|---|---|---|
| | | 部 |
| | | 部 |
| | | 部 |

お名前　　注文日　年　月　日

ご連絡先電話番号　□自　宅　（　　）
（必ずご記入ください）　□勤務先　（　　）

ご指定書店（地区　　）（お買つけの書店名をご記入下さい）

書店名　　書店（　　店）

| 帳合 | |
|---|---|

**一〇日**

マヌエル・アクーニャは、このまま弾丸が入ったままでは厄介だと思い、勇気を出して手術を受ける決心をした。とても小さな切開手術をしたところ、結局、弾はみつからなかった。

**一一日**

マヌエル・ロドリゲスが買い物を抱えてやって来た。ただし、頼まれたものはほんの少しだった。その他はまだ下に残っている。下で私に話があるとのこと。明日、行くことにしよう。アクーニャとバンデーラスがもうひとりのイスラエルの家に行って金を無心してくることに決めた。最初バンデーラスはいろいろと難癖をつけたが、しかたなしに、いやいや承諾した。エベリオによれば、保留中の新たな志願兵がいるとのこと。ラジオの喧伝するところでは、政府軍が我々の先遣部隊に襲いかかり、エルメス・カルデーロ他一名を取り押さえたとか。

**一二日**

マヌエルと話しをしに下りていった。マヌエルは単に、私とD[3]を引き合わせたかっただけだった。Dは典型的な古い教育を受けた人間だった。カトリックで人種差別主義者だ。雇い主に対して忠実に仕えている。ただしそれは選挙のときと、主人のためにこの付近の不当に手に入れた土地を見て回るときのみではあったが。それに、農民たちを大量に追い出したあの件にも関与していたのではないかと私は疑っている。だが、そのことは脇に置くならば、いろいろと情報を与えてくれるし、我々を援助するつもりがあるようだ。数日後にサンティアーゴに行くつもりだというので、そこで手に入れてほしいもののリストを手渡すことで合意したし、加えて彼は灯油の圧力竈を買ってくると約束した。これが山では実に役に立つのだ。三時間話したが、その間、男はひとつの話題から別の話題へと移って驚くほどの話題の豊富さを見せた。そのうち、わかったことは次のことだ。セリア・サンチェスが殺された、もしくは捕まったというニュースは誤報だ。エルメス・カルデーロの件も嘘に違いない。彼はヘスス・アクーニャ、つまりビロの父親とともにピロンで捕まっているのだから。それから私はモラの家族にロドリゲス、それからイスラエルを訪問し、帰り着いたのは日暮れ時だった。少しぜんそくが出ていた。早い時間に就寝、午前三時にはイスラエルがDを連れてやって来た。これからサンティアーゴに行くところなので急いでいた。もう竈を持ってきたのだった。それからアルメイダと私のためにパイプも二本持ってきた。必需品のリストを受け取り、帰りには読み物も持ってこようと約束した。しかも一週間以内だ。

一三日

隠れるのにいい洞窟を探すことになった。同じ場所にこれだけ長い間留まるのはそろそろ危険になってきたからだ。しかし私は一二時前にはここを出なければならなくなった。だいぶぜんそくがひどくなってきたのだ。たぶんタバコのせいだろう。パイプにぎゅうぎゅう詰めにしたのだ。洞窟は見つかったが、我々もファンの家族に見つかった。この連中を我々はあまり信用していないので、急遽、ぜんそくに効くスウィートピーの花を探すふりをしてごまかした。戻ってみるとシネシオが戻っていた。特に何か情報を持ってきたわけではないが、食料とタバコを持ってきていた。キケを連れて行くようにと言われているそうで、明日出発することを取り決めた。サンティアーゴからだといって一〇ペソと、それから私のために上等な軍靴を一足持ってきた。またACTHを注射した。

**一四日**

午前中、シネシオがキケとプロエンサを連れてヤオ方面に向かった。そこからサンティアーゴへ行くのだ。昼の間は少しずつ引っ越しした。イスラエルの父親がサンティアーゴから戻り、家族が揃ったのだ。マセオと私が出発しようとしていると、フェリシアーノが妻と現れた。息もつかせずに話し、とんでもない武勇伝を語って聞かせてきた。薬を少し持ってきたのだ。我々の仲間に加わりたいという固い決意を表明したので、私は条件として妻を置いて三日後に戻ってくるようにと指示した。イスラエルの父が塩をくれたとかで、明日、雌牛を一頭つぶして塩漬けにすることになった。フェリシアーノが来たことでマセオと私は残って洞窟と家の近さを調べることになった。

**一五日**

午前中、フェリシアーノが私に、シネシオが五ペソ使ってコニャックを買ったと教えてくれた。その話はまったくの初耳だった。面倒はアレハンドロにまで及んだ。彼も一緒に飲んだひとりだという。どうやら隣家の馬鹿者のファンが、〈運動〉名義のつけで買ったコニャックを飲んで酔っ払っていてわかったらしい。フェリシアーノが私に仲間はどこに行ったと訊くので、サンティアーゴかどこかに妻を置いて戻ってきたら、洞窟の中も見せてあげようと言った。だが、目を離したすきに洞窟の中に入られてしまった。帰り際に彼にはいくつかきつい小言を言い、今すぐ下山しろと命じた。イスラエルが雌牛を捕りに行くと言いにきたので、バンデーラスとエベリオ、アレハンドロ、エルメス、それに若いアクーニャ[4]が午後四時に出発したが、一晩中戻って来なかった。

**一六日**

午前中、牛を捕りに行った連中の第一陣が帰ってきた。きつい仕事であったとのこと。雌牛は大きくて、川は増水していたので渡るのが一仕事であったと。そこで活躍したのがバンデーラスだった。ファンも午前中にやってきた。彼からは隠れていたのだが、肉の匂いに吊られ、後を追ってやって来たのだ。我々のいる洞窟は湿気がひどい。石の表面を水がしたたり、常に我々の上に落ちてくる。

一七日

午前中は何ごともなく平穏に過ぎた。しかし午後になってから、シネシオが一一人の武装した人間を連れて来た。まずはシネシオに飲酒の件できついお灸をすえ、それから武器を持たない連中を連れてきたことに関しても叱った。五六歳の年寄りがひとりいたので、年齢を理由に入隊を拒んだ。他の連中は人並みに靴も履いていない者でも受け入れた。新兵のうち九人はバヤモ出身、ひとりがサンティアーゴ、もうひとりがベギータ出身で、この人物はかつてフィデルと一緒に闘ったそうだ。イスラエルはバンデーラスやホエル、エベリオを連れてダビーの使いの残りのものを取りに行き、夜、戻ってきた。新兵のためにもう一頭雌牛を頼んだが、それは明日取りにいくとのこと。明日にはまた、バブンの製材所に置いたままの武器も持ってくる予定。

一八日

朝早く出かけるつもりでいたのだが、シネシオが午後三時に出て鶏のいる家に行くのが得策だと言うので、納得してそうすることにした。私に同行したのは一一人、雌牛を捕りに行ったのは七人。山を越えるとアローヨ・デル・インディオの小渓谷で、そこには軍の爪痕が刻印されていた。いくつもの家が焼き払われていたのだ。長いこと坂道を登り、かつて兵士たちが宿営に使った場所に出た。鶏の家の近くだ。発砲があった場合にはどうすればいいか、最後の指示をして、ひどい暗がりの中をひと言もしゃべらずに進んだ。かつて宿営したトタン板の家に近づいたところで小さな発砲音がした。

皆地面に伏せたが、私が確かめてみるとアレハンドロが発砲したのだとわかった。彼はそれを知らせずに黙っていたのだった。当然、きつく叱りつけてから、武器のあるところまで行軍を続けた。その場所はかつてのままだった。武器を分配して、何ごともなく鶏の家まで戻った。家は警備隊によって壊されていた。見張りを立て、そこで夜半過ぎまで寝た。

**一九日**

夜が明けて、重い三脚つき機関銃を抱えて帰路についた。途中、焼かれた家のひとつでしばらく休んでサトウキビを食べ、それから宿営に戻り着いた。雌牛を捕りに行った連中は戻っておらず、それから三々五々現れた。あの近所の馬鹿者フアンが、まず皆のためにといって肉を一切れ持って現れた。新兵をひとり連れて行ったヤラの男はまだ戻っていなかったので、明日シネシオがバヤモからの新兵ひとりを連れてバヤモに行き、皆のための装備を揃えてくることになった。その他取り立てて何もなし。

**二〇日**

夜が明けるとすぐ、シネシオはバヤモ出身の新兵のひとりエンリケ・チャドマンを連れて出発した。朝遅い時間に下からダビーがやって来た。ロバを引きつれて、靴やらチョコレート、医療品、タバコなどを乗せてきた。伝言はなし。頼んでおいたもので欠けているものもあったが、彼によれば近日中にくるはずだとのこと。一〇人派遣していろいろと物資を取りに行かせた。この日もうひとつ特筆すべきは、イスラエルの父親がやって来たことだ。息子を我々と一緒に連れて行かないでくれと頼んできた。息子さんが自らの意志で自由に決定したことに介入はできないと言った。それでその件は決着がつき、我々は打ち解けた。

二一日

朝、〔パンチョ・〕タマーヨがやって来て、新たにふたり加わるとの知らせを伝えた。フランシスコ・ロドリゲス＝タマーヨとウィリアム・ロドリゲス＝ビアモンテだ。後者はバヤモ、前者はメディア・ルナの出身でスタンド社の二二口径自動拳銃を持っていた。それをホエルは自分のスプリングフィールド銃と取り替えた。その他はほとんど何も装備なし。ここに行き着いたのは、途中でシネシオに出会い、彼に道を教えてもらったからだった。ダビーにサンティアーゴへの伝令を頼んだ。今月二四日には行軍を始めるという報告と、もう武器を持たない連中を派遣しないでくれという要請だ。何かを取りに行った連中がいたが、食べ物だろう。おそらく、ここで最後になるはずの食べ物だ。隊員は以下のとおり。もう回復した怪我人五人、怪我人に付き添う健康な者五人、バヤモからの一〇人、最後にもう二人加わった、それからこの地域の者四人、合計二六人。しかし、軍備に関しては不十分。

二二日

日中特に何もなし。ただ、マセオが突然、体調を崩した。嘔吐し、食事の準備はビロ・アクーニャと新兵のひとりレネ・クエルボにまかせることになった。レネはどうやら料理がうまい。

二三日

小さな出来事が次から次へと起こった一日だった。待っていた船は着かず、ダビーからの連絡を受け取った。そこには、この一帯から立ち去るようにとの助言があった。どうやら誰かが密告したらしいとのこと。船が着かないこともなにやら怪しいと。ひとり参加を望む人物を送るともあった。〈気取り屋《ハバーオ》〉ことニコラス・ロイ、ベアトン兄弟の母親の弟だ。そのうちのひとり、マノーロに見た日から振る舞い方までよく似ている。男はだいぶやる気だ。以前、思いがけずベアトン兄弟の名付け親トト・ディアスが、タマーヨのおやじから我々がここにいると聞きつけて、願ってもないことだと会いに来たことがあった。今度は新たな参加者を連れてきた。コントラマエストレの者で、名をアントニオ・カンデルと言った。目覚めを経験した人物だ。翌日出発する準備もすっかり整ったところで、もう一通ダビーからの連絡が届いた。船が問題なく到着したとのことで、明日、いくつか物資を送ると言ってきた。行軍のための班分けはすんでいた。ビロを前衛の責任者にし、彼の配下に五人を置いた。その次が私の班。ここにはアルメイダと以前からの助手ふたり、三〇口径機関銃（弾丸も三脚もなし）をあずかるバヤモからのふたり、ペドロ・ポンパとクレメンテ〈チチョ〉、それに新兵ふたりが入る。それからペナその他の六人、そして最後尾を行軍するのはマセオほか六人。全部で二八人だ。

**二四日**

物資を点検しているとシネシオが現れ、他にもまだ人が来ると告げた。一緒に派遣されたエンリケと新たに加わる者だ。エベリオ・サボリーと言い、これ以上バヤモにはいられないと、やはり武器も持たずにやって来たのだ。幸い、軍服と毛布、その他の軍需品が到着したので、バヤモの連中の状況も少しは良くなるだろう。船の積み荷は多くて一度には持ってこられなかったので、さらに人を送って取りにやることになった。その連中がまだ戻らないうちに、我々は出発して、荷物は明日取りに来ようということになった。どっちにしろ全部は持って行けないのだからだ。夜になるころにはペラデーロ川に着いた。川べりに洞窟がいくつも並んでいるのだが、時間をかけてそこに落ち着いた。だいぶ快適だ。夜になってから後発隊が追いついた。途中の道には一度に持ち運ぶことのできなかった荷物が道しるべのように置いてある。物資を入れるための洞窟を急いで探す必要が出てきた。下からラバに乗ってきた男がやってきて、アルメイダの知り合いだと言う。七月二六日の後、ビバックで一緒に捕まったのだとか。ラバが上に倒れてきて脚を怪我しているので、山を登ることができないのだそうだ。ダビーを探しにやった。

二五日

あれだけ大々的に触れ回ったのに、パイプ二本はついに来なかった。マッチ、その他の者もいくつか、どこに行ったかわからない。午前中は人を配置したり『ボエミア』に目を通したりして大忙しだった。タマーヨのおやじが薬と缶詰少々を持ってきた。息子とふたりの助手もついでに連れてきた。そのうちのひとりは我々の仲間になりたいと言ったが、武器を持っていなかったので拒否した。バヤモ組のひとりが紛れもないびびりの最初の徴候を見せた。バヤモの〈運動〉の責任者に送り返そう。夜、ダビーの伝言が届く。イスラエルの家にいるというので、私がそこまで出向いて行って話し合った。繋がりは保ったままにしておこうということになった。遅く宿営に戻ると、アルメイダを呼んでパルド・ジャダの演説を聴いた。

二六日

私は宿営に留まり、アルメイダとペナ、アクーニャが待ち合わせの場所に行った。午前中、私は歯医者デビューを果たし、イスラエルの奥歯を一本抜いた。ホエルのも抜こうとしたら四つに割れてしまった。処置するためのメスも抜歯鉗子も持たなかったので、そのまま放置した。日暮れ近く、アルメイダが新志願兵を連れてきた。ビタリーノ・ラモス、メンドーサさんの息子の母親の弟だ。明日にはもうひとり来るという。ダビーが海岸から送ってよこすのだ。

二七日
今日ここを出て行くつもりだったのだが、出発を明日に先延ばしにした。ついでにイスラエルのおやじの家にある塩少々と包みのいくつかを拾っていくことにした。おやじはサンティアーゴに行く前に別れの挨拶に来た。少なくとも当分の間、もう会えないらしい。午後には四人の志願兵が現れた。うち三人は武器を持っているし、もうひとりも猟銃を持ってはいるが、農民仲間《グワヒーロ》の家に置いてきたとのこと。リーダーはすでに顔見知りだった。ピノ・デル・アグワ近くの製材所のイヨとかいう人物だ。ひとりは彼のいとこで、他のふたりは、我々には初顔だったが、黒人と白人がひとりずつで、イヨが家の近くで知り合ったのだそうだ。黒人はスプリングフィールド銃一丁と一九〇発の弾を持っていた。名前はフェリックス・メンドーサ。これと同じ武器のもう一丁は、持ち主とともに敵兵の手に落ちたそうだ。ひとりひとりがそれぞれひとつの班に配備された。三六名の恐ろしい兵士からなる軍ができあがった。トト〔トゥト・アルメイダ〕に明日行くから食料を五〇キロ近く用意してほしいと告げ、入手する手はずをつけた。

二八日
すっかり明るくなってからゆっくりと行軍を始めた。イスラエルとバンデーラが残りの包みを運び込んでからのことだ。その前に私は撮影した。捕虜を扱ったおふざけのドキュメンタリー映画みたいなものを作りたかったのだ。きっとひどく間抜けなものになっていただろうと思うが。行軍はとてもゆっくりとだった。アルメイダがしょっちゅう立ち止まって休まなければならなかったからだ。昼のちょうど真ん中ころ、新たな宿営に着いた。そこで離脱したがっている連中の問題に片をつけた。すでに脱走したワルフリードに、その仲間ロランドが加わろうとしているのがわかったからだ。それからもうひとり、昨日やってきて、着いたと思ったらもうホームシックにかかった人物も加わった。そんなわけで隊列は三三人に減った。面白いことに、脱走兵三名は、いずれもペナの班だ。

**二九日**

明後日までここにいて、サンティアーゴの集会のニュースに聞き耳をたて、見守ることにした。午後、新たにふたりの志願兵が加わることがわかった。アルメイダは最初、聞く耳を持たなかったが、ふたりがグワンタナモから一一日間歩いてきたと知って、受け入れざるを得なくなった。彼らをここまで連れてきたのはアルフォンソだ。かつて部隊が揃っていたころに我々に加勢してくれたことのある人物だが、今回は近所の住人ポルフィリオ・サンチェスに言われてここまでやってきたのだ。爆竹が鳴り止まない。

**三〇日**

朝早くふたりの新入隊員が姿を現し、これで三五人になった。エドワルド・タマーヨ＝トルヒーヨとロベルト・ビエラ＝エストラーダだ。グワンタナモから来た。前者には目にかすみがあり、どこかの隊にいた（という話をきいたのだが、どこの隊だったかは忘れた）。サンティアーゴの集会の様子は聴けなかった。ラジオが周波が合わずに聞こえなかったのだ。明日早く出発することにした。夜、アクーニャが具合を悪くした。震え、悪い汗をかいていた。ラム酒を一杯と熱いコーヒーを飲ませた。少し落ち着いた様子で、寝入った。

†注

1　前掲書、一〇一―一〇九ページ所収、「帰路」〔邦訳「帰隊の旅路」、一二四―一三四ページ〕は六月の出来事をまとめたものである。

2　テオドーロ・バンデーラス＝マセオは後の戦いで戦死。イスラエル・パルドのことをチェは「戦士の家族の長兄」と表現している。

3　ダビー・ゴメス＝プリエゴのこと。与党支持者で主人に対して無条件に仕えていたにもかかわらず、だいぶ頼りになった協力者。チェは「負傷者の看護」（エルネスト・チェ・ゲバラ、前掲書、九四―一〇〇ページ所収〔邦訳一一六―一二三ページ〕）で革命による変革に対する彼の援助がどのような勇気から湧き出て来たかを感じ取り、説明している。

4　ファン・ビタリオ・アクーニャ、通称ビロのこと。後に反乱軍司令官の地位にまで上り詰める。チェがボ

1957年6月

リビアで行ったゲリラ活動にはホアキンの通称で参加。そして一九六七年八月三一日、ボリビアのバド・デ・プエルト・マウリシオにおける奇襲攻撃で死亡。

# 七月

一日

目覚めるとぜんそくが出ていたので、アクーニャも病気なのをいいことに、ほとんど終日ハンモックに寝ていた。ラジオで聴いたニュースは非常に興味深いものだった。比肩するもののないほどの暴力の波がキューバ島全体に押し寄せたとのこと。カマグエイでは警官の見回りが必要になった。グワンタナモではいくつかのタバコ工場に火がつけられ、北米のとある有力な商社の所有になる砂糖倉庫の数々で放火未遂があった。サンティアーゴでも警備兵ふたりが殺され、伍長が負傷した。我々の仲間では四人が倒れた。うちひとりがフランク・パイスの弟、ホセ〔ホスエ〕[1]だ。明日の朝動き始めることにした。

## 二日

我々がキューバに来て七ヶ月目となる今日、〈イガ〉ことフェリシアーノが、本人によればかつてラウルを担いで歩いたこともある彼が、ナイフを手に部隊から脱走したとの知らせが飛び込んできた。おまけに、アルヘリオ・ディアスの姿も見えない。兄によればおじの仕事を手伝っているのだというが、私は、フェリシアーノを連れ戻しに行ったのではないかと思う。トゥトに連れられて部隊の最後尾まで行き、ゆっくりとラ・ボテージャの頂上まで登った。皆荷物をたくさん担いでいて、そのうちふたりがもうこれ以上は無理だと感じているように見えた。ふたりというのはクレメンテとカンデルだが、ところがそのとき、驚いたことに、ビタリーノ、つまりエリヒオの息子のひとりがもうたくさんだと音を上げた。彼はその場で除隊された。やがて農民がひとり、我々に会いにやって来て、ハバナからふたりの人間がやって来て我々に会いたがっていると教えてくれた。その農民の導きでベニート・モラという、以前イヨやその他の仲間たちの面倒を見てくれたことのある人物の家に行った。そこから使いを出して、連絡を取り、近くの川で休んだ。宿営を作っているときに、チチョ〔・フェルナンデス〕とカンデルが、もうこれ以上こんな生活に耐えられないと言って脱落しようとしていることを知った。〈気取り屋《ハバーオ》〉にも悪い病気がうつったらしく、逃亡した。そんなわけで我々の班は一一名から七名に減った。明日には部隊全体に檄を飛ばし、他の班の者で誰が隊列を離れたいのか問いただすことにした。五人脱走したので、部隊は三〇名に減った。

**三日**

ベニート〔・モラ〕の家が見下ろせる森まで登って、そこからシネシオとゴンサーレス――新兵のひとりだ――を使いに出し、ハバナからの者たちを迎えに行かせた。部隊全体の前で話し、これが最後のチャンスだから決心しろとせき立てた。マセオふたりが立ち去り、全員で二八名になった。しばらくしてハバナからの使者ふたりが到着。ヒルベルト〔・カポーテ〕とニコラスだ。それにバヤモからの者がひとりついていた。アリスティデス・ゲラ[2]だ。彼は銃を持っていた。他のふたりはリヴォルヴァーだった。ハバナからのふたりは軍曹の階級のときに除隊を許された元軍人だそうで、本人たちによれば、新兵教育係だそうだ。私に言わせればふたりは仕事を探している単なる馬鹿者だ。行軍を続けることにして、川を下ってポロという人物[3]の家まで行った。我々をここまで導いてきたのがこの者の弟で、我々の味方に加わりたいと言ったのだが、武器を持っていなかったので反対した。またしばらく歩くとコーヒー園に着き、そこで眠った。

**四日**

ポロの義理の息子が、我々がそこにいると知らず、午前中家を出て下に来てびっくりしていた。何度も言い聞かせてから放してやった。アルメイダがどこか寝食にいい洞窟はないかと見て回っていると、訓練を施していた軍曹のひとりが発砲してしまい、あやうくホエルを殺すところだった。最初、このふたりは敵のスパイで、発砲は軍への合図になっているのかと思ったけれども、そうではないだろう。間違えたふりをしてこれだけ驚き、その後落胆するには相当な演技力が必要だ。若い方の、ニコラスという者だ。発砲したせいですぐにもところ替えをしなければならなくなった。ポロの家の近くの岩場で休む間に、豚のフリカッセを作ってくれた。ポロのところにはふたりの男が仕事を探して頼ってくるとの知らせが入った。蓋を開けてみるとマノリートとエンリケだった。エンリケはフィデルの友人だ。仲間に加わりに来たのだ。雑誌を数冊持ってきており、サンティアーゴの様子も教えてくれた。マノリートにはコネがあって、サンティアーゴから武装した五〇人を連れてくることができるのだという。午後、行軍を始め、ソルサル川沿いを下った。道は悪道で、篠突くスコールで我々はすっかり濡れ鼠になった。マノーロ・タマーヨの畑に行くと、どこで眠ればいいか教えてくれた。森の縁のとてもいい場所だった。トゥト・アルメイダが土地勘があるそうなので、彼を待っていたのだが、終日、現れずじまい。

**五日**

情報体系が完璧に機能した。トゥト・アルメイダがアルへミロを連れてきた。彼が夜、我々を家に連れて行く。一方、トーレスという名の男が名付け親のフィデンシオを送って、近くに警備兵がいないか調査させた。その彼が夕方に戻って、いないと教えた。ラ・ミナ〔ラス・ミナス〕から誰かがやって来て、ラス・ミナスを攻撃するというすばらしい計画を持ちかけた。そこには兵士が四〇人いて、リーダーはひとりもいないのだそうだ。それからまた密告屋を懲らしめるからふたりほど貸してほしいとも言った。馬鹿を言ってはいけない、というのが答え。借りるべきは弾丸だと、それでもって自分たちで密告屋を殺すのだと、それから弾丸を返せばいいのだと。その男によれば、明日には注文の品が届くだろうとのこと。食料が必要になったらこんなふうに二七とともに[4]彼を使いにやることにした。夜に行軍するのはだいぶきつかったけれども、どうにか目的の家に着き、そこで夜明けまで眠った。

**六日**

何もない一日。眠ったり、服を乾かしたり。アルヘミロが道の偵察に行って、戻ってきて言った。選択肢は二つある。夜にアグワルレベスまで行くか、日中に歩いてラ・ネバーダに行くか。ふたつめの選択肢を選ぶことにし、明日の朝早く出発することにした。弾丸を持ってくると約束した男は来なかった。

**七日**

朝早く行軍を始め、とてつもない山をよじ登ったが、道はアルヘミロが切り拓いて整えてくれた。私は体が言うことをきかず、前衛に立って歩くことができなかった。ハバナから来た太っちょのひとりは私よりさらに悪かった。更地を登り、松林を抜け、マルベルデを見下ろせる木々の間を抜け、バナナ園に出た。そこでふたりの少女が働いていたので声をかけたところ、彼女たちが逃げ出したので、追いかけて捕まえることになった。きけばキリスト再降臨派で、モヤ家の者だという。とても親切な黒人の少女たちだった。ユカ芋を少しばかり茹でてくれることで話がつき、我々は近くの林で待つことになった。日中にラ・ネバーダを突っ切ることは危険だからだ。人がたくさん住んでいる場所を通る街道を突っ切っていくのだから。ハバナの太っちょ、カポーテという苗字のやつが、もうすっかり縮み上がっていて、脱退してもいいと言いわたすと、尻に帆をかけて逃げていった。もうひとりの者にも脱退していいと言うと、同じくすごすごと引き下がった。加えて、グワンタナモからの少年にも脱退を許した。この者の兄は脱走して、捕まったらべらべらと言い訳を並べていたやつだ。この彼には一ペソやって引き下がらせた。アルヘミロが彼らを途中まで連れて行ったが、そこで我々に会いに向かっていたポロとヘスス・シドに出くわした。シドは30―06スプリングフィールド銃の弾丸四〇発を持ってきていた。それからハンモックの網も少し持っていたが、何の役にも立たなかった。シドは出会った場所から脱走兵ふたりを連れて来たのだが、年少の者の方はそのままアルヘミロに連れられて行った。そのとき知らされたことは、サンタ・アナには警備兵がたくさんいるし、トゥルキーノ岳には部隊が二つあるということだ。エストラーダ・パルマ地区で二日間にわたって戦闘があり、ラウルが怪我をしたことも知らされた。そこでトゥルキーノ岳に、上方のラ・カンティンプローラ地帯から入ることにした。少女たちの信仰仲間がサンタ・アナに警備兵がいるか偵察に行き、それが誤報だと知らせた。アルヘミロと話し合い、エル・ピナリートにあった林まで後退し、そこで明日まで待つことで決着がついた。モヤ姉妹が食事を持ってきて、エル・ナランホとラ・カンティンプローラの地帯には警備兵がわんさかいると知らせてくれた。情報には感謝しつつも、当初の予定通り行軍することにした。夜の早い時間にアルヘミロと落ち合うことにした場所まで行き、そこで眠った。

**八日**

朝早くとは言えない時間に、アルヘミロが別の更地から案内人を連れてやって来たので、さっそく行軍を始めた。出発前にペラデーロで仲間に加わった馬引きエベリオが脱退させてくれと言ってきた。風邪でじんましんまで出て、とても具合が悪いのだそうだ。アルメイダはそれを聞き入れなかった。何区間か進んだところで夜になるのを待つことになった。その間、アルヘミロがドス・ブラソスのとある商店に行って、我々があるガリシア人の家で食事できるよう手はずをつけてきた。更地を下りる前にスイカを食べた。まあまあ美味しかった。ドス・ブラソスに着いたのはもう夜になってからだった。そこから街道を二キロばかり歩き、もう一度川を渡った。ここから先はもうラ・ムーラ川と呼ばれる川だ。そして最終的に山の登りに入った。長い上り坂で、だいぶ疲れたけれども、夜の一一時半には尾根に着いた。食事の準備を始め、目を離したすきにエベリオが逃げた。何もかも置いたままにしていった。私は歯が痛くなって明け方四時半まで眠れなかった。

**九日**

六時には皆、立ち上がっていた。しかし午前中はぐずぐずして過ごした。それから大変な山登りを始め、オクハルの更地まで行った。そこに到着する前にマセオが腹が痛いと言い出した。よくある痛みだそうだが、注射することにした。見晴らしのきく尾根の更地に小屋が一軒あり、開墾地もあったので、昼の間、そこにあった野菜を取って食べ物を補給した。近くの森の中に宿営を張った。

**一〇日**

起きた時にはやる気満々だったが、せいぜい森の途切れるところまでしかいけなかった。一キロかそこらだ。そこはとても大きな牧場だった。アルヘミロが先陣を切ってそこの家を訪ねた。バサーロという苗字の彼の友人なのだ。バサーロはその辺りには警備兵こそいないが、バティスタ派の住人もいるので、その連中に目撃されないように、と教えてくれた。日中は森の中で待機することになった。その間、アルヘミロとエミリオ、つまりもうひとりの案内役の農民《グワヒーロ》が周囲の土地を探索した。日暮れ近くに戻ってきて、ここから歩いて行けるところに川があり、その近くに小屋があるとの情報をもたらした。距離は短いし道も整っているが、一箇所だけ森の中の上り坂があるという。アルヘミロはもう戻るといって我々に別れを告げた。ダビーに届けるようにと手紙を一通、それから自分の家にしまっておくようにと古い猟銃を二丁手渡した。夜になってから行軍を再開したが、悪道に出て、そこから先へは進むのが難儀だったので、そこで夜を過ごすことにした。横たわった地面が柔らかくて助かった。

一一日

遅く起きて気乗りしないまま行軍を始めた。一時間である小屋に着いたので、そこで二日前に引き抜いた野菜で食事の準備をした。一〇時に行軍を再開するも、きつい道のりで、ゆっくりとだった。一日中、カズラのびっしりとまとわりついた岩場を歩き続けた。夕暮れ時にはナランホ川支流の川に着き、そこで宿営。前の畑で採った野菜の残りがあったので、それでスープを作った。そこで不快な事実に気づいた。私のトムソン軽機関銃の装填器がひとつなくなっているのだ。アレハンドロを支えながらマドセン機関銃を運んでいるときに落としてしまったに違いない。明日の朝早く探そう。

一二日

ホエルの助けを借りて装填器を探した。記憶をたどってこのあたりで触れたはずだというところまで探してみたが、見つからなかった。急いで後戻りしたが、仲間にはすぐに追いついた。ほとんど進んでいなかったのだ。というのも、案内係が軍の部隊がいないか調べにおじの家に行っていたからだ。三時間後に戻ってきて、近くにはいないと伝えた。犬を連れてトゥルキーノ岳に移動したようだ。もう少しだけ歩き、野菜の植わった場所の前で待つことにした。午後にそれを抜くつもりだ。果物を採りに行きたくてうずうずしている者がたくさんいたので、シネシオを見張りに立てたところ、すぐさまそこにクエルボが加わった。どうやら何か話があるらしい。しばらくするとウィリアムがやって来て、ふたりがいなくなったと言った。私は決然として「シネシオは逃げない」と言ったが、それは間違いだった。ふたりは実際、逃げたのだ。スプリングフィールド銃一丁とレミントンの連発式一丁、それにふたりで弾丸一〇〇発ばかりも持って行った。イスラエルと私で道に出てふたりを待ってみたが、夜まで待っても現れなかった。やっとの思いで川べりの宿営まで戻った。そこではもうふたりの脱走の物語がささやかれていた。クエルボは山賊で、シネシオも同じだった。ふたりとも通常の司直の手から逃れていたのだ。バンデーラスとイスラエルがマリフワナの農園を持っていて、たぶんふたりはそこに行ったのだと。アルメイダと話し合い、イスラエルとバンデーラスに伝言を頼み、脱退したければすればいいと伝えることにした。[6]

一三日

三時半に起床して、相変わらずの難儀な行軍を続けたが、夜明け時にひどいにわか雨が降って、六時半まで歩けなかった。その後うろうろと歩きまわってしまい、しかたがないから最初に目についた家に行こうということになった。一〇分後にはマヌエル・ディアスという人物の家にいた。聞くと一〇日前に敵部隊がここにやって来て、二日前に去ったばかりだという。まだ彼らの作った石の塹壕と小屋が残っていた。家主によれば、兵士は一〇〇人ばかりだったとのこと。犬二匹を引きつれて、トゥルキーノ岳を回り込んでアグワルレベスの方に向かったとか。ただし、ある中尉の率いる見回り隊だけは例外的に家に残ったらしい。家の者たちはたいそうおびえていたし、彼らの立場もはっきりしていたので、すぐさま出て行くことにした。再び山に入り、いったん休憩した時に、イスラエルとバンデーラスに脱走兵を探し出して武器を取り戻してくるようにと命じた。脱退を許そうと思っていたのだが、ふたりはそれを良しとせず、必ず連れ戻してくると約束した。背嚢を途中の洞窟に置き、出発した。それで我々は二四人に減った。バヤモとサンティアーゴ、ヤラに伝令を飛ばし、彼らが現れても何もやるなと、金など無心しようものなら捕まえろと伝えた。草木を切り拓きながら四時まで行軍した。四時にトウモロコシ畑に出て、そこを突っ切っているときに、アクーニャがトウモロコシを盗《と》っちまおうという叫び声を聞いたようだと言った（実際には何と叫んでいたかというと、雨が降ってフリホール豆が水に濡れる、とのこと）。そう思ったので、前衛が近くの家を占拠し、アルメイダがそこに行った。すぐにかぼちゃと小麦粉で食べ物をこしらえさせた。料理ができるのを待つ間に、ペナが我々を呼びつけ、集団で脱走する計画があると教えた。[7]首謀者はビロで、それにメキシコ人とウィリアムも加わっている。それから案内役もその仲間で、皆をある密告屋のところに連れて行き、そいつを殺して金を奪い、襲撃する役目を負うことになっているらしい。連中はエルメスを巻き込もうとしたが、彼がチクったとのこと。彼によれば、ウィリアムは例のふたりの脱走の後、及び腰になったとか。年寄りアクーニャを呼びつけたところ、彼はビロがそんなことをするはずがないとの意見。次にウィリアムを尋問。彼が言うには共犯者はふたり、メキシコ人とエルメスだとか。ラ・プラタで逃亡し、ラス・ベガス・デ・ヒバコアに行って密告者に会うのだと。ウィリアムは誓ってビロは仲間にはいなかったし、案内役の話も知らないと言った。詳細をきちんと調べて知らせるようにと言いつけた。その家《ボイーオ》にあるものを食べさせてもらい、黙っておいてもらいたいと頼み（黒人夫婦が住んでいた）、五ペソ支払って家の近くの谷まで行き、そこで眠った。

**一四日**

夜明けに行軍を開始し、二時間後にはフェルナンド・マルティネスの家に着いた。エンリケとペドロ、それに案内役が家主を探しに行き、その間我々は家の前の草地で待った。少し時間がかかったが、それというのも、家主は近くのトウモロコシ畑で働いていたからだ。すぐさま食べ物を取りに行くと、それからパルマ・モチャのエミリオ・カブレラの家に行って敵の部隊がどこにいるのか調べさせると言ってくれた。夜にも出発しようと言っていたが、雨が降ってきたので断念、明日の未明に甥を遣ることにした。我々は近くの川のとても居心地のいい場所に落ち着き、たいそうなもてなしを受けた。エルメスとメキシコ人[8]の問題は、エルメス本人がメキシコ人に計画が発覚したようだと告げて解決を見た。メキシコ人は出頭、一瞬たりとも脱走しようと考えたことはないと釈明した。司令官の面前に出たら密告者をふたり殺しに行く許可をもらおうと思っていたのだと。信じたふりをして下がっていいと伝えた。これ以上話を混乱させたくなかったのだ。明白なことは、エルメスの振る舞いはいただけないということだ。

一五日[9]

不快な夜明け。久しぶりにハンモックを試してみたのだ。その後、抜歯に従事した。家主の弟のを一本、それからペドロのを一本抜いた。抜かれてペドロは具合が悪くなったと言ったが、それでもしばらく歩いて小さなコーヒー園まで行った。そこでパルマ・モチャから来ることになっている青年を待った。半時間ばかりもしてやって来た彼はエミリオがいなかったと言った。代わりに義理の兄に会ったと。そしてその兄から聞いたところによると、一週間ほど前に我々の仲間たちはエル・インフィエルノから立ち去ったとのこと。それから部隊もひとつ、同じ日に山を登ってラス・クエバスに向かっていったとのこと。青年自身が言うには、森に入ったのではその日のうちには着かないとのこと。とても遠い道のりだそうだ。そんなわけで、その場で夜を過ごして、未明に出発しようということになった。案内役はマルティネスにお願いすることにした。彼は夜にトウモロコシの粉をバケツ一杯分持ってきた。ペドロは歯を抜いた痕が痛くて一晩中眠れなかった。

一六日

朝早く出発し、トゥルキーノ岳山麓の森に割って入った。上り坂はきつかったけれども、どうにかエミリオの家に着いた。案内役のアルへリオ・カンポスが彼を呼びに行き、しばらくして連れて出てきた。エミリオは開口一番、川の向こう側でラロ・サルディーニャスが、四〇人の仲間を率いて軍への奇襲攻撃の準備をしていると教えた。そしてこの地で戦端が開かれたらたいそうな損害だし、彼自身はそこを動かないにしても、一帯の者が皆、海岸部へと逃げてしまう、と不平を並べた。我々はラロにそこから出てくるようにと伝令をやり、我々のためにマランガ芋を料理してくれるように頼んだ。ラロは出て行くのは我々の方だと返事してきた。この返事を聞いて我々は、ラロが嫉妬しすぎなのではないかと理解した。川で食事したが、彼が陣を張っている場所まで登って行くことはできなかった。夜になって暗かったし、道も険しかったからだ。呼びつけるとラロはやって来て、この時間は仲間を見張っていなければならないので、動くことができないのだと言った。彼の態度は控えめで、そこに陣を張っているのは、司令官に命じられたからだとのこと。[10]しかし同時に、見られないようにしろとも言われたと。ラロの話によれば、彼は自分の家である男の持ち物を検査した際に殺し、その男の持っていたリヴォルヴァーを奪ったので、逃げるはめになったとのこと。そのとき死んだのがどんな男なのかはよく知らないらしい。街道脇で眠った。

一七日

早く起きてラロが野営している更地まで行った。そこで昔からいた古い知り合いや、最近入隊したメンバーに挨拶した。中に、我々が七ヶ月前に闘争していたころ助けてくれたカルロス・マスもいた。パルマ・モチャとラ・プラタを分かつはげ山に登ったが、始めてたどる支脈からだったので、すっかり道がわからなくなった。しかし、どうにかビジャの家の近くの、かつて我々が設えた宿営に着いた。最近まで誰かがいた形跡が見て取れた。雨が上がったので、すぐさまかつて行ったことのあるもうひとつの家に行き、そこからエンリケとクレセンシオの下の子――ラロが使えないといって戻してきたのだ――にハイチ人の家を見に行くようにと言った。しばらくしてアメイヘイラスがエル・マエストロやその他の「後衛」の連中とやって来て、よく戻ってきた、と言ってくれた。並みの山をさらに登って、フィデルのいる場所に着いた。フィデルはあたたかく迎え入れてくれて、長い間話し込んだ。まだ合ったばかりだが、〔ラウル・〕チバスや〔フェリックス・〕パソス、〔ロベルト・〕アグラモンテらの面識を得た。新しい医者〔フリオ・マルティネス＝パエス〕とも知り合ったが、彼は外科医で、腕は確かなようだ。フィデルは私に、これからのことと、今の現実とをずっと語っていた。バティスタの即時の辞職を提案し、軍事評議会の者でなく、市民機関のメンバーの中から暫定政府の候補者を選び、その暫定政府は最長でも一年間のものとして、その間に新たな選挙を行うことを主張する文書を送ったのだという。農地改革の基本方針を含む最小プログラムも送った。フィデルは私には黙っていたが、どうやらパソスとチバスがだいぶその宣言を削り取って書き換えたらしい[11]。それからまた、哀れなウニベルソが名誉ある職を剥奪され、今では老人部隊の面倒を見る役目を負っているということも教えられた。部隊は二〇〇人以上の編成になった。新たな昇任人事が発表され、ラミーロは大尉に、シロは中尉に、[12] 農夫《グワヒーロ》〔クレスポ〕はウニベルソの代わりに、アルメイダは第二司令官に、私は大尉にしてある縦隊の長になり、パルマ・モチャでサンチェス＝モスケーラを狩る役目を担うことになる。私にはウベーロから引きつれてきた分隊があった。ラミーロの分隊とラロのものだ。そしてラロが私の縦隊の副隊長となる。農夫《グワヒーロ》と談笑してから一時半過ぎに寝た。

**一八日**

朝早く仲間と一緒に出発、ハイチ人の家に行き、ちょっとした治療をした。それからパルマ・モチャとラ・プラタを分かつ分水嶺ラ・マエストラまで行った。司令官からの命令で、更地での奇襲攻撃を行うのだ。ラロに登ってくるようにとの伝言をしたところ、夜、我々の眠る更地までやって来た。

**一九日**

朝早くから山の上のふたつの小径の交わる地点で待ち伏せを張った。九時に農民《グワヒーロ》がひとりやって来て、敵部隊は昨夜からそこにいると教えた。取って返して様子を偵察するようにと言いつけたら、一二時に戻ってきて、捕虜にされた案内人のフェルミンが解放され、部隊はどこにかはわからないが、登山を始めたと報告した。フィデルに伝令をやり、ラ・マエストラを突っ切るつもりで更地を歩き始めたが、途中でクレセンシオの送った物資と擦れ違ったので、それを分配することにした。やがて二通目の手紙が届いた。そこには部隊がパルマ・モチャから登山しラ・ヘリンガへ行くと書かれていた。そこでその場で夜を過ごし、朝早くからラ・マエストラをおさえることにした。以前探索済みだし、誰もまだ通っていないことはわかっている。

二〇日

夜が明けると同時に起床し、ラ・マエストラに向けて行軍を開始したが、ギジェルモが自分の分隊を引きつれて現れ、フィデルが部隊の残りを率いてやって来ると告げた。敵をラ・マエストラの上で襲うというよくわからない計画があるとのこと。ラロをラミーロの班で補強してラ・マエストラをおさえさせ、私が更地で敵に待ち伏せを喰らわせるという方が良いように思われた。しばらくしてフィデルからの命令が来た。途中まで進軍しろとのこと。更地を下りていくと、警備隊の通った形跡はまったくなかった。途中から我々に合流していたカミーロが側道を街道まで探索してみたが、誰にも出くわさなかった。クルシートを遣ってタバコ工場の建物を調べさせたが、やはり人っ子ひとりいない。そのころまでにはフィデルからの命令でマルシアーノを行かせるなと言われていた。クルシートとマセオをトゥルキーノ岳への登山道の探索に行かせ、軍が通った形跡が見つかった場合には、ただちにマセオがエル・インフィエルノの平原沿いに登って行くようにと命じた。するとマルシアーノが自分も行かせろと言ってきた。二時間後、マルシアーノは戻ってきて、ふたりに置き去りにされたと言い、敵兵はトゥルキーノ岳へ登ったようだと報告した。しばらくして戻ってきたクルシートは心配顔で、マルシアーノと同様、敵兵の痕跡を見つけた上に、ごく最近食べられたサトウキビの食べかすも見つけていたからだ。食べかすはマルシアーノが残していったものだったのだが、クルシートは知らなかったのだ。マルシアーノは体調が悪くてこれ以上進めないと主張したのだという。その前にマルシアーノにはウィリアムを案内役につけ、ラロに伝言を言づけていた。ウィリアムにはマルシアーノをあらぬ方向に行かせてはならないし、場合によっては武器を取ってもいいと言いつけてあった。しばらくしてマセオが戻ってきた。指示を間違えて理解していたのだ。部隊には出会わなかったとのこと。アレハンドロに新たな伝言を頼むはめになった。私は街道近くにあったトタン板の家に行くことを考えていたが、探索にやった連中が言うには、そこには人が住んでいるとのこと。おまけに、我が部隊の誰かのほとんど白骨化した死体を見つけたらしい。計画の変更を余儀なくされたが、ラロからの伝言を待つ必要もあったので、クルシートとエンリケ・チャドマンのふたりに街道沿いに戻ることを許した。クルシートは体調を崩したからだ。エンリケもそうだが、加えて、彼には少しばかりびびりの徴候が見られたからだ（というのも見られたからだ）[13]。再びフィリベルトの所有地の更地を登り、彼の開墾地のあるラ・アグワーダで眠った。

二一日

夜明けとともに起床するとアレハンドロがフィデルからの知らせを持ってきた。ピコ・デル・ペラードで会おうとのこと。行ってしばらく会談を持ち、みんなで雌牛を食べに行くことになった。その後私は皆から離れ、警備兵が再び出てくるのを辛抱強く待つことになる。洞窟から出て来たところを襲撃するのだ。ゆっくりと下って行きがてら、ついでに何人かに除隊許可を出した。エンリケとアリスティデス・ゲラ、もうだいぶ怖じ気づいている詩人だ。ラス・ベガスから来たアントニオは、娯楽で参加したようなものだったからだ。それに勇気ある、愛すべき人物にも許可を出した。マセオだ。もうだいぶ具合が悪いようだった。彼らを送り出したと思うまもなくマルシアーノが、下に敵部隊がいたとの知らせを持ってきた。急いで奇襲攻撃の準備をして待っていると、警備兵たちと思われたのは、彼らがふだん占拠している家に登っていくラバを見て勘違いしたのだという情報がはいった。山を下り、夜になってコリーアの家に到着。食べ物をもらった。それから頼んでいた荷物がすべて届いていた。中古の水筒ひとつと逸品のハンティングナイフ、それにすばらしい剣を一本、手に入れた。徹夜でこれからのプランを練った。

二二日

未明に物資の分配をした。皆に充分行き渡った。家を出ようというときに発砲音が聞こえた。連れ出された張本人はラモニンで、司令官はこれを銃殺することにした。我々、ラロとクレセンシオ、それに私が間に割って入り、減刑を願い出た。この哀れな人物にはここまでの徹底的な罰は必要ないと言った。未明、将校たちは連名で哀悼の手紙を書いた。そこでいくつかの昇任が発表された。私は司令官を拝命した。農夫《グワヒーロ》ルイスは中尉に任ぜられた。シロは大尉、ラウル・カストロ[14]が中尉になった。分隊の全員が命令に背いたので取って代わって彼が任命されたのだ。それからウィリアムも昇格した。私の縦隊、第二縦隊[15]に志願兵が九人加わった。皆、武器は持っていない。その連中はウィリアムの分隊に配置した。書き記すのを忘れていたが、マルシアーノは実際、隙を突いて逃亡したのだった。後を歩いていたウィリアムは不意を突かれて反応もできなかった。マルシアーノの件とその疑わしい言動についても話し合われ、警戒を強めることにした。雌牛を一頭、また殺した。正確に言うと巨大な農耕牛だ。我々はその一部だけを食べ、残りは塩漬けにした。他に特に何もなく一日が過ぎる。ただ、フィデルへの贈り物の一部を皆で奪ったことは言っておこう。我々にも権利があったからだ。夜はコリーアの家で、我々、初期の指令部メンバーは贅沢に食事した。

二三日

とても遅く起きたわけではないが、計算したところ、六時間もあれば到着すると思われたので、急いで出発することもなかった。味方の農民《グワヒーロ》が、仲間に代わって、捕虜を縛って連れてきた。捕虜の男はあれやこれやとまことしやかな言い訳をしていたが、捕まったときに取り上げられた四五口径のリヴォルヴァーをどこから持ってきたのかと訊ねられると、地元である友人から買ったのだと答えた。しかし、ラロがこのリヴォルヴァーに見覚えがあった。彼がラファエル・カストロに、ある任務の遂行のために預けたものだったのだ。男には言ったことが嘘だったら銃殺するぞとすごんだところ、男は望むところだと答えた。しばらくしてペピン・ルピアニェスがやって来た。二、三ヶ月前に、かなり進行した鼠径部のヘルニアの症候が見られたので、私がそうした方がいいと勧めて除隊許可を出した人物だ。ペピンは新たに仲間を四人連れてきていた。しかし私は装備が不充分だとの理由で彼らを仲間には入れないことにした。ペピンは激高して抗議したが、しまいにはあきらめた。リヴォルヴァーの謎は、持ち主が現れて自分のものだと言ったので、半ば解決した。確認されたことは、ラファエルが誰かに貸したのだが、誰にだったかは覚えていないということだ。その誰だかわからない男が五ペソで例の農民にそれを売り、誰からもらったか口外したら殺すぞと脅したのだった。男を班に入れ、行軍を開始した。山に登ると、いやな知らせを聞いた。前衛の班のメンバーのひとり、中国人ウォンという者が脱走したそうだ。すぐに誰かふたり呼び、脱走兵が向かった方向に走らせた。あろうことかやつは二二口径ライフルを持っていったのだ。見つけたら即時、殺して銃とリヴォルヴァーを取り返すようにと命じた。ふたりはイブライムとバルドという名だ。前者は脱走兵の仲間で、殺すのは気が引けるが、どこを逃げたかはわかると明言した。フィリベルトの家の水飲み場まで行き、そこで眠った。

二四日

余裕をもって起床。ワルフリードをエミリオの家に送って警備隊について調べさせた。メキシコ人が同行した。二時半までに戻って来いと言ったが、その時間になっても戻って来なかったので、緊迫して下りていった。というのも、アクーニャを迎えに行った者によれば、山の上につい最近までかなりの人数がいた形跡があるとのことだったからだ。タバコ工場の建物に着いたところでふたりは我々に追いついた。たいしたことではなかったのだ。形跡というのは我々に会いに来た農民たちのものだったのだ。夜になってエミリオの家に近いある家に着いたので、エミリオを迎えに行った。やって来たときに彼はラス・クエバスのフェルナンド・マルティネスの家の近くにどうやら密告屋がいるらしいとの知らせを伝えた。そこには敵兵もいないし、エミリオが予想するにオクハルにもいないだろうとのこと。明日彼がオクハルに行き見てくることになった。彼はまたイスラエルとバンデーラスを連れていた。戻ってきたのだ。それに新たな志願兵までひとり連れていた。つまらない男だが、悪くはないように見えた。イスラエルの語ったところによれば、追いかけていったが、ふたりの逃亡兵を捕まえることはできなかったのだそうだ。シネシオが近くにいたが、イスラエルがいるとわかるとさらに逃げ続けたという。ダビーが手紙を一通よこし、機関銃で武装した密告屋どもの部隊が、我々を殲滅しようと立ち上がるかもしれないと警告してきた。彼はマヌエルという名のハイチ人に告発されて捕まったが、すぐに解放されたとのこと。パルマ・モチャの近くで眠った。

**二五日**

今日も遅く起きた。午前中は新たな戦闘計画を立てることに費やした。前のものはラス・クエバスに警備隊がいなかったので実行に移せなかったからだ。エストラーダ・パルマを攻撃し、次にヤラ、そしてベギータと攻撃を続け、出発点に戻るということにした。ひとり捕まえたが、本人によれば我々の仲間に加わりたくて会いに来たのだという。取り調べた結果、確かに密告屋ではないだろうと思われたが、ごろつきには違いないだろう。引き取ってもらうことにし、二ペソばかりやって帰らせた。前の日、エミリオの家で我々の所在を訊ねた人物だ。エミリオが三時半にやって来てオクハルには警備隊はいないと教えてくれた。そこで発砲演習をすることにして、その川のほとりでするので、エミリオには遠くまで発砲音が聞こえるかどうか、責任者に知らせてくれるよう頼んだ。武器の調子はなかなかよかった。ただし私のマドセン機関銃だけは話が別で、これは汚れがひどくて弾が出なかった。今日もここで眠ることになった。

二六日

朝早く、機関銃と弾丸の掃除をした。とても汚れていた。それからゆっくりと登り始めた。ペドロが胃の調子が悪く吐き気もするというので、ホエルをつけて後に残していった。頂上に着くとクレセンシオに伝言を送り、装備した連中を送ってくれるようにと頼んだ。それからラロが個人的にラファエル・カストロからの伝言は来ていないか見に行った。クレセンシオを通じて司令官にメッセージを送り、エストラーダ・パルマについての我々の意図を伝えた。夜になってからクレセンシオの伝言が届いた。どこにいるかはわからないが、いずれにしろフィデルを探し出そうとの由。それから新たに五人、送ると。中には過日、我々が追い返した者もいるらしい。さらに、粉ミルク一四箱に米、肉も少々送ることも伝えてきた。ラロが戻ってきて言うには、ラファエルからの伝言があり、また連絡を取りたがっていたとのこと。ラロが戻ってきたのはもう夜半も過ぎたころで、ラファエルから馬を与えられ、彼がその界隈の様子を見てから明日の朝には山に登ってくることを早く知らせるように言われたそうだ。ホセ・イサーク（エル・プルガトリオで私がぜんそくに見舞われているときに会った人物）も訪ねてきた。ただし、眠くてあまり取り合えなかった[16]。マルシアーノの家からの知らせも受け取った。脱走兵を殺すようにと送ったふたりのうち、バルドだけがリヴォルヴァーを二丁持って現れたとのこと。

**二七日**

午前中、頼んだ伝言についての知らせを待っていると、ラジオからエストラーダ・パルマ襲撃のニュースが流れてきた。フィデルに先を越されたというわけだ。ラジオの情報によれば、ラウル・カストロ[17]率いる二〇〇名が、四箇所からエストラーダ・パルマを襲撃、ベラ軍曹が指揮する兵営は、戦闘に応じることなく降参したとのこと。門衛は捕縛され、フィデルの前に連れ出された。そこで我々としてはどうすればいいかを考えることにしたが、基本的にはトゥルキーノ岳の向こう側に行く考えだ。しばらくして農民がひとりやって来て、敵軍の連中が二〇〇人ばかり、エル・クリストに向かっていたと教えた。すぐにトゥルキーノ岳の向こう側に行って、そこから打撃を与えるのが良かろうという点で、ラロと意見が一致した。ラロは自分の知っている小径を行けば近道できると主張した。物資をもう少しだけ補給してから行軍を開始した。ところがこれがかなりの難儀であった。六時から夜の一二時まで歩くことになったのだ。一二時に食事の準備を始め、寝たのは午前二時だった。

二八日

朝早くラロに呼ばれて行軍を再開。マルシアーノの義理の息子がバルドと、それからある部隊の知らせを伝えに来た使者とを連れて我々に追いついた。バルドの話は単純だが悲愴なものだった。脱走兵の友人のイブライムはわざと違う道を案内し、しばらくしてから正直に、逃げた先に連れて行っても爪弾きにされるだけなので行けないと告げた。それから、リヴォルヴァーを売るので脱退させてくれと申し入れてきた。もう隊には戻れないと言い、脱走しようとした。だからすぐさま三発お見舞いして殺した。死体は埋葬もせずラ・マエストラに置き去りにした。戻りかけたところで、仲間に加わろうとして向かっている一団に出会い、連絡をつけた。その一団の来歴は以下のとおり。彼らはギサの近くを出発して歩きまわり（途中、やっぱりやめると言って引き返した者もいる）、ラ・ヘリンガ地区まで来た。そこでバルドに出会い、身分を明かした。新部隊のうち三人は、もう疲れ果てたと言って脱退しそうな勢いであったが、そこでイブライムの死体を見、そのうち二人が恐れをなしてすぐさま帰路についた。部隊は再編成され、三人目はついてきた。その一団のリーダーはオスカルという名だが、その彼に私は手紙を書き、私が知らせるまでパルマ・モチャ地区に潜伏するようにと伝えた。さらには加えて、やるべきことをいくつか指示しておいた。さらにはクレセンシオにも連絡して、彼らの面倒を見るようにと言った。エミリオにも同じことを連絡した。この人物に関してはちょっと興味深いことがあった。彼の部隊は訓練されているのではないかと思わせる出来事だ。私は彼に連絡をくれるようにと伝えた。するといなくなったとの知らせが入ったので、後衛の者にすぐに探すように命じた。が、その瞬間、彼が姿を現したので、行かなくてもいいと、すぐに連絡が飛んだという次第だ。それから三時間も歩いて、ある切り立った山の上に出たころ、ビロが現れて、ふたりの者がマルシアーノの義理の息子を探しに行ったと伝えた。急いでそのふたりを探し出すよう、プポに命じるはめになった。ふたりにはマルシアーノの義理の息子を追い返して戻るように伝えてもらう。その山の上で私は、全員に、脱走したら危険だと、脱走兵の死体がひとつ増えることになるのだと警告した。カマグエイから最近参加した者のうちふたりが、もうこれ以上歩けないと言い、重荷になっていたが、その者も含めて行軍を続けた。ラ・マエストラのある山に夕方六時半に着くと、そこでしばらく留まることにした。皆がもうこれ以上は無理だと言ったからだ。その場で武器を分配し、かなりの寒さの中で眠った。

**二九日**

朝早く起きてあっという間にイブライムの死体のある場所に着いた。遺体はうつぶせになっていた。見たところ銃弾は左の肺に入ったようだ。両手が合わせられていて、指が結わえられたように絡まっていた。昨日この死を例として挙げたけれども、殺したことが正しかったかどうかは疑問に思った。一時間でとあるサンタ・クラーラの男[18]の家に着いた。しかし家はもぬけの殻で、ラロはここで眠ったのだという。すぐに分隊ごとにふたりの料理番を命じ、遺体の埋葬をやってくれる者を募った。正午までそこにいて、それから出発することにした。その前にオレステスともうひとりにラス・ミナスへの伝言を持たせた。ひとり捕縛したが、それは他でもない、逃げようとして死体に出くわした三人のうち、ついてくると言った人物だった。床屋というあだ名をつけた。四一歳で少し体の具合が悪かった。カンデラリオの家にいたそうだ。前日、我々があった混血《モレーノ》だ。その彼が道を教えたのだという。では出発しようというときになって新たに三人捕縛され、我々の前に引き出されてきた。ひとりは昨日我々が追い返した当人で、それが仲間をふたり連れてきたのだ。二二口径ライフルは持ってていなかったので、そのまま捕虜ということにした。他のふたりは中国人のことは知らないと言った。しばらく行軍し、最初に見つけた家の前の空き地に出ると、彼らを事細かに尋問した。すると実際には中国人を知っているそうで、ライフルを奪いに行ったのだが、そこにはいなかったのだとか。そんなわけで、言ったら拒絶されると思って、顔見知りではないと言ったのだ。三人を各部署に分配して監察下に置いた。軍が我々の側の一団との交戦の事実を発表した、彼らによれば、我々にひとりの死者が出たという。小川ベリで宿をとることにして、そこでもうなけなしと言っていい蓄えを料理した。

三〇日

近くの家の主によれば、ここはカリフォルニアから二時間の場所だとのこと。ラス・ミナスの代理人アルマンド・オリベールに申し入れた面会の返事を待った。返事は夜になってから来た。午前七時に会おうとのこと。一一時まで待つことにした。歩き始めて一〇時ころには約束の家に着いた。そこでアルマンド・オリベールの面識を得た。同行の仲間もひとりいた。[19] 彼は日曜日に襲撃をかける計画だった。そして同時にカシージャスを捕らえようとも考えていた。ほとんど毎日曜日には、この司令官が愛人宅を訪ねるからだ。しかし、我々としては、フィデルに向けられた目を逸らせるためだけにそんなにも待ってはいられなかった。最初、あさってにしようということになったが、ラロがもっと急ごうと言う。ちょっと急過ぎはしないかと思ったけれども、譲歩して明日にすることになった。オスカルの家に行き、眠った。その前に美味しい食事をした。

三一日

二時間眠って朝早く起床。が、すぐに出発したわけではない。少し朝食を摂った。すっかり日が昇ってから歩き始めた。新入隊員四人、山の青年ふたり、オルギンの男ひとり、マヤリーの男ひとりが一緒だった。最後のふたりは山師といった感じだ。宿営に到着し、出発を午後の二時に定めたうえで眠った。二時に出発してすぐにラ・マエストラの更地に着いた。さらに先に行く前にそこに全員の背嚢を置いた。それからまた大急ぎで歩を進め、空き地になった牧場を突っ切り、カリフォルニア地区に行き着いた。サンティエステバンという者の家までいかねばならなかった。我々のために彼がトラックを一台準備してくれる手はずになっていたし、ラス・ミナスから他にもトラックが来ることになっていた。遅くなってしまい、時間に着けそうになかったので、ペーニャという男を送って、もうトラックが揃っているか見に行かせた。一時間後に戻ってきて、トラック一台はもう待機中であると伝えたので、行軍を続けようと思ったが、問題がひとつ生じた。街道に出るために前を通らなければならないある家でパーティが催されているとのこと。結局、パーティの出席者全員を集め、黙っておくようにとの「指導書」を読み上げることで解決した。街道を歩いていると、トラックが一台やって来て、すぐにまた別の二台もやって来た。ラロが最初のトラックに乗った。ラミーロと私は二台目に、シロが三台目に乗った。三時間ほど進み、ラス・ミナスに到着。密告屋ふたりを捕縛にかかり、車も二台奪った。その車を駆って、ブエイシートまで行った。その村の手前で車を停め、木炭トラックを先にやり、村を見回って警備隊がいるかどうか見るように言った。結果はいないとのこと。それで車を出した。この車はブエイシートから中央自動車道への連結点となる橋を爆破する役目を負っている。ノダの班に交通を遮断する役目を任せ、我々は計画を進めた。ラス・ミナスにはビロの班が残り、村を守る役目を引き受けていた。計画のあらましは、以下のとおり。ラミーロの分隊が両側から兵営を取り囲む。ラロの分隊は西側から入るのに備える。シロは私の班とともに正面を固める。アルマンドが車で歩哨に狙いを定める。そしてラミーロが兵営を占拠する。一丸となって門から入り、中の連中の不意をつくと同時に、無血ですませる。同時に宿所で就寝中の警備兵全員を捕らえなければならない。

†注

1　サンティアーゴ・デ・クーバにおける〈七月二六日運動〉の中心メンバーのひとり。兄のフランク・パイスとともに極めて危険度が高く、英雄的である活動をしてきた。六月三〇日、同市で死亡。闘争仲間のフローロ・ビステルおよびパスクワル・ロサーレスとともにであった。

2　この一帯で一番役に立った協力者で、部隊内では「おかず王」と呼ばれていた。何にでも役に立ったからだ。

3　イポリト・トーレス＝ゲラ。ラ・メサにある彼の家は、後にチェの作戦の際の宿営になった。

4　この二七は〇で囲まれている。

5　後に彼は部隊に戻り、ピノ・デル・アグワで英雄的に戦死する。中尉の位階だった。エルネスト・チェ・ゲバラ、前掲書、一〇一―一〇九ページ所収「帰路」〔邦訳「帰隊の旅路」、一二四―一三四ページ〕を参照のこと。

6　同右、「帰路」を参照のこと。バンデーラスとイスラエルに関しては、この予想は根拠を欠いていた。

7　エルネスト・チェ・ゲバラ、同右「帰路」では、チェは告発したのはエルメス・レイバだったと述べている。このグループのうち、ウィリアム・ロドリゲスは死ぬまで革命軍将校の地位にあったし、ビロというのは、フアン・ビタリオ・アクーニャのことで、これがチェのボリビアでのゲリラ戦のホアキンであることは、以前の注にも述べたとおり。

8　メキシコ人ことフランシスコ・ロドリゲスは大尉の位にまで上り詰めたが、後に革命を裏切った。

9　『戦略の勝利』の中でフィデルはこう言っている。「一九五七年七月半ば、凄惨なウベーロの戦いの後〔略〕我々は第四縦隊を作ることにした。指揮するのはエルネスト・ゲバラ。チェはこのきつい戦闘で頭角を現した。彼は遠征隊つき軍医だった。助手も少ししかいなかったけれども、我が軍の負傷者たちを治療し、面倒を見た。彼は司令官に昇格した最初の将校でもあった」フィデル・カストロ著『戦略の勝利』、オーシャン・スール社、メキシコ市、二〇一一、二〇ページ。

10 バティスタ軍のアンヘル・サンチェス＝モスケーラの部隊がすぐにでも到着しそうだというので、待ち伏せしていたのだ。サンチェス＝モスケーラは中尉から大佐にめまぐるしい速さで昇格した人物。

11 一九五七年七月一二日、フィデル・カストロとフェリペ・パソス、ラウル・チバスの連名でシエラ・マエストラ宣言が発された。これは後に、一九五七年一一月にマイアミ協定として改竄されて利用される。それに対するフィデル・カストロの返答は歴史的なもので、一九五八年七月二〇日にはカラカス協定が布告される。農地改革法に署名されるのはシエラ・マエストラのラ・プラタでのことで、一九五九年五月一七日のことだった。こうした経緯はチェ自身が、エルネスト・チェ・ゲバラ、前掲書、一一〇—一一七ページ所収「裏切りの芽生え」〔邦訳「形成期における背信」一三五—一四四ページ〕の中で語っている。

12 右に挙げた文章、「裏切りの芽生え」でチェは、シロは大尉に昇格したとしている。

13 原文のママ。

14 ラウル・カストロ＝メルカデールのこと。以後、ラウル・カストロ＝ルス〔フィデルの弟。現・国家主席。スペイン語圏の多くの国では父姓と母姓を併記する習慣があるので、このように混同を避けられる〕に言及されるときのみ明示する。

15 戦略的な理由から、この縦隊は司令官に任ぜられたチェの配下、第四縦隊となった。敵軍にもっと数多くの隊列があると思わせるためだ。フィデルがその著書『戦略の勝利』、前掲書、で述べるところによると、その縦隊は七月の半ばにできたことになっている（この月の注9を参照のこと）。

16 ［ここでは「取り合う」dar pelotaという表現がアルゼンチン語法であることが注記されている］

17 ラウル・カストロとされているが、この襲撃は、実際にはギジェルモ・ガルシアが実行したものである。

18 フリアン・ペレス。

19 ホルヘ・アビチ。

## 八月

一日

計画は実行に移されなかった。というのも、ラミーロの到着が遅れたからだ。その隙に歩哨が怪しい音を聞きつけて、何があったのかと偵察に出たのだ。私は彼の前に立ちはだかって止まれ、と言った。動いたので一発放ったが弾は当たらず、私は無防備になった。向こうも撃ってきて私は身を躍らせたが何ごともなかった。射撃の応酬が始まったと思った瞬間、橋が爆破される音が聞こえた。イスラエルにそばに来て四、五人で加勢するように叫んだのだが、来なかった。それで私はひとりで戦闘区域に踏み込んだが、私が行くと兵士たちは降参した。兵営内には兵士が一二人いて、うち六人が負傷していた。我が方で決定的に倒れたのはひとり、ペドロ・リベーロだった。胸部を弾が貫通したのだ。そしてふたりがだいたい軽傷を負った。有益なものを何もかも奪い去ってから兵営を焼き払った。それから軍曹と密告屋のオランを捕虜にしてトラックで立ち去った。バローロという人物が最後のトラックに乗って我々に同行し、彼の商店に招いて冷たいビールを振る舞ってくれた。それから我々は

## 1957年8月

帰路につき、マカナクムの橋というところにくると欄干の間に火薬をしかけて一部を吹き飛ばした。ラス・ミナスに戻ると人々が通りに躍り出て我々を歓待してくれた。そこで我々に協力的なあるムスリム系の男が即興で演説を始め、捕虜ふたりを解放するようにと言った。私の答は、このふたりを人質に取っていれば、人々への弾圧がないだろうとの思いから捕虜にしたのであるが、もしそれが人々の意志だというのならば、私としては何もつけ加えるべきものを持たない、というものだった。トラックでの移動を続けたが、いまや飛行機が現れることも考えて、空にも注意を払いながらであった。そうして二時間も走り、カリフォルニアに着いたときには、最初の飛行機が現れたが、周囲を旋回しただけだった。ガリシア人商店主の家に行き、怪我人の治療をした。ひとりは右肩に銃創があったが、細いけれども炸裂したもので、皮膚がはがれ筋肉が剥き出しになっていた。もうひとりは片方の手に口径の小さな銃による穴があいていた。たいした傷ではなかった。三人目は頭に瘤ができていた。怪我をしたラバの蹴りで落ちた壁のかけらが頭に当たってできたのだ。治療を終えると道が途絶えるところまでトラックで行った。そこからが山の上り坂の始まりだ。今回はついてきて仲間に加わろうとする者も少なかったが、その場でラジオの技師がひとり加わった。決意は固いようだ。もう敵軍の部隊はカリフォルニアまで迫っていた。我々はゆっくりと行軍を続け、真昼にはラ・マエストラの尾根の背嚢を置いた地点に着いた。そこで武器と弾薬、それに服を分配し、戦闘で臆病さを見せた者に除隊を命じた。ひとりだけ、除隊ではなく、部隊を移動させた者もいた。フィデル[1]の部隊に替えたのだ。襲撃の後、〈コリンティア〉号事件の生き残りがひとり加わったが、その者にはガーランド銃を一丁与えた。名をフェルナンド・ビレージェスと言った。彼はある部隊で司令官の地位にあったらしいが、そこでは階位のインフレがあり、大将がふたりもいたというから、推して知るべしだ。彼の話によれば、それは二七人からなる部隊だったそうだが、まだ何人か生き残りがいて、そこら辺に散らばっているはずだとのことだ。以前の川の陣まで戻り、そこで眠った。[2]

二日

いささかぐずぐずと起き上がり、宿営を畳んでいるときに、ラウル〔・カストロ＝メルカデール〕にカリフォルニアからの上がり口で待ち伏せ攻撃をしかけるよう命じた。我々は適宜、途中にあって敵兵が通過するに違いない空き地で待ち伏せする。キンテーロスという男が我々の手に落ちていることはわかっていた。兵士たちの案内役で、彼自らが、兵士たちはきっとそこを通るので彼には発砲しないでくれと我々に言ってよこした。二時にはラウルにもう下がっていいと伝え、我々全員で待ち伏せした。ラモニンをオスカルの家にやり、サンタ・アナに行く道には障害がないか調べさせ、夜に出発した。途中、ラモニンが戻ってきて誰もいないと伝えた。ゆっくりと山を登り、一二時ちょうどにフアン・コリーアの家に着いた。気前よく迎え入れてくれた。五〇〇ペソ分の商品を手に入れた。チヨコレートやコンデンスミルク、ビールなどだ。夜半を過ぎて近くのコーヒー園に行き、そこで皆、横になったが、私だけは再び下り、体調を崩しているコリーアの妻に注射を打った。ついでに朝のニュースを聴いたが、ひとつとして興味を惹くものはなかった。襲撃のその日のうちに、検閲が敷かれたのだ。政府の発布したニュースによれば、反乱グループがブエイシートを襲撃し、三人死亡、負傷者多数で退却したとのこと。彼らの側は二人死亡、三人負傷。つまり、負傷者のうち二人が死亡したということだ。

三日

一日平穏に過ごす。足りないものがあって困った。ファン・コリーアにバヤモで換金可能な引換券を作って出した。午後、オスカルが来て敵がラ・グロリアにいると知らせた。そこは我々が放棄した場所なのだった。それから他の連中がラ・ビビーアを通ってサンタ・アナに行ったとも知らされた。我々はある小さな林の中に隠れていたので、そこを出てパピという人物のコーヒー園に行くことにした。そこから街道に下りてラ・ネバーダを陥落するのだ。先導するオスカルが、こちらに向かってくる兵士たちを認め、警告を発した。我々は隠れてじっとしていたのだが、オスカルがもう一度見てみようと思い立って見たところ、実際にはそれは警備隊とは何のかかわりもない四人の人物だった。脇の小径に逸れて歩いていると、ほどなくしてものすごいスコールが降ってきた。アルマンド・オリベールとともにある石の下に身を隠していると、そこへアルナルド・カステジャーノスという人物がやって来て四人の「兵士」たちについて教えてくれた。つまりそれは、彼だったのだ。アルマンドが言ったのは彼とその仲間ひとり、それにふたりの若い女たちのことだ。若い女ふたりは私たちの仲間に加わりたいとのことだったが、私は拒んだ。しかし、ともかく戻る前にファン・コリーアの家に寄って行くよう、そうすればもてなしてくれるはずだと言いつけた。しばらくしてそのふたりがやって来た。そのうちひとりはアルマンドの恋人のようなものだった。どうあってもここにいさせるわけにはいかないと伝えたが、小さい方（一七歳のオニリア・グティエレスだ）はどうしてもと言い張ってきかない。そうでなければカステジャーノスという人物の家に行かねばならず、そこではとんでもないことを言いつけられるのだと、とうとう語った。仕方なしに仮採用することにした。もうひとりはアルマンドに会えたことで満足し、戻っていった。ダイナマイト技師も一緒だった。ペピの家でぎゅうぎゅう詰めになって就寝。

**四日**

警備隊に対する待ち伏せ攻撃をすることにした。我々が睡眠を取った場所の上でだ。オスカルの手配してくれた案内人が道を教えてくれることになっている。すぐにでも警備隊がやって来るものと思って待っていたが、そのまま一日が過ぎた。聞こえたのはラ・ネバーダでの飛行機からの掃射音だけだった。ラス・ミナスから結構な人数が加わった。ブエイシートの戦端が開かれたときにいなくなっていた黒人少年も含まれていた。他に役に立ちそうもなかったので、荷物を持たせた。日暮れ時、パピの宿営に戻った。森の中を切り拓いた小径を通って、誰にも見られないように進むことができた。ただし、今では近隣の者たちは皆、我々の居場所を知っているのではあるが。ラス・ミナスから加わったばかりの者たちが、兄弟を連れてくると言い、あるいはサンタ・アナに自分の持ち物を取りに行くと言ってすでに離れた者もいて、私は許可を与えた。

**五日**

大尉たちの大方の反対を押し切り、カシージャスの軍勢に攻撃をしかけることにした。そのために前日の待ち伏せ場所まで移動し、ある更地伝いに彼らがいるところまで行くことにした。しかし、発砲音と掃射音が更地の逆の側から聞こえてきた。バズーカ砲の音のようなものも二度聞こえた。兵士たちは上り坂に入ったところだろうと計算し、その場で待ち伏せして奇襲をかけることにした。ところがなかなか上がってこず、ついには一日待ちぼうけを食らった。夕暮れ時にはラロの分隊に、警備兵に弾をお見舞いするよう命じたけれども、できなかった。兵士たちがどこかの穴の中に入っていたのだ。ラロはもう夜になってから宿営に戻ってきた。ブエイシートのときと同じ黒人少年がまた逃げたが、どこの家に隠れるか予測できたので、探しにやって連れ戻した。とがめ立てはしなかった。まだほんの一七歳なのだから。オルギンから来た少年をふたり、追い返したけれども、それぞれ一五歳と一四歳という年齢だったからだ。もうひとりオルギンからの人物が再入隊したいというのを断った。一度怖じ気づいてブエイシートで逃げ出した人物だからだ。男は〈コリンティア〉号の生き残りのランフル〔カルロス・ランフルス〕という者を連れてくると約束した。オスカルが彼らを家まで連れて行った。

**六日**

朝四時に起床。五時を回ってから出発。ラ・マエストラの空き地を急いで通り過ぎ、街道の向こう側に出て、ラ・ウビータまで行った。そこではマタモーロスの店に行き、つけで買い物をした。たちどころに人々が我々に挨拶しようと飛び出してきた。アリスティディオがやって来て、言葉も大袈裟にどんな問題があったか語って聞かせ、雌牛も一頭進ぜようと言ってくれたので、一も二もなく受け入れた。それからまたかなりの数の者が仲間に加わりたくて待機しているとも教えられたけれども、武器を持っている者だけを受け入れると伝えた。パポ・ベアトンも仲間を連れてやって来た。マヌエル・ロドリゲスやイスラエルのふたりの兄弟、サブロ、パポの兄弟分、ロサバル兄弟ふたりなどだ。全員を受け入れた。それから武装した他の連中も。そうでない者は受け入れなかった。全員をアリスティディオにまかせることにした。彼はまた、ひとり、フェンスエ・リエンという名の密告屋がいることも教えてくれた。こいつが頭痛の種なのだそうだ。前衛をラ・マエストラ山上に派遣して捜索させた。私もホエルを伴い、案内役に連れられてそこに向かい、一〇時に待ち合わせの場所に着いた。午前三時になってすぐ、アリスティディオが皆がやがてやって来ると知らせに来た。四時に彼らに会った。例のおやじは実の息子と義理の息子を連れていて、何度も何度も自分はフィデル派なのだと誓った。自分をよく思わない連中が陥れようとして告発したのだと。ちょっとばかり助言を与えてから引き取らせた。我が方の他の仲間たちも日が明けてからやって来た。

**七日**

パポとイスラエルの兄弟のひとりがペラデーロで何が起こったか教えてくれた。どうやらダビーが調子に乗ってしゃべりすぎたみたいで、ある密告屋の牧場主に何もかも教えてしまった。しばらくしてダビーは捕らえられ、拷問を受けて死んだ。[3] そして軍がペラデーロを占拠した。そこではイスラエルの父親の畑で働いている男もひとり捕まった。そしてちょっと殴られただけですぐに知っていることを洗いざらいにしゃべった。その結果、一〇人の人間が殺された。ダビーのところの馬方ふたりも含まれる。商品もことごとく略奪し、周囲の家をすべて焼き、周辺住人にもひどく危害を加えた。中には後に死んだ者もいるし、ひどい骨折に苦しんだ者もいた。報告によれば密告屋は三人とのことだったので、私はやつらを殺す任務に志願する者はいないかと言った。何人も手が挙がったが、イスラエルとその弟サムエル、それにマノリートとロドルフォを選んだ。四人は朝早く出発したが、手には次のような貼り紙を持って行った。この者は人々を裏切った報いで処刑された――〈七月二六日運動〉。彼らについて行ったパポの手には私に大型の武器を提供すると言ってくれた者たちへの返事の手紙が握られていた。私の答はどこに、どのように取りに行けばいいか、というもの。その他特筆すべきは、ただ、ラス・ミナスからの連中の何人かに除隊許可を与えたことだ。彼らはびびりの症候を見せていたのだ。それから例の黒人少年も免除した。カシージャスの部隊はラ・グロリアから移動していなかった由。

**八日**

早起きしてエル・オンブリート山頂の道を歩いたが、あまり気乗りしなかった。街道に着くと伝令が待っていて、ヒルベルト・カポーテがこちらに向かっていると知らせた。あの腰抜けの元軍曹だ。同行者が四人いて、皆、武装しているとのこと。途中で待つことを取り決めた。結構な時間歩いてフィデンシオ・サンタナの家に着いた。隣のペルーチョの家に遣られた。その家の畑の中には川があって、我々は皆そこに行ったのだ。ラジオのニュースでは反乱兵がペラデーロの戦闘で四人死亡したと言っていた。ひょっとしてイスラエルとその他の仲間たちではないかと考えた。どこかで待ち伏せを食らい殺されたのではないかと。ポロを探しに行かせ、明日、話したいと伝えさせた。名前は覚えていない黒人がプレゼントに焼いた豚を持ってきてくれた。完璧だった。

**九日**

朝から訪問客が引きも切らせなかった。ポロがやって来て、翌日朝に海岸地帯まで行くことを取り決めた。警備隊の居所を突き止め、イスラエルの弟ひとりとアントニオのおやじを連れてくるためだ。アントニオというのは、我々が以前この周辺にいるときに知り合ったガリシア人だ。我々が待っていた連中は来られなかった。ラ・マエストラを登るのはずいぶんと骨の折れることだからだ。ヤオからはラモニンのいとこのオソリオという者が来た。いい印象だ。彼らには引き続き物資を渡してくれるようにお願いした。彼らからはレネ・クエルボにどう対処すればいいか教えてくれとのこと。アルメイダの配下にいた脱走兵だ。密告屋をひとり殺し、私に許しを請う手紙を書いてきたものだが、その彼が今、ヤオで迷惑をかけまくっているというのだ。目に余るようだったら殺すようにと言った。その後は平穏だった。下の川沿いに小径を作ってタマーヨのおやじの家への通路を確保するように命じた。結構な数の人間が離脱を申し出た。夜にはかつてビクトリア・デ・ラス・トゥナスで脱走した人物が訪ねてきたので驚いた。カミーロの下で前衛にいた者だ。武装していない地元の男ふたりを連れてきた。入隊は拒否された。パルマ・モチャに来たオスカルという者の部隊から脱走してきた者を捕らえた。

一〇日

朝早くガリシア人アントニオがやって来た。ポロの家から来たのだ。ポロは警備隊のことを調べるために海岸に向かっている。チューアがやって来て、ピコ・ベルデに武装したマスフェレール派[4]の連中が二五人いると知らせた。チューア自身が短機関銃を持った者をふたり目撃したそうだ。彼らと会見し、ラ・マエストラに連れてくるようにと頼んだ。私はそこで待つことにしようと。アレハンドロにはアントニオのおやじをポロの家まで連れ出すように命じた。四時間後に戻ってきて、任務を果たしたと復命した。ポロが海岸から戻って、一帯には誰もいなかったと告げた。イスラエルの兄弟がまたひとり加わった。名はベンハミン。彼とアントニオのおやじはマノリートが臆病だと不平を漏らした。日没のころ、オスカルがダイナマイト職人のクリスティーノ〔・ナランホ〕を連れて来た。アルマンド・オリベールからの手紙も携えていて、そこにはオスカルの家に何らかの物資があると書かれていた。オスカルが先に出ることになった。一六人まで増えた脱退者を連れて行くのだ。捕まえた脱走兵はどこにいるのだと訊ねたところ、アレハンドロが間違えてポロの家に連れて行き、そこで解放してしまったことを知った。ビロに命じ、私の書面による命令がないうちは何もしてはいけないし、誰も解放してはならないと伝えた。クリスティーノは部隊に加えてくれと私に頼んできたので、アルマンドにはそう知らせた。未明にプポが来て、私が待機を命じたその場所には何もなかったと告げた。

一一日

朝早く宿営を畳み、ラ・レチェの川の下流側を私が命じておいた道に沿って歩いた。前衛をだいぶ先の方にあるコーヒーの木の叢に配し、後衛は川がサルサル川に流れ出る地点に配した。ポロはいつものように我々に良くしてくれた。一日何もなし。

一二日

朝早くから物資の知らせが届いた。それからチューアがやって来て、マスフェレール派の連中は連れてこなかったと告げた。いなかったからだ。それなら彼らを目撃したというのはどういうことかという説明はなかった。イスラエルが仲間とパポを連れて来た。ヘスス・スワレスという名の密告屋に二発お見舞いして殺したそうだ。周辺にはひとりも警備兵はいないとのこと。この周辺にいるのはカシージャスの部隊だけだということになったので、ロラにその連中を狙撃させることにした。午後、ラウルが物資を持ってきたので、すぐさま配給した。[5]

†注

1 原文のママ。

2 エルネスト・チェ・ゲバラ、前掲書、一一八—一二六ページ所収、「ブエイシート襲撃」［邦訳「ブエイシト攻略」、一四五—一五四ページ］を参照。この章の末尾では、フランク・パイスの死のニュースについての考えが述べられている。「キューバ革命に携わる最も純粋で最も栄光に満ちた生命の一つが失われ」［邦訳一五三ページ］たと。

3 実際には農夫頭のダビーは死んでいない。

4 暴君に仕える暗殺者集団。リーダーのロランド・マスフェレールは三〇年代からその犯罪歴で知られている。

5 第Ⅴ分冊には、以後、チェの書き込みのない白紙のページがかなりある。これに続くノートの第Ⅵ分冊は見出せなかった。この分冊は一九五七年八月一三日から一九五八年四月一七日までが含まれるはずだ。このノートが存在しないのかどうか、今日までのところ、正確にはわかっていない。ただし、未確認の情報はさまざまにある。『革命戦争回顧録』にはこの期間の出来事も書かれているからだ。この時期は彼の指揮する第四縦隊が活動を展開した時期だ。そしてこの『回顧録』の文章は、文体や内容を見るに、『日記』を参照しているようなのだ。次の第Ⅶ分冊は一九五八年四月一八日から始まる。

# 1958年

# 四月

## VII

一八日

フィデルから、指定された地域での一連の仕事を命じられた。日記には書きつけられないものがひとつあり、その他は以下のとおり。新兵二〇〇人の訓練の監督。こちらに移設される設備と新聞の手助け。[1]税の徴収の手助けと、やはり移動してくるソリ＝マリン[2]とともに農業改革の仕事をすること。未明に出発した。一年近くにわたって統制下に置いていた地帯を、こんなかなり危機的な時期に出て行かなければならないかと思い少しがっかりしていた。危機的というのは、サンチェス＝モスケーラの部隊が勢いづいて目立っているからだ。[3]夜明けのだいぶ前から午後三時まで歩き、プロビデンシアに到着したので、そこで休憩した。後方に残ったフィデルからの知らせはなし。

**一九日**

ジープでラス・ベガスまで行った。そこに司令部があるのだ。そこにパイロットがいて、彼らと話すことになった。話しているうちに、一緒に飛行機を発着させる場所を探しにいくことになった。一番適した場所はラ・プラタ川だと思われた。トゥルキーノ岳に近いのですぐにわかるし、格好の沃野がひとつふたつある。その日の午後のうちに出発、ミナス・デ・フリーオのマリオ・ソリアルの家が目的地だ。そこにエベリオ・ラフェルテの教練所がある。捕虜だったのが昇進して大尉になり、新兵教練所[4]の所長に任命された。そこで夜を過ごした。

**二〇日**

終日歩き続け、日没時、海岸に到着、そこで就寝。海岸から二キロの地点に空港に適した場所を見つけた。ラ・プラタで就寝。

**二一日**

パイロットたちはこの地の責任者リコ・イダルゴに適宜指示を出し、土地をならして、その後トンネルを作るように言いつけた。我々は行軍を続け、新しい病院を見、それからラス・ベガスに到着。フィデルが待っていた。

**二二日**

終日、どうやって輸送を行うのがいいか、議論した。

**二三日**

少しずつ合意点を見つけていき、鍵となるやり方を確立。仕事に関してもやがて完璧に合意に達した。

**二四日**

〈酷評家〉マルセロがやって来て、見積もりを誤ったせいでストライキは惨憺たるものになったと、率直に認めた。[5]

**二五日**

他の地域に飛行機が着陸することは可能かどうか、個人的に調べに行った。カヨ・エスピーノはかなりいい。ただし、石ころだらけだ。エル・セロの滑走路はあまりよくない上に、敵の攻撃を受けるとまったく弱い。エストラーダ・パルマから二キロしか離れていないのだ。

二六日

特に何もなし。

二七日

パイロットたちが緊急でラジオの設備のところに招集され、カラカスからの重要なメッセージに耳を傾けた。ペドロ・ミレーもいた。G司令官[6]も施設にいた。ミナ・デ・フリーオまで上がっていった。材料不足から遅れている仕事を見に行ったのだ。下りる際にはラス・メルセデスでペドロ・ミレーを迎えにいくことになった。彼はそこで〔デリオ・ゴメス＝〕オチョアの指揮下にあった。

二八日

朝、戦闘が始まったが、その成果ははなはだ疑わしい。我が方にはけが人ひとり。ナグワと名づけた場所のあたりでのこと。その日の夜のうちに司令官に会いに山を登った。彼は彼で山を下り、自分の目で戦闘の結果を確認に来た。

**二九日**

朝、G司令官は山に戻った。彼とは長々と意見を交換し合い、夜にはカラカスとの交信を聴いた。そこでフスト・カリージョ[7]が仲間の軍人たちの支援を受けて何ができるかをとうとう並べ立てて確約し、一方でフィデルには、自分たち「純粋派[8]」軍人による三度の陰謀を褒め称える宣言を発するように頼んだ。三度の陰謀というのは、バルキン[9]のそれと、九月五日[10]、それからチネア中尉が投獄されることになった陰謀のことだ。フィデルは、そうしてもいいが、我々は「日々いまわしい犯罪を犯す者ども」に対する敵意にとらわれているのだとも応えた。〔マヌエル・〕ジェレーナスとウルティア[11]もしゃべった。統一して不和を避けようとの呼びかけがあった。

**三〇日**

朝の遅い時間に出発。海岸に行って着陸のための場所を作るのだ。夕方に到着。ペドロ・ミレーと新兵教練所の人材の一団、それに私だ。

**†注**

1 反乱軍ラジオ《ラディオ・レベルデ》と『自由キューバ人《エル・クバーノ・リブレ》』のこと。いずれもチェがその作戦区域で創設したもの。付録にチェの作った新聞のファクシミリ版とその文書を掲載した。

2　ウンベルト・ソリ＝マリン。フィデル指揮下の第一縦隊隊員で、司令官に昇格、シエラ・マエストラでは監査官代わりを務めた。革命の勝利後は農業大臣に任命された。後に反革命勢力に加わり、逮捕され処刑された。

3　エルネスト・チェ・ゲバラ、前掲書、二五六―二六三ページ所収「幕間劇」［邦訳　三〇三―三一一ページ］参照のこと。ここで彼は新兵教練所での新たな役割について語っている。エベリオ・ラフェルテ率いるこの教練所は、新たなゲリラ兵士たちを教育し訓練して、フィデルの将来の計画に備えることを目的としていた。将来の計画とは、まず敵軍への反撃に参加することであり、次いで、東部から西部への進撃に参加することである。

4　エベリオ・ラフェルテはピノ・デル・アグワの戦闘で捕虜になり、そこで反乱軍の戦列に加わる決意を表明した。チェはフィデルの命を受け、新兵の教練所を組織し始めた。そのときには来るべき敵の攻撃に備えた他の仕事も任された。

5　〈七月二六日運動〉全国指導部が呼びかけた四月九日のゼネストの失敗をさす。

6　G司令官とはComandante General（総司令官）、つまりフィデルのこと。

7　フスト・カリージョは軍隊内の反バティスタ派の将校たちを含むグループを組織した人物。

8　一九五六年四月四日、軍将校たちの組織した運動。主要人物たちは逮捕され軍法会議にかけられた。

9　ラモン・バルキン＝ロペス。後に合衆国反革命同盟の主要人物となる。

10　一九五七年九月五日、ラス・ビジャス州シエンフエゴスにおける蜂起。

11　マヌエル・ウルティア＝ジェオーはオリエンテ州裁判所の判事。不撓不屈の精神で〈グランマ〉号遠征隊員たちの裁判に臨んだ人物。一九五九年一月、共和国大統領に任命されるが、七月一七日にその職を辞する。革命政府の支持する方策や法律に反対する極右の立場のために、人民からの突き上げに遭ってのことだ。

# 五月

一日
適度な家を探し出し、全員でそこに落ち着いた。その場で戦闘員の心得について演説した。他は特に何もない一日だった。

二日
朝、フィデルからの手紙を受け取る。全国委員が全員集まっていると、ファウスティーノとダニエルは私もいるべきだと言っているとのこと。すぐに出かけ、夜に到着。

三日

集会は一日中続いた。フィデルはこのたびの失策のせいでいくつかの変更を余儀なくされたと主張した。[1]ファウスティーノの理解では、失敗の責任は取り立てて誰かひとりにあるとは言えないとのこと。ダニエルも同意見だ。私はちょっとした状況の分析を行い、山地部隊と平地部隊の政策が相反していること、山地部隊の政策こそが有効であること、我々山地部隊の者はストライキに対してその成り行きが懸念される旨を表明したが、その懸念が正しかったことを主張した。ストライキの失敗の原因もてみじかに分析し、その事変志向の組織に問題があると指摘した。一回の軍事行動を基にして、そこから大衆闘争の連鎖を引き出そうとしたその組織がいけないのだと。一番責任があるのは労働者の責任者と旅団の最高指導者、それにハバナのリーダーだとも意見した。つまりマリオとダニエル、それにファウスティーノだ。[2]だから彼らは辞任すべきだ、と。それから日がな飽くことなく話し合いが続いた。そこで誰もが自らの立場を明らかにし、当事者以外でもこの点に関してどんなことを腹の中で考えているかを表明した。夜にはフィデルが、私の主張した三人の配置換えの必要があると主張し、マルセロが全国委員会の構造についての一連の変革を提案。最終的には以下の合意を見た。イェがアメリカ合衆国に行き、武器の補給を請け負う。オチョーアがハバナのリーダーになる。アニーバルがサンティアーゴのリーダーになる。[3]ファウスティーノとダニエルは司令官として部隊に参加。マリオは労働者代表。〈酷評家〉とデボラは当初の立場のまま。ニコは労働者組織を率いることになる。[4]全国委員会はシエラ・マエストラに本拠を移し、フィデルがその書記長になる。委員会には財務部門に政治部門、労働問題部門もある。サンティアーゴにはシエラ・マエストラと接触を持つための代表部を置く。武器の補給、およびあらゆる渉外関係は書記長が管轄する。皆、以上に合意したけれども、ひとりファウスティーノだけは異動に不承不承な様子だった。加えてフィデルは今や全軍組織の総司令官長となった。[5]

**四日**

午前中、最後の合意事項が確認されている最中、ファウスティーノがハバナを離れることに対してまた抗議の声を挙げた。[6] このときは〈酷評家〉が彼をハバナに残し、副官として〔デリオ・ゴメス＝〕オチョーアをつけておくようにとの動議を提出した。フィデルは自らの決定を曲げるつもりはなかった。皆は三々五々、その場を離れて持ち場に向かった。中には後任に引き継ぎをする者もいた。

**五日**

ラス・ベガスに着いてみると、まだ持ち場に戻っていない者もいることがわかった。ファウスティーノとデボラがまだそこにいたのだ。ラウルの部隊の飛行機が一機やってきて、パイロットたちをジャマイカに連れて行った。夕方に戻ってくると告げた。急いでペドロ・ミレーに知らせるようにと人を遣り、私はカヨ・エスピーノに行った。そこに着陸する可能性もあるからだ。しかしそんなことはなかった。新兵教練所は相変わらずあちこちからやって来た新兵たちでいっぱいだ。ラス・メルセデスで夜を過ごした。

**六日**

朝早くオチョーアと連れだって出発したが、その前にラロ・ロカ[7]と砂糖に課税できるかどうかについて話し合った。彼は献上用の袋ひとつにつき五〇セント課せないかどうか、幾人かの農園主を探ってみようと約束した。大変な思いをして移動し、ラ・デレチャの防衛線の視察を行った。プロビデンシアの防衛もできるようにと配置換えをし、新たにスニョル[8]が担当することになったのだ。戻る際に、軍がエストラーダ・パルマから登ってくるもようだと伝えられたが、途中、それらしきものは見られなかった。マルコスとクエバスをうまく配備した。夜ラス・ベガスに到着。敵軍がロカとアルバレスの稲作農家を占拠、ペピートが見つかって捕虜になったことがわかった。

**七日**

ペピートについての知らせは終日なかった。デボラとダニエル〔ラモス＝ラトゥール〕が自分たちの持ち場に戻らずここにいたのだが、彼らを送り出すための計画を変更することになった。

**八日**

ラス・メルセデス地帯を一巡りした。軍はエル・マチョと、それからたぶんオクハルにも人員を送り込んだ。フィデルはカンティージョ方面に向けて、ある軍曹の妻宛に声明を出した。彼女のモラルがどんなものかはその行動を見ればわかる。部隊のある隊員と同衾、あげくに敵に寝返るなら今だとほのめかしたというのだ。彼女の影響力でどうにかしようと言ったのこと。

**九日**

嵐のような夜と朝を過ごし、サント・ドミンゴに向けて出発。午後四時近くに到着。農夫《グワヒーロ》〔クレスポ〕がよりによってこんな時期に、フィデルの厳しい叱責を受けたせいか、作業場を辞めると言い出したので、話し合いに行ったのだ。しかし私が行ったときには、もう機嫌は直っていた。一緒にラス・ベガスまで戻り、一一時近くに到着。フィデルが山を下りてラス・メルセデス方面に向かったこと、そしてたぶん、ラ・プラタで戦闘があるはずだということを知らされた。フィデルは私にブラス〔・ゴンサーレス〕とラウルの戦線を後退させるようにと言づけていったので、私はそれを実行した。しかもブラスに命令を伝えたところ、彼が病気なのだとわかった。彼の副官はある家で寝ており、他の皆もぐっすりと眠っていた。伝令もいない。新たな戦線はヒバロとラス・メルセデスで要塞を築き始めた。

一〇日

ラ・プラタへの攻撃は飛行機とフリゲート艦からの爆撃だけだったとの知らせを受け取った。飛行機が着陸する音も聞こえたけれども、はっきりとはわからない。夜には体勢の調整にとりかかった。誰も言ったとおりに動いていなかった。ラウルは遠くに行き過ぎたし、ソトマヨールは後退が不充分、アンヘル〔・ベルデシア〕は持ち場を動いていない。教練所から一五人、ホエルの担当する将校たちによる指南書を抱えてやって来た。彼らには塹壕を掘らせよう。ブラスの班は、彼が良くなるまでフォンソ〔アルフォンソ・サヤス〕[9]が面倒を見ることになった。かなり夜遅く、目的地に到着。

一一日

レミヒオ・フェルナンデスの訪問を受けた。かなりの資本を持っているが、教養のかけらもない牧畜業者だ。その彼といろいろと事細かに話し合った。帰るときには、どうやら、我々が純粋かつ公正な意図をもって活動していることを納得したようだ。モイセスが来た。先生だ。[10]

一二日

モイセス先生を連れて行って生徒たちに紹介した。いまや一五〇人まで達した。午後、バルテルというバヤモのグループの班長に対する糾弾を公にすることになった。この人物は自分勝手に作戦を展開し、いくつか無謀なことをやったあげく、二人を死なせてしまったのだ。夜、メルセデスに行き、そこからさらに先に向かおうとしたが、雨に行く手を阻まれた。

一三日

レミヒオを見送った。ハバナに行って、彼の言によれば、大義名分のために多額の金を集めようというのだ。我々はジープに乗ってラ・モンテリーアまで行き、そこからラバに乗ってクレセンシオの宿営まで行った。彼とはさまざまな話題について会話したが、一帯の防衛についてと、それからガキンチョやアルセニオが巻き起こした裁判関連の問題についても話し合った。クレセンシオのおやじは誠実だとの印象だ。ブルーノ・アクーニャの問題についても教えてくれたが、家庭の事情からこの件についてては引き受けたくないとのこと。ガキンチョは連れ出してくれるならどのような扱いを受けようが反対しないとのこと。一緒に見回りに出ようかとしていたときに、フィデルの緊急の伝令が来て、今すぐ彼に一〇〇パウンドの爆弾二発を送れとのこと。飛行兵と話し合い、どこかの宿営を空爆する計画を立てたらしい。すぐに戻ることになったが、この日は特に何もできなかった。雨が激しかったのだ。フェルナンデス先生を一緒に連れて行った。デル・バジェ[11]の後任の若い医者だ。デル・バジェはカミーロのところに行く。

**一四日**

メルセデスを出発、目的地に着いたが、特に何もなし。フィデルの伝言を受け取るのみで、やはり特に何もない一日。

**一五日**

リディア[12]が出発。ハバナ、カマグエイ、それにマンサニージョで我々に好意的な人々と連絡を取る任務を負っている。サンタ・クルス・デル・スールからの海路が開けないか探ることにもなっている。新しい医者がそこを通ってきたのだから、この海路は理論上はもう開かれている。リディアはカヨ・エスピーノ経由で行くことを余儀なくされた。ヒバコアの警備兵たちに半ば邪魔されたからだ。彼女では呪い師の家からは爪弾きにされそうなので、ここの繋がりをつけるのはソトマヨールの役目ということになった。戻ってみるとラファエル[13]が訪ねてきていた。古くからの知り合いだが、人民社会党の前代表を連れての訪問だ。全国委員会とそれが引き起こした結果に対する否定の態度を同じくするものとして共同戦線を張らないかとの提案を持ってきて、共に行動しようと呼びかけた。基本的理解はどんなに臆病風に吹かれた政党でも受け入れることのできるものだ。ハバナと国内のその他の場所での一連の問題について、長々と議論する。全国委員会内部でも統一の話が出るかもしれないという見通しには、いまひとつ納得できなかった。

一六日

フィデルが海岸地帯を端から端まで視察して戻るのを待っている。全員で待っていた。その間、ルシアーノ・メディーナについてカマグエイからやってきた農学者とじっくりと腹を割って話した。農学者はプリーオ派[14]で、カマグエイのさまざまな社会階級の人々の代表者集会で統一を呼びかけたそうだ。その地方のデータや農業改革の進め方についての情報をくれるように頼んだ。ミナス・デ・フリーオ近くで六人が糖蜜に当たったとの知らせを受け、行って最小限の手当をしようと思ったが、着いてみるともう良くなっていた。

一七日

一日中教練所にいて、進行状況を確認した。北米からの新しい訓練士がすばらしい成果をあげている[15]。生徒数は一六〇人に達する。夜、ラス・ベガスに到着。新たにやってきた者たち何人かと話をした。

一八日

フィデルからの知らせはまだ受け取っていなかったので、全員山に登るように命令した。登る前にルイス・ペレスと会談。ハバナ行動部隊の分子で、政治的意識はないが、それでも統一に賛成している。皆が出発した後になって、フィデルから相反する命令が届いた。全員をモンピエに送るようにとの指示だ。午後、マルコスのいる場所まで見回りがてら行き、彼に代わってオラシオが指揮をとるために来ることを告げた。

**一九日**

正午に出発。夕方到着したときにはマセッティ[16]と一緒だった。出発の際にちょうどやって来たのだ。またフィデルにインタビューしたいのだとか。前のインタビューはラジオで流れていないのだという。夜にはいくつか問題点を洗い出し、解決策を見出した。

**二〇日**

インタビューは行われた（何ら面白いことなし）が、それをラジオに流す段になって、カラカスのラジオ・コンチネンタルから、前のインタビューがアルゼンチン向けに流されたとの確認が入った。新たなやつは無駄だったというわけだ。前回とまったく同じ話だったのだから。他の連中との議論は翌日まで取り置きだ。

二一日

何もできなかった。なにしろ終日雨だったのだ。インタビューは先延ばしになった。マセッティが足止めをくらったので、まだ何も流されては困るということになったのだ。ルシアーノ・メディーナとソレーマは出発した。後者は真正者党有志機構[17]のあるメンバーが我々と連絡を取りたがっているというので、ハバナでその者に会いに行くのだ。

二二日

マセッティが帰っていった。その前に彼はフロンディシ[18]宛てにフィデルの自筆の手紙が欲しいと言ってきなかかったが、得られずじまいだった。それからラファエルやリノと話し合った。二人は全革命勢力の統一の必要性を訴えた。フィデルは原則として提案を受け入れたものの、いくつか統一の形態に関して留保を置いた。話し合いは続いていたが、私はラス・ベガスに向けて出発した。ここ数日、我々はあるラジオ設備を統制下に置いており、その質が目に見えて良くなっていた。フィデルはエクワドルのジャーナリスト、カルロス・バスティーダス[19]の殺害についての文章を個人的に読んでいる。

二三日

クレセンシオ指揮下の地帯に出来した状況についての告発が続いている。フィデルは解決策として、私をそこへ派遣し、指揮を執らせることにした。[20]

**二四日**

特に何もなし。

**二五日**

ソリが農民たちの集会を招集し、それが思いがけず大入り、三五〇人の農民がコーヒーの収穫をどうするかで意見交換した。フィデルも加わった指導部の話し合いにより、以下の方策が提案された。シエラの一種の通貨を作り、労働者に支払う。ココヤシの木の皮や袋を持ってきて、それを入れ物にする。収穫作業と消費流通の繋がりをつける。労働監視委員会を作る。部隊の者たちはコーヒーの収穫を手伝う。すべての提案が承認されたが、フィデルが閉会の辞を述べようとしたとき、飛行機がラス・メルセデス地区に機銃掃射を始め、皆の注意が削がれてしまった。日が落ちるころ戦線を観察に行ったところ、アンヘリートがラス・エラドゥーラスの警備隊と戦闘を交えたことがわかった。フィデルは私に現地に出向くようにと指示した。夜に出かけて行って、アンヘリートに穴を掘るようにと勧めた。彼によれば死者は六人から八人と見積もられるとのこと。そうだろうか。夜の大部分を歩き続け、夜半過ぎに少し休んだ。

**二六日**
先へ進んだ。早くから一世射撃音が聞こえた。ヒバロに到着し、そこからラ・アバニータへ向かう。夜に到着。

**二七日**
クレセンシオを伴い、北部地帯の彼の管轄地を視察して歩いた。まずエル・アグワカテへ行き、同行者を入れ替え、シエナギージャに向かった。それからエル・ポルベニールを見た。モンゴ・マレーロのいる場所だ。そして最後にクヘヤル〔コペヤル〕のガリシア人がまとめている地区だ。ヒバロに寝に行ったら、フォンソが前方に監視を残さずに戦線を後退させていたことがわかったので、すぐに監視の者を出させた。リディアがそこにいて、ハバナではファウスティーノが権限を握っており、それを手放したがらないことを教えてくれた。事態はひどくなるばかりだ。

**二八日**
リディアと一緒にラス・ベガスまで行った。しかしその前にガビーノで戦線を視察し、戦車が農民の家《ボイーオ》にむけて発砲し、弾が当たるとすぐさま家が燃えるのを見た。しばらくして農民ふたりが手榴弾の破片で怪我をしたとの知らせがあった。

**二九日**

一日特に何もなし。フィデルはモンピエの家に移ることを宣言し、私にも来るように言ったのだが、言い方が曖昧で理解できず、私はその場に残った。ラス・ベガスからは何かあるといけないというので、人がいなくなりつつある。

**三〇日**

フィデルから緊急の知らせをもらった。私はラス・ベガスの最前線を視察するつもりだったのだが、それをやめてすぐに山に登れと命じてきた。行ってみると〔カルロス・〕フランキ[21]を乗せた飛行機がマイアミから到着したことがわかった。彼はそこでプロパガンダ活動をし、四三丁の武器を調達してきたのだ。ガーランド銃が一一丁、トンプソンM1銃が一〇丁、ジョンソン軽機関銃一丁、それにイタリア製七・三五口径のカービン銃が二一丁。これはあまりよくない。うち二丁は棹桿が取れていた。すぐさま新兵教練所に移動し、三四人ばかり、この武器を使いたい者を募った。そこから懲罰中の者を除き、訓練士たちの意見から最良と思われる者たちだけを選んだ。ヘオネルを大尉に昇格させ、デル・リオ兄弟[22]とホエル・パルド、それにエメリオ・レイェスを中尉に昇格させた。訓練に従わない者ひとりを一〇日間食事なしの罰に処し、もうひとりをプエルト・マランガ[23]送りにした。チレは将校になりたがったけれども、訓練が身についていなかったので除外された。モンピエの方へ戻った。

三一日

新兵たちがやってきたので、二〇人には制服と背嚢を配給し、新兵教練所近くに留まらせた。他の者にはできの悪い武器を与え、制服は与えなかった。二人には武器が回らなかった。さらにひとりは武器をひとつなくして武器なしになったので、教練所に返した。ウベル・マトスはまず教練所に寄ってからサン・ロレンソに向かい、そこを補強することになった。私はラス・ベガスに行って休んだ。教練所が空爆に遭った。

†注

1　この集会は実に濃密なものだった。議題は四月九日のゼネストの失敗。「決定的な集会」（エルネスト・チェ・ゲバラ、前掲書、二六四—二七一ページ所収［邦訳三一二—三二〇ページ］）においてチェはそこでの経緯と決定を事細かく説明している。とりわけ重要なことは、フィデル・カストロが全国委員会書記長兼山地《シエラ》および平地《ジャノ》（都市部で闘争を展開する同志たちのことをこう呼んだのだ）の両部隊における革命軍総司令官に任命されたことだ。ファウスティーノ自身がここでの決定事項にどれだけショックを受けたか説明した手紙が現存している。それは一九五八年五月二五日付アルド・サンタマリーア宛のものだ。「この失敗のおかげでどれだけ苦しむことになったかについては、何をか言わんやだ［略］。もうやめる。自分が上の方［山地］でも役に立つかどうか不安だ。この数ヶ月の悲劇のせいでぼくの心はずたずただ［略］」。付録には一九五八年一〇月付アルマンド・アル宛の手紙の一部が掲載されている。

2 ダビー・サルバドールとレネ・ラモス＝ラトゥール、そしてファウスティーノ・ペレスのこと。

3 ベラルミーノ・カスティージャ＝マス。

4 アントニオ・トーレス＝チェデバウ。

5 この日以降のことに関してはフィデル・カストロ著、『戦略の勝利』、前掲、を参照することをお薦めする。

6 付録に所収のファウスティーノ・ペレスからアルマンド・アルに宛てた一九五八年一〇月付の手紙の断片を参照のこと。ここで彼は自らの犯した過ちとシエラ・マエストラでの闘争の重要性について包括的に分析している。後者の局面についてはそれまで正当に考慮してこなかったとしている。「実際の話、今日の前に展開されているこんなことが可能だなんて、ぼくは思いもよらなかった。これもまた我々の大きな誤謬のひとつだ。シエラに対する正当な評価ができなかったということだ。そこが並外れて重要な象徴的意味を持つ反乱の中心地だとは思っていたが、その軍事的可能性までは計算できなかったのだ」。こうした評価はファウスティーノの意見を変え、彼がシエラに来てすぐに取ることになった立場に繋がっていく。

7 チェがエルネスト・チェ・ゲバラ、前掲書、二四〇―二五五ページ所収、「第二次ピノ・デル・アグワ戦」［邦訳「ピノ・デル・アグア戦 Ⅱ」、二八六―三〇二ページ］で触れていることによれば、マンサニージョの市議会議員。

8 エドワルド・スニョル＝リカルド。通称エディ。並外れた軍功により司令官の地位まで上り詰めた人物。

9 チェの縦隊の中で抜きんでた戦士。革命軍の活発な構成員で、その軍功とインターナショナル関連の任務の成果により大将の地位にまで上り詰めた。

10　パブロ・リバルタのこと。人民社会党の党員で、新兵訓練における政治教育を担当していた。

11　オスカル・フェルナンデス＝メルとセルヒオ・デル・バジェというふたりの医者のこと。前者はチェの指揮するシロ・レドンド侵攻隊列にも属し、後者はカミーロ・シエンフエゴス指揮下のアントニオ・マセオ侵攻隊列に属した。

12　リディア・ドセ＝サンチェス。第一および第四縦隊の伝令で、一九五八年九月一二日、拷問の後に殺害される。チェは「リディア」というタイトルの人物伝を彼女に捧げている。その後「リディアとクロドミーラ」と改題した。クロドミーラもまた独裁政権の手先によって、同じときに拷問され殺害されたからだ。人物伝は『革命戦争回顧録』三〇三―三〇六ページ［邦訳「リディアとクロドミラ」三五三―三五七ページ］に所収。本書付録には彼女が一九五八年九月、死の数日前にチェに宛てて送った手紙を掲載した。

13　オスバルド・サンチェス、別名ラファエル。人民社会党の全国指導部メンバーで、折に触れて派遣されては〈七月二六日運動〉との協力体勢や協働を模索していた。

14　カルロス・プリーオ＝ソカラース前大統領シンパということ。

15　ハーマン・マークスは反乱軍に参加した北米人で、新兵教練所の訓練士を務めた。朝鮮戦争への従軍経験があり、バズーカ砲を砲撃していたのだ。加えて第八侵攻隊列の構成員でもあった。戦闘中に負傷。大尉の位まで昇進した。

16　ホルヘ・リカルド・マセッティ。アルゼンチンのジャーナリスト。

17　一九五七年五月二五日の注13を参照のこと。

18　アルトゥーロ・フロンディシ。当時のアルゼンチン大統領。革命の勝利後、一九六一年八月、チェは彼とブエノスアイレスで会見している。ウルグワイのプンタ・デル・エステでの米州機構の国際経済社会会議開催期間中のことだ。〈エルネスト・チェ・ゲバラ『プンタ・デル・エステ―ラテンアメリカ発展のためのもうひとつの計画』オーシャン・プレス、メルボルン、二〇〇三、参照〉。

19 バティスタ独裁制下の抑圧集団によって彼が暗殺されたのは、フィデルとその他のシエラでの戦闘員へのインタビューが行われた後のことだった。

20 フィデルが思い描いた準備段階の中でも込みいった時期であった。五月二五日、敵の攻撃を受け、それをまずは留め、続いて反撃に出る必要があった。

21 カルロス・フランキ＝メサはジャーナリストにして、四〇年代から人民社会党党員だった人物。〈七月二六日運動〉に参加し、シエラに移動、反乱軍ラジオがフィデル指揮下の司令部の管轄となって以来、そのラジオとプロパガンダ全般を担当した。六〇年代には革命を見捨てた。［亡命後『フィデルとの家族写真』や『キューバ革命―神話か現実か』などの著作を残した。二〇一〇年没］

22 ウーゴとシロ、それにエディルベルト・デル・リオの三兄弟。全員、シエラ・マエストラにおいても、侵攻部隊でも、ラス・ビジャスでもチェの指揮する隊列に所属した。

23 懲罰房がマランガという芋の名なのは、国の牢獄の名がプエルト・ボニアトだったので、それに対抗してのことだ［ボニアトはサツマイモ］。

# 六月

一日

少し遅い時間に教練所まで登って行き、二重の選択をした。志願者を九人募り、手榴弾を投げる役目を任せた。それから劣等生の中から四〇人選んで防御を固める手伝いに回ってもらった。この者たちにはそうしたければ帰宅してもいいと伝えた。七人がその考えを受け入れ、去った。三一人を連れて出発。九人は靴がなかったのだ。ガビーノにはもう夜になってから到着。途中、エルネスティーナ・オテーロ[1]に出会う。ジャーナリストだ。彼女が我々の写真を一枚撮ってくれた。

二日

午前中、防御強化のための予備調査をした。それから二、三、伝言を送り、ラウル〔・カストロ＝メルカデール〕の家で返事を待った。教練所に着いたのはもう夜で、私の住居には屋根が張られていた。

**三日**

午前中にフィデルが到着。視察して回り、おおむね皆に満足の様子。アンヘリート・ベルデシアの機関銃を取り上げ、R〔ロヘリオ・〕アセベードの指揮する班を置き、そこに二人の新兵を助手として配置することにした。逃走した新兵ふたりのうちひとりを捕まえた。フィデルはすぐさま銃殺しろとの意見だったが、私は反対し、結局はプエルト・マランガ送りにするべきだとの意見が優勢をしめた。別の訓練兵で私が一〇日間食事なしの懲罰を与えた者がいて、その者がフィデルに赦免を求めた。フィデルは断食をやめにしてプエルト・マランガに行くか、このまま続けるか、どちらか選ぶようにと言った。どちらとも踏ん切りがつかずにいたので、一ヶ月のプエルト・マランガ送りにすることにした。

**四日**

フィデルは朝早く自分の宿営に帰っていった。時を同じくして、ロケット弾を積んだ戦闘機が二機来訪、六発を放ち、掃射も少しばかり行った。訓練兵たちの拒否反応は激しかった。一〇人が除隊許可を願い出た。爆弾班九人が去って行った。うちひとりはすっかり怖じ気づき、もうひとりはあれこれと言いつくろっては除隊されたがった。空いた席を埋めるためにふたり志願者を募り、もうふたり、機関銃係を募った。すぐに名乗りをあげた。エスマハグワ方面に向かって出発し、夜ガビーロに着いた。アセベードが機関銃の担当となった。

**五日**

ラウルの防御基地を視察。極めて初歩的な段階。皆に急ぐようにと促した。すぐにアンヘリートがエル・セロからエストラーダ・パルマに向かう途中にある爆弾を爆破させる任務を買って出た。ウベル・マトスが作っている防御基地はゆっくりと作業しているのだが、そのわりに良く、戦略にも役立ちそうなつくりだ。[2] しつこい雨に打たれて遅れ、ヒバロに着いたのは夜だった。

**六日**

フォンソは防御基地をたいぶ後方に作った。それを前に出し、戦略的に適度な場所を探して対戦車用の溝を掘った。電動起爆装置を配給した。フィアージョには人に頼んで持って行ってもらうことにした。もう遅くて手ずから運ぶことはできなかったからだ。カニサーレスの一味の連中をヒバロに追いやった。教練所に着くと飛行機が一度通りすぎて行ったことを知った。おかげでさらに八人がいなくなった。まずいことになった。また新たに何人か選び出し、穴を埋めなければならない。どうやらラフェルテは飛行機には弱いようで、彼がうろたえると回りの者までつられて狼狽する。明日また飛行機が来たらＭ１カービン銃で応戦することにした。

**七日**

朝から曇り空。午前中は飛行機は現れなかった。

午後、ラス・ベガスに向かう。セリアはそこにはいなかった。

**八日**

午後、オラシオの担当地域を視察した。頂上付近にヘリコプターが現れたら奇襲をしかけようと取り決めた。そのためにクエバスの機関銃と、彼の配下の者たちを配置した。オラシオの部下たちは疲れていたので交替した。カリフォルニアからファハルド医師が戻ってきた。けが人の手術に行っていたのだ。一緒に猜疑心に満ちたグリンゴがついてきて、マイアミの仲間たちからのメッセージと風変わりな計画を伝えてきた。[3]

**九日**

朝、フィデルに会いに山に登った。その前にサント・ドミンゴ―ナランホ―ガンボア、等々の地帯に激しい爆撃があった。フィデルの受け取った知らせによると、あのグリンゴはＦＢＩか、でなかったらそこに雇われて彼を殺しに来た者だとのこと。私に最新の連絡事項を読んで聞かせた。ベネズエラとコスタリカは見通しがよさそうだ。ラフェルテからの知らせで、私が除隊を拒んだあの疑わしい新兵が逃走したことがわかった。夜、ラス・ミナスに到着。逃亡兵は姉の家で捕まったことが確認された。私があっちへ行けと言ったのを、彼は家に帰れということだと理解したのだと申し立てていた。

**一〇日**

フィデルに逃亡兵の処分を問いただしたところ、彼は無罪放免とした。私は皆を前にしばし話し、もっと熱くなれと説いた。何時間にもわたって激しい機銃掃射の音が聞こえていた。どうやら海岸の方からのようだ。

**一一日**

フィデルが私に手紙で、海岸で船からの上陸作戦が決行されたらしいと伝えてきた。小銃を七丁寄越してほしいとのこと。それからラス・ベガスは自分が守るから、私にはクレセンシオの管轄区を見に行って欲しいと、さらにはマヌエル・アクーニャが何人かを殺すと言って脅しているようだから、その問題も頼むと言ってきた。朝、ラス・メルセデスで小競り合いがあった。その結果ははっきりとはわからないが、警備兵の側が撤退したので片がついた。日中は雨。

一二日

曇っていたおかげで、このところ頻繁に襲来していた飛行機の危機は去った。ラス・ベガスまで出向いて行って、いくつかの軍事裁判を行った。そのうち最初のものは私が裁判長を務め、ワルテル・サンティエステバン＝ゲラに死刑を宣告した。バヤモの軍の元中尉で、班をひとつ任されていたときに二人殺した罪だ。

一三日

ラ・アバニータでアクーニャの問題を解決しに出発した。フィデルのところまで問題を告発しに来たふたり、イダルゴとラミーレスも一緒だ。午前中、飛行機の活動は活発で、ラス・ベガス地区に引きも切らせず爆弾を落としていった。他にも落としていったが、場所は特定できなかった。クレセンシオは必要な調査をなんでもやろうとの姿勢が満々だったので、明日、マヌエルの管轄区に行くことに決めた。レミヒオ・フェルナンデスとの間に問題が持ち上がった。この地域の強力な家畜業者の彼が、雌牛を数頭飼うことを許してくれるなら二〇〇〇〇ペソ支払うと約束したのだが、一〇〇〇〇しか払わなかったのだ。それでよしとしたけれども、家畜は半分しか飼ってはならないということにした。

**一四日**

一日かけてマシーオに到着。アクーニャのいる地域だ。着いたらすぐに問題についての調査に取りかかった。調査しているうちに夜の一二時になった。クレセンシオは事前に私の判決を受け入れると認め、好きなように活動するようにと言ってくれた。

**一五日**

エル・マチョに移動。調査を終え、アクーニャがナイフをかざして直接に脅しをかけたことが確認された。ただし、あからさまに攻撃的な振る舞いではなかった。問題はまず、彼とイダルゴの間の個人的な確執。ただそれだけでも私には充分に面倒なものに思われたのだが、そこに生意気な中尉マノロ・ラミーレスの反抗的な態度、マヌエル・アクーニャの部隊への無関心、人々（中尉三名）の責任感の欠如――危機が差し迫っているときに事務手続き[4]に気を取られた――が加わったのだ。こうしたことを何もかも記録に書きつけ、アクーニャを部隊の指揮から外し、M・ラミーレスをCJ[5]の手に委ね、パディオを班長代理に立て、イダルゴを防御塹壕関連の助手にした。既存の塹壕は糞だ。エル・マグダレーナ川まで出向き、そこでクレセンシオは家族を訪ねた。私はそのまま川を上流に向けて進み、夜にヒグエに到着したところで、そこから先へは行けなくなった。馬がへとへとになっていたし、私の乗った馬は岩に躓いて転倒、脚を怪我したからだ。

**一六日**

朝早く出発してモンピエのフィデルのところに行った。長い暗号文を解読することになった。大抵は他のグループについての告発が書いてあったのだが、武器が結構な数、入手できたので、それを飛行機で投下するとの知らせもあった。その日の未明にはパイロットのウィリが指示を受けてあちらに向かったはずだ。フィデルは私にラス・ミナスに残るように命じ、アクーニャの件での裁きには納得していると言った。一日中、そこで過ごした。ヒグエで小競り合いが二、三、あった。

**一七日**

朝早く出発したけれども、いずれにしろ爆撃には悩まされた。私の移動中に教練所がだいぶ集中的にやられた。ラス・ベガスにも爆弾を落とされた。フィデルが私に、エスマハグワにいる人員の中からふたり寄越してくれと頼んできた。サント・ドミンゴの側を固めるためだそうだ。サンチェス＝モスケーラの部隊が、方向転換してあちらに向かい、怪しい動きを見せているとの不穏なニュースが来たのだという。着いてしばらくしたところでテテ[6]に会う。ララが負傷したことを伝えに急いでやって来たのだった。ラ・オー医師[7]が現場に向かう。私も向かい、ほどなく到着。ララの傷はけっこう深く、医師が応急処置をして病院に向かった。ラ・アウディトリーアで就寝。

**一八日**

午前中、今ではすっかり日課となった弾丸の雨あられの今日の分を飛行機が降らせていった。ラス・ベガスの真ん真ん中、ラ・アウディトリーアの近くだ。引き続きラス・ミナスに向かい、そこでフィデルの指令を受け取った。もっと人を寄越せとのこと。すぐさま求められただけの人員を派遣。ヘオネル以下四人だ。ここでの我々の防衛用の自動小銃が五丁、減った。サント・ドミンゴへの前進のニュースは正確だ。

**一九日**

最後にもう七人送るようにとのフィデルの伝言が届く。すぐには派遣することができず、使いをやり、オラシオが持ち場を離れ朝食に行っている、そんなわけでエル・プルガトリオへの敵部隊の前進を許してしまいかねない、と伝えた。[8] 夜の間、何か知らせが来ないかと待ったが、来なかった。私は将校たちと話し合い、彼らに状況を説明し、かつての縦隊制に戻るには彼らの協力が必要なのだと説いた。

二〇日

オラシオの書き付けが届く。とても悲痛な調子で、自分はもう死ぬかもしれない、片脚をひどくやられてしまって退却できない、と訴えていた。オラシオ部隊の左側面を少しばかり調整しようとした。この方面にちょっと打撃を喰らったら、退却を余儀なくされかねないからだ。だが、武器も充分とはいえなかったが、どうにかわずかばかりの人をかき集めたものの、その連中が道を間違えてしまった。もう一度やり直し、そんなこんなで午前が終わってしまった。やっと落ち着いて、今度はオラシオと話し合うためにラス・ベガスに向かおうとしたら、ソリからの知らせが届いた。彼も村のもう一方の側から退却したので、ラス・ベガスにはもう人っ子ひとりいないそうだ。山の空き地から目視しただけでもアンヘル・バスケスとフィデル・メンドーサの家に警備兵がいるのがわかった。フィデルに苦々しい知らせを送り、返事を待つ。[9]

二一日

返事は未明に届き、それに従って適切な指示を出し[10]、フィアージョを呼びにやった。クレセンシオの部下を全員、こちら側へ移動させた。フォンソ配下の者たちがガビーロの地帯をカバーし、一方、アンヘリートとラウルはこちらへ走らせた。ラウルは私の召集に応じて昨夜、到着し、私とともに、ラス・ミナス・デ・フリーオの背後からラス・ベガスへ登るもうひとつの道を手中に収めた。一方アンヘリートは、猟銃と照準器つき銃の部隊で主要な地点を抑えた。私はフィデルと話をし、ガリシア人アントニオの家に一〇〇パウンドの地雷を仕掛け、敵をそこにおびき寄せて爆破させるようにと言われた。それからまた、オラシオを班長の座から外すこと、何人かの武器を没収することを取り決めた。当のオラシオの武器も取り上げる。代わりを務めるのは農夫《グワヒーロ》だ。その晩のうちに来ると言ったのだが、来なかった。私はアントニオの家に爆弾を持って行き、彼が来るのを待って計画を準備する。[11]

## 二二日

ラス・ベガスからは陣の様子がはっきりと見える。皆、驚くほど冷静に山を上り下りしている。まるで英雄たちの部隊のようにも見えるが、これだけ信じられないほどの退却をするということは、ひとえに責任感の欠如が原因なのだ。農夫《グワヒーロ》がやって来たので計画を準備した。第一列を二〇〇メートルばかり後退させた。右翼も同様。この翼は今では[12]ファハルドが指揮している。モンテーロは退却したので武器を取り上げ、更迭したのだ。オラシオや、ララ配下の逃げた四人と同じだ。ガリシア人アントニオの家に爆弾をしかけることにした。つまり最初の真摯な抵抗運動が下で始まるということだ。家を空け、軍の連中が中に入るように仕向ける。私は誰かに見られるとまずいので夜にその場を後にしたが、風邪とぜんそくの発作のためにモンピエの家に留まることになった。

二三日

フィデルと話し合い、防衛体制が決まった。フィアージョが一八人の予備部隊を連れて戻って来たので、後衛が攻撃を受ける可能性がないか探らせた。私はラウルを訪ね、もう少し下に行って農夫《グワヒーロ》の指揮する左側面の防御を固めるように指示した。防御の手薄な空き地がひとつあることに気づいたが、その地点を固める人員がいない。少し配置を換えなければならないだろう。

二四日

未明にアンヘリートとダニエルの陣地を見に行き、それからヒバロへ向かった。そこでフォンソに最後の指示を出し、アンヘリート・フリーアスはモンテリーアまで後退させた。彼らにはマンサニージョの近くの土地勘のある場所で物資を手に入れるように指示した。アンヘリートのところの八人が命令に従わなかったので武器を取り上げ、ダニエルを陣地から外した。

二五日

まったくもって静かな一日。陣地内を良くするためにちょっとした変化をつけただけだった。ダニエルをラ・ベラの山にやり、フィアージョ班の六人をエル・プルガトリオとラ・エスマハグワの間にある更地に配備した。夜、クレセンシオの部下が二一人到着した。セリアが教えてくれたことによれば、カグワラ・ペドリートの更地にはいるべき人員がいないとのこと。セリアは、フィデルがペドロとレネのことを快く思っていないことも教えてくれた。彼らは任務を果たしていないのだ。[13]

二六日

モンピエまで出向き、フィデルと話した。ここを拠点にするようにとの命令を受けた。それからカグワラの山上に向かったけれども、途中で馬が疲れてしまい、伝令が連絡をつける間、サントス＝ペレスの家で待つことにした。あたりには敗北感が漂っていて、リノもすっかりそれに浸っていた。農民たちの宣言書の提案を受けた。悪くはないけれども、この時期、フィデルがそれを作れるかどうかはわからない。夜、伝令が〈芸術家〉こと〔フェルナンド・〕チャベスの伝言を携えて来た。警備隊はヒグエにいて、カグワラには我々の味方はひとりもいないとのこと。戻ってフィデルにそのことを伝えた。予備部隊をその方面に動員し、警備隊がナランハルへ向かったら後から追跡して退路を断て、との命令を受けた。

**二七日**

〈芸術家〉が姿を現したがその前にはもうフィアージョをカグワラの補強に向かい、パディオと連絡を取るようにと送り出していた。〈芸術家〉は、警備隊の宿営にしかけた夜襲について、実に芸術的なお話を語ってくれた。どうやら弾丸を大量に使ったわりにたいした結果は得られていないようだ。夜、脱走の試みが三件あった。うちひとつは二人での作戦だ。敵に密告したことで死刑を宣告されていたロサバルと、ソリの隊列のペドロ・ゲラ、それに捕虜ふたりだ。ペドロ・ゲラは捕まった。脱走のためにリヴォルヴァーを一丁、盗んでいた。すぐに裁判にかけられた。それからフィデルは、〈芸術家〉がその地帯の責任者になるにはふさわしくないとの確信に達し、フィアージョに戻らずにシロ・デル・リーオ地帯をまとめるようにとの再指令を出してそこへ派遣するよう、私に命じた。私は言われたとおりにしたが、一行は未明にならないとその場所には着かないだろうと見積もった。フィデルは私にダニエルの指揮する班を送って寄越した。ダニエルは司令官で、班の全員が自動小銃を持っている。警備兵たちはラ・ビクトリアのはげ山に登り、ホセお父さんの地所を占拠していた。夜に農夫《グワヒーロ》に会いに行くと、彼は更地で見張りに立つ警備兵を五人見たという。こちらも警備兵から見られているということだ。必要な指令を出し、私はそこで睡眠を取った。日が変わってからモンピエに向けて出発した。

**二八日**

夜が明けてから、付近では特に変わったこともなかった。ただ警備兵たちが家畜を一頭かっさらっていった。フィアージョには指令が伝わらなかったらしく、人員の半分をカグワラに派遣して、敵軍からの防戦に努め、前進させないようにと指示した上で戻って来た。こちらには一部、予備隊の連中が残った。正午からは迫撃砲の音が聞こえた。午後、フィデルからサント・ドミンゴ付近で緊迫した戦闘が展開中[14]との知らせが入った。四時にダニエルがそこに向かった。夜も戦闘は激しく、次々と知らせが舞い込んだ。

**二九日**

未明には全体像が見えてきた。

最初の報告では銃を三〇丁確保したと伝えられた。三脚つきのブローニングと、それからクリストバル・カービン銃も何丁か含まれている。さらに武器が増えていった。五、六〇丁の銃、迫撃砲と手榴弾、三脚つき銃、短波ラジオ一台、背嚢六〇個、弾薬帯、弾丸、等々だ。午前中、二一人を捕虜にし、武器も取り上げた。洞窟の中にいた彼らは、その大半が負傷していた。尋問の結果、彼らはサンチェス＝モスケーラの加勢に派遣されてきた一団に属しており、この一団の司令官に対しサンチェス＝モスケーラは進軍して遠くに陣を構えるようにと命じた。そこでラロやカミーロの班に見つかったという次第。戦闘は拡大し、ウベル・マトスやドゥケ、ヘオネル、クエバスなどが加わった。カミーロは警備兵たちの退路を先取りするようにとの命を受けて出向き、午後になると大きな爆発音が、それに続いて激しい発砲音が聞こえた。夜になってカミーロからの報告が届いた。小銃一一丁を奪い、目視した限り八人の死者とひとりの捕虜を得て、彼はもう退却したとのこと。というのも、警備兵たちは山の空き地を占拠したからだそうだ。背後に回っていたドゥケも同様だった。フィデルはふたりにラ・マエストラ山に登れと命じた。

三〇日

午前中、ラス・ミナス方面から小銃の発砲音が聞こえてきた。サント・ドミンゴ方面からは断続的に何かの発砲音が。夜、フィデルに会いに行き、フィナレー[15]に手紙を送ったらどうだと提案した。軍司令官のひとりで、そのかつての愛人が今では我々の仲間なのだ。フィデルにはそれがいい考えだと思われた模様。そこで睡眠を取った。オルランド・プポが警備兵を撃退し、四人倒したとの報告が入った。

†注

1 『ボエミア』誌の派遣したジャーナリスト。彼女は一九五八年五月二五日、敵の攻撃の前にベガス・デ・

ヒバコアでフィデル・カストロと会見し、ルポルタージュを作成した。

2　彼のこうした働きや後の行動についてはフィデルが『戦略の勝利』、前掲、一二〇ページで説明している。「ウベル・マトスは塹壕をうまく作ったことによって大尉となった。〔ペドロ・〕ミレーやその他の勇敢な仲間たちを運んできた飛行機に同乗してシエラまでやって来た人物だ。〔略〕シエラ・マエストラにいたのはほんの数ヶ月だった。その後彼は結局、よからぬ思いを抱いて裏切った。反共産主義の種をまいて罠を張り巡らしたのだ」。

3　アラン・ロバート・ナイのこと。北米政府の特殊任務のための局員。実際、彼はシエラ・マエストラでフィデルを殺すようにとの任務を担っていた。

4　原文のママ。

5　裁判所の略。

6　デルサ・プエブラのこと。フィデル指揮下の女性たちによるマリアナ・グラハーレス部隊の副官。現在、革命軍省の大将。

7　ビセンテ・デ・ラ・オー。チェの隊列の軍医。

8　『戦略の勝利』、前掲、一一〇―一一一ページで、フィデルは書き留めている。「チェが午後二時一〇分に送って寄越した伝言によって、オラシオが退却のさなかエル・マンゴ全域を手薄にしてしまったことを確認した。〔略〕ということはどういうことかというと、ここの守りを固めればどこよりも有効だというその場所を、敵が何の障害もなしにやすやすと突破してしまうかもしれないということだ」。

9　フィデルに送ったメッセージは以下のとおり。「この革命に手を染めて以来、こんなに絶望的な打撃を受けたことはない。〔略〕正直なところ、この二日ばかり拳銃ひとつ放っていない。弾丸を無駄にしないようにとの君の命令は守られている」。フィデル・カストロ『戦略の勝利』、前掲、一一三ページ。

10 フィデルからの指示は以下のとおり。「チェに私からの命令を伝えるよう。何が起こったか調査するよう。臆病な挙措に及んだものから武器を取り上げ、教練所の連中にその銃を持たせること」フィデル・カストロ、同右。

11 チェが実行に移した行動は、フィデルの前掲書に一致している。前掲『戦略の勝利』、一一五ページ。「私は以前から、状況が必要とするなら、チェを我々の前線の西端の防衛にあたらせたいと考えていた。〔略〕事実チェは、敵の攻撃に備えて防御の準備態勢に入っていた何週かの間ずっと、およびそれからそのときまでの防御の作戦期間中もずっと、前線の第二司令官の役割を果たしてきた」。

12 代わりにルイス・クレスポがミナス・デル・インフィエルノの人員の指揮を執ることになった。その後、オラシオ・ロドリゲスは勇気とゲリラ兵士リーダーとしての資質を見せたことは明らかにしておかなければならない。そして革命の勝利の翌日、司直の手から逃げる暴君の手下の者たちを追跡している最中に、戦死した。

13 何が起こったかはフィデルが『戦略の勝利』、前掲、一四九―一五〇ページで記述している。「警備兵たちはなんら抵抗に遭わないままマナカスの入り口まで到達した。そこで正午少しすぎに反乱軍の側の待ち伏せ攻撃を受けたという次第。短時間戦闘が交わされ、驚くべき結果が出来し、わが軍はヒグエまで後退、敵に道を譲り渡すこととなった。〔略〕このことについての最初の報告を受けたときに私が失望したことは容易に理解いただけよう。〔略〕その晩、ペドロとレネ〔・ロドリゲス〕をラ・プラタ川の人員の指揮から外すように指示した」。

14　サント・ドミンゴの戦いの始まりだ。

15　アルマンド・ゴンサーレス＝フィナレー。アロヨーネスに配備された一二三大隊長。ラス・ベガスに配備された部隊長カルロス・ドゥラン＝バティスタに送られたチェの伝言には、こうある。「私の手中にフィナレー司令官からの連絡がある。会談への誘いだ。ご存じのように明日では遅い。私は無用な血を流したくない〔略〕」フィデルの『戦略の勝利』前掲、三〇一ページ、から孫引き。

# 七月

一日

一日中ガビーロ付近から激しい発砲音が聞こえていた。エル・リオにいたシロをそちらへ派遣し、報告するように言った。報告は夜に届いた。ラ・マエストラ山はサン・ロレンソくらいから上は敵の手に渡ったとのこと。フィナレーへの手紙を作成。

二日

ミナス・デ・フリーオに向けて出発。メリーニョの山頂に六人を配置して補強するためだ。六人をマリオの班につくよう派遣し、私はマエストラ山周辺、サン・ロレンソ付近の地点を視察に向かう。そこへ警備隊がメリーニョに登っているとの知らせが入った。すぐに戻らなければならず、フォンソの陣地は視察できなかった。彼のグループと、それからセサル・スワレスのグループも、はなはだ疑わしいと思うのだが。すぐに現場に探索を出したが、何もなかった。何もかも間違った警告だったのだ。

**三日**

朝早くメリーニョの味方陣地を視察に行ったが、着いてみると警備隊はもう先へ進んでいたことがわかった。ちょっとした小競り合いがあり、我が軍はあっという間に撤退したようだ。位置が悪く、徐々に包囲を固められ、抵抗もままならなかった。私の中にかつて感じたことのない感覚が生まれたのがわかった。生きることの必要性だ。そんなものは次の機会までには修正されなければならない。逆の側、ラス・ベガスの方向へもう少し下ったところにいたアンヘリート・ベルデシアは、戦闘がひとつあったこと、そこで少なくともふたり負傷させたことを報告した。武装した捕虜をひとり確保したとして連れてきた。夜、ファハルドからの知らせで、フィデルがエル・ロブレに向かっているとのこと。ここはまだ警備隊に占拠されてはいないのだ。フィデルは未明に到着した。

**四日**

フィデルは一日中エル・ロブレで皆に指示を出していた。警備隊は移動せず。クエバスが戦端を開く役目だ。二班に分かれて彼が右から襲いかかる。私が左側だ。コルドビが攻撃をしかけて隊列をばらばらにする。シロは背後からだ。夜にフィデルがラス・ミナスに来たので、そこに行って睡眠をとる。

**五日**

飛行機が一日中飛び交っていた。朝、ラス・ミナスを爆撃。午後はラ・プラタだった。パスからの知らせが来た。彼は敵と対面、軍の側を四人、倒したという。戦場を占拠し、スプリングフィールド銃を一丁せしめた[1]。夜にフォンソからの報告が届いた。敵兵が前進してきたので、彼は後退を余儀なくされたとのこと。未明には、それが優柔不断さによる撤退だとの印象が固まった。攻撃というのは機関銃による掃射になっていたのだから。

**六日**

終日、雨に降られたまま身を潜めて過ごす。移動もできず。アセベードのＭ１カービン銃が届き、塹壕を掘る。

**七日**

今日も雨、身を潜めて待つが何もなし。ブローニングM2銃が来て、迫撃砲も取りに遣った。

**八日**

敵兵どもがラバに道具をつけている様子もみられなかった。折良く知らせが届いたが、敵は思いがけず出発、メリーニョに向かったので、我々は後を追う格好になった。シロ・デル・リーオを遣って側面の更地を占拠させ、私はもう一方の側面に回った。しばらくしてラロがメリーニョ山の上で最初の待ち伏せ攻撃をかけ、これが完璧にうまく行った。続けて、リモーネスへの道で別のグループがやつらを完膚無きまでに撃退した。ラロと連絡をつけようとしたが、ミゲルがやって来て、彼はいないと知らせた。飛行機が激しく機銃掃射をしてきた後だったので、それは正しいのだろうと思った。その印象が増したのは、警備兵たちが、ほとんど一発も発砲せずに待ち伏せをかいくぐり、前進を続けていたからだ。しばらくしてラバたちがやってきた。迫撃砲を撃ち込んだら大騒ぎだった。他の連中のことは気にせずに前に進み、ラバにむけて発砲することにして、実行した。やがて向こうが後退するのが見えたので、更地に出て進み、ラバを七頭捕まえた。うち一頭は人が乗っていた。死んだラバ二頭にけがしたラバ二頭はその場に置いてきた。戻る途中、ラロがいるとの知らせが入ったが、信用できなかった。フィデルがこちらまで出てきたので会談した。私には更地に警備隊がいるとは見えなかったのだが、彼はいると言い張った。しかしクエバスが我々に発砲したのは彼だったと明言したので、疑いは霧消した。

**九日**

ラロは更地をすっかり占拠し、敵兵を背後から攻めた。やつらは後退の際にラバを全部放っていった。ラバ三九頭、台所用具一式、食事、背嚢九七個、ピストル一丁、30―06スプリングフィールド弾一〇〇〇発、M1ガーランド銃五〇〇丁、以上が戦利品だ。フィデルはすぐにヒグエを攻撃しようと決意し、そこへ向けて皆を移動させたが、私はモンピエに残しておこうと決めた。サント・ドミンゴではサンチェス＝モスケーラの隊列が撤退を余儀なくされ、その前にせいぜい彼の武器を奪おうとした者を殺した。

**一〇日**

私はラス・ミナスに残ってこの地域で集中的にくまなければならない抵抗戦を組織した。ラウル・カストロ〔＝メルカデール〕が指揮を執る。

一一日

モンピエに着くと恐ろしい爆撃が始まった。ナパーム弾まで落とされた。その不発弾をひとつ回収した。ラウルの隊列の検査官をひとり連れてモンピエに来たのだが、彼はラウルの署名のある、全世界に向けてのある宣言を携えていた。宣言はとても強烈なもので、北米兵士四九人を捕虜にしたことと合わせて考えると、危険な「過激論」の音調があるように思われる。[2] フィデルからの報告が来た。最初の衝突で敵軍に対し死者五名、重傷者一名、捕虜一名の損害を与え、武器も奪ったとのこと。夜、迫撃砲の発砲音がいくつか聞こえ、すぐさま、ヘオネル・ロドリゲスが家の中で調理中に落ちてきた迫撃砲によって重傷を負い、家主は死んだとの知らせが来た。

一二日

夜明け時、長時間の手術の末にヘオネルが死んだとの知らせが入った。皆から誰よりも愛された協力者だった。本物の革命家だった。[3] 我々のラジオではカミーロが彼に対する惜別の辞を読み上げた。フィデルは相変わらず部隊を集結させており、ラミーロとアルメイダの隊列全員に召集をかけた。爆撃機については何の知らせもない。新兵たちはパルマ・モチャで待機中だ。

一三日

ヒグエの部隊は動いていない。ラウルが彼らに敵はメリーニョ山に登っていると伝えさせた。私はラス・ミナスで休養しているアンへリートを山の上の配置に就かせるよう命じた。たぶんアンへリートか、でなければ案内人に勘違いがあったのだろう。敵の待ち伏せ攻撃に遭い、殺され、武器も奪われた。[4] 誰のせいなのかという問題は、まだはっきりとしていない。案内人は戻って来ない。ラス・ミナスからの全員の避難と、奇襲作戦用に待機中の者たちのそこへの撤退が命じられた。シロ〔・デル・リーオ〕をロブレ街道の占拠に向かわせた。夜、国際赤十字からの電報が来て、負傷した捕虜を引き渡すように要請してきた。無条件だが、バヤモ近郊でとのこと。しかし文字どおりだとすれば、言われた一五日までの期間には引き渡しはできそうにない。その点についてはっきりさせるようにとの要求を出させた。他にもいろいろ要請があった。統一戦線の宣言のこと、マシューズの質問に答えよ、北米人全員が解放されないのは何があったのだ、ビレージェスはベネズエラでどんな証拠を見つけたのか、等々。出発できなかった飛行機のことや、その他細々としたことが知らされた。それからカルリートス・マスが亡くなったとの知らせも受けた。若年寄の兵士だ。へオネルと一緒に受けた爆撃による火傷や骨折が原因だ。

一四日

ラス・ミナスからの知らせによると、敵兵はモーロ山の更地を進軍中とのこと。電話でそこを補強するようにと命じたが、しばらくして、補強に向かったシロが後退し、もう警備隊はラス・ミナス近辺に達しているとの知らせが入った。そしてラス・ミナスからは全員避難ずみとのこと。ただ豚だけが取り残されているのだそうだ。そちらに向けて行軍を始めたところで、撤退途中の最後の新兵たちに出くわした。電話を抱えていたので、ある森の入り口のエル・ピノと呼ばれる場所、ラス・ベガスの谷に下りるその場所に設置させた。ラス・ミナスを見下ろせるその森の入り口まで来ると、発砲音は断続的に聞こえるだけだった。しかしとても遠くで鳴っている。電話を設置させた。夜だったので配線できなかった箇所が一箇所ある。状況は簡単ではない。というのも、このままだとフォンソやセサル・スワレス、アンヘリート〔・フリーアス〕、ロベルト〔・ファハルド〕、オルランド〔・プポ〕などが孤立してしまいそうだからだ。しかし、その連中も再集結したようだ。これで残るは、今はシルバが指揮を執るアンヘリート・ベルデシアの配下の者たちだけとなった。日暮れ時にその連中の知らせが来た。いまだエル・モーロ山の更地にいるそうで、すぐ近くには敵もいる模様。敵軍二人を倒した。皆に元の位置に戻るように命じた。それからオルランドは山の上からシルバを助け、シロは反対側の更地からそこへ近づくように配備した。一切が夜中に実行される。ヒグエからは、そこからどこかへ行こうとしていた隊列ひとつを撃退したとのニュースが届いた。ラバを三二頭に、捕虜を、その武器ともども四人捕らえた。状況を説明し、捕虜をその場に留めておくのが望ましいと書き送った。

一五日
　朝早くから銃撃音が始まった。一〇時にはオルランドは撤退を決め、シロ配下の者たちは四散した。オルランドがもう一方の更地からも援護に向かっている者たちに知らせなかったのだ。このひどいミスのせいでシロは片肺を負傷した。ただし、そんなに重篤ではないようだ。オルランドは渡された地雷を置くなと命じ、私が考えていたよりも早く撤退した。ラス・ミナスを見下ろせる両側の山頂を占拠しようとしたのだが、皆が完全に撤退した後だったので、マリオの家から二〇〇メートルばかりのところで戦線を張ることになった。敵がそこに着き、結集するのを待って、戦線全体からいっせいに射撃をかけた。どんなに少なめに見積もっても、確実に三人は倒した。ロベルトはこれで作戦は成功すると言い残して予定より早く引き揚げた。私は全員に明日の配置を指図し、ロベルトとラウルを最前列に据えた。二人は撤退の際、戦場にセサルとシルバを置き去りにして、もっと後の方の列に収まったのだ。フォンソが彼らの側面を固めることになる。アンヘリート・フリーアスとマノリートがシロの分隊を引き受け、マグダレーナへの街道を受け持つ。昨日の全作戦中に出た負傷者は、事故でけがしたのと、ポンペーヨ・ペナが片脚をやっただけだ。フィデルからの知らせで、捕虜が一九人、奪った武器が一八丁、バズーカの砲弾だそうだ。四八時間以内には敵は降参するだろうとのこと。

一六日
　こちら側の前線は終日、まったく落ち着いていた。兵士たちはラ・マエストラで塹壕を作ることにいそしんでいた。飛行機はサント・ドミンゴとヒグエの地帯で作戦を展開した。フィデルから、さらに三名の捕虜を得たとのニュース。加えて、ラジオでケベード司令官へのメッセージも読み上げたと言ってきた。大学時代の学友だ。バジェホ医師はやはり友人の別の医師に、そして捕虜ひとりが仲間たちにメッセージを送った。夜にもう一度同じ内容を放送するつもりだそうだ。それから彼らのいる地区を爆撃した飛行機に、偽の情報をつかませたとも言ってきた。昼の一二時に敵兵に話し合いの場を提供するため攻撃を中止したが、敵が話を聞こうと集まってきたとき、離れたところにいた我々の狙撃手たちが発砲し、敵はばらばらに逃げていった。アルメイダに頼んだ援軍がやって来たが、それはまさかのときのために取っておくことにした。フィデルからの指示で、アルメイダの配下の者を一部、パルマ・モチャの更地伝いにエル・ナランハルの更地まで派遣するようにとのこと。

**一七日**

この一帯は落ち着いていたのだが、モンピエは大違い。どうやら密告があったようで、かなり爆撃を喰らった。病院まで狙われ、けが人たちをカミーロの近くまで移送しなければならなかった。国際赤十字は引き渡しがカサ・デ・ピエドラでバティスタ軍に対して行われなければならないと告げてきた。夜、寝ていたところを起こされ、フィデルからの知らせの報告を受けた。警備隊に援軍がやって来たという知らせだ。それが来ることは小型戦闘機の情報を傍受して知っていた。小型機は撃退済みで、その結果は、不完全な情報ながら、以下のとおり。死者一二名、捕虜二一名、強奪した武器三三丁。あとは降伏の知らせを待つばかりだ。

一八日

この一帯では特に変わったことなし。警備兵たちが暇つぶしにやることといったら、せいぜい我々が追い散らした豚を殺すことくらいだ。フィデルからの報告では、奪った武器は六六丁に達した。捕虜は四二人、銃弾は一八〇〇〇発。カサ・デ・ピエドラで引き渡しを行うという軍の提案に即した赤十字からの伝達は拒否された。二二日ラス・ベガスで国際赤十字の使節に対して引き渡すことが提案された。モンピエがまた爆撃された。

一九日

すべての前線で報告もなければ小競り合いもない、静かな一日だった。飛行機はヒグエを攻撃しただけで満足したのだ。雨はいつまでも降り止まなかった。

二〇日

未明にデ・ラ・オーからの電話。海岸地帯の援軍は壊滅させたけれども、戦闘でクエバスが死んだとのこと[5]。日中は平穏無事に過ぎた。赤十字はラス・ベガスでの引き渡しという提案を呑み、時間を訊ねてきた。夕方、あれだけ待ちわびたケベード率いる軍勢の降伏のニュースが舞い込んだ。知り得た限りでは一〇〇人ちょっとだった。我々の側の死者は五人。クエバスとバンデーラスは私も知っていた[6]。重篤な負傷者ふたりに、さらに負傷者ふたり。事態は落ち着いている。武器を持たない者たちは把握していたので、その連中を呼びにやり、我々はモンピエの建物に向かった。そこから彼らはラ・マエストラのテントに向かった。我々は知らせを待った。統一戦線は外から見るとうまくいっているが、社会党は呼びかけの中には含まれていない。不思議だ。

二一日

絶えず伝言を送り続けていたというのに、一日中、フィデルには会えなかった。最後の知らせによればエル・ナランハルに移動したようだ。たぶん、武器を配りにいったのだろう。伝令を送った。国際赤十字への最初の捕虜引き渡しは明日に決まったが、フィデルからは何の声明も受け取っていない。テテがラス・ベガスの軍の戦線にメッセージを伝える役目を引き受けた。

二二日

朝遅くまでまだはっきりしないことがあったが、その時間になってフィデルに話を聞いた。テテはメッセージを携えてラス・ベガスに向かった。返事は丁寧なものだったが、国際赤十字は来なかったとのこと。しかしながら、約束の日時にならずとも重傷者は引き受けると。ラジオを通じて赤十字からの声明が到着。明日にならないと来られないとのこと。そうこうする間にもモンピエの建物には捕虜が続々とやって来る。皆、腹を空かせ、寒さに震えているに違いない、等々。降伏した大隊の将校たちが皆そこにいたが、司令官だけはまだ捕虜にしておくつもりだ。夜、重傷者が三人やって来たので、ラス・ベガスのドゥラン大尉に彼らを移送すると伝えた。私は出かけて行ってフィデルと会談。けが人たちを送る前に前記の大尉から連絡が来て、夜に移動するのは危険なので翌朝迎え入れると言ってきた。夜の間にその三人の重傷者のうちひとりが死んだ。

二三日

戻るのが少し遅れた。モンピエに着いたのは二時少し過ぎだった。同時に赤十字からの連絡で、来るようにと言われた。現地にはもうフランキとファウスティーノがいた。私は赤十字のメンバーと会見、薬を入手するのに手助けをすると言われた。そのことの依頼状を委員会宛てに書くようにと、それからカラカスに送る我が方の使節団の委任状も要求された。ドゥラン大尉が私を表敬訪問したが、話がわかる相手のようだ。[7]

二四日

朝令暮改の一日。残った兵士、というのは二九人ばかりだが、その連中は午後四時に引き渡された。全員を山の下に移動させるようにとの命令が出た。六時には休戦期間が終わったのだ。ラウルは配下の者たちとともにラ・マエストラに残り、フォンソはほかの連中を引きつれてラス・ベガスに下りていく。それを助けるのがカミーロの三〇人の部下。途中に待機してラス・ベガスを攻撃するか、あるいはサント・ドミンゴを補強する。皆が命令をちゃんときかなかったせいで、まったくうまくいかず、目的地に着きもしなかった。どこにいるかもわからなくなった。カミーロと連絡を取るはずの伝令は私を起こしてくださることすらせず、のうのうとお休みになる始末。国際赤十字はキューバ赤十字の代理人と連名で引き渡し証書に署名した。サント・ドミンゴは今日からすっかり包囲されてしまったし、エストラーダ・パルマからこちらへ登ってくる部隊もあるとの噂。ラス・ベガス攻撃の配置図は以下のとおり［次ページ］。

二五日

一日がゆっくりと過ぎていった。昼になってやっと最終的な指示を各グループの長に出すことができ、銘々が持ち場に向かった。セサル・スワレス大尉は「ひどい雨」のために現れなかった。ホエルと農夫《グワヒーロ》［クレスポ］、シルバはすでに班の指揮についた。夜にガリシア人の家を出た。軍の連中に見られないようにだ。すぐさまカミーロと合流したが、ぐずぐずしているグループがあった。後でわかっ

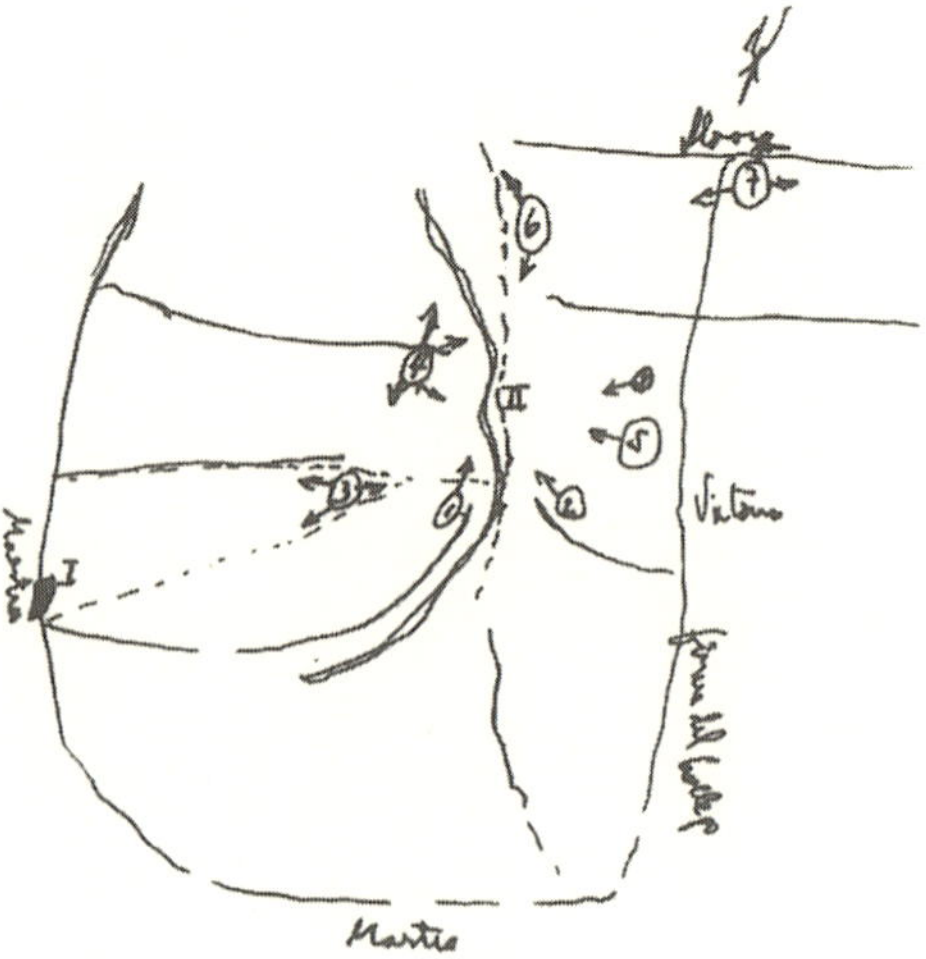

Ⅰ＝ミナス・デ・フリーオ
Ⅱ＝ラス・ベガス
1＝農夫《グワヒーロ》
2＝マヌエル
3＝シルバ
4＝オーエル
5＝私
6＝ラフェルテ
7⁹＝カミーロ
点線＝道
二重線＝ヒバコア川
矢印＝我が軍の向き

たところではラフェルテの打撲がひどく、歩くことができなかったのだ。それでかなり遅れた。私はやむなく助手を手榴弾の担当ということにして、部隊の指揮はセサル・スワレスにまかせることにした。私はこの男を大尉にふさわしいとは思わないが。一二時からサント・ドミンゴに向けてあらゆる種類の発砲音がとどろいた。飛行機もせわしなく行ったり来たりした。

二六日

午前中に一帯を探索し、どこに人員を配置すればいいか目星をつけたものの、まだ移動させずじまい。セサル・スワレスから、「七人が靴を履いていなかった」ために指定の場所に行けなかったと知らせが入ったからだ。戦端を開く係がしかるべき場所にいないのだったら、他の連中はいる必要がない。マヌエルをもっと近くの別の更地に走らせた。ファハルドが二番目で、ラサロが三番目だ。アンヘリートは私と一緒に、二番目と三番目の間に行く。川の向こう側は見捨てた。カミーロは配置についた。昼の間ずっと、戦闘音や迫撃砲の爆破音が聞こえた。P—47サンダーボルト戦闘機がサント・ドミンゴ一帯を掃射した。ラジオでいくつかの戦闘のニュースが流れた。そのうちのひとつでマヌエル・アクーニャが戦死した。昨日の成果は以下のとおり。捕虜二四人、死者三人、猟銃二五丁、軍向けのバズーカ砲一台、我が方には軽傷がひとり。

**二七日**

終日準備をした。サント・ドミンゴからは戦闘音はほとんど聞こえなかった。傍受した通信によると、司令官ひとりが死に、サンチェス＝モスケーラは頭にひどい傷を負っているそうだ。戦闘の準備は万端整ったが、一発も発砲しなかった。

**二八日**

朝、農夫《グワヒーロ》からの知らせが届く。女二人の言うことによれば、大尉が、包囲されてはいるが戦闘は望まないと、反乱兵たちが撤退してくれれば自分たちは出て行くと明言したとのこと。フィデルに使いをやって、話し合いに応じるべきか訊ねたが、返事が来るよりも先にセサル・スワレスからの知らせが入り、フィナレー[10]が私と話したがっているとのことだった。彼によれば無駄な流血は避けたいとのことで、明日には戦車や飛行機ともどもラス・ベガスを撤退するとのこと。そこでドゥラン＝バティスタ大尉に手紙を送り、ビスマルク[11]の家で会談したいと申し出た。ギジェルモ・モラーレスが伝令に走ったのだが、返事は否定的だった。二通目の伝言でフィナレーの件を知らせ、降伏するようにと伝えた。降伏というよりも、武器を置いて撤退するようにと。返事は明日よこすとして答えを拒んだ。移動しようとしたとき、エル・マンゴの尾根のあたりで戦闘が始まった。夜になっても戦闘の結果はわからなかった。

**二九日**

朝早く、大尉の使いの者たちがやって来て、今ビスマルクの家にいると知らされた。少し下って会いに行った。隊のナンバー2ソト中尉と第一軍曹だった。武器を置いていくことはできないが、一個連隊が食べていけるだけの食料を置いていこうとの提案。私は、配下の者とミナス・デ・フリーオおよびサン・ロレンソから引き揚げた者の人数を考えるに、それは不可能だと答えた。昨日は戦車が一台通過したが、今日はもっと来ると言われた。戻ったらすぐに伝令が来て、軍が白旗と赤十字の旗を掲げて全軍撤退していると知らせた。攻撃するよう命令し、かすかな発砲音が聞かれた。すぐに現場に行ってみると、赤十字が通ったからというので発砲しなかった班があったことがわかった。アンヘリート・フリーアスの班にその他の班の者も何人か加えて引き連れ、警備兵たちの後を追った。惨憺たる敗走の風景がそこにはあった。道のあちこちに背嚢とヘルメットが、弾丸の入ったバッグが、いろいろな道具類がうち捨てられている。ジープと使った形跡のない戦車まであった。進軍を続けると、すぐ近くに負傷した民間人三人がいた。アロヨーネスの警備兵たちが盲めっぽうに放った迫撃砲によるものだ。それから捕虜を捕まえた。中には中隊の軍医も含まれていた。銃撃を受けたけれども、それは仲間が間違えて撃ったものだった。さらに進むと、もう一団、ジープに乗って降参してきた者たちがいた。そこでもまた勘違いが生じ、味方が警備兵ひとりを殺し、私に同行していたふたりのうちのひとりを負傷させた。アンヘル・フリーアス中尉だ。少しばかり重篤だ。捕虜は戦車の大尉〔ゴメス＝〕オケンドを含めて六〇人に達しており、我が軍に包囲されており、動くヘルメットと見たらすぐさま発砲してくるものだから、どうにも穏やかでない。警備兵に手を高く上げて発砲をやめさせるようにと言ったところ、一方では功を奏したが、もう一方の側ではまだしばらく発砲が続き、さらにもうふたり負傷した。それでもしまいには静かになり、警備兵たちは縦列をなしてラス・ベガスに向かった。中隊を指揮する大尉とナンバー2は捕らえることができなかった。援軍を留めた前日の作戦での成果は、警備兵に死者ふたりと負傷者数名、さらには武器数丁の押収だった。戦車の修理に取りかかろうとしていると、ベガ大尉から知らせが届いた。アロヨーネスの警備兵たちが降伏の話し合いについているが、ラス・ベガスで捕まえた捕虜ひとりを連れて行くことを条件にしているとのこと。仕事を途中で放り、オケンドを連れて会談に向かったが、結果は出ず。戻ってみるとフィデルからの急ぎの電話があったとの伝言を受け取った。特に、警備隊がサント・ドミンゴから逃げたしたことと、パス[12]が死んだことが告げられた。

三〇日

夜明けにラ・ジョローナの更地にやって来たが、フィデルはもう待っていられずに出発した後だった。六時までにアロヨーネス攻撃の準備をしなければならなかったのだ。迫撃砲の音がとどろくのを待ってしばらくまどろんだが、迫撃砲はとどろかなかった。アロヨーネス作戦は終わったのだろうと思い、逃げる者を捕まえるように命じた。結果、正午には大尉と少尉を捕虜にして連れてきた。残すは中尉とその他の兵士たちだ。日も半ばくらいになったところで、アロヨーネスの方角から激しい銃撃戦の音が聞こえるとの報告が入った。アンヘリート・フリーアスの班をその場に残してその他の連中と問題の地帯に向かった。しかしヒグエの丘に着いてみると、アロヨーネスには何もないことがわかった。ラス・メルセデスにも敵兵は見当たらなかった。しかし見たと証言する者はいた。そこへ医者を必要としているとの知らせがはいった。ダニエルがひどく怪我をしたらしい。ラス・ベガスに伝言を送り、とるものもとりあえず現場に走ったが、着いてみると残念ながら死んでいた。ダニエルの死因は腹に受けた迫撃砲弾だった。一〇センチの怪我だったが、すぐに手当をしていれば死なずにすんだかもしれない。アロヨーネスへの奇襲は重大な誤謬のために失敗したのだが、それでも地雷によって死者一六人、同数の重負傷者という成果があった。警備兵を慌てて追った際に迫撃砲がダニエルに当たった。上を下への大騒ぎになって、彼は結局数人の仲間と取り残され、負傷した体を抱えて苦難の道を歩み、数時間後に死んだのだ。私とレネ・ラモスの間には深いイデオロギー上の食い違いがあり、政治的には敵対していたけれども、彼は自らの義務を果たして前線で死んでいった。こんな風に死ぬということは、心の底からの力に駆られて動いていたということだ。私はそんな力は彼にはないと言ったのだが、今、それを修正する。[13] 死者を悼んでいる暇もなくラス・メルセデスに向かい、ある場所を組織した。ただし、警備隊がいるかいないかは確かにはわからなかった。探索と包囲を同時にせねばならず、先に着いていたラロやギジェルモの手を借りて人員を包囲の補強につかせた。配置図は以下のとおり。

三一日

夜もだいぶ更けてから最初の発砲音が聞こえたのですぐに調べてみると、見張りがラロの配下の者たちに向けて発砲したものだった。その後ヒバロ方面で激しい銃撃があり、すぐさま警備隊が応戦していた。夜が明けてからはすっかりあちこちで銃撃があった。医者を探しにやった。けが人の知らせが入り始めたのだ。朝早くから飛行機は周辺の更地にくまなく掃射をかけ

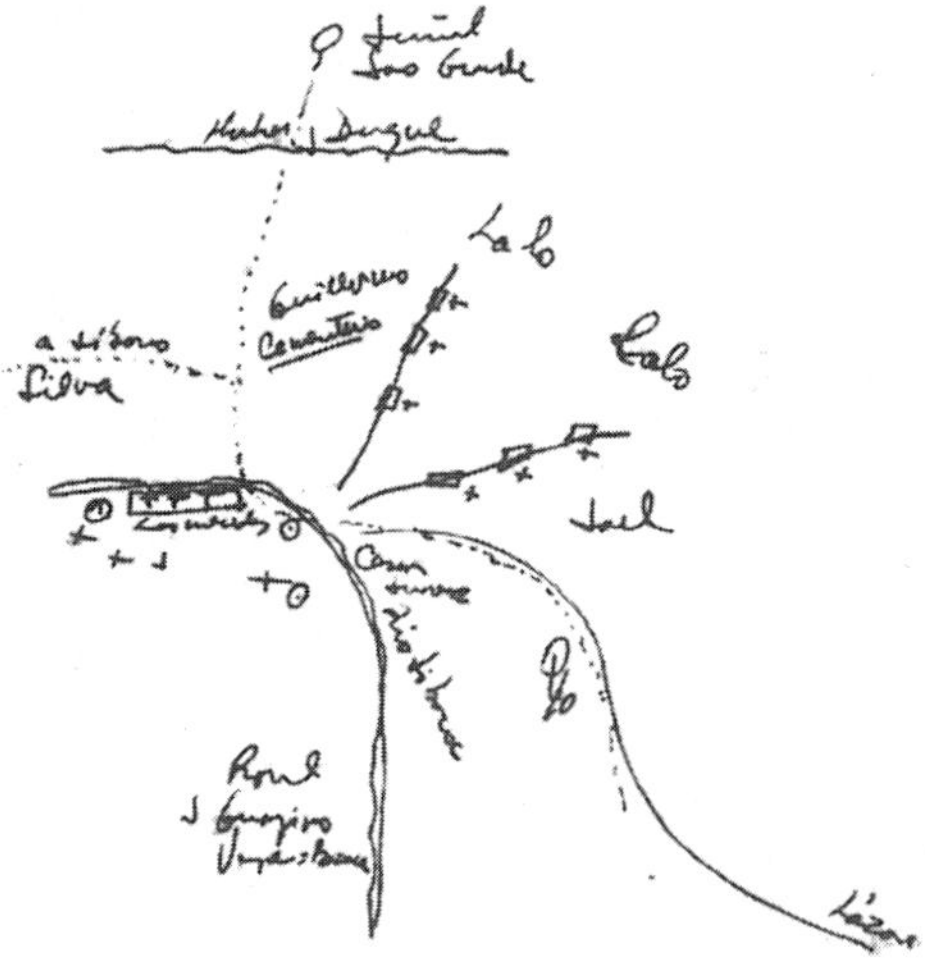

始め、それが日中続いた。夜、フィデルがヒグエの丘の上に姿を現し、私は彼と会談を持った。コルソ司令官[14]に機関銃の弾薬帯とクリストバルM2銃の撃針を要求されたと教えてくれた。八一ミリと六〇ミリ迫撃砲と、それから五〇ミリ軽迫撃砲も使って敵の陣地を一箇所攻撃しろとの命令を受けた。ただし、夜明けでなければならないとのこと。夜の間に迫撃砲を試した。昼の間にラス・ベガスから逃亡途中の者を捕虜にした。ヒバロの戦線を〔レイナルド・〕モラの分隊で補強した。

†注

1　エル・ナランハルで起きたこの奇襲攻撃は実に重要なものだった。銃を奪ったからというのではなく、敵の前進を阻み、精神的にずたずたに打ちのめしたからだ。

2　敵がしかけてきた空爆作戦を考えれば、こうした反応も当然である。

3　ある協力者の家の屋根に敵が放った砲弾によって、そこに集っていた彼は重傷を負った。ラ・プラタの司令部に運ばれ、緊急手術を受けたが、ついに助からなかった。卓抜した戦士であった彼は工学部の学生で、チェがシエラ・マエストラでの最初の新聞『自由キューバ人』を発行した際には、粉骨砕身、協力した。

4　勇敢な戦士アンヘル・ベルデシアは、メリーニョ山頂へ向かう途中、案内人が道を間違えたために敵の待ち伏せ攻撃に遭った［本文中のアンヘリートはアンヘルの愛称］。

5　アンドレス・クエバス大尉は死後、反乱軍司令官に昇格。敵に倒されたプリアロンでの戦闘において示した、模範的な勇気が認められてのこと。

6　ヒグエでもプリアロンでも、合計六人の仲間が戦死した。アンドレス・クエバスとテオドーロ・バンデーラス、ロベルト・コリーア、エウヘニオ・セデーニョ、ビクトゥーロ・アコスタ、それにフランシスコ・ルナだ。

7　フィデルがその著書『戦略の勝利』、前掲書、二九八―二九九ページで述べているところでは、ファウスティーノ・ペレスとカルロス・フランキが反乱軍を代表して引き渡しの証書にサインした。昼の間に捕虜二三八人が引き渡された。うち四二人がけが人。対する警備兵たちは二五三人。「警備兵たちは女のゲリラ戦士がいることにたいそう驚いた。テテ・プエブラのことだ。しかしそれよりももっとみんなが騒ぎ立てたのは、チェがやって来たときだ。〔略〕そのときチェはもう半ば伝説と化していて、警備兵たちはいい機会だからと、このアルゼンチン人ゲリラ戦士を見に詰め寄ったのだ」。

8　マヌエル・エルナンデス＝オソリオ、別名ミゲルはチェの隊列の卓越した戦闘員。チェが率いたボリビア遠征隊の一員でもあった。一九六七年九月二六日、ラ・イゲーラ近郊での戦いに倒れた［この数日後、ゲバラはボリビア軍に捕縛され、処刑された］。

9　アラビア数字は○で囲まれていた。

10　アルマンド・ゴンサーレス＝フィナレー司令官はアロヨーネスに配備された第二三大隊の長［前月三〇日および注15を参照］。

11　農民ビスマルク・ガラン＝レイナの家は、しばらくの間セリア・サンチェスが指揮を執り、ゲリラ軍の派遣の任務に当たるために使われていた。

12 パス司令官はゲリラ戦士の中でもとりわけ有能だったが、サント・ドミンゴの戦いの最中、プロビデンシアで戦死した。

13 レネ・ラモス＝ラトゥール司令官（ダニエル）はゲリラに参加する前は、フランク・パイス亡き後のオリエンテ州における〈七月二六日運動〉の指揮を執っており、〈運動〉の全国委員会メンバーとして作戦指導部にいた。「深いイデオロギー上の食い違い」とチェが呼んでいるものは、彼が政治的に先鋭化し、左翼を自認していったのに対して、ダニエルはそれに賛成しなかったということだ。しかし、ラモス＝ラトゥールの戦士としての勇気と一貫性を認めたチェは考えを改め、この日、このように記している。

14 コルソ＝イサギーレ司令官は敵軍大隊長。この瞬間からラス・メルセデスの戦いが始まったのだ。敵の攻撃を打ち負かし、反乱軍が八月六日に勝利して終わる戦いだ。反撃はそれから七四日続き、戦争の局面は転換点に達する。これによってやがてバティスタの圧政が崩壊することになるのだ。著書『戦略の勝利』、前掲書、三四八ページで、フィデルは、次のように表明している。「この最終局面を総括するに、誰よりもまずチェとカミーロの名を挙げないわけにはいかない。ふたりはさまざまな局面で私の代理を完全無欠に務めてくれた〔略〕」

# 八月

一日

早くから激しい銃撃戦が繰り広げられた。ハーマン〔・マークス〕が一〇人の兵士を率いて攻撃に行ったのだが、明るくなってみると、迫撃砲の照準がめちゃめちゃだったことに気づいた。万が一機関銃が轟けば、このグリンゴは成果ひとつあげずに死んだことだろう。そんなわけで武器を抱えて退散するように命じた。下にいた連中の撤退を助けるために狙撃兵の戦線をひとつ置いた。ラス・ベガスの連中のひとりが片肺に怪我を負っていたのだ。戦線の近くの小屋に撤退させた。そこには迫撃砲も戻ってくるはずだったが、来なかった。日中フィデルからの連絡を待ったが、来なかった。夜、ハーマンが再び姿を現したが、特に変わったことはなかった。ラス・メルセデスの部隊の脱走兵がふたり捕まった。攻撃が始まったその日に逃げ出した連中だ。次の情報がわかった。大隊はふたつの中隊からなり、人員は三七〇。大尉ふたり。武器は以下のとおり。戦車三台、バズーカ三台、三脚つき銃一〇丁、ブローニング六丁、ジョンソン軽機関銃一丁、八一ミリ迫撃砲一台、六〇ミリ一台、ガーランド銃二〇〇丁、スプリングフィールドとクリストバルM2銃が二丁。飛行機はパラシュートでの物資の補給を続けている。

二日

飛行機はバズーカを戦車に三発当ててきたとの報告を寄せた。すでにある地点から撤退しており、クワトロ・カミーノスにいるカミーロの支援に回った。午前中にフィデルと会談を持った。マンサニージョへの奇襲攻撃をできるだけ早めることにし、飛行機からのナパーム弾やロケット弾による攻撃にやられなかった戦車をすみやかに移動させることになった。農夫《グワヒーロ》とモラをティオ・ルケに移し、フォンソにはできるだけ遠くに行ってもらう。ヒバコアと前回の奇襲攻撃地点の間あたりで、警備隊を背後から襲うのだ。バティスタが合衆国海兵隊にカイマネーラへの水道を管理するように要求したことによって、国際的な大問題が出来している。カイマネーラはキューバの領土に属するからだ。フィデルは彼が〈七月二六日運動〉の名で書いた宣言書を読んで聞かせてくれた。実に力強いものだ。[1]夫を訪ねてきた妻が負傷した。

三日

終日、何ひとつとして起こらなかった。フィデルからの連絡で、フォンソを派遣してシエナギージャの兵士たちを後から痛めつけさせろとの命令を受けるが、私は反対意見を述べ、その間、実行せずに留めておいた。フィデルは命令を撤回し、逆に前線に配備して、兵士たちが仲間を奪還しようとしてこちらへ向けて前進してきたら痛めつけろとのこと。しかし、捕虜を奪還に来る気配はない。負傷した妻は避難させた。飛行機が近くに来たので、肺を負傷した者の移送を手配した。明日になると大変な事態になりかねないからだ。

**四日**

朝早く新たなけが人ひとりを移送。皮肉な結果だ。というのは、爆撃された先というのがラス・ベガスの病院だったからだ。そこで我が方の兵士がひとり、軽く負傷したという次第。フォンソからの連絡が入った。敵部隊はシエナギージャから撤退したとのこと。それで彼にはプリアルとサオ・グランデの間に陣を張り、これらのどちらかの側から先に進もうとする隊列があったら倒すように命じた。フィデルが塹壕をふたつ作ってブローニングM2と私の持つM30軽機関銃を据えろと命じてきた。偵察機がやって来て包囲された部隊に荷物を落としていくので、それに備えろというのだ。今日はヘリコプターが一機、着陸したので、こんど着陸しようとしたらともかく撃てと命じた。金が足りないので、我が部隊への物資の補給は充分ではないが、それでもあらかじめだいぶ調達してある。ラ・エラドゥーラ―クワトロ・カミーノス間の地帯に次から次へと部隊が集まってくるが、まだ戦車は準備が整っていない。動かすために二頭立ての農耕牛を連れてこいということになった。

**五日**

ヘリコプターに対する待ち伏せ攻撃があったが、これはギジェルモの側からのもので、本人は姿を現さなかった。コルソに対し、中佐への昇進が告げられた。ウガルデ＝カリージョ[2]が飛行機で来る予定だったのだが、何かがあったようだ。包囲は同じ様子で続いている。

**六日**

包囲は同じ様子のままだが、援軍が来たことがわかった。と思ったら大砲による戦闘音が聞こえた。夜にはラジオでコルソが下士官に戦闘の結果を訊ねているのが聴かれた。死者五人だと白状したが、戦闘は終わったと。

**七日**

早い時間から部隊は大騒ぎで移動を始めた。無線によって敵が立ち去ろうとしていることがわかったが、去り際にしこたま撃ち込んできたので、誰ひとり頭を塹壕の外に出せなかった。やっとのことで出してみると、もう人っ子ひとりいなくなっていた。後を追ったが、ただ遠くで銃声が聞こえるのみで、それもラ・エラドゥーラに着くころには消えていた。ラス・メルセデスに戻ってみると、残された戦車には当の兵士たちが発砲していったことがわかった。フィデルに会いに行ったが、着いたところでまた密な銃声が聞こえた。追いかけることにしたのは、無線で戦車が立ち往生していることがわかったからだ。いったんラス・ベガスに戻ってから敵の後を追ったが、何もみつからなかった。コルドビ〔コルドゥミ〕[3]が死んでいた。しかも戦車に轢かれてだ。埋葬した。どうやらいくつか間違いがあったようだし、闘志にも欠けたようだ。それで包囲がおろそかになってしまったらしい。

**八日**

午前中、飛行機がラス・メルセデスに機銃掃射をかけた。その後、日中は静かなものだった。

**九日**

午前中、飛行機による機銃掃射が少しあり、その後、セスナ機が来てチラシを数枚まいていった。六時からサオ・グランデへの街道付近は休戦とすると書いてあった。キューバ赤十字のメンバーのひとりが私に会見を申し込んでいたが、休戦の件は最高司令官に訊いてみないと条件を呑むことはできないと答えた。フィデルにコピーを送った。残念な事故のためにベト・ペサントが死んだ[4]。

一〇日

伝令は到着せず、私は対話に出向き、休戦を一二日までにするように要求した。フィデルは休戦は呑めないと返事を寄越したが、私は夜、反論を書いた。もう受け入れてしまったのだと、返事が届くタイミングが遅かったと。

一一日

朝、最高司令官は休戦の条件を受け入れられないと言っていると返事をしたが、しばらくしてフィデルが姿を現した。ほとんどひとえに伝令が悪いのだ。フィデルがジープで赤十字の陣営まで行ったところ、そこにいたのがロリエ中佐、当の機関を代表して休戦に一部同意すると答えた。私は自らヘリコプターに乗り込んでラス・ベガスに向かい、そこで最初の負傷者の移送に手を貸した。イスキエルド大尉は協力を惜しまない態度だった。ピナ中尉も来ていた。カンティージョ将軍[5]の特使だ。負傷者全員を移送することはできなかった。ラ・プラタに、とても遠くにいる者もいて、ヘリコプターはそこに出向くのは難しそうだったからだ。

一二日

けが人の移送を終え、捕虜の引き渡しが始まった。ラス・ベガスの中隊ほぼ全員に相当する捕虜を返した。相手方の弁護士ネウマン〔ヌグレー〕中佐[6]との対話が始まった。バティスタの特使だと疑われたのは、自分がこっそりと高等裁判所判事のひとり（最年長の者）に成り代わり、平和裡にことを進めたいとの申し入れがあったからだ。具体的なことは何も決まらずじまい。

**一三日**

午前中に引き渡しが終わり、赤十字も引き揚げたが、伝言を寄越し、午後にコルソ中尉がひとりで、薬を持ってくると伝えてきた。そのとおりやって来たけれども、血漿が足りなかった。休戦期間は終わるけれども明日持ってくるということで話がついた。敵軍の脱走兵で女性に暴行しようとした者が処刑された。

**一四日**

正午、ヘリコプターで血漿が運び込まれた。飛行機は飛んで来なかった。

**一五日**

敵は爆撃と機銃掃射を再開したが、ラス・メルセデスにではない[7]。カルロス・ラファエル〔・ロドリゲス〕[8]が解放されていない地帯に向かった。内外のごたごたはいろいろとあったのだが、彼の印象は良好だ。私はまだ自分の縦隊[9]を組織できないでいた。その構成について矛盾する命令が堆積していたからだ。アンヘリート〔・フリーアス〕の配下の者は私に合流するのだが、ベガ配下の者もそうなのだろうか。ラウル〔・カストロ＝メルカデール〕に一緒に行こうと誘ったのだが、断られ、部隊のうち、行きたい者が行くということにしようと取り決めた。たぶん、フォンソ〔・サヤス〕を中尉として連れて行くだろう。サオ・グランデの街道に対戦車用の溝を掘らせた。

**一六日**

ラウルの部下たちが到着。蓋を開けてみると三人だった。飛行機がこの近くにあった戦車に爆弾を落としていった。フィデルからの知らせはなし。

**一七日**

また戦車に爆弾が落とされたが、何ひとつ危害は受けなかった。ただし、雨だし、操縦する者はまだ慣れていないしで、動かせない。フィデルからの手紙が来た。バズーカは調達できなかったそうだ。明日モンピエで会おうとも。〈ちびカウボーイ〉〔ロベルト・ロドリゲス〕の指揮する新しい班を作ったとのことだが、それが何だとも書いていなかった。それから、ラウルとフォンソ、それにアンヘリート・ベルデシアの配下で余った者を寄越すようにも言われた。フォンソは私に同行すると言ったが、部下たちは街道にトラックを探しにいった。だいたい少数精鋭で来るのだろう。

**一八日**

ラス・メルセデスに激しい爆撃があり、家がいくつか倒れた。残りの連中も避難させることにした。ペピート・ロハが街道で拾ったジープでラ・プラタに行く。

**一九日**

飛行機がヒバロの一帯を爆撃した。フィデルから会うのは明日にしようとの知らせ。しかし私は出発し、途中、小店舗で休んだ。

**二〇日**

フィデルがこれから連日読む予定の演説を私に読んで聞かせた。かなりいい〔……〕。侵攻計画を取り決めた。可能ならば車で、万全を期そうということになった。ラミーロが縦隊の副官になる。飛行機が我々のいる場所を襲った。

二一日

遅く出発したので、ラ・マエストラの店で休むことになった。そこまで登ったところで、ファウスティーノが主導する私に対する反対意見がシエラ・マエストラでできつつあることを知った。他にはフランキやアルド・サンタマリーアらがそのメンバーだ。[10]

二二日

ラス・ベガスに着き、ジープに乗り換えた。立ち往生している間に、ペドロ・ルイス〔・ディーアス＝ランス〕[11]を乗せた飛行機がもうやって来たとの知らせが入った。すぐさま馬でその場所に行った。猟銃を七〇丁持ってきていたが、弾薬はなかった。くわえてすばらしいラジオ設備に、小さなラジオ装置がいくつか、対戦車銃三丁も。ペドロ・ルイスは、亡命者たちが〈七月二六日運動〉の指揮権を奪おうとしていろいろな策略を弄してきたこと、ＦＢＩにつけられているので、このまま続けられるかどうかわからないことなどを語った。私は彼にＭ１ガーランド銃と30―06スプリングフィールド銃の弾丸を三日以内に送るようにと頼んだ。変わったことがなければ、パラシュートで落としてくれればいい。

二三日

とりたてて何もなし。途中に配置したはずの連中もすっかりヒバロの真ん中に住んでいることがわかった。すでに空爆を一度受けており、ひとり死んだ。フィデルにブローニングM2重機関銃と対戦車銃、そして弾丸を寄越すように頼んだ。[12]

二四日

夜、ラジオ設備を取りに出たが、帰路、ジープが道の真ん中でぬかるみにはまり、帰れなくなってしまった。車は葉で覆って隠した。

二五日

飛行機はジープを目にしなかったようだが、ヒバロ上空を旋回し、爆弾を一発落としていった。

二六日

道の正確な図を持ってマガダンがやって来た。トラックに乗ってだ。小戦闘部隊を組織して道に配備。ジープ五台にトラック一台。もう二台来ることになっている。飛行機は夜、爆弾を落としていった。

**二七日**
夜明けと共に飛行機がヒバロにやって来て、ちょうど私のいる家に一・三〇パウンドの爆弾を落としていった。ものが壊れたが死者は出なかった。避難場所に今度は一〇〇パウンドの爆弾が落ちたが、そこも逃れた後だった。当たったら死んでいただろう。

**二八日**
ひたすら飛行機の到着を待ってまんじりともしなかった。

**二九日**
日中は何もなかったが、夜になってすぐ、飛行機が到着した。積み荷は弾丸二三〇〇〇発、ほとんどすべてが30—60スプリングフィールド銃のもの[13]。ジープに荷を積んだと思ったら、敵機が近づいてきて掃射を開始、それが絶えることなく未明まで続いた。朝四時には、飛行機が飛べない状態になっているのを見て、燃やすことに決め、実行に移した。その飛行機にはラウル・チバス［ここで綴り字の間違いが正されている。読みは同じ〕が乗っており、彼はそのまま参加することになった。

三〇日

警備隊がカヨ・エスピーノに到着。自動車道を封鎖して物資を積んだトラックを二台押収。中には移動のためのガソリンもあったのだが。そこで、日取りを明日に決めて徒歩で移動することにした。

三一日

夜になって、軍についての情報が何もなかったので街道伝いに出発することにした。何ごともなくヒバコアに着いたが、予定より二時間遅れた。これでは夜のうちに目的地に着くことは無理だと思われた。トラクターで行こうとしたが、それも無理。小さな林に落ち着くことにしたが、そこに着いた時には夜が明けた[14]。

一日[15]

日が暮れてロカ・イ・アルバレス〔ロケ・アルバレス〕のサトウキビ小屋の近くの田んぼの勾配伝いに行軍を始めた。無事に自動車道を横切り、ヒメネス農園に行くと、そこにトラックが二台待っていた。そこからが波乱の道。全員は入らなかったので、縦隊を分割した。朝三時には最初の一部がカヨ・グランデに着き、そこでひと休みしたが、蚊の大軍に悩まされた。夜明けにもうひとつのグループが到着したが、道がふさがっていたために途中から徒歩で来たのだった。

1958年8月

†注

1 アメリカ合衆国政府が独裁者の国軍に対して実行した援助作戦だけでは不充分と見なされたのか、あろうことかこの国の議会は今、グワンタナモ湾の海兵隊による工事を公共事業とするための基金の設立を提案する法案を提出した。つまり、当地に設置された海軍基地の設備を拡大して、新植民地主義的介入をより顕著にしようというのだ。

2 マヌエル・ウガルデ＝カリージョ大佐は作戦部隊長。

3 フェリペ・コルドゥミのこと。

4 アダルベルト・ペサント＝ゴンサーレスはチェの隊列の卓越した戦士だったが、残念ながら敵の部隊から押収した弾道弾の解体処理中に死亡した。

5 エウロヒオ・カンティージョ将軍は、バヤモに設置された敵司令部からすべての作戦を指揮した人物。

6 フェルナンド・ヌグレー大佐。

7 第八縦隊が、侵攻に際してどのように組織され、どのような行程をたどったか詳しく知るには、ホエル・

イグレシアス『シエラ・マエストラからエスカンブライへ』レトラス・クバーナス社、ハバナ、一九七九、三六―三七ページ参照のこと。FAR〔革命軍〕七月二六日コンクール受賞作品だ。本文でイグレシアスはこう指摘している。「我が侵攻軍の出発準備が見て取れる初期の文書は、八月の前半が終わるころのものである。最初のものは一四日づけのメモで、そこでフィデルがチェに指示しているのだ。『進軍の準備を続けろ〔略〕今夜以降、できるだけラス・メルセデスには攻撃を集中させないように努めよ』」。

8　人民社会党の全国指導部の卓越したメンバーで、革命の勝利後はいくつもの重責を担った。全革命軍勢が参加することによって、保守、反共勢力からの反対をものともせずに、統一戦線が大きく、かつ明確なものになっていった。

9　手短にしか書いていないが、このとき彼はすでにフィデルから、ラス・ビジャス州に向けて進軍すべく、侵攻縦隊を組織することとの任務を言い渡されている。書面による命令は八月二一日づけ。このとき隊は最終的にシロ・レドンド第八縦隊と名づけられる。隊員の選定は志願を原則とすることになる。

10　一九五八年五月四日、注6で引用された、付録にも挙げる手紙を参照のこと。ファウスティーノ・ペレスからアルマンド・アル宛のもの。

11　革命を裏切った人物。

12　この時期、縦隊は漸次、ヒバロの村に向けて移動していた。そこにチェは司令部を設置し、そこから西へ向けての侵攻を始めたのだ。

13　飛行機はカヨ・エスピーノのエドワルド・ゲラの家の近くに着陸した。エドワルドは戦士フェリペ・ゲラ＝マトスの父。子はこの作戦で敵の爆弾を受け戦死した。

14　この日チェはフィデルにメモを送っている。出発を告げ、「真剣に」別れの言葉を書いたメモだ。ハリケーンが近づいていて、行軍は困難な道のりとなると思われたからだ。

15　チェは記している。「三一日であるはずだ。間違いがあるのだ」。急いでいたので間違えたのだろう。組織したばかりの第八侵攻縦隊が、フィデルの命を受けて今まさに出発しようとしていた時期なのだから。行き先は旧ラス・ビジャス州。目的は〈七月二六日運動〉の戦闘員たちと合流し、統一して独裁者国軍の国の東部への派兵を阻止することだった。

# 九月

一日
サイクロンによってもたらされた暴風雨のさなか、出発。トラック三台、ジープ一台に分乗したのだが、道が水浸しで進めなかった。最前列のトラックは、トラクターの助けを借りて泥にもはまらず進むことができた[1]。

二日
一日分断されて過ごす。最前列はさらに先まで進んだからだ。午後ずっと雨が激しく、道は通行不可能になる。決定的にトラックを乗り捨てることにし、徒歩で進む。数人は馬に乗った。それでパガンの田園まで行き、そこで少し食べてから先へ進んだ。夜明けちょっと前にカウトに到着。川の増水が著しく、その晩は渡ることができなかった。

**三日**

朝のうちから川を渡り始めたのだが、午後までかかってしまった。馬は渡れなかったので、渡った先で他の馬を調達し、こうして背嚢の重さを和らげ、はだしの者も乗せることができた。大佐[2]の農園で、カミーロやラミーロとともにカルロス・ボルハスの状況について調査し、しかるべき訴追状とともにシエラに送り返すことにした。出発が少し遅くなったが、行程の半分よりは少し先にまで行くことができた。サラード川のあたりだか、通常の増水によってそこから先には行けなかったのだ。ちょっと前にマガダン[3]が案内人としての役目を終え、この地域の元地方警備隊員コンセプシオン・リベーロ[4]が後を継いでいた。その晩のうちに、泥水の跳ね返りで散々苦労を重ねながら歩き続け、サラード川まで来たというわけだ。川が増水していたので、夜の間に渡ることはできなかった。

**四日**

日中、馬などを渡らせ、それから人員も少しずつ川を渡った。日が沈むころには出発の準備が整った。カミーロは見当たらなかったが、配下の者はもうこちらに向かっているはず。六時半には出発、再び長い道のりを歩いた。素っ裸になって泳いで渡らなければならない増水した川を渡るより、さらに長い道のりだ。夜明けにコンセプシオンに着いた。案内人コンセプシオンの兵営だ。

**五日**

スコールをやり過ごしてから昼のうちに出発。ぬかるみの中を七レグワ歩いた。隊員のうち半分は徒歩で、しかし背嚢はなしだった。

**六日**

夜明けにレオネーロの田園に到着して持ち主の住む家に行った。[5]米税の話をしたらまったく面白くないといった表情。小作農たちは実に暖かく迎え入れてくれたので、組合を作って要求をつきつけるといいと鼓舞した。夜にトラクター一台と、そのほかは騎馬で出発、八キロを歩いた。

**七日**

皆途中で止まっていることがわかった。眠っていたのだ。起こして急ぎ足で出発した。日中、草原を進み、カミーロ・ロペス[6]の家に着いたので、そこで宿営した。夜になって、さらに馬を何頭か調達して出発、また草原を進んでバルテス〔バルトレ〕の田園地帯に入った。ここはすでに夕方のうちに最前列が占拠した場所だ。そこで、近くにトラックが何台かあると知らされたので、探しに出したが、見つからず、食事を待ってひと晩無駄にした。朝になって近くの森に身を隠した。

**八日**

夜、移動を再開。カミーロからの知らせを待たず、騎馬半分、車半分の行軍で、未明に到着した。

**九日**

もうすぐ二台目の車が来るかと思っていたら、往生しているとの知らせがやってきた。前列が奇襲攻撃に遭ってしまい、マルコス・ボレーロ[7]が死んだとのこと。古くからの仲間で、いったんは大尉の位にまで就いたものの、ラス・ベガスでオラシオ・ロドリゲスの不当な報告のために降格させられていた人物だ。バズーカ砲でのかなりな奇襲攻撃がかけられたので、騎馬部隊をラ・フェデラルの森に隠してやり過ごさせなければならなかった。電話線を切ったが遅きに失した。しかしながら、一味と思われる者を捕まえたところ、電話は通じていないとのこと。そして警備兵は六人だと。到着してみると、ラミーロからの報告で、警備兵たちは農場主レミヒオ・フェルナンデスの家に立て籠もっていることがわかった。〈ちびカウボーイ〉とアンヘル・フリーアスがその家に襲撃をかけ、さらにそこへアセベード兄弟が踏み込んだ。弟は負傷した。警備兵たちは降伏した。生きている者は四人、死んだのが三人、ひとりは逃げた。スプリングフィールド銃が七丁。援軍がやってきたので、カミーロの助言に従って退避した。セスナ機が戦場に機銃掃射をかけてきたが、我が方はこれを迎撃。ダルシオ［原注ではここで綴り字の間違いを指摘している］・グティエレスがこれで致命傷を負い、ほどなく死んだ。警備隊が改めて前進しようとしたので、これを退けた。何人か倒したと思うが、正確にはわからない。その晩のうちにここを出ることにして、大変な道のりをやっとのことでラグーナ・バハまで行き、そこについたところでカミーロと私は宿営した。

一〇日

ここを出ようということになった際、エンリケ・アセベードの怪我がひどく、同行が難しそうだったが、どうにかして彼も連れて行こうということになった。カマグエイから伝令が来て、それで連れて行けることになった。大型の車五台をやるということだったが、来たのは小型四台だけで、全員が乗り込むことはできなかった。カミーロが先に車で行くことにし、私には馬を残した。車に乗れなかった者たちは馬に乗り、全員が移動できた。悪道を四レグワ進軍し、夜明けにファルディゲーラス［・デル・ディアブロ］の農園[8]に着いた。

一一日
日中は農園で平穏に過ごした。夜、険しいながらも短い行程を経てエル・フンコの農園に移動した。ラミーロは案内役が道を間違えたらしく、別ルートだった。

一二日
また少し移動したがたいした出来事もなく、ひとつだけ挙げられるのは、泥沼で私の使い古しの帽子をなくしたことくらいだ。サン・ミゲル〔・デル・フンコ〕に着いてみると、トラックを三台調達できたし、もっと手にはいりそうだったが、案内役がひとりも見当たらず、そこから先は明日ということになった。

一三日
この種のことを知らない者たちはぐずぐずとしがちなもので、案内役は名乗り出てこない。仲間たちは言いたい放題だ。トラックを調達したときに少し問題が起き、やっと一一時近くになって出発した。まず近くの農場に行ってジープを奪い、待ち伏せしているかもしれないし、川の増水があるかないかもわからず不安を抱えながらであったが、進んだ。それでもともかく無事にとある油井に着いたところ、敵兵がどうやら自動車道にいるらしいと言われたが、どこになのかはわからなかった。クワトロ・コンパニェーロスと呼ばれている場所まで着いたところで、最前列が警備隊がいると知らせてきた。と思ったらすぐに銃声が聞こえてきたので、左側に身を隠せと命じた。

**一四日**

あっという間に夜が明けた。明けてみると鉄道の線路のむこう側に森があり、部隊の者たちは応戦しながら線路を越えてそこに向かった。シルバ大尉[9]が負傷した。一部は飛行機を恐れ、向こう側に留まったままだ。待っているように指示したが、飛行機からの発砲に引き下がるしかなかった。ふたりが倒れた。フアン・エルナンデス[10]が爆弾に脚を砕かれ、死亡。他は大過なく退却し、ある家に集まって点呼を取ってみたら、一一人欠けていた。少し離れたところにもう一団残っているようだが、向かっている方向は間違っていない。午前三時ごろ、マメの木の林のあるあたりに向けて出発。林には夜明けに着いたが、その間、何ひとつ口にできなかった。

**一五日**

一日中、林で過ごし、近くの小屋で食事して休んだ。離ればなれになっていた一団の居場所がわかったとの知らせ。残りは一〇人となったが、居場所のわからない者は一人だけだ。アンヘリートの班のモレニートだ。

一六日

農民が案内人として何人か加わってくれた。部隊の皆に対し、我々がどんな危機に曝されているかを説明し、この危機を乗り越えるためには志操堅固なる規律を維持しなければならないと説いた。夜、レメディオスに向かい、そこの仲間の店で少し買い物をした。それから〔エミリオ・〕カデーナスの田園に移り、食事を恵んでもらった。それから夜明けにはサバニージャ付近のマメの木の林にやってきた。我々は下から警備隊を取り囲む形になったが、そこまではわずか一レグワの距離。非常に危険な場所だ。

一七日

別のマメの木の林に着いたところで夜が明け、そこで一日過ごした。エフライン〔イブライン〕・マンソという名の密告屋と思われる人物を捕まえた。牛一頭つぶして食べ、それからまた進軍を続けた。田園——前に警備隊がいたと言われた場所——の周囲をめぐり、途中、協力者の家に立ち寄った。そこでカミーロからの連絡を受け取った。彼がどこに向かっているかを説明し、隊列から離れた一〇人のうち九人までが一緒だと告げていた。欠けているのはただひとり、「モレニート」と呼ばれている者だが、もう死んでいると思われる。

一八日
うまいことマメの木の林に隠れて、だいぶ抜かりなく進んだ。海岸に探索隊を派遣した。我々全員を乗せることができそうな木炭運搬用のはしけがあると聞いたからだ。けれども、夕方に宿営に戻って来た隊員は、それらしいものは何もなかったと報告。しかし、我々の形跡をたどっている警備兵がいるとのこと。すでに前日の野営地[11]を通過したとか。密告屋と疑った人物を解放した。疑いの核心には土地の問題があると思われたからだ。グワノ潟まで進軍して、また別のマメの木の林で宿営した。

一九日
四レグワの短い行程を歩き、小さな林に到着。そこで探索の結果を待つことにした。途中に捜査隊がいるとのことだったからだ。

二〇日
案内人たちは幸いにも敵部隊があたりにいないという知らせをもたらしてくれたが、二レグワ行ったら、そこから先の案内人は見つけられなかった。午後、ラジオでタベルニージャ[12]のインタビューが放送された。「チェ・ゲバラ」が指揮を執る一〇〇人を超す集団を殲滅したと言っていた。共産主義者どもの方式に則ったゲリラの組織のしかたなど承知しているとのこと。サン・ペドロ川まで行軍するも、案内役がひとりもいないため、それから先は明日、進もうということになった。

二一日

案内人をひとり調達したが、乗り気ではない様子。不承不承ドゥラン〔川〕とかアルタミーラとかいうところのほとりまで連れて来たが、そこで放り出された我々は、頼るべき案内人もいないし、食べるものもなくなった。焼いた肉を少しだけ持っていた。

二二日

マヌエル〔・エルナンデス＝オソリオ[13]〕に道を探させた。と、しばらくしてバレート氏という人がやってきた。カマグエイの金持ちで、大きな農園の持ち主だ。ある場所、というのは、チチャロン〔シマロン〕という場所だが、そこに野営してもいいというのだ。見つけてきた案内役というのがバティスタ派ではないかと思われたけれども、印象は悪くない。食べ物を調達に行っていた連中が、一日から六日にかけて、警備兵たちが線路上をくまなく見張っていたと教えられたとか。農場監督が今日はもう遅いのでそこを通過しようなどと考えない方がいいと助言してきた。川を渡っている間に新兵がひとり逃げた。

二三日

日が暮れてくだんの線路を通過する行軍を始めたときには案内役ひとりに加え、農場監督の弟を人質として連れて行った。密告を防ぐためだ。無事、線路は通過し、さらに二レグワほど行き、ラス・イェグワスという名の小川に到着。そこで睡眠を取った。

二四日

ファン・アルマンサの息子[14]の居場所を突き止め、食べ物を少々と雌牛を一頭もらった。点呼を取ってみると、フォンソの班の一名がいないことに気づいた。ペペ・ペレスだ。武器を持って逃亡したものと思われる。少しばかり圧力をかけて、家主たちから案内役を都合つけてもらった。おかげで一山越えてアギレラ砂糖工場の農園監督の家まで行くことができた。監督はある林に我々を落ち着かせてくれた。そこで夜明けを待った。

二五日

日中も夜も先に進むことはしなかった。休養を取って体力回復、雌牛二頭を食した。とある食料雑貨店主と接触したところ、協力的な態度だった。同じ場所でまた会うことになった。前方、我々の行く手から大砲の音が聞こえてきた。フリゲート艦のもののようだ。それから機関銃の掃射音も。

二六日
午前中、くだんの人物は現れず、見に行ってみたら、家族を連れていなくなっていたことがわかった。これは密告かもしれないと思い、部隊を移動させたが、何ごとも起こらず。いろいろとよくしてくれて、浜まで行って船がないか見てくれた――見当たらなかったが――のだが。夜には食事はできたが、出発はできずじまい。

二七日
未明に出発、一日中歩き、夜も通しで歩いて、日づけも変わったころ、アギレラのものと思われる林に到着。一日で口にしたものといえば、わずかに牛乳に浸したトウモロコシ粉だけ。我々の行軍を目撃したある農民が走って逃げたので、一晩中歩き続けるはめになった。

二八日
正午、レオポルド・アギレラ田園の家畜監督[15]を引き留めて訊いたところ、我々がどこにいるのかがわかった。前日から警備隊はいなくなったことも聞いた。牛を二頭ほどつぶしてくれるように頼んだ。先兵をフロリダへ向かう坂の途中にある家の確保に行かせた。昔から彼を知っているという新兵を同行させた。二時間ばかりしてから、別の監督を捕まえた。〔カヨ・トロの〕サトウキビ小屋の機械係だ。我々が望むものを与えるように言われているとのことだった。そこで班をひとつサトウキビ小屋に行かせることにした。大きなお願い事もひとつしたが、食事も頼んだ。日が沈んでから監督の家に行き、牛と米を食べた。物資を分配してからサトウキビ小屋に戻り、そこでまた食事。加えて、もうひとりのアギレラ〔ギジェルモ・アギレラ〕のサトウキビ小屋に、別の物資を取りに行かせた。こちらのアギレラはバティスタの一味で、おかげで手間取ってしまい、午前二時に出発と相成った。管理人[16]と話をして、我々が経済について基本的にどう考えているかを説明し、米作は保護することを教え、それを農園主に伝えるように言った。二レグワほどトラクターに乗って進み、朝四時にはそれを乗り捨て、森に入った。

**二九日**

休まず歩き続けるが、朝になると小型戦闘機が我々の頭上を旋回し始めた。そこで行軍をやめて少し休み、探索を出した。連れてきた案内人はそこがどこだかわからなかった。昼も半ばごろになって注意深く行軍を再開したが、バラグワの〔鉄道の〕線路に着いたところで発砲音が聞こえた。それでやむなく方向転換した。知らず知らずのうちに敵戦線上にいた。敵兵が前に出たので、後衛の中尉ロドリゲス[17]が発砲した。しかし私がそれを知ったのは、だいぶ夜も更けてからのことで、そのときにはもう敵戦線はかなり補強されていた。その場所を通過することはできなくなり、取って返して湿地帯に入り込むことになり、そこで夜を過ごした。

三〇日

さらに二キロほど歩いて停止した。今日の分を含め、三日分の食料がある。探索隊を出したところ、敵戦線は森を取り囲んでいるとのこと。ただし、まだ占領されていない湖がひとつある。アセベードとウィリーが案内役を連れてその周囲をめぐったところ、線路に突き当たったので、それに沿って歩いてみた。[18] 二本の平行するレールで、二〇メートル離れている。カブレラ[19]がシエゴ・デ・アビラに行って案内役を援助してくれるよう要求してくることになった。

†注

1 前線はルベン・ブランコの所有するトラックに乗って移動することになる。
2 アルカディオ・ペラーエス＝カバーレス、別名、大佐は、バヤモにあるエル・ハルディン農園の農場監督で、反乱軍の有益な協力者。
3 ホセ・マガダン＝バランディータ、愛称ペピンは、シエラ・マエストラへの物資補給班リーダーで、フィデルに命じられてチェの縦隊のカマグエイ方面への道筋をつけるべく奔走した。またこの時までは案内人としても働いていた。
4 この地帯で最初に反乱を起こした警備隊グループの中尉だった。カウト川から案内役を務めた。
5 持ち主はクレメンテ・ペレス＝ボレ。圧政の熱狂的支持者だ。

6 実際にはカミーロ・ロペスの息子の家。バヤモのサンタ・イサベル・デ・ビラマのサトウキビ農園にある。
7 マルコス・ボレーロ＝フォンセカはラ・フェデラルの戦いで死んだ。カマグエイの領土でのこの戦闘は、侵攻作戦の中でも最も残忍なもので、チェの縦隊の仲間が何人か死んだり負傷したりした。
8 旧バフエロ田園。サンタ・クルス・デル・スル県内にある。
9 ホセ・R・シルバは小隊長。右肩に銃弾を受けて負傷、腕が利かなくなった。
10 ファン・エルナンデス、通称グワンチはアンヘル・フリーアスの分隊所属。空爆によって片脚に重傷を負い、後、出血多量で死亡。また尖兵部隊のエミリオ・オリーバ・エルナンデスは軽傷を負った。
11 テンブラデーラとして知られている場所。
12 フランシスコ・タベルニージャ大将は独裁政権の国軍連合司令部長官。このとき将軍が行った反共産主義宣言は、とりわけ、パブロ・リバルタの背嚢の中にあった文書に端を発している。背嚢は人民社会党の党員で縦隊の戦闘員でもあったリバルタが行軍の最中になくしたものだ。
13 一九五八年七月の注7を参照のこと。［正確には注8］
14 サントス・アルマンサのこと。彼が案内役も世話をして、行軍が続けられた。
15 マヌエル・レスカノ＝ボレーゴのこと。
16 ディエゴ・カサレアルのこと。
17 アルマンド・アコスタ中尉の証言によれば、彼が敵兵に一閃浴びせてやろうとしたときには弾丸が詰まったので、チェの指図にもかかわらず、戦士ファン・アリアス＝ノゲーラに発砲するようにとの命令を下したとのこと。結果としてそれで敵軍にこちらの位置を知らせることになり、込みいった場所に撤退することになったのだ。

18　ロヘリオ・アセベードとウィリーことウィフレード・アレアーガ、それに案内役のラモン・ギラルテ。

19　メドラーノ・ルペルト・カブレラ＝ポルタル、通称カブレリータ。ラス・ビジャスの人民社会党員。エスカンブライについての情報を求められた人物。

# 一〇月

一日

カブレラは無事出発。背後には警備隊はいない模様だ。我々は午後五時に出発。その前には将校たちを全員集め、線路を横切って行く際には細心の注意を払わなければならないと説明した。近づいて行った。その間、水を跳ねる足音を立てないように努力をしてはいても、どうしても立ててしまう。まず最前列が線路に達し、その後、全部隊が無事通過する。しかし、足跡は残してしまった。しかもかなり目立ったものだ。未明までぬかるみの泥地を歩き続け、やっとのことで運河沿いの乾いた叢で一息つき、食事した。

**二日**

日中、少し進み、とある林に着いたので、そこに充分に身を隠すことができた。そこから探索隊を派遣した。エメリオ〔・レイェス〕の報告では風車の近くに家が一軒あるので、訪ねるといいとのこと。夜になってからそこへ行ったが、家は見つからず、結局林の中に留まることに。

**三日**

探索隊ふたりを出して家と住人を探させている間、牛や馬を殺した。家の住人がひとり連れられてきたが、聞けばバラグワの肉屋[1]だとか。敵部隊は昨夜、製糖場から撤退したとのこと。我々が伝ってきた溝はイタボ川といい、運河と沼沢に流れ出る。しばらく後に伝令がもうふたり捕まえた。ひとりはバラグワの勢子[2]で、何でも協力すると申し出てくれた。彼には薬を探しに行ってもらった。それから三時間後に探索機がやってきて、旋回すると製糖場の空港に着陸した。五分後にはまた離陸し、何度も何度も森を旋回した。私は森の空き地の方に撤退するようにと命じ、そこでB―26が来るのを待った。それはほどなく現れて爆弾を七発落とし、掃射を見舞っていった。誰がどう見ても密告があったに違いないのだ。解明すべきことはただひとつ、裏切り者は誰かということだった。が、いまだに誰かはわからない。夜、出発したものの、湖の畔にある恐ろしい藪につかまって、抜けるのに三時間半もかかった。それを抜け出て入り込んだ森の中で、案内人が姿をくらまし、そこで夜を過ごすことになった。

**四日**

おもむろに行軍を始め、牧場を横切ってパレンケという名のサトウキビ小屋に到着した。数日前まで警備隊がいたところだ。調達した案内係がサトウキビ畑沿いにロサ・リベラル農園に導いてくれた。近くで発生したサイクロンが引き起こした暴風雨に見舞われながら就寝。

**五日**

〔ロサ・リベラルの〕サトウキビ小屋を占領するよう命令を下した。おかげでちょっと後には我々は宿と雌牛、チーズを得たというわけだ。雨はいつまでもやまず。ペペという名の男の人[3]がやって来て、とてつもない額の協力を申し出てくれた。ここいらで水ぶくれと呼ばれている脚の病気が部隊を餌食にして、歩くことができない。おかげでその晩のうちに行軍を再開するのはあきらめた。暴風雨も激しさの極みにあったことだし。無理にお願いしていた案内人たちにいとまを与え、すっかり怖じ気づいてしまったカマグエイ出身の者に除隊許可を出した。昨夜のうちにもうひとりカマグエイから参加した者が逃げたのだが、途中、バズーカの砲弾を捨てて、それがどこに行ったのかわからなくなった。一〇人近い兵が歩けないことを見こし、馬を一五頭手に入れた。ただし、鞍つきのものはほとんどいなかった。

**六日**

朝四時、出発の準備をしていると、ペペが妻が病気だと言ってシエゴに行ったと知らされた。いやな予感がした。一レグワ歩いて森で宿営。近くに線路があるので、どうすれば横切れるか思案する。特に変わったことはない。カブレリータが人民社会党から斡旋を受けた案内人[4]を連れて来た。そしてエスカンブライの状況も教えてくれた。加えてラジオとガリ版印刷機ももらってきた。夜、ペペが戻って来たので出発した。線路をまたぎ、あのトロチャ・デ・フカロ街道を横切り、四レグワ行軍した。街道は噂に聞き、考えていたほどきついものではなかった。警備兵はひとりもいなかったのだ。夜明け時、小さな森〔イラリオ森〕に着き、宿営。

**七日**

朝、食料にありつき、森の中で調理。が、調達に行ったラ・オーが人に見られた。けれども、何の問題も起きず、我々は夜に無事その場を離れた。エスカンブライからの使いが三人[5]やって来て、グティエレス＝メノーヨと配下の第二戦線の連中について不平をひとくさり並べ立てた。この位置から眺めるに、どうやらあちこちにきれいにしなければならない汚点があるようだ。人民社会党の使いもひとり[6]、ハンモックの網といくばくかの寄付金を持ってきたので、それを受け取ると、指導部と話がしたいと伝えた。すっかり怖じ気づいた兵士七人を除隊、うちふたりはごく最近入隊した者で、その他はシエラから一緒だった者たちだ。これまでさんざん苦労を重ねてきたせいで、部隊の士気に影響が出始めている。除隊者の名前は以下のとおり。ビクトル・サルドゥイとファン・ノゲーラ［ノゲーラスか？］、このふたりはシルバの分隊員。ロベルトの班のエルネスト・マガーニャとリゴベルト・ソリス。ダニエルの班のオスカル・マシーアス。以上は全員、ホエル配下。テオドーロ・レイエスとリゴベルト・アラルコン[7]はフォンソ配下、アンヘリート分隊所属だ。ほとんど一晩中行軍を続け、ルートは正しかったのだが、ひどく雨に打たれた。馬もたくさんいたことだし、近くの低い木の森に逃げ込み、雨で地面がべとべとになった灌木の茂みに隠れ、身を寄せ合って眠った。

**八日**

一二―一四キロほどの短い道のりを歩いてペレグリンの農園に着いた。農場監督[8]の家に落ち着き、食事の準備。その間、ミゲル・ゴンサーレス〔＝マルティネス〕、というのはエスカンブライまでの案内人だが、彼がこの後の行程となる場所を探索に出た。馬をさらに何頭か調達。その晩のうちに我々から離脱したのは……[9]

## Ⅷ

……北米人ハーマン・マークス。大尉の称号を持っている。負傷し体の具合を悪くしたのだが、基本的には部隊に合わなかったのだ。彼の出発はちょっとした冒険だった。というのも、ラ・テレサ農園で仲間に連絡を取るつもりだったのが、失敗したからだ。そこで食事もしようと考えていたのだが、警備隊に占領されてしまった。飛行機は我々が昨日いた場所を正確に攻撃してきた。しかもB—26だった。

**九日**

朝、ミゲルがやって来て、ある区間を通過するのは不可能だと伝えた。深い運河があり、ハティボニーコ運河は、おまけに、軍がある橋を占領してしまっているので渡れないとのこと。彼は近くの森から行くことを提案してきたが、私は断った。昨日我々がいた場所の周辺には機関銃の掃射痕がある。ということは、敵がすぐ近くに迫っているということなのだ。置き去りにしてきた馬や、前を行く馬を取りに行かせることにした。これに乗って行けるところまで行くつもりだ。雨と泥にまみれて二レグワ進み、深い運河をひとつ渡った。それからまた、さらに悪い道を一レグワ半。ある森に着いたもののの、そこの地面はすっかり水に浸っていた。マシーオという名の森だ。[10] わずかながら元気づけられるニュースといえば、近くに田園[11]があり、そこには食料もあるということくらいだ。部隊のひとりがこの田園で働いたことがあり、知っているのだそうだ。雨と泥まみれで歩いてきたので、皆の脚はまた具合が悪くなった。

**一〇日**

田園で働いている者[12]と連絡を取った。ふたつめの橋を通過することは可能か探りに行ってくれると約束した。一方で、他の連中に他のルートも探らせるとのこと。小型戦闘機が森を旋回し、何度も掃射を浴びせてきたが、当たることはなかった。明らかに森の入り口までついた馬の足跡をたどって来たのだ。その後、農園の労働者が、川を調べに行った人間が姿をくらましたと知らせに来た。しかし別の知らせでは、橋はもう警備隊の監視下に入っているとのこと。最悪の夜で、食事をしている間にぐずぐずと手間取り、しかたがないから皆、家の中に留まることにした。鍵を閉め、馬は近くの森に持って行った。もし本当に飛行機から痕をたどっているのだとしたら、用心した方がいいからだ。先兵を川の近くの牛舎に派遣した。どうにかして川を渡る方法を探り、我々が行くときまでそこを占領しておくようにとの指令を出した。

一一日

家の中で安静に過ごした。小型戦闘機が周囲の森を旋回していた。先兵の行った家[13]には電話があり、電話で会話した。敵兵がどこにいるか、正確な情報を与えてくれた。先兵と案内人は無事に川を渡ったものの、たいそう難儀だったようで、武器も濡らしてしまった。警備隊は我々がどこにいるか正確に知っていたが、夜のうちに川[14]まで行けるとは思っていなかった、あるいは思っていないと言っていた。けっこうな森に着いたのだが、かなり湿っていた。そこで一日を過ごした。

一二日

小型戦闘機の動向を見るに、すっかりこちらの道筋は把握されているようだ。川の向こう岸に攻撃をしかけていたのだから。ただし、我々がいた場所からは遠く離れていたが。夜、六レグワの長い行程に出た。馬を先に出した。朝の三時に着いた場所というのが小さなサトウキビ小屋で、トラックが一台待ちかまえていた。途中までは首尾良くいっていたのだが、最後尾の連中が、もう日が明けていたこともあって、見られてしまった。ロメーロ田園のサトウキビ小屋で、警備隊が我々の行く手を阻もうとしていたのだ。すっかり昼になったころにとある森に到着。

一三日

飛行機が来るかと思って待機していたが、何も起こらなかった。ミゲルが一方の側の探索[15]に出かけ、それからオテン[16]がもう一方の側を見に行った。オテンの伝令はほどなく帰ってきたが、ミゲルを待たねばならなかった。それもしばらくしてからやって来て、変わったところは一切なく、平底のはしけがあるので、それでササ川を渡れると報告した。ある坂道に着いて、そこでオテンを待つことにした。トラックで来るはずだったが、立ち往生しているとかで、そのままそこにいた。ササ川はこれまで我々が渡った中で一番川幅が広かったが、無事、すみやかに渡ることができた。近くの森[17]で睡眠をとった。

一四日

日中、マルティネスが馬を数頭捕まえに行ったが、いつまで経っても戻ってこないので夜一二時ごろには出発した。案内役は回り道でサトウキビ畑伝いに我々を導いたが、出発したのも遅かったし、皆徒歩での移動でゆっくりだったしで、夜が明けても計画の場所までは行けずじまいだった。計画した場所というのはダマス農園だ。サンクティ・スピリトゥスからトリニダーへの自動車道の向こう側にあるのだ。

一五日

すぐに農民[18]がやって来て、彼の働いている農園に来るように言った。道の周囲は敵兵だらけだというのだ。日中はその付近に留まり、革命幹部会に加わった者何人かと連絡を取った。彼らは指導部を〈七月二六日運動[19]〉に組み込むよう要請、私はそれを拒否した。というのは、人々と話し合う前にセクト間の駆け引きで決めてしまってはいけないと思うからだ。人民社会党の代表もひとり来た[20]。彼の立場からのエスカンブライ第二国民戦線の置かれた状況についての事細かな説明を受け、話し合いをした。彼はボルドン[21]よりもグティエレス＝メノーヨに好意的な印象を持っているようだ。統一の合意があるのなら、彼の党は我々に協力すると言ってきた。それから〈七月二六日運動〉の代表が三人やって来た。そのひとり、ラス・ビジャスの労働者代表カルロス[22]が、いくつか状況を報告した。彼の説明によれば、ボルドンは何かにつけて全国委員会に楯突き、それがために一触即発、どちらの勢力も彼に対する攻撃的姿勢を隠そうともしないとか。二〇日に会合を持とうと提案し、オリエンテ州から届いた報告書を渡してくれるように頼んだ。統一と選挙についての私の意図を説明したが、諸都市における大衆運動とそこへの武力攻撃とを協力させるという考えには、皆はあまり乗り気ではなかったように見えた。夜、革命幹部会に属するけれども〈七月二六日運動〉の者だとも言われている案内人[23]に連れられて出発した。大過なく自動車道を突っ切り、夜明けにオビスポ山に着いた。

一六日

仲間たちは熱狂し、街道を半レグワほど前進。小さなコーヒー園[24]まで行って休憩した。近くにボンビーノとかいう人物のゲリラがいることがわかった。〈七月二六日運動〉のメンバーだ。そうこうするうちにポンピリオ・ビシエド[25]という人物がやって来て、彼を武装解除しようとした人間がふたり死んでいるという。〈七月二六日運動〉のために働いたというのだが、私はまず何よりもそのことの裁判を受けるべきだろうといい、彼は同意した。〈七月二六日運動〉の大尉が来るのかと思ったらそうではなく、馬を寄越して私に会いに来いとのこと。彼が来るべきだと言ったら、やって来た。ボンビーノという名ではなく、ソリという人物だった。[26]エスカンブライ第二国民戦線中央司令部の信頼厚い人物だが、敵意剥き出しというわけではなかった。日中はそこで過ごした。

一七日

少し移動、といっても二レグワに満たない距離だ。所有者がカルデナス博士といってハバナにいる大農園の敷地に宿営した。ここで馬を調達し、ついでに必要な物資も手に入れるようにと命じた。ラファエル[27]とここで会うことになっていたので、到着を待ったが、来なかった。そこで土地を地元の農夫に引き渡すという象徴的な儀式をはじめて行った。

一八日

ゆっくりガビラーネスを出て街道沿いに歩き、夜にもうひとつの第二国民戦線野営地に着いた。その長は引き継いだ後で、新任はバルンガという人物なのだが、不在だった。

一九日

出発しようとしていると、ラファエルがやって来たと知らされた。部隊を先にやって、我々は終日、話し合った。統一についての私の考えを述べ、先方からの具体的な示唆や提示を受け入れた。その晩のうちにはカレーラ〔カレーラス〕[28]の宿営に到達しなかった。

二〇日

午前中に宿営に着いたが、カレーラスと話すことはできなかった。立ち去った後だったのだ。少し後で、彼の通達を読んだ。第一〇項には、いかなる部隊もこの領土を通過してはならないと、通過しようとした部隊は、一度目は警告ですませるが、二度目以降は排斥、もしくは皆殺しにされるだろうとあった[29]。仲間を集めてこのことを説明したところ、皆、理想を分かち合う者同士で撃ち合いなどありえないと〔原文、ここに空白あり〕。しばらくしてカレーラスがやって来たので、彼が「威嚇する」という言葉を採用しているが、これは納得できないと言ったところ、彼自身がその言葉を採用したのは「少しばかり乱暴」だからだと応じた。彼はまた第一〇項についての説明もした。「いろいろと盗みを働いた」革命幹部会に向けられたものなのだそうだ。もうこの州の委員会メンバーが何人か顔を揃えているとの知らせが入った。それからまたメノーヨがボルドンに最後通告を出したとの知らせも。ボルドンが占領している山を離れなければ、土曜日には攻撃がかけられるとの通告だ。私はカレーラスに連絡し、グティエレス＝メノーヨに手紙を送ってその攻撃をやめさせるように言った。ただし、どんなことになっても我々が報復《レプレサリアス》することはないとも伝えた。彼は皮肉たっぷりに、弾圧《レプレサリアス》など、バティスタ以外の誰がするのだと答えた。アルガロボにある幹部会の宿営に行ったところ、トニー・サンティアーゴ[30]が出迎えた。革命幹部会司令官だ。セラフィン〔・ルイス・デ・サラテ〕もいた。シエンフエゴスの医者で、オテンによれば仲間によくしてくれたそうだ。そして下界でひどく迫害されたものだから、シエラに来て仲間に加わったのだそうだ。ボルドンの置かれた状況についていくつか報告を受けた。ボルドンは部隊の者にはシエラにフィデルに会いに行くと言ったのだが、実際には行っていないとのこと。その他一般の状況についての報告やグティエレス＝メノーヨの最後通告のことなども聞いた。夜はそこで過ごした。

二一日

おもむろに出発して、昼の遅い時間にドス・アローヨスに到着。革命幹部会本部宿営だ。夜、ファウレ・チョモンおよびクベーラと会談して、一般的な話題について話し合った。というのも、統一についての話は、〈七月二六日運動〉の主権を基本としていては、効果を上げないだろうことは目に見えていたからだ。私はグイニーア・デ・ミランダへの共同作戦を、武器を分けるという前提で、持ちかけたところ、基本的に受け入れたものの、熱狂もしていなかった。そしてまた統括についての全体的な手段も提案した。領土を各組織の勢力に応じて分割し、しかし、そこでは他組織の部隊が自由に作戦を展開できることとする、という提案もしたところ、反論もなく受け入れられた。それぞれの議案については、近い将来、最終的な決定をしようということになった。シエンフエゴスの医者は私に、山でひどい扱いを受けたと言った。彼は皮膚科なので、ここでは専門が活かせないと、まだ平地での方が役に立ちそうだとのことだ。彼の態度がどんな動機でなされているのか正確には知らないが、この態度は平地部隊の組織に典型的なものだ。シエラと前日、長々と話し合った際、彼は暗黙裡に、自分が今回の混乱の最大の責任者のひとりだと白状した。ある宣言に署名し、エスカンブライ第二国民戦線のリーダーがグティエレス＝メノーヨだと認めるその宣言が外国に渡ったのだ。町にある銀行を襲撃して金を奪ってくるから情報をくれと言ったら、彼らは心配してそこまではできないだろうと考えたようだ。土地をただで分配すべきだという意見には沈黙で反論した。大資本への服従を自ら認めたようなものだ。特にシエラはそうだった。[31]

二二日

午前中にクベーラに会いに行く約束があったのだが、第二国民戦線のペーニャ司令官[32]が姿を現した。この男、最初はやさしそうな顔をしていたのだが、しまいには敵意を隠しきれなくなった。我々はなごやかに別れの挨拶をしたものの、敵対する立場はお互い明かした上でのことだった。クベーラには午後に会った。町医者から提供された敵兵営の情報を教えてくれるとの合意があったのだが、彼は情報を何ひとつ持っていなかった。どうやら問題は、連中がただ武器をひけらかしているだけで、攻め入る気はないのではないかということだ。

**二三日**

一日休養をとる。やったことといえば、人と会ったことと、フィデルに向けてラス・ビジャスまでの行軍の様子と、この地域の政治＝軍事状況についての長い報告書を書いたことくらいだ。

**二四日**

アルガロボス［二〇日および二七日に言及されるアルガロボと同一か？ 原注に指摘なし］近くのラス・ピニャスに向けてゆっくりと出発。着いて仲間たちはそこに宿営し、その間私はまたトニー・サンティアーゴに会いに行って、調査の結果を聞いた。具体的なことは何ひとつ教えてくれず、私はもう一日出発を延ばすことになった。〈七月二六日運動〉シンパの女性がひとりやって来て、ソリとサバロの司令部に靴があったと知らせてくれた。同時にロドリゲスも来た。サンクティ・スピリトゥス近くのピコ・トゥエルトに、我々の司令部宿営を設置することはできそうか、早急に調べてこいと送り出していたのだ。ロドリゲスが言うには、理想的な場所はそこではなく、通称うだつの森《カバジェーテ・デ・カサ》という近くの森だとのこと。そこには要求された条件が整っているのだと。それからまた、ソリが〈七月二六日運動〉から送られた四〇足の靴のうち、三〇足を準備したことも報告された。宿営に戻ってラス・ビジャスの行動部隊長〝ディエゴ〟[33]と会見した。シエラからの五〇〇〇ペソとフィデルの手紙を持ってきたのだ。手紙は古いもので、今となっては意味のない指示と、シエラに財務局を作る命令が書かれていた。ディエゴは平地の二、三の重要都市にある選挙委員会を焼き払い、カミーロに対しカイバリエン、レメディオス、ヤグワハイ、スルエタに攻撃をしかけるようにとの命令を伝えると約束した。一日にはサンタ・クラーラ攻撃に出かける準備ができているかどうか伝えなければならない。ディエゴはボルドン問題には一切かかわりたくないとのことだった。

二五日

ボルドンがやって来たので、彼と話し合った。彼には四つのことの責任があると見た。協定に署名したこと。第二国民戦線の使者としてシエラに行ったこと。フィデルに会見したと不確かなことを言ったこと。捕虜になったときにエスカンブライ山脈から立ち退くとの書類に署名したこと。私は彼の将校の地位を剥奪すべきだと考えたけれども、ラミーロはそれでは罰が重すぎると意見した。結局、司令官任命を無効とし、大尉の位のままとすることになった。そのことを部隊に話し、異議のある者は知らせろと、そして立ち去れと伝えた。夜、ファウレ・チョモンがクベーラを伴ってやって来た。攻撃の準備はできていない由。その瞬間、W・ロサーレスの母親の声が聞こえた。敵部隊がやって来たことを伝える暗号なのだが、よく聞こえなかった。彼らはすぐに立ち去った。翌日攻撃を敢行するか、でなければ私が退くかだということで話をつけた。

二六日

森に入って日中を過ごした。これで不注意に人に見られなくてすむ。ボルドン配下の者が三〇名、立ち去った。武装してこちらにやって来たのは二〇人だけだ。武器は都合二一〇丁。三〇丁はその場に置いてきた。前日、ボルドンの部下のミゲルを靴その他の品物を取りに行かせた。夜、グイニーア・デ・ミランダ兵営[34]へ向けて出発した。シルバとボルドンは別ルートを辿った。武器のない連中は全員ソピンパに向かい、そこで作戦の結果を待つことになった。攻撃の図面は以下のとおり［次ページ］。

一一時半に作戦が始まった。バズーカを撃ち込んだが的に当たらず、いっせいに射撃が始まる。バズーカは三度位置を変えた。五回目の発砲時には私がみずから照準を定めた。それであっという間に警備兵たちは降参した。奪った銃弾はわずかで、小銃も八丁。我々の側の損失は、弾薬と手榴弾を別にすれば、死者がふたりだった。後衛のアメングワルとホエルの班のアルベルトだ。負傷者は次のとおり。アンヘリートは軽傷。シルバは擦過傷。アセベードも擦過傷。バラグワの案内人が脚に怪我を負った。カブレリータは手と脚に怪我。マキントチェは頭にだが、軽傷。そしてロダスから参加の者

1958年10月

1　兵営

2　教会

3　バズーカの動き

4　シルバの陣

5　ボルドンの陣

6　ホエルの陣の動き

7　アンヘリートの陣の動き

8　前線の陣

9　司令部の陣の動き

10　町の公園

がひとり、腕にある程度重い怪我。

**二七日**

ある家で負傷者の手当をする間、休息を取り、それからゆっくりと出発。夜、行軍を続けて夜明けにソピンパに到着。アルガロボ方面に向けて山を登っている部隊があるとの知らせが届く。革命幹部会にジープを一台進呈した。宿営の近くに置いていったのだ。

**二八日**

この晩、ヒキマ[35]攻撃を決定。すぐさま事前調査に取りかかったが、めぼしい情報は得られなかった。ラミーロは攻撃すべきではないとの意見だった。バナーオの兵営には警備兵が三〇人しかいないので、そちらの方が確実だと。ヒキマは四九人なのだそうだ。それでも我々は現地に向かった。しかし、だいぶ手間取ってしまい、三時までにバズーカ砲の準備が整った場合にのみ攻撃するよう命令したところ、それが無理だった。フォンソによれば、発射する場所がないのだとか。朝四時、場を離れた。

**二九日**

朝遅い時間まで休んでからガビラーネスに向かった。そこに着いてからまた休憩。

**三〇日**

サンクティ・スピリトゥスとカバイグワン、フォメント、それにプラセータスの行動部隊長たちがやって来た。選挙で手薄になっている日にフォメント、カバイグワン、サンクティ・スピリトゥスを攻めるという私の計画[36]に賛成した。それから銀行を襲撃することにも賛成して、援助を約束してくれた。午後三時に出発して行軍を開始。バナーオまで五時間の行軍だと言われた。その晩のうちにそこを襲撃するつもりだった。が、一一時間歩いても目的地には着かず、その近くに留まるのみだった。

**三一日**

昼の間じっと待機し、夜になって、情報を万端、手にした上で兵営の包囲を始めた。じりじりとしながら待ち、朝二時を回ったところでフォンソが、バズーカ砲を準備しようとして九度もうまくいかなかったとの知らせを持ってきた。夜明けに退散したが、道を間違えた。

**†注**

1 フェリペ・メンデス＝ルイス。
2 ホルヘ・アルバレス＝ドゥラン。
3 ホセ・バルカルセル＝フェルナンデス［本文中のペペはホセの愛称］。
4 アンドレス・フローレス＝グティエレス。
5 実際にはこの三人は〈七月二六日運動〉のメンバー。オテン・メサナ＝メルコンとミゲル・マルティネス＝ルイス、オルネド・ロドリゲス＝ルイス。
6 イノセンシオ・ランカーニョ。
7 一〇月九日、リゴベルト・アラルコンはテオドーロ・レイェスともども、ロス・ネグロスからパロ・アルトへの線路上で敵軍捕虜となった。前者は殺害され、レイェスはシエゴ・デ・アビラに移送された。
8 ロドルフォ・ペレス＝スヤウリーアのこと。パブロ・ペレグリンの所有するエル・エスクリバーノ農園の農場監督。
9 ここでノート第Ⅶ分冊が終わる。十月八日分の日記はこの後のノート、第Ⅷ分冊に続く。
10 ハティボニーコ県の端。この県はカマグエイ州の端にあって、ラス・ビジャス州と境を接している。チェの縦隊はこのラス・ビジャス州の陥落に向かっていた。
11 ポソ・ビエホ米農園のこと。ここを知っていたという部隊員はセサル・ルベン・エルナンデス＝ビラ。
12 とりわけマヌエル・ガンボーア＝モントーヤのこと、
13 アトヤオサ農園サトウキビ小屋のフランシスコ・アキノ＝バルディビアの家。

14　ディエス渡り場として知られるところだが、侵攻軍の者たちはここをセイバの渡り場と名づけた。川のほとりに大きなセイバ（カポックの木）が生えていたからだ。

15　ミゲル・マルティネスはホセ・エルナンデスを引き連れてアマソナス製糖工場の一帯に向かい、ササ川を探索、どうにかしてそれを渡る手立てを探した。

16　オテン・メサナは農夫マリオ・ペレス＝ガジョとともにファン・デビル農園からパソ・デ・ラス・グワシマスへの道を探った。アマソナス製糖工場からは三キロの地点だ。

17　農夫ロレンソ・ディアスの家。

18　マリアナオ農園のルイス・トリアーナだ。

19　現実には〈七月二六日運動〉に属していたのは、ホアキン・トーレス、レオノール・アレストゥーチ、それにマヌエル・ロペス＝マリンの三人。この三人が同伴していたのは、まず、〈七月二六日運動〉のメンバー、ホルヘ・サンチェス＝ヒメネス。協力者パブロ・ベルムーデス。サンクティ・スピリトゥスにおける〈七月二六日運動〉の組織委員フェリックス・マルティネスだった。

20　アマドール・アントゥネス＝ガルシア。

21　ビクトル・ボルドン＝マチャード。ラス・ビジャス州における、創設期以来の〈七月二六日運動〉闘志。革命の勝利後、司令官の位にまで上り詰める。

22　ホアキン・トーレス＝カンポス。ラス・ビジャスの労働者組織委員。

23　実際、彼は〈七月二六日運動〉のメンバーだった。エスカンブライに到着したチェが見出した錯綜した状況について、より詳しくは、『革命戦争回顧録』前掲書所収「最後の攻撃」二七五―二八八ページ〔邦訳「最後の攻撃そしてサンタ・クララの戦い」三二一―三三九ページ」、および「革命の罪過」二九六―三〇二ページ［邦訳三四六―三五二ページ］を参照。

24 プランタ・カントゥーという名の場所で、そこにはポンピリオ・ビシエドが陣を張っていた。

25 セバスティアン・ビシエド＝ペレス、別名ポンピリオ。〈七月二六日運動〉ゲリラ隊のメンバーで、後にエスカンブライ第二国民戦線に参入。それもチェが到着するまでのこと。到着後は第八縦隊に加わった。

26 ロベルト・ソリ＝エルナンデス。エスカンブライ第二国民戦線の司令官のひとりヘスス・カレーラスからの手紙をチェに渡す役目を負った人物。手紙にはカレーラス支配下の領土から立ち去るようにとの威嚇の言葉が書いてあった。

27 ラファエルことオスバルド・サンチェス。

28 ヘスス・カレーラス＝サヤス。エスカンブライ第二国民戦線のメンバー。一九五九年以後は反革命陣営に参加し、逮捕され、裁判にかけられ、処刑された。第二国民戦線の構成や詳細については、前掲の「革命の罪過」の章を参照のこと。

29 エスカンブライ第二国民戦線が北部全域に向けて布告した命令。

30 アントニオ・サンティアーゴ、通称トニー。革命幹部会軍司令官。革命成就後は敵陣に潜入捜査をしていたが、国家保安局エージェントであることが明るみに出て殺害され、死体も海の沖合遠くに消されてしまった。

31 エンリケ・オルトゥスキの戦闘名。当時彼はラス・ビジャス州〈七月二六日運動〉の州組織委員だった。

32 アルフレード・ペーニャ。

1958年10月

33　ビクトル・パネーケ。革命を裏切った者だ。
34　グイニーア・デ・ミランダ兵営への攻撃は、チェにとっては重要極まりない作戦だった。侵攻部隊の戦力を見せつけ、断固たる戦闘意欲を証明することになるからだ。権謀術数にかまけ、いつまでも決断をぐずるエスカンブライに集結した諸勢力軍との違いを見せつけるのだ。
35　ヒキマ・デ・ペラーエス兵営。
36　チェが描いた一連の攻撃作戦の始まりだ。これのクライマックスがサンタ・クラーラの戦い。

# 二月

一日

道のりを修正して夜、ガビラーネスに到着。一睡もせず、へとへとになった一日だった。明日は希望者だけが参加する。

二日

ボルドンがペドレーロに行くこととの指令を受け、朝早く出発。ペドレーロで車を奪い、フォメントの近くまで行くのだ。そうするとそこでフォメントの当局の者たちが武器と必要な情報を提供してくれる手はずになっているし、民兵たちが準備万端、待ちかまえているはずだ。我々はしばらく経ってから、仕方なしに出発。ペドレーロに着いてみるともうボルドンは去った後だった。マヌエルに車を取りに行かせたが、いたずらに時間は過ぎ去った。一〇時半にフォメントの行動部隊長がやって来て、今は攻撃は無理だと言った。午後の五時から六時くらいがよかろうと。今は火炎瓶もないし、民兵も準備は整っていないと。いずれにしろ発砲するようにとの命令を出した。やっとのことでトラックがやって来たので、カバイグワンに向けて行軍を始めたが、案内人が道に迷い、サンタ・ルシーアに着いたところで日付が変わった。しかたなしにマヌエルをその町の近郊、クワトロ・エスキーナスという場所に置いていった。

三日

一日、特に何もなし。サンクティ・スピリトゥスの行動部隊長が来て、説明して言うには、何もできずじまいだったわけは、その都市の組織委員長が銀行襲撃の計画を知らされても協力を拒み、そんなことが行われたら辞任すると脅したからだという。それに加えて私もまた、シエラから、そんなことをするなと脅迫の言葉を並べ立てた脅しの手紙を受け取った。私も負けじと強い調子の返事を、同じルートで送った。カバイグワンの攻撃は三方向からするとの命令を出した。アンヘリートはバズーカ担当。彼はもう準備万端だ。マヌエルが兵営攻撃の担当。ホエルが中央を前進する。そしてラミーロがシルバを引き連れ、レカ製糖場を爆破する予定だ。いつものごとく固唾を呑んでいるとアンヘリートが、四時ごろにやってきて、警備兵がたくさんいすぎて攻撃できなかったと知らせた。この大尉のおかげでとんだ不名誉を被ったものだ。カバイグワンの攻撃は誰もが知ることであったというのに、弾丸一発撃ち込まずにすごすごと引き揚げたのだから。未明、ペドレーロに到着。

**四日**

ヒキマへの攻撃をこの日の晩にするようにとの命令を出し、私はガビラーネスに引き下がり、新たな居住地、というのは建物の中だが、ここでいろいろと組織した。夜、ここに戻って来たときに、以前ボルドンがいた地区を今治めているフリオ・マルティネス大尉からの使者が来ていた。W・モーガン[1]の署名のある伝言を渡されたので読んでみると、除隊した連中の武器を引き渡せとすごんでいた。オテンの弟というのが、〈七月二六日運動〉を除隊になり、エスカンブライ第二国民戦線のために何ごとか計略をめぐらせているとか。武器は一丁たりとも引き渡すなと伝え、どんなものでも攻撃があれば返り討ちにしろと命じ、私はグティエレス＝メノーヨに対して力の入った手紙を書いた。ガビラーネスで私はアラン・ロセル博士に会った。かつてこの州の組織委員だったが、何かやりたいとの熱意を抱いてシエラにやってきた人物だ。

**五日**

正午、ヒキマの攻撃がなされなかったとの曖昧な知らせを受け取った。「陣が張れなかったから」とのこと。うだつ《カバジェーテ・デ・カサ》の森に向かった。もういくつか家が建てられている。着いたのは夜だった。[2]

**六日**

各陣営の視察とほぼ二〇〇人の人員への仕事の配分に一日を費やした。ポンピリオ・ビシエドが来て、いずれしにろ裁判を開いてくれと要請し、自ら身柄を差し出して拘束された。証人を全員出廷させるべきだということで合意に達した。四人の証人どれもが同じ宣告をしたが、いずれも責任感があって裏表のない人間に思われた。例外はナランホで、こいつは少しばかり芝居がかっている。部下の指導の立場から外し、ほかの二五人ともども教練所に送るように指示を与えた。

**七日**

ラミーロが来てヒキマでの顛末を教えてくれた。アンヘリートが砲を据えるのにいい場所を見つけられずに時限が来て、攻撃ができなかったのだそうだ。ポンピリオ・ビシエドの部下だった連中が合流した。ウジョーアも到着。こちらはサンクティ・スピリトゥス近くの採石場に派遣した人物だ。彼の報告によれば、ダイナマイトを運搬するトラックを押さえたのだが、粉砕機が壊れたとかで、その日はダイナマイトは積んでいなかったのだと。トラックは持っては来たらしい。レネが来て平地の近くに配置された民兵たちは山に上げたと報告した。必要な知識もなく、まったく仕事の成果が出ないからだそうだ。オテンは鉱山に残っているものの一覧表を持ってきて、ネラの警部ふたりがガビラーネスにいるとの報告ももたらした。

**八日**

その警部とかいう連中に会いに行った。ふたりは牛乳が手に入らないかと思って来ているのだとのこと。というのもネラではほとんど機能が麻痺しているのだとか。私が、持って行ってもいいが、その代わり戦時特別税を徴収すると言ったところ、承知したと答えた。大尉たちを集めて作戦計画を説明した。マヌエルとホエル、ボルドンは私に同行する。シルバはサンクティ・スピリトゥス－カバイグワン間とサンクティ・スピリトゥス－トリニダー間の両自動車道に作戦を展開する。アンヘリートは今回は休んで教練所を担当する。ペラーサがかつてボルドンが占領していた地域の責任者に任命された。それからオテンには、弟にピストルを持って行かれたことについて叱責の言葉を投げた。ミゲルの弟フアンもピストルを持って逃げたのだった。その後、いくつかの宣言書を書いた[3]。

**九日**

特に何もない一日。ただ、ペーニャの部下たちが一帯の将校たちを仲立ちにして金を無心しているとの報告があった。サン・ブラス地域の者たちからは、武器の供与を受けたが、エスカンブライ第二国民戦線の挑発的な態度は相変わらずだとの知らせが入った。

一〇日

カルンガという金持ちの農園主がうだつの森付近《カバジェーテ・デ・カサ》で私に会いたがっているとの連絡を受け、遠路、わざわざ出かけて行ったが、無駄に虚しく終わった。男は来なかったのだ。宿営に戻ってみると、ラジオの技術者たちがもう来ていて、明日か明後日には設備も到着すると告げた。ガビラーネスに行ってみるとサンタ・クラーラの運輸労働組合幹部が会いに来ていた。統一の動きを見せているところだが、現時点で統一した共同作戦に心血を注ぐのは時期尚早かと思われる。シエラでの統一会議で組合幹部たちがそれを要求すれば作戦を実行に移そうと答えた。プラセータから地図や援助の申し入れが来た。エスカンブライ第二国民戦線の将校がひとり連れられて来たが、その人物は恋人の家に一五〇〇ドル隠し持っていた。使節団をいくつも出し、第二国民戦線のメンバー全員を呼びにやった。

一一日

午前中、捕まった者たち全員が連れられて来た。それからこの地域で活動してはならないし、ましてや金を要求してはならないと警告を受けたゲリラ団まるごと二陣もだ。ニェロのゲリラ団はそのまま ひとり残らず我々の戦列に加えられた。エルナンデス＝トレシージャのゲリラは誰ひとり加わらず。三〇〇〇ドルが押収され、ペーニャにはメモといっしょに軍事命令第一号を送った。〈七月二六日運動〉の統括地帯の範囲が明記された命令だ。全員を解放した。

**一二日**

未明に出発して道中は障壁もなく、バナーオの近郊で夜を待ち、夜になってから町に入って行った。

**一三日**

日をまたいだと思ったらたちどころに戦端が開かれ、それが五時半まで続いた。だいぶ努力し、火炎瓶も大量に投げ入れたのだが、兵営を陥落することはできなかった。重傷ふたり、軽傷六人を出した。一〇メートルの距離で戦ったのだ。まだ可能性は捨ててはいないが、その後変わったこともなく、夜にはガビラーネスに戻って来た。シルバはサンクティ・スピリトゥス—トリニダー間の自動車道に向けて出発した。

**一四日**

革命幹部会から、統一の合意に達するための会議を開こうという提案に対し、受け入れるとの伝言が届いた。二日後にそこに行くと返事した。うだつの森《カバジェーテ・デ・カサ》に行き、建設工事がはかどっているのを確認。主にロドリゲスが一生懸命にやってくれているからだ。

**一五日**

工事の視察に一日費やした。

**一六日**

一日かけて革命幹部会まで出向いて行ったが、会議は翌日に延期になった。統一に賛成する労働者代表と二言三言、会話した。ヒキマからは退却した。

**一七日**

クベーラやチョモン、カステジョーらとの会議は長時間におよび、武装作戦計画をまとめて二〇日にカラクセイを襲撃しようという結論を得た。また統一を目指す共同宣言[4]を作ることも決定した。この地帯全域での税の徴収も一本化し、徴収された分は折半とする要求も出された。そしてまた、製糖工場でも同様にするとの提案。最初の要求には応じたが、二番目のには応じられなかった。全国的な問題だからだ。その日の午後のうちに引き返したが、途中、マルセロ・フェルナンデスに出くわした。だいぶ勿体をつけて私に会いに来たのだった。我々は夜通し議論した。彼の他に参加者は、労働者組織委員カルロスと州組織委員のシエラ、それにセラフィンと宣伝委員デメトリオだ。我々は相互に非難し合った。彼らは私を共産主義者となじり、私は帝国主義者と応酬した。私が他の連中をそう呼ぶのはこれこれの事実に基づくのだと説明し、彼らは彼らで同じことを私に言った。議論が尽きるころには、我々は以前にも増して分離していた。

**一八日**

一日何もなし。フォメントで一仕事するよう命じたが、できずじまい。組織がしっかりしていないのだ[5]。

**†注**

1　ウィリアム・モーガンは北米ＣＩＡの諜報部員。エスカンブライ第二国民戦線に参加し、革命の勝利後には裏切り行為により処罰された。ここで送られてきた伝言にはこの地域での革命勢力の統一が不可能だということを明らかにするものである。

2　この場所は司令部になり、それからその他の施設も作られた。とりわけ重要なものを挙げると、病院や商店、厨房、講堂、ラジオ放送施設、『祖国《パトリア》』紙の製作所、それに〈ニコ・ロペス新兵錬成所〉などだ。

3　〈七月二六日運動〉ラス・ビジャス州地域司令官として軍事命令第一号を書いた。これについては付録を参照のこと。

4　これが統一の始まりで、この動きは一二月一日のペドレーロ協定の署名で頂点に達した。暴君の国軍がエスカンブライで攻撃を展開し、こてんぱんにやられた後のことだ。付録を参照のこと。

5　ノートには一一月一九日から一二月二日までの記述はない。ただし、その間に空白のページがあるので、ここにその間の出来事を書き記そうとしていたのだと思われる。日記は一二月三日で終わる。

# 二月

三日

日中、特に何もなし。午後には警備兵たちがマタから退却したとの知らせを受けた。サンタ・ルシーアへの出口で待ちかまえて攻撃するよう命じた。フォメントからは、援軍がシエンフエゴスに向かったとの報告が入った。そこでは陰謀が用意されているというのだが、それを確認できる事実は何ひとつわからない。カバイグワンとサンクティ・スピリトゥス経由でカルロスからの伝言が届き、フィデルが大至急FRANIの相手をするようにと言っているというのだが、これが何のことだかさっぱりわからない[1]。

**†注**

1　前掲エルネスト・チェ・ゲバラ著『革命戦争回顧録』二七二—二八八ページ所収「最後の攻撃—サンタ・クララの戦い」（邦訳「最後の攻撃そしてサンタ・クララの戦い」、三二一—三三九ページ）を参照のこと。ラス・ビジャスへの侵攻から攻勢までの出来事が手短にまとめられている。

FRANIに関しては、そういうものが存在するのか、あるいは間違いなのか、詳しく確認はできなかった。間違いを疑うのは、革命闘争最後の日々の文書にはFONU（全国統一労働者戦線）というのが出てくるからだ。

# 付録
# シエラ・マエストラ資料集

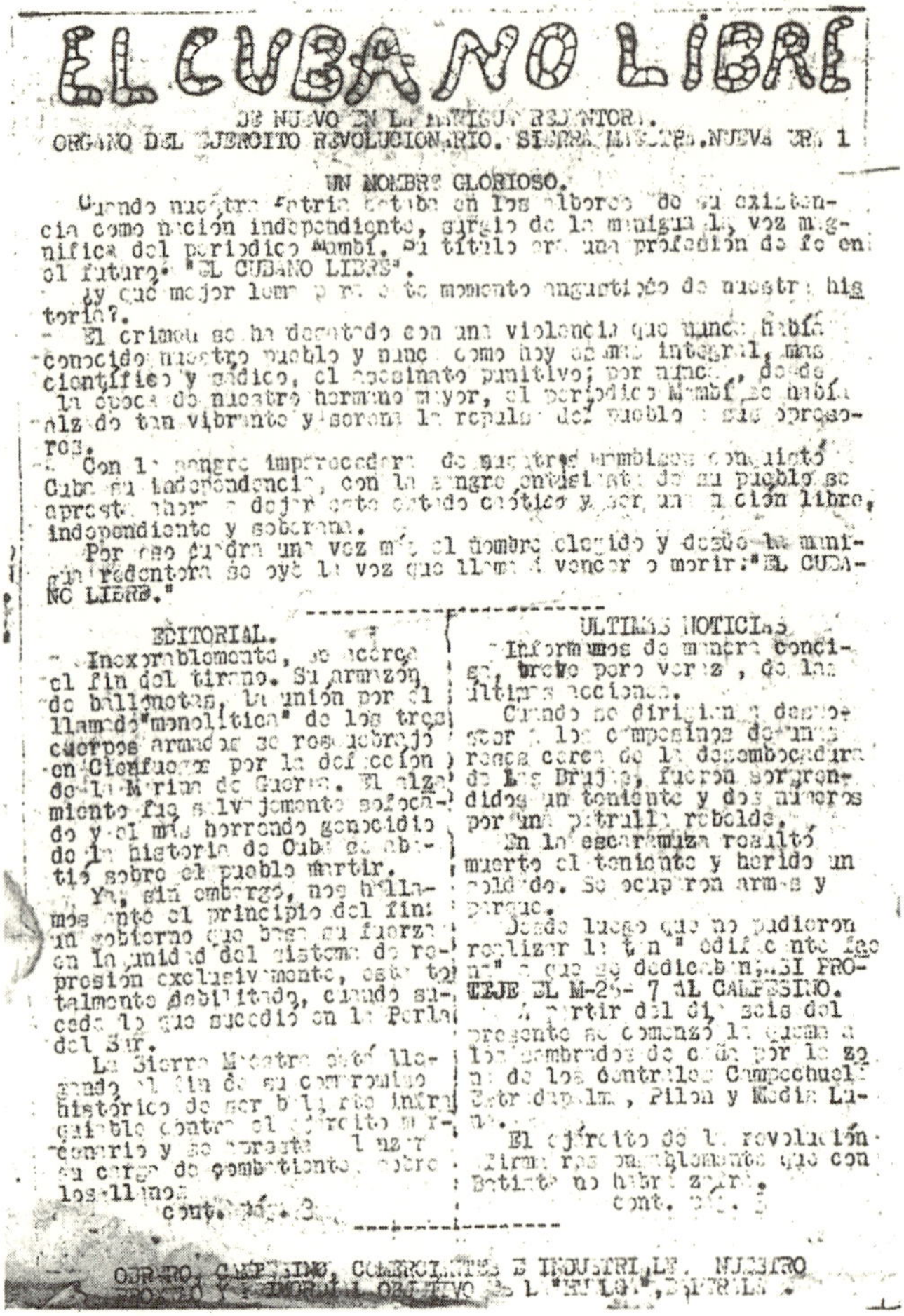

# EL CUBANO LIBRE

DE NUEVO EN LA MANIGUA [illegible]

ORGANO DEL EJERCITO REVOLUCIONARIO. SIERRA MAESTRA. NUEVA ÉP. 1

UN NOMBRE GLORIOSO.

Cuando nuestra patria estaba en los albores de su existencia como nación independiente, surgió de la manigua la voz magnífica del periódico Mambí. Su título era una profesión de fe en el futuro: "EL CUBANO LIBRE".

¿Y qué mejor lema para este momento angustioso de nuestra historia?

El crimen se ha desatado con una violencia que nunca había conocido nuestro pueblo y nunca como hoy es más integral, más científico y sádico, el asesinato punitivo; por nunca [illegible] desde la época de nuestro hermano mayor, el periódico Mambí se había alzado tan vibrante y serena la repulsa del pueblo a sus opresores.

Con la sangre [illegible] de nuestros mambises conquistó Cuba su independencia, con la sangre [illegible] de su pueblo se apresta ahora a dejar este estado caótico y ser una nación libre, independiente y soberana.

Por eso surge una vez más el nombre elegido y desde la manigua redentora se oye la voz que llama a vencer o morir: "EL CUBANO LIBRE."

EDITORIAL.

Inexorablemente, se acerca el fin del tirano. Su armazón de bayonetas, la unión por el llamado "monolítica" de los tres cuerpos armados se resquebrajó en Cienfuegos por la defección de la Marina de Guerra. El alzamiento fue salvajemente sofocado y el más horrendo genocidio de la historia de Cuba se abatió sobre el pueblo mártir.

Ya, sin embargo, nos hallamos ante el principio del fin: un gobierno que basa su fuerza en la unidad del sistema de represión exclusivamente, está totalmente debilitado, cuando sucede lo que sucedió en la Perla del Sur.

La Sierra Maestra está llegando al fin de su compromiso histórico de ser baluarte inexpugnable contra el ejército mercenario y se apresta a [illegible] su carga de combatientes sobre los llanos.

cont. pág. 3.

ULTIMAS NOTICIAS.

Informamos de manera concisa, breve pero veraz, de las últimas acciones.

Cuando se dirigían a desalojar a los campesinos de unas [illegible] cerca de la desembocadura de Las Brujas, fueron sorprendidos un teniente y dos números por una patrulla rebelde.

En la escaramuza resultó muerto el teniente y herido un soldado. Se ocuparon armas y parque.

Desde luego que no pudieron realizar la [illegible] edificante [illegible] a que se dedicaban; ASI PROTEJE EL M-26-7 AL CAMPESINO.

A partir del día seis del presente se comenzó la quema a los sembrados de caña por la zona de los centrales Campechuela, Estrada Palma, Pilón y Media Luna.

El ejército de la revolución afirma nuevamente que con Batista no habrá zafra.

cont. [illegible]

OBRERO, CAMPESINO, COMERCIANTES E INDUSTRIALES. NUESTRO PRONTO Y PRIMORDIAL OBJETIVO ES LA "HUELGA" [illegible]

チェが主幹として発行した『自由キューバ人《エル・クバーノ・リブレ》』紙。

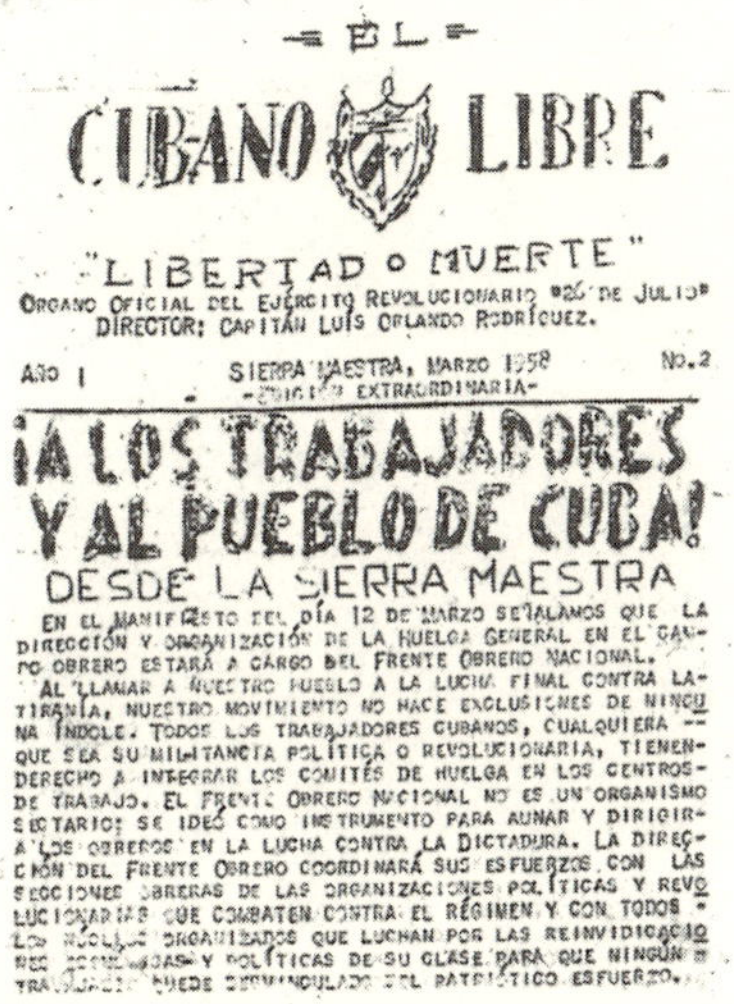

EL CUBANO LIBRE

"LIBERTAD O MUERTE"

ORGANO OFICIAL DEL EJÉRCITO REVOLUCIONARIO "26 DE JULIO"
DIRECTOR: CAPITÁN LUIS ORLANDO RODRÍGUEZ.

AÑO I SIERRA MAESTRA, MARZO 1958 No.2
-EDICIÓN EXTRAORDINARIA-

¡A LOS TRABAJADORES Y AL PUEBLO DE CUBA!

DESDE LA SIERRA MAESTRA

EN EL MANIFIESTO DEL DÍA 12 DE MARZO SEÑALAMOS QUE LA DIRECCIÓN Y ORGANIZACIÓN DE LA HUELGA GENERAL EN EL CAMPO OBRERO ESTARÁ A CARGO DEL FRENTE OBRERO NACIONAL.

AL LLAMAR A NUESTRO PUEBLO A LA LUCHA FINAL CONTRA LA TIRANÍA, NUESTRO MOVIMIENTO NO HACE EXCLUSIONES DE NINGUNA ÍNDOLE. TODOS LOS TRABAJADORES CUBANOS, CUALQUIERA QUE SEA SU MILITANCIA POLÍTICA O REVOLUCIONARIA, TIENEN DERECHO A INTEGRAR LOS COMITÉS DE HUELGA EN LOS CENTROS DE TRABAJO. EL FRENTE OBRERO NACIONAL NO ES UN ORGANISMO SECTARIO; SE IDEÓ COMO INSTRUMENTO PARA AUNAR Y DIRIGIR A LOS OBREROS EN LA LUCHA CONTRA LA DICTADURA. LA DIRECCIÓN DEL FRENTE OBRERO COORDINARÁ SUS ESFUERZOS CON LAS SECCIONES OBRERAS DE LAS ORGANIZACIONES POLÍTICAS Y REVOLUCIONARIAS QUE COMBATEN CONTRA EL RÉGIMEN Y CON TODOS LOS [illegible] ORGANIZADOS QUE LUCHAN POR LAS REINVIDICACIONES [illegible] Y POLÍTICAS DE SU CLASE PARA QUE NINGÚN TRABAJADOR [illegible] DESVINCULADO DEL PATRIÓTICO ESFUERZO.

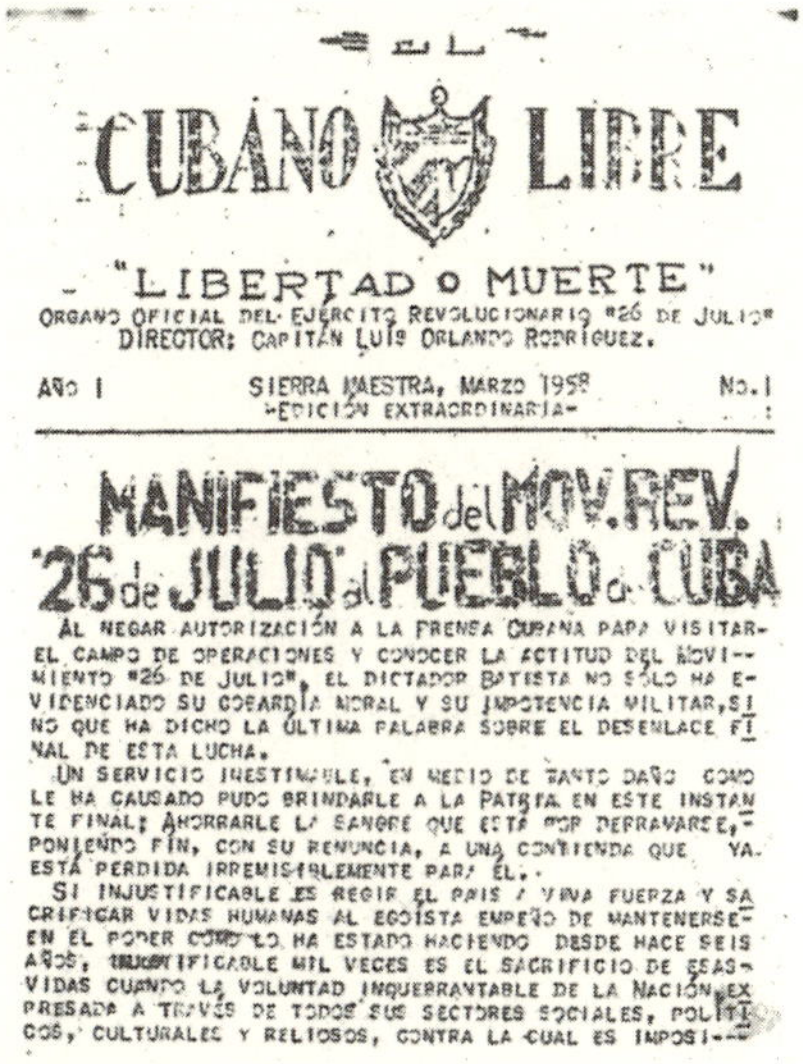

EL CUBANO LIBRE

"LIBERTAD O MUERTE"

ORGANO OFICIAL DEL EJÉRCITO REVOLUCIONARIO "26 DE JULIO"
DIRECTOR: CAPITÁN LUIS ORLANDO RODRÍGUEZ.

AÑO I SIERRA MAESTRA, MARZO 1958 No.1
-EDICIÓN EXTRAORDINARIA-

MANIFIESTO del MOV. REV. "26 de JULIO" al PUEBLO de CUBA

AL NEGAR AUTORIZACIÓN A LA PRENSA CUBANA PARA VISITAR EL CAMPO DE OPERACIONES Y CONOCER LA ACTITUD DEL MOVIMIENTO "26 DE JULIO", EL DICTADOR BATISTA NO SÓLO HA EVIDENCIADO SU COBARDÍA MORAL Y SU IMPOTENCIA MILITAR, SINO QUE HA DICHO LA ÚLTIMA PALABRA SOBRE EL DESENLACE FINAL DE ESTA LUCHA.

UN SERVICIO INESTIMABLE, EN MEDIO DE TANTO DAÑO COMO LE HA CAUSADO PUDO BRINDARLE A LA PATRIA EN ESTE INSTANTE FINAL: AHORRARLE LA SANGRE QUE ESTÁ POR DERRAMARSE, PONIENDO FÍN, CON SU RENUNCIA, A UNA CONTIENDA QUE YA ESTÁ PERDIDA IRREMISIBLEMENTE PARA ÉL.

SI INJUSTIFICABLE ES REGIR EL PAIS A VIVA FUERZA Y SACRIFICAR VIDAS HUMANAS AL EGOÍSTA EMPEÑO DE MANTENERSE EN EL PODER COMO LO HA ESTADO HACIENDO DESDE HACE SEIS AÑOS, INJUSTIFICABLE MIL VECES ES EL SACRIFICIO DE ESAS VIDAS CUANDO LA VOLUNTAD INQUEBRANTABLE DE LA NACIÓN, EXPRESADA A TRAVÉS DE TODOS SUS SECTORES SOCIALES, POLÍTICOS, CULTURALES Y RELIOSOS, CONTRA LA CUAL ES IMPOSI-

シェラ・マイストラでの『自由キューバ人』紙の他の号。

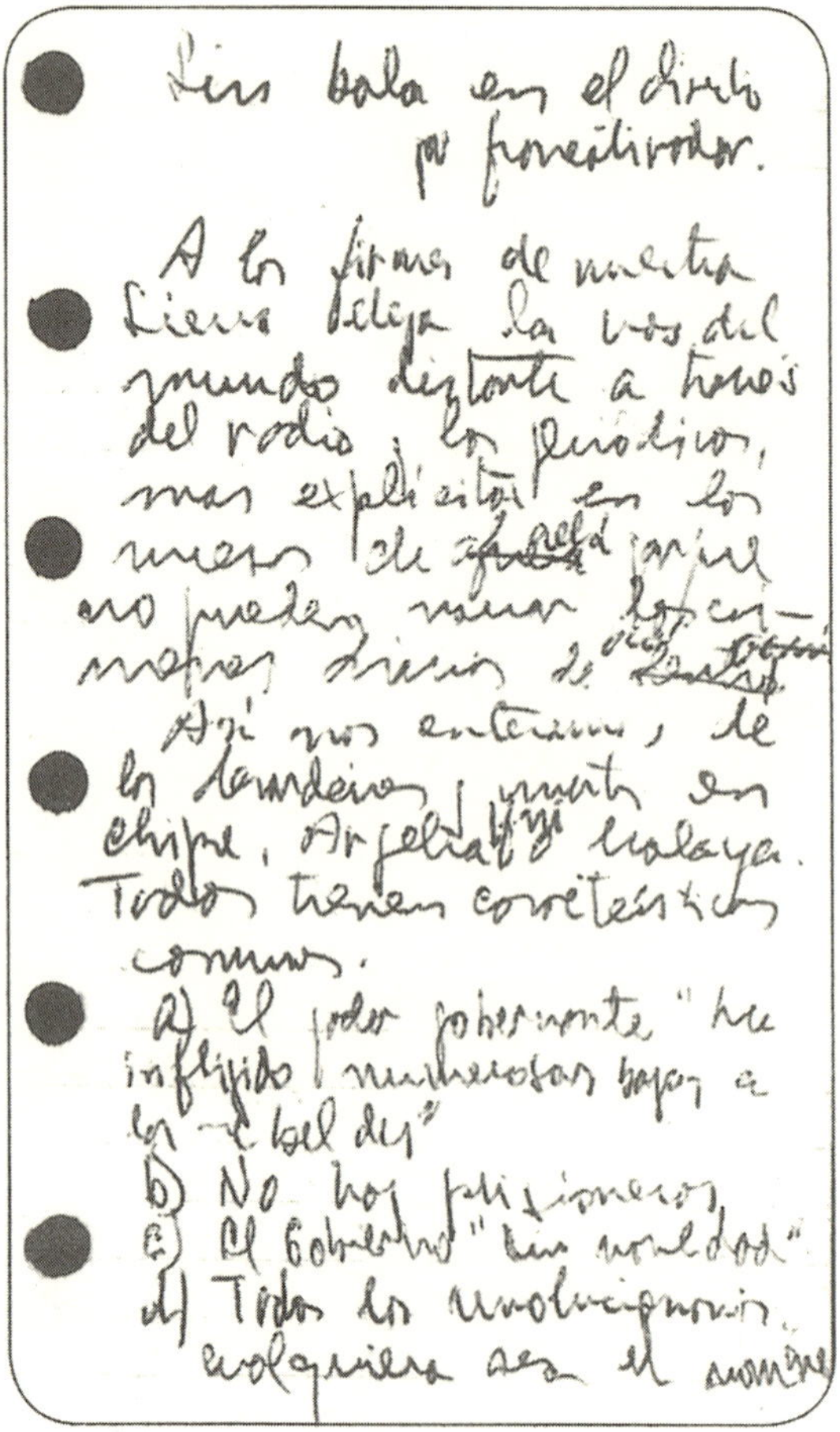

「丸腰で直行」の原稿写本。チェが〈狙撃手〉というペンネームを使って『自由キューバ人』紙に書いた記事。(1/3)

del país o región, están
recibiendo "ayuda volapoda
de los comunistas".

Que curioso no parece el mundo. Todo es igual. Se asesina un grupo de patriotas, tengan o no armas, sean o no rebeldes y "se apunta el tanto" a los árabes o rusos "Esa vieja treta". Se matan todos los testigos, por eso no hay prisioneros.

El gobierno nunca supo una boya, lo que a veces es cierto, pero destruir seres indefensos no es muy peligroso pero a nuestros otros rebeldes malditos y la S.U. es testigo

Y por último, la sequida acusación de siempre: "comunistas"

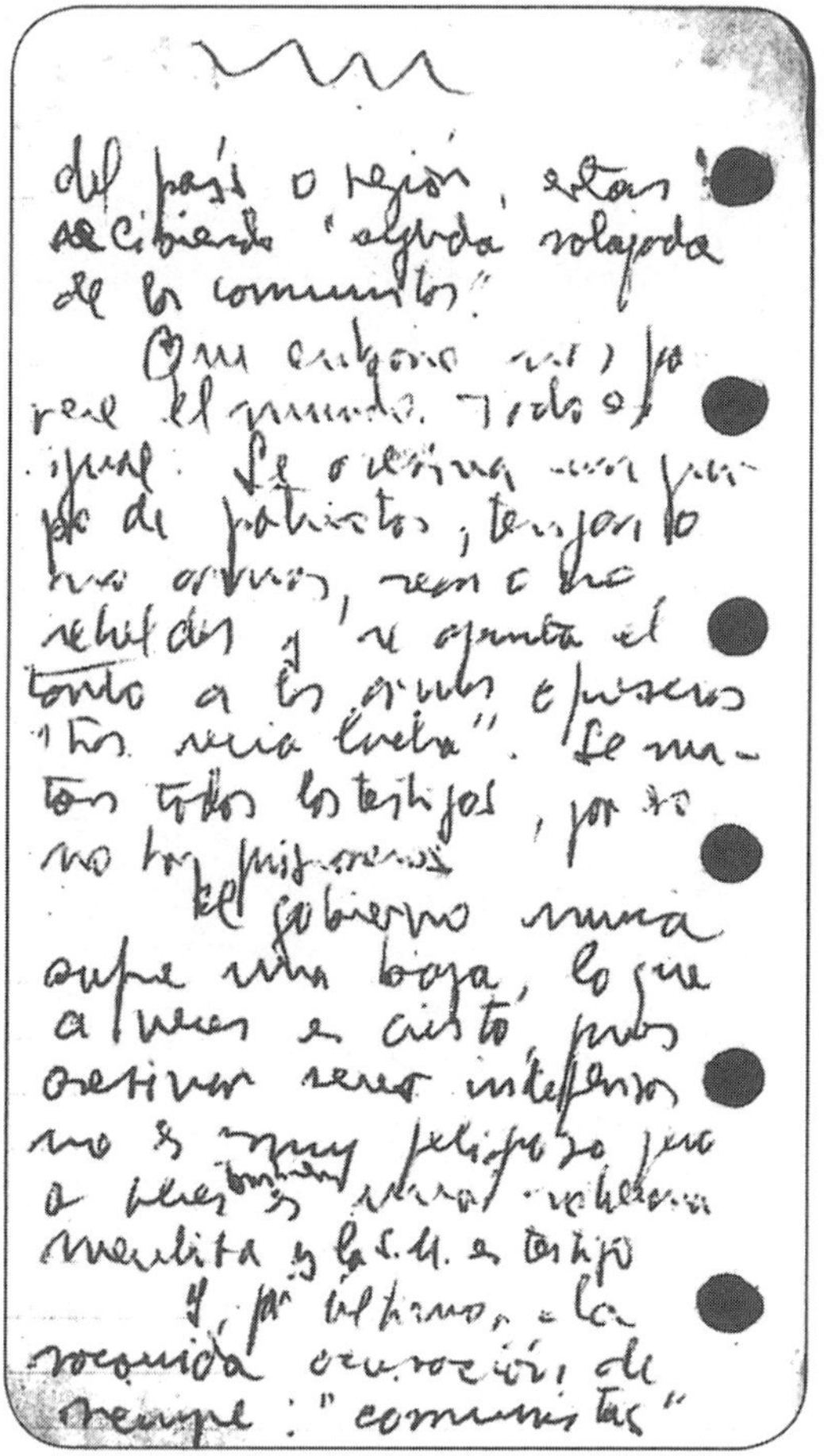

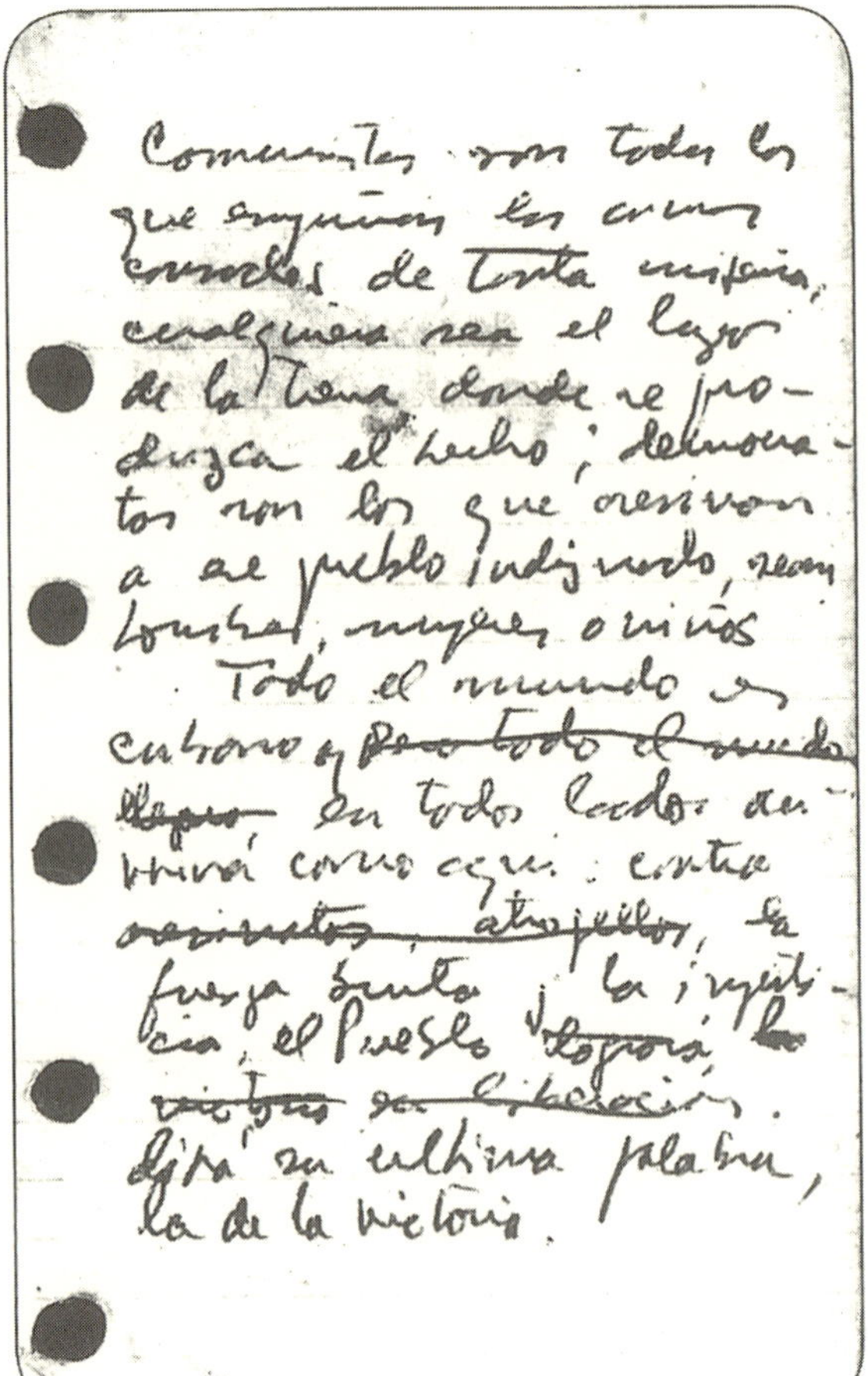
Comunistas son todos los que empuñan las armas cansados de tanta miseria, cualquiera sea el lugar de la tierra donde se produzca el hecho; demócratas son los que asesinan al pueblo indefenso, sean hombres, mujeres o niños.
Todo el mundo es cubano y ~~pero todo el mundo~~ ~~llegará~~ en todos lados se vivirá como aquí: contra ~~asesinatos, atropellos~~, la fuerza bruta y la injusticia, el Pueblo ~~tendrá~~ ~~victoria en libertad~~. dirá su última palabra, la de la victoria.

（3/3）

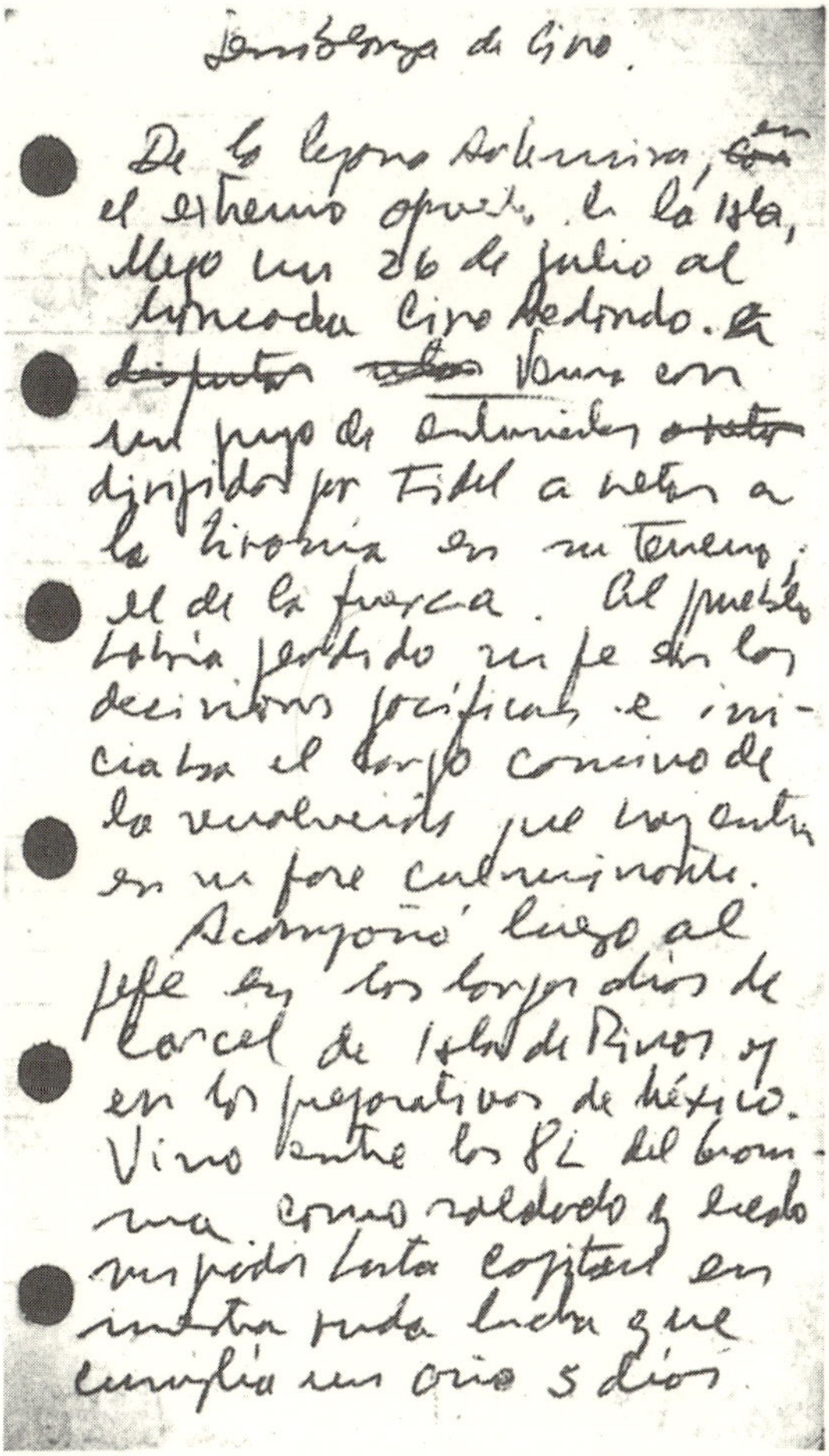

Semblanza de Ciro.

De la lejana Artemisa, en el extremo opuesto de la Isla, llegó con el 26 de Julio al camarada Ciro Redondo. [illegible] Vino con un grupo de artemiseños dirigidos por Fidel a retar a la tiranía en su terreno: el de la fuerza. El pueblo había perdido su fe en las decisiones pacíficas e iniciaba el largo camino de la revolución que hoy entra en su fase culminante.

Acompañó luego al jefe en los largos días de cárcel de Isla de Pinos y en los preparativos de México. Vino entre los 82 del Granma como soldado y luego [illegible] hasta capitán en nuestra ruda lucha que cumplía un año 5 días

「シロ・レドンドの人となり」。チェが『自由キューバ人』に発表した文章。（1/2）

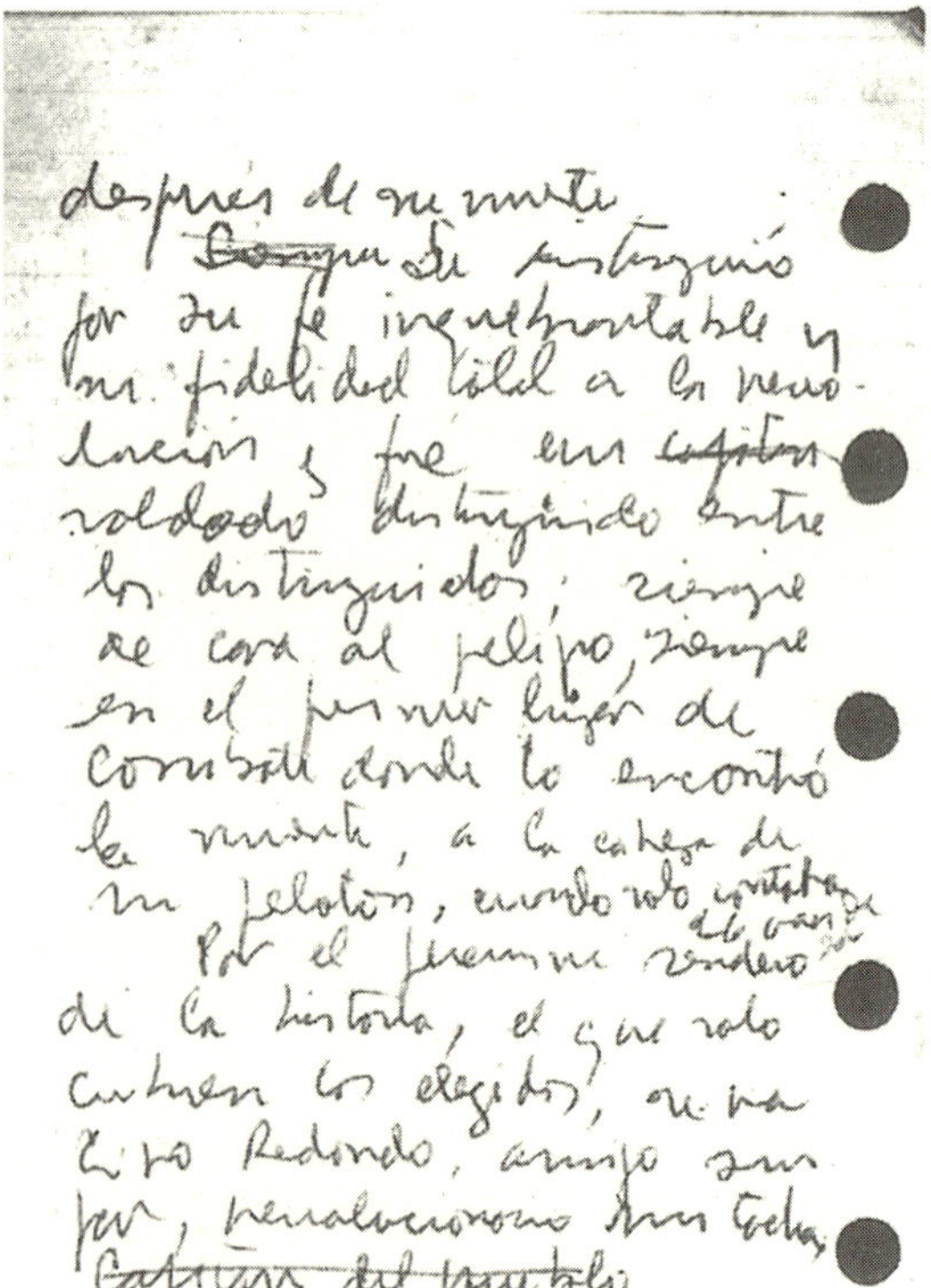
después de su muerte
~~Porque~~ Se distinguió
por su fe inquebrantable y
su fidelidad total a la revolución y fue un ~~capitán~~
soldado distinguido entre
los distinguidos; siempre
de cara al peligro, siempre
en el primer lugar de
combate donde lo encontró
la muerte, a la cabeza de
su pelotón, cuando solo contaba
de edad
Por el perenne sendero
de la historia, el que solo
caminan los elegidos, se va
Ciro Redondo, amigo sin
par, revolucionario sin tacha,
~~Capitán del pueblo~~
En el bronce en que
se ~~plasme~~ la victoria final
habrá que plasmar la
mirada de águila de este
Capitán del pueblo/ Cera fortiva
como recuerdo

(2/2)

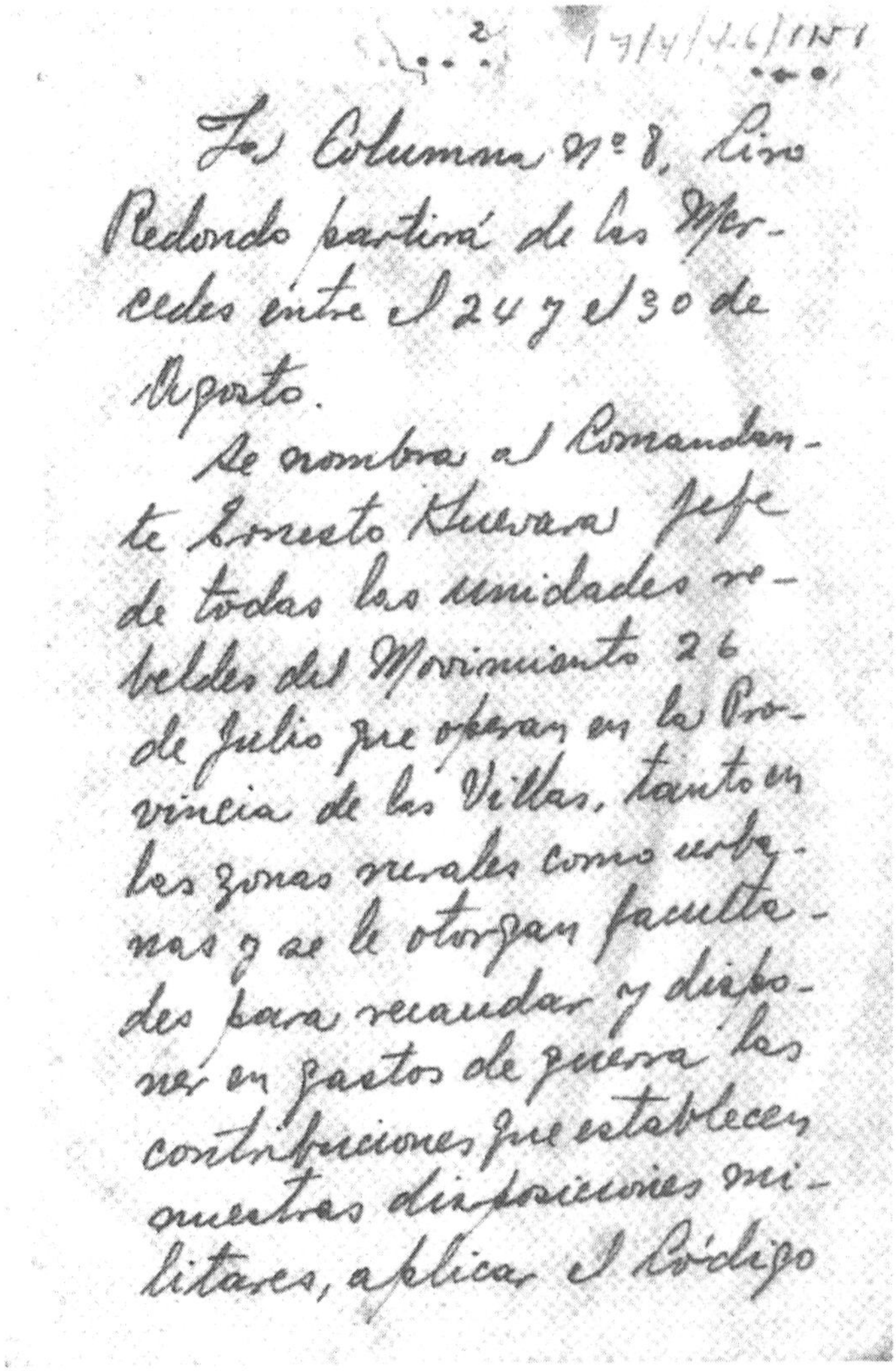

La Columna Nº 8, Ciro Redondo partirá de las Mercedes entre el 24 y el 30 de Agosto.

Se nombra al Comandante Ernesto Guevara jefe de todas las unidades rebeldes del Movimiento 26 de Julio que operan en la Provincia de las Villas, tanto en las zonas rurales como urbanas y se le otorgan facultades para recaudar y disponer en gastos de guerra las contribuciones que establecen nuestras disposiciones militares, aplicar el Código

1958年8月、フィデルの署名した軍事命令。チェに対して、第八縦隊を率いてラス・ビシャスに軍事作戦を展開するように依頼するもの。（1/4）

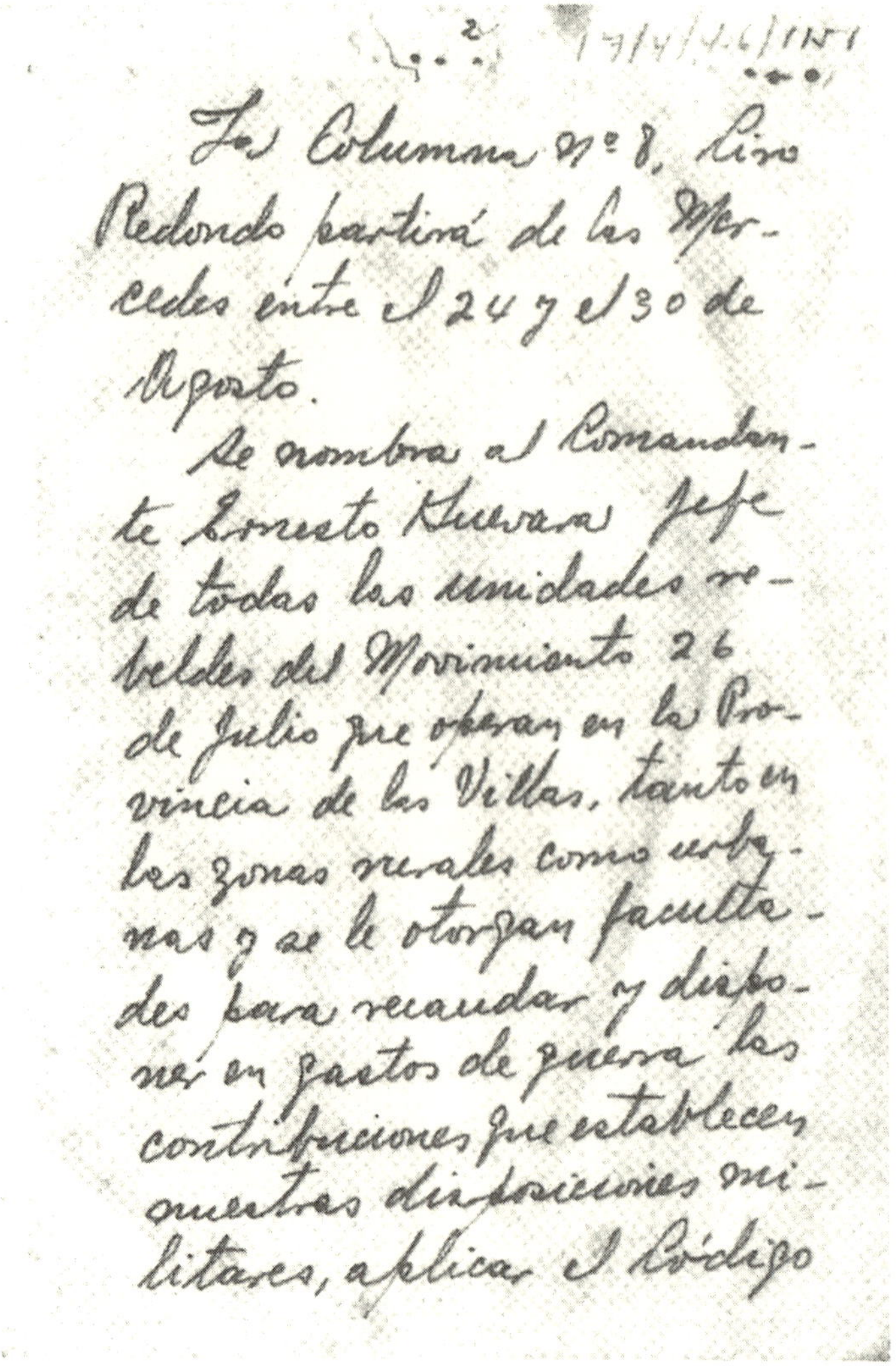

La Columna No. 8, Ciro Redondo partirá de las Mercedes entre el 24 y el 30 de Agosto.

Se nombra al Comandante Ernesto Guevara Jefe de todas las unidades rebeldes del Movimiento 26 de Julio que operan en la Provincia de Las Villas, tanto en las zonas rurales como urbanas y se le otorgan facultades para recaudar y disponer en gastos de guerra las contribuciones que establecen nuestras disposiciones militares, aplicar el Código

（2/4）

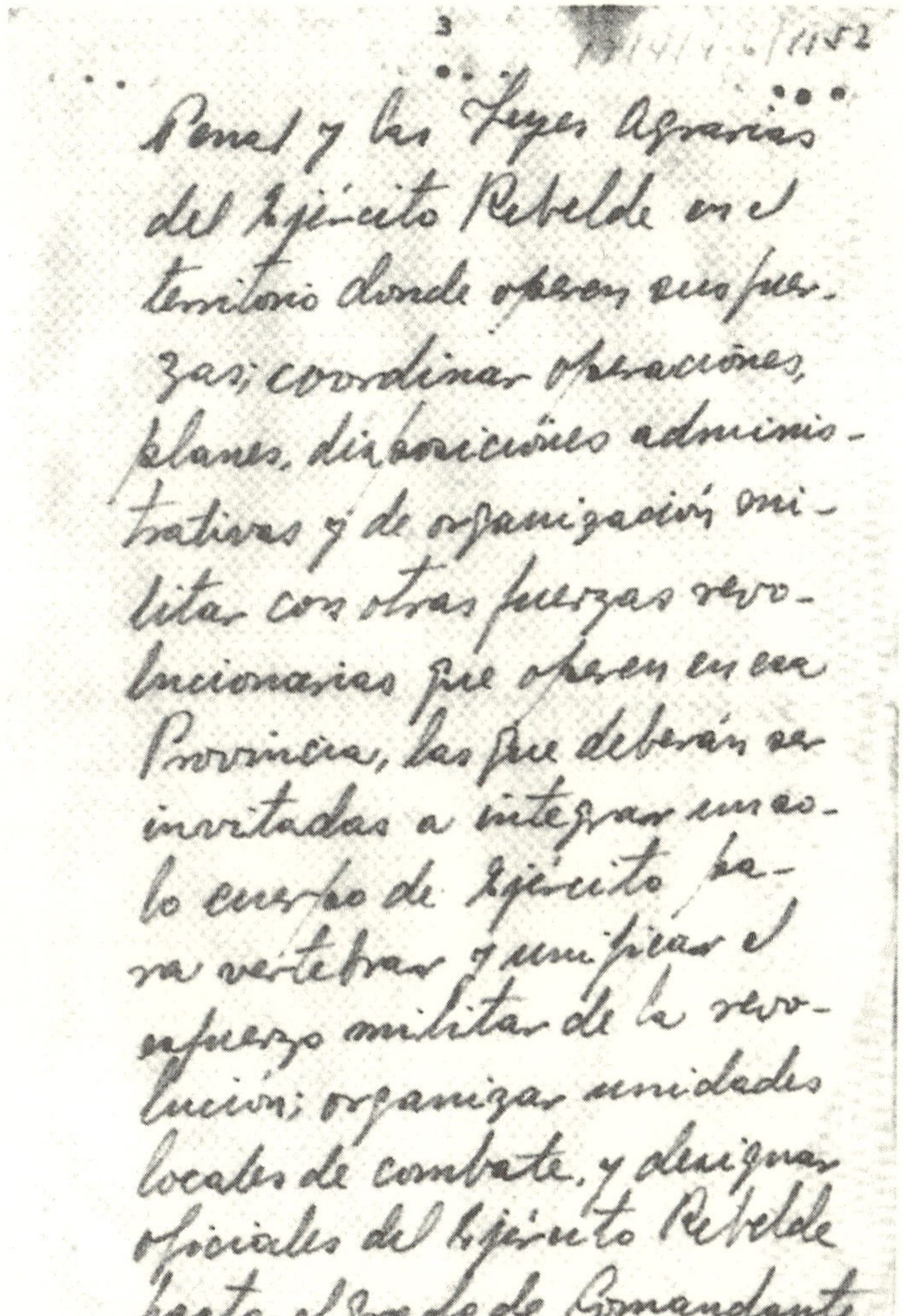
3 1152
Penal y las Leyes Agrarias
del Ejército Rebelde en el
territorio donde operen sus fuer-
zas; coordinar operaciones,
planes, disposiciones adminis-
trativas y de organización mi-
litar con otras fuerzas revo-
lucionarias que operen en esa
Provincia, las que deberán ser
invitadas a integrar un so-
lo cuerpo de Ejército pa-
ra vertebrar y unificar el
esfuerzo militar de la revo-
lución; organizar unidades
locales de combate, y designar
oficiales del Ejército Rebelde
hasta el grado de Comandante

（3/4）

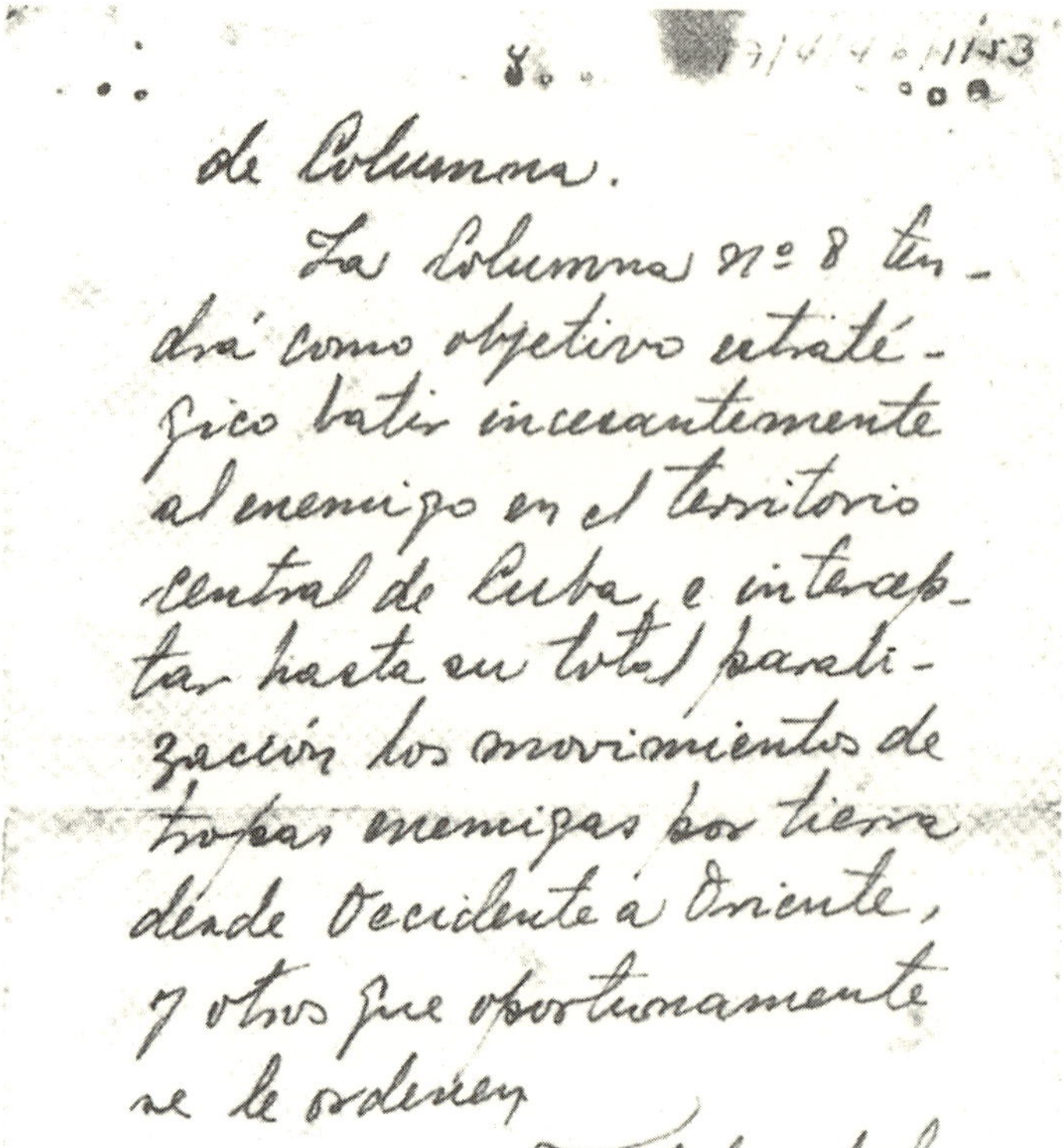

8.

de Columna.

La Columna No 8 tendrá como objetivo estratégico batir incesantemente al enemigo en el territorio central de Cuba, e interceptar hasta su total paralización los movimientos de tropas enemigas por tierra desde Occidente a Oriente, y otros que oportunamente se le ordenen.

Fidel Castro R

Comandante Jefe

Sierra Maestra, Agosto 21-58. 9 P.M.

（4/4）

## ファウスティーノ・ペレスからアルマンド・アルに宛てた一九五八年一〇月三日づけの手紙

**シエラ・マエストラ**
五八年一〇月三日
アルマンド・アル博士

同志アルマンド兄、筆無精にむち打ち、ずっと前から書かねばならなかった手紙を書くことにする。君が捕虜になってしまったあの不吉な日以来、我々、および運動に参加する全員の心を占領している憂慮と苦悶を、君に対して表明したいとずっと思っていたのだ。君が敵警吏の歯牙にかかって、どうなってしまうのかと心配だったし、君が捕まったことが我々にとってどれだけ大きな意味を持つかと考えると、苦しかった。運動は革命に向けて団結する時期に入るところだった。世論の支持は増加の一途をたどっていた。軍事力に関しては増強していたし、幹部の組織については、ますます決定的に戦闘的な性格を明確にしつつあった。残すところの達成目標は、幹部がより完璧な統一を成し遂げること、運動がもっと組織的に導かれること、より完璧で正確な思想と計画とをそなえた部隊になること、だった。君が〈自由地帯〉に行って活動したことによって、戻って来たあかつきには、そうした目標達成のためのすばらしい刺激を与えてくれるに違いないと思っていた。並外れた能力を有するだけでなく、〈革命〉と〈運動〉にまつわる諸問題を計画し、決定し、実現しようとする意志と、そのための忍耐力をも備えた君たちのような人間が行うのだから、それら諸問題についての分析や議論は、それはそれは豊かなものになるに違いなかった。そうした状況からなら、あれだけの革命的色合いと歴史的達成度を備えた、〈解放委員会〉書簡などという文書が出て来たのも伊達ではないのだ。一方で我々は、君が以前、〈運動〉の組織委員会を前に心ふるわせるような振る舞いをしたことも知っていた。君は短期間で実に輝かしく豊かな足跡を残していった。しかし、最良の瞬間に最悪なことが起こったわけだ。かくして再び我々は方向を見失った。ただし、〈運動〉は力を発揮し、君の殺害を阻止した。これは既にしてひとつの勝利で、これがまた新たな刺激となって活動は続いたのだった。君が無事戻っていれば、〈自由地帯〉での活動によって一層強くなった、我々を引っ張っていくその存在感によって、何もかもうまくことを運んだのかもしれないが、もうそういうわけにもいかなくなった。それでも動き続けなければならなかった我々としては、〈酷評家〉を君の代わりの責任ある地位につけた。彼ならば、君がいないことを残念に思う気持ちが最小ですむだろうということだ。ぼくは相変わらず、ハバナには特別な注意を払うべきだと、だからそこに戻るべきだと確信していた。今度こそ有能な人材を全員集め、ぼくも加わって〈運動〉を首都で「黄金期」に導くことができると思っていた。そしてその最大の盛り上がりを、ファンヒオの身柄拘束と二一箇条の宣言の間に持って行くのだ。平地《ジャノ》での革命の熱狂が盛り上がりを見せている時期に山地《シエラ》での会合から生まれた宣言だ。全員の一致した意見では、これだけ組織がしっかりしてきたし、周囲も盛り上がりを見せているのだから、これを最終的にゼネストへと繋げていくような活動をするべきだということだった。学生たちの全面的かつ自然発生的ストも具体化した後だった。四月一日と五日というのが宣言に記された重要な日付だっようなので、その日を視野に任務にいそしんだ。その日は死に体の体制の断末魔がいつまでも続いているような観を呈するだろう。我々は三月三日月曜日が最良の日取りだと意見したのだが、それをサンティアーゴの仲間たちに伝えたところ、彼らはもう少し待った方がいいと考え、それで四月の九日に決まったのだ。それが無益な失敗に繋がる最初の間違いのひとつだった。これよりも重大な間違いは、ストを呼びかけ、実行に移す際に我々がとった、不適切で逆効果な仕組みの戦略にあった。後になってみればはっきりとわかるのだが、ある程度受け入れられる効力に達した組織が、うまく機能しなかったのは、時宜を逸したからなのだ。その方が民兵の活動に有利だと思ったので、決行の日は秘密のままにして、いくつかのラジオで同時に、一瞬だけ呼びかけをした。それが朝の一一時だったから、家庭の主婦くらいしかラジオは聴いていない時間だ。しかもそのころには「時代の波」は、率直に言って、もう下り坂にさしかかっていた。我が方の幹部組織〈レジスタンス〉の労働者、学生運動幹部、それから〈行動部隊〉もだ）にしてから、寝耳に水に思ったし、一般の人々もそうだった。あちこちのルート伝いに不規則なしかたでストの呼びかけのニュースを聞き、しかもそれがどこから来たのかはわからないときた。せめて四八時間前の標語として呼びかけを発し、組織も全体的に動かしていれば、政府を動揺させる要素として格好のものになっただろう。準備万端、充分な飽和状態を示せたはずだ。実際になしえたのは公共部門その他の部分的なサボタージュくらいで、こうした惨憺たる結果のために、何もかもが台無しになった次第。うまくいっていれば決定的なものになったはずの可能性が潰えた。ハバナでのストライキはこんな風に「立ち枯れ」になり、その悲劇的な結末は計り知れないものになった。というのも、このことが持ちうる意味は、暴君を打ち倒す機会がまたひとつ潰え、首都の街路とキューバ全土が、またしても次から次へと惜しみなく流される血で塗られることになったということだけではないからだ。そうではなくて、世論ばかりか我々革命指導者の内にも、それまで採られてきたゼネストと武装蜂起の戦略は間違っていたのではないかという、誤った印象を残すことになったということでもあるのだ。そして仲間の民兵組織の中ですら、〈統一〉への呼びかけと軍事戦の主張が具体化し始めた。ぼくは個人的にはこれらのことに大いに責任を感じていたし、こんなことでもなければ、めったにここまではなるまいというほど、心が引き裂かれる思いを抱いた。ぼくの感受性はまた、あれだけ多くのたゆまぬ努力の戦士たちが倒れていったことに対しても傷つかないわけにはいかなかった。将来築くべきものにとって、それからまた現在戦うべき現実にとっての希望であった者たちが失われたのだ。ごく身近にいた者だけでも、わずかな日数の間に、失ったのは、フォンタン、アルシデス・ペレス、ミンゴーロ、セルヒオ、マルセロ、ペペ、アレマンシート、ルセーロ、そして極めつけに、君の弟、我らの弟エンリケだ。エンリケは、君が言うように、彼自身が動きすぎたので殺されたのだ。一時たりともじっとしていることはなく、あちらこちらと動き回り、常にネジをいっぱいいっぱいに巻いて動いていた存在だった。彼の住む世界ではじっと動かないでいるものや死んだものなど存在しなかったのだ。「純金」を試験し偽物を捨てる「王水」のような人物だった。〈革命〉はこれから先もずっと、彼がいないことを悔やむことになるし、我々としては、不在の彼を痛む気持とともに、彼が範となる資質と才能とで与えてくれた刺激が受けられないことを悔やむ思いに堪えない。失敗して悲劇的な結末を招き、とんだ誤謬を犯してしまったとの意識に苛まれ、他にもいろいろと罪の意識があったり、内面の弱さがあったりもするので、ぼくの精神には深い傷跡が残ってしまい、ずたずたになった魂を抱えてぼくは、自らの確信も半ばどうにでもなれという思いのまま、勇壮なるシエラ・マエストラに向かったのだった。ぼくは自分で自分のことをもう少し強い人間だと思っていたけれども、こうしたことのおかげでだいぶ弱い人間になってしまっていた。ところがシエラは、そんなぼくを救ってくれた。〈革命〉を無化の危機から救い、死にいたる病に侵された精神を救った。山の酸素たっぷりの空気をいっぱいに吸い込むこと、自然の只中で生きること、生き抜くことが難しく、そのためには全面的な自己犠牲を要するこの地で、筋肉と意志を鍛えること、日の光をたっぷりと浴びた情景に包まれ自由への戦いに参加する心の震えを再び感じること、土地から感謝の抱擁を受けること、そういったことが毒を解き、刺激し、治癒し、回復させ、生き返らせてくれるのだ。

まあ、少しは自己愛のようなものもあるのかもしれないが、肉体に影がつきまとうように、ぼくの頭にしつこくつきまとって離れなかった考えというのがある。あれだけのひどい失敗をしてすっかり汚名をかぶった問題含みのハバナだが、それでもまだ望ましい反応が得られるのではないかと、ぼくならばそれを引き出せるし、引き出さなければならないのではないかという思いだ。しかし、シエラ・マエストラ中心の体制に変わるべきだとの意見が勝り、ぼくはここにダニエルやマリオ、フランキらとともに戻って来た。フィデルに合流せよということだった。ほぼ一ヶ月のきつい道のりを経て最高司令部に出向いた。〈革命〉にとっては重要な時期だった。ゼネストの失敗にすっかり気をよくした独裁政府が、余勢を駆ってシエラの拠点を壊滅してしまおうと考え、そこに兵を集中配置、凄まじい規模の攻撃をしかけてきたのだ。山のだいぶ奥まで入り込んだ「ヘルメット」部隊の包囲網は日に日に狭まってきた。状況はかなり危機的な様相を呈すにいたった。しかし我々の大義名分は理に叶った正当なものであったので、それが人々の心を奮い立たせ、闘争心は増大し、目に見えない力が増加した。それにあの現実があった。反乱軍の人々は時には意識的に、しかし大抵の場合は本能的にそして周囲から感染するようにして、その現実を感じたのだろう。彼らは、フィデルという戦略の天才を得、奇跡、というよりも立派な手柄を立てたのだ。我々にはひどく困難だと思われた状況を轟き渡る勝利に変え、簡単に勝てると思っていた連中を武力で散々に打ちのめして恥を掻かせたのだ。鉄格子と沈黙のカーテンによって外界から隔てられていたから、最高司令部が、敵の攻勢の間、時々刻々発していた軍事状況報告を、やつらが耳にすることができたのかどうかはわからない。その放送の内容は正しく、かつ力強く美しい情報を発し、政治的方向性も明確なもので、これを聴けばフィデルが指導者として並外れた能力と革命に対する誠実さ、成熟とを有していることがわかるのだった。フィデルには組織の規範と制度を少しばかりないがしろにし、ほとんど何でも自分で解決してしまうきらいはあるけれども、それを償ってあまりあるほどの仕事の能力と強い直感力があった。もちろん、彼のそのきらいも無意識のもので、というのも、問題が自分にかかわることになってくると、彼も組織の重要性を認めるからだ。だから、この点に関しても改良されるものとぼくは思う。さて、それで敵の攻撃の成果は、最終的に、次のようにまとめられる。五〇〇〇丁以上の武器の収奪。中には八一ミリと六〇ミリの迫撃砲、バズーカ砲、重機関銃、かなりな数の弾丸が含まれる。四〇〇人以上の捕虜と負傷者は国際赤十字に引き渡した。このことの軍事的、政治的、かつ人道的結果は計り知れない。敵の戦死者は何百人にも及ぶ。我が方は二七人が倒れ、五〇人が負傷、捕虜はひとりも出さなかった。暴君軍の残党は尻に帆をかけてシエラと周辺の平地から撤退し、〈自由地帯〉は広がり、その地歩も固まった。すぐさま反乱軍部隊は攻勢に転じ、今では西部の諸州に侵攻しつつある。バティスタ軍の士気は弱まり、あちらこちらの兵営で集団的に命令に背く例が見られる。都市部でも戦意が再び盛り上がっている。実際の話、今日の前に展開されているこんなことが可能だなんて、ぼくは思いもよらなかった。これもまた我々の大きな誤謬のひとつだ。シエラに対する正当な評価ができなかったということが。そこが並外れて重要な象徴的意味を持つ反乱の中心地だとは思っていたが、その軍事的可能性までは計算できなかったのだ。今でも覚えているのだが、フィデルがマシューズのインタビューを受けたとき、二人がやられてはいけないから防空壕の中にでも入っていろと助言したことがある。彼がそこにまだいることがわかりさえすれば、あとは平地部隊でうまくやっていけるから、と。ぼくの意見が聞き入れられずに本当によかったと、今となっては思う。でも逆のことも言えた。シエラは都市での闘争を正当に評価できなかった。〈運動〉にとっては悲劇としかいいようのないダニエルの死があったのだから。それはフランクが倒れて一年後、七月三〇日のことだった。敵の攻勢の最後から二番目の戦闘でのことで、つまり我々の勝利はもう目前に迫っていたし、その勝利を最前線で用意するのに貢献した彼が倒れたのだ。ぼくは確信しているのだが、彼の死をキューバ全土が黙祷しながら泣いた。だって、あんな全人格的人間、完全無欠の革命家、もの惜しみない息子である人物を、母としては涙なしで受け入れることなんてできないと思うのだ。我々としてはこうしてまたひとり兄弟を失い、また胸が締めつけられる思いを抱いた。敵の攻勢のこの間のぼくの役割は、直接的な主役というよりは活発な傍観者というものだった。今後は非力ながらも自由地帯市民統括部（ＡＣＴＬ）を率いていくことになった。これはとても意義深いことだと思うし、ひとつの徴候だと思う。なにしろ、まだ革命の戦火は燃えさかっているというのに、〈運動〉はもう支配下に治めた地域の市民を革命の力学でもって組織することに精力を注ごうというのだから。この組織は民衆のまっとうな利害と好奇心とを擁護し、喚起すること、状況が許し、人の性質と努力が提供する創造と富の可能性を促進し、それを他の人々の役に立てることを任務としている。責任能力と人を活気づける計画とを示し、〈革命〉下の資源でキューバにおいて何ができるかを見せることを旨としている。敵の攻勢の間、戦闘に直接関係のない活動は中断されていたが、戦場が移動してからは地元住民の様々な局面での要求に対処するようになった。これまでに領土のあちこちに聴聞機関と病院、それに裁判所を置いた。牢獄もひとつ（プエルト・マランガ）、ここの懲罰機関としての体制は人道的、衛生的、そしてまた公共の利益の観点からも、この環境下ではこれ以上は望めないほどの優れたものだ。君の兄弟たちの兄弟と言うべきアルドが指導する新兵教練所には、現在、四〇〇人ばかりの訓練兵がいて、立派な市民＝兵士としての教育を受けている。軍事的な面だけでなく、教育を受け、医療サービスも受けている。地元農民の機関も組織されるだろうし、彼らの生活を実りあるものにし、より良くするための仕事や企画も最終的には活性化されるだろう。自然がもたらす困難や資源の乏しさを克服し、この山々のやんごとなくも雄弁なる沈黙に包まれつつも、我々の願望がそうしたものに実現化されるなら、ぼくはとても満足することと思う。向かうところ敵なしの反乱軍の隊列が他州の中心部に侵攻し、もはやぐらぐらになった暴君の足場を、支えを揺すぶっている現在、一方でこの山々の懐には、多くの農民たちがやってきてその想像力と労働力とを養っている……

それでは

ファウスト

ORDEN MILITAR No. 1

El Comandante en Jefe de la region de las Villas por el Movimiento "26 de Julio", en uso de las atribuciones a el concedidas por la dirección nacional del Movimiento y luego de conferenciar con las diferentes organizaciones que mantienen cuerpos armados en la provincia, ordena:

A partir de esta fecha queda constituido como territorio dependiente de la administración del Movimiento "26 de Julio" el demarcado aproximadamente por el rio Agabama, la carretera Fomento-Placetas y las lineas enemigas.

En este territorio se procedera inmediatamente al catastro agropecuario para iniciar repartos de tierras entre el campesinado de la zona.

Desde este momento quedan confiscadas y puestas a disposición del pueblo todas las propiedades muebles e inmuebles pertenecientes a servidores de la Dictadura, cualquiera que sea el medio por el cual se haya logrado esa propiedad, exeptuandose solo el de aquellos pequeños propietarios que puedan demostrar tener familias a su cargo y no ser poseedores de ningun otro bien en parte alguna de la Republica.

Toda finca mayor de treinta caballerias que no este dedicada a labores agropecuarias de tipo intensivo esta sujeta a investigación de la Comisión de Reforma Agraria de nuestro Ejército Revolucionario.

Todo campesino que lleve en usufructo o ~~alquiler~~ más de dos años trabajando una parcela por la que pague ~~alquiler~~, en el territorio comprendido por esta órden militar, queda automaticamente exento de toda obligación de pago y es invitado a reclamar sus derechos sobre la tierra que trabaja, reclamación que será atendida y estudiada por la Comisión arriba citada.

Todo miembro de una organización revolucionaria diferente del "26 de Julio" puede pasar, vivir u operar militarmente en este territorio, sin otro requisito que el de cumplir las ordenanzas militares promulgadas y por promulgarse.

..Nadie que no sea miembro de una institución revolucionaria tiene derecho ~~xxxxxxx~~ a portar armas en este territorio. No se permite a individuo alguno, sea o no miembro de alguna institución revolucionaria ingerir bebidas alcoholicas en establecimientos publicos. Los miembros de este Movimiento que incumplimenten esta disposición seran sometidos a consejo de guerra, los miembros de otras organizaciones que lo hagan seran advertidos por primera vez y luego desarmados y enviados a sus respectivas comandancias. Cualquier hecho de sangre derivado del incumplimiento de esta disposición cae bajo la jurisdicción del codigo penal del Ejército revolucionario.

Se ruega a los jefes y oficiales de otras organizaciones que operen en esta zona solicitar a las autoridades del Movimiento cualquier articulo de consumo o material de transporte que necesiten y que este involucrado en los primeros parráfos de esta órden militar con la seguridad de que seran atendidos con fraternidad revolucionarias, haciendo este ruego para mejor administración de la zona.

Todo delito, militar o civil, cometido en los limites del territorio administrativo encuadrado en esta órden, queda bajo la jurisdicción de nuestros códigos respectivos.

Comandante en jefe de la Región de las Villas
Por el movimiento "26 de Julio"

1958年11月8日の第一軍事命令

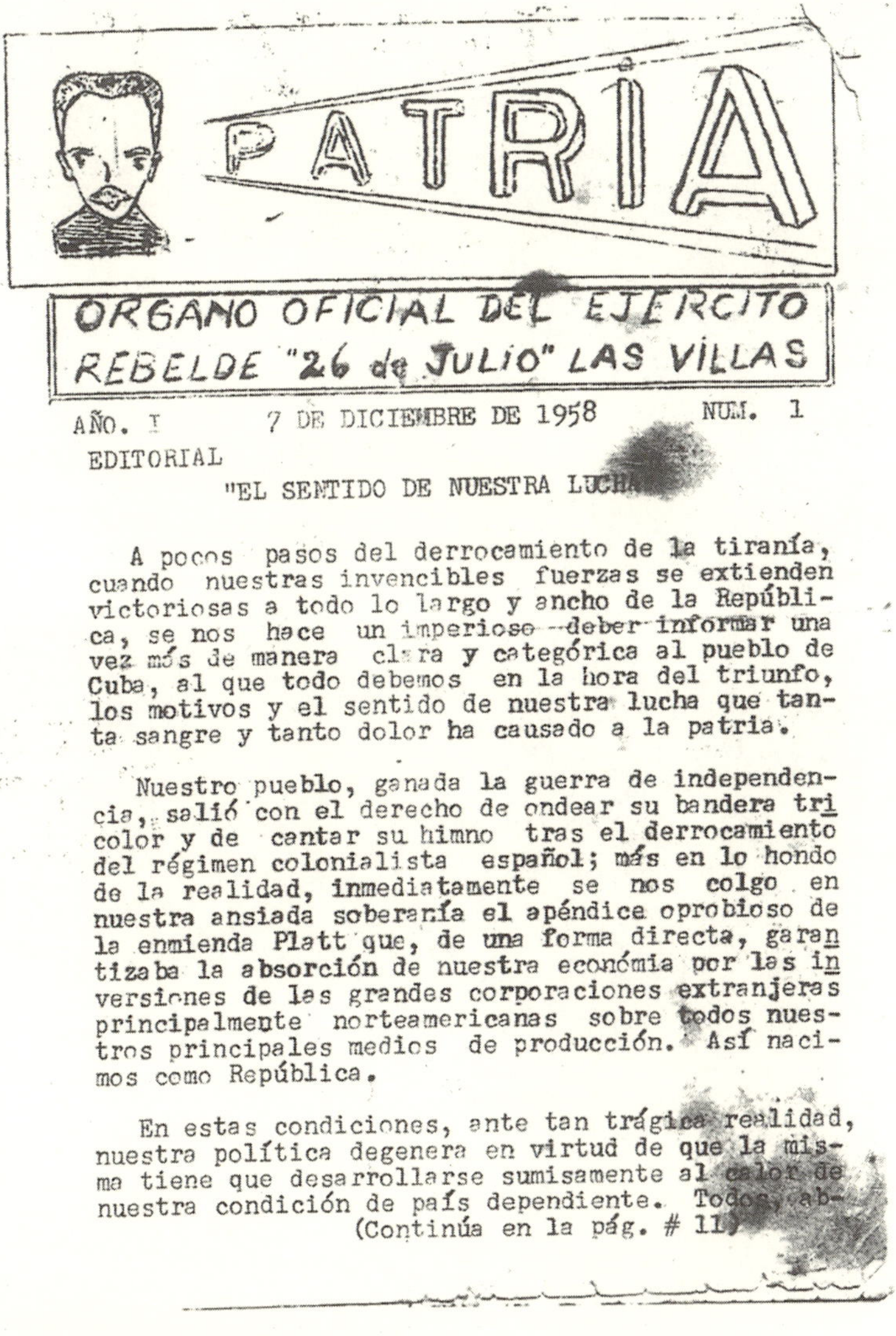

PATRIA

ORGANO OFICIAL DEL EJERCITO REBELDE "26 de JULIO" LAS VILLAS

AÑO. I 7 DE DICIEMBRE DE 1958 NUM. 1

EDITORIAL

"EL SENTIDO DE NUESTRA LUCHA"

A pocos pasos del derrocamiento de la tiranía, cuando nuestras invencibles fuerzas se extienden victoriosas a todo lo largo y ancho de la República, se nos hace un imperioso deber informar una vez más de manera clara y categórica al pueblo de Cuba, al que todo debemos en la hora del triunfo, los motivos y el sentido de nuestra lucha que tanta sangre y tanto dolor ha causado a la patria.

Nuestro pueblo, ganada la guerra de independencia, salió con el derecho de ondear su bandera tricolor y de cantar su himno tras el derrocamiento del régimen colonialista español; más en lo hondo de la realidad, inmediatamente se nos colgo en nuestra ansiada soberanía el apéndice oprobioso de la enmienda Platt que, de una forma directa, garantizaba la absorción de nuestra económia por las inversiones de las grandes corporaciones extranjeras principalmente norteamericanas sobre todos nuestros principales medios de producción. Así nacimos como República.

En estas condiciones, ante tan trágica realidad, nuestra política degenera en virtud de que la misma tiene que desarrollarse sumisamente al calor de nuestra condición de país dependiente. Todos, ab-

(Continúa en la pág. # 11)

ラス・ビジャスにおける〈七月二六日運動〉の新聞『祖国《パトリア》』謄写版。

# MILICIANOS

ORGANO OFICIAL DE LAS MILICIAS DEL "MOV.26 DE JULIO" LAS VILLAS

AÑO. I DICIEMBRE 1958 NUM. 1

"MIENTRAS HAYA UNA INJUSTICIA QUE REPARAR EN LOS PUEBLOS, LA REVOLUCION NO HA TERMINADO"

Antonio Maceo

**EDITORIAL:**

Este períodico que hoy sale a la luz pública está destinado a orientar e informar a la masa de nuestras milicias en toda la provincia de Las Villas.

En un largo proceso de lucha armada que ya cumplió dos años, las milicias del "26 de Julio" cumplieron callada y heroicamente con su misión de hostilizar al enemigo en la ciudad. Pero en el curso de esta revolución, que tuvo su núcleo germinal en las montañas de Oriente y su centro de apoyo en el campesinado de Cuba, se fúe viendo cada día mas claramente que las ciudades pertenecían al enemigo y el campo se convertía en territorio libre.

Atendiendo a ese hecho indudable procedemos a reorganizar las milicias con un sentido de guerrillas suburbanas en dependencia directa del mando militar.

A primera vista es una contradición el que se abandone la lucha en las ciudades cuando estamos al borde del triunfo final. No es así. En los albores del triunfo definitivo estamos cuidando a nuestra juventud que durante dos años dió su sangre... (Pasa a la pág. siguiente.)

『民兵《ミリシアアーノ》』紙謄写版（1/2）

# MILICIANOS

ORGANO OFICIAL DE LAS MILICIAS DEL "MOV. 26 DE JULIO" LAS VILLAS.-

AÑO I DIC. 1958 NUM. 1

[illegible]

[illegible]

## Editorial.

Salimos en los momentos en que se acentúa la debilidad y el atortojamiento de la tiranía. Despúes de la derrota de la farsa electoral y los métodos puestos en práctica para crear un clima de terror contra el pueblo.

Salímos cuando el gobierno no sólo le fracasan sus "Campañas de Exterminio" contra nuestras victoriosas fuerzas rebeldes, sino que se encuentran a la defensiva. Cuando el gobierno se encuentra incapaz de reponerse del rúdo golpe sufrido con su "plan electoral" y no encuentra un plan inmediato para oponerselo al crecimiento y profundiza- ción de las fuerzas democráticas revolucionarias.

La derrota de los planes electoralistas del gobierño se ha producido por la firme convicción y el repudío del pueblo, y ante esa situacíon el gobierno y sus sostenedores extranjeros y los intereses de los grandes hacendados y colonos, latifundistas e importadores han quedado aturdidos y vacilantes, y mientras que ciertos elementos oposicionistas pretenden jugar las cartas de la intromisión extranjera, la oposición verdaderamente revolucionaria y popular fortalece las vías de la unidad del pueblo, de la

(Contin. pág. 4)

(2/2)

AL PUEBLO DE LAS VILLAS

El proceso de descomposición del gobierno dictatorial de Fulgencio Batista ha entrado en su etapa definitiva. Todos los esfuerzos de la Dictadura estaban encaminados a mantenerse hasta la farsa electoral del 3 de Noviembre; esa fecha ha pasado y constituyo una sonora bofetada del pueblo a loscandidatos de la dictadura, oficiales o no. Una nueva fecha limite se abre ante la perepectiva de los cansados soldados de la tirania: el 24 de Febrero, momento teorico en que se deberá transmitir el mando presidencial. Pero el soldado del Batistato cada vez cree menos en fechas ilusorias y cada vez pàlpa más en sus carnes la eficacia de las armas del pueblo:

Haciendo patente la plena identificación que existe en la lucha contra la tirania entre el Movimiento "26 de Julio" y el Directorio Revolucionario, ambas organizaciones se dirigen al pueblo de las Villas desde la Sierra del Escambray, donde sus fuerzas combaten por la libertad de Cuba.

Es proposito del Movimiento "26 de Julio" y el Directorio Revolucionario mantener una perfecta coordinación en sus acciones militares, llegando a combinar operaciones, donde participen al mismo tiempo combatientes del Directorio Revolucionario y del "26 de Julio". Asi como, de utilizar conjuntamente para beneficio de la revolución las vias de comunicación y abastecimiento que esten bajo el control de una u otra organización.

En la politica administrativa, el territorio libre ha sido dividido en zonasque están bajo juridición del Directorio Revolucionario o del "26 de Julio", donde cada organización recaudará lostributos de guerra.

En cuanto a la politica agraria y en la administración de justicia el Movimiento "26 de Julio" y el Directorio Revolucionario estan acoplando sus planes en Reforma Agraria y Codigo Penal.

Estas declaraciones llevan una sintesis de la cohesión del Movimiento Revolucionario en el Frente de las Villas, donde luchan hermanados el "26 de Julio" y el Directorio Revolucionario, que representando los máspuros ideales de la juventud,han llevado gran parte del peso de la insurrección en Cuba, derramando sus sangre sin la cual no hubiera habido ni Sierra Maestra ni Escambray, ni se hubiera dado un "26 de Julio" en el Moncada ni un 13 de marzo en el palacio Presidencial.

Estamosconsientes de nuestro deber con la Patria y en nombre de los postulados Revolucionarios de Frank Pais y Jose Antonio Echávarría llamamos a la unión de todos los factores Revolucionarios e invitamos a las organizaciones que posean fuerzas armadas en el territorio para que se adhieran publicamente a este llamamiento coordinando su acción en beneficio de la Nación Cubana.

Unir es lapalabrade orden: juntos estamos dispuestos a vencer o morir.

| | |
|---|---|
| Comandante Jefe de las Villas | Comandante Jefe de las Villas |
| Movimiento "26 de Julio" | Directorio Revolucionario |

エル・ペドレーロ協定謄写版。チェ・ゲバラとロランド・クベーラによって調印された。

AL PUEBLO DE CUBA

El "Segundo Frente Nacional del Escambray" y la Comandancia Regional del "Movimiento 26 de Julio", convencidos de la necesidad imperiosa de ~~establecer~~ tomar acuerdos para establecer un Frente Unico en la lucha contra la dictadura batistiana en este último esfuerzo realizado por el pueblo de Cuba para su liberación definitiva, ofrecen en este documento destinado a la opinión pública, las bases de un acuerdo que contribuirá a aumentar el empuje de la fuerza libertadora.-

Los territorios administrativos delimitados por las órdenes Militares DOS y TRES de la Comandancia General del Movimiento 26 de Julio en Las Villas permanecen como territorio administrativo del "Segundo Frente Nacional del Escambray", teniendo el Movimiento 26 de Julio derecho a realizar un censo en esas zonas con vista a la realización de la Reforma Agraria, aclarando sin embargo que los derechos sobre los bienes inmuebles confiscados o expropiados por la Revolución, corresponden al "Segundo Frente Nacional del Escambray" y los bienes muebles a la población campesina de la zona, los que serán repartidos por una Comisión Agraria nombrada por acuerdo previo de ambas organizaciones.-

Ambas organizaciones pueden mantener grupos armados en los respectivos territorios administrativos de la otra, debiendo consultar con la Organización que administra un territorio dado para los abastecimientos, y coordinar cualquier acción militar, asi como respetar su Reglamento.-

Tomados estos acuerdos por el "Movimiento Revolucionario 26 Julio" y el "Segundo Frente Nacional del Escambray", solo hacemos voto por que nada en el futuro los intérfiera y que nuestras fuerzas unidas conjuntamente con las de las demas organizaciones revolucionarias pronto den a Cuba la libertad ansiada por todos.-

Escambray, Diciembre 12 de 1958.-

Che

El Comandante en Jefe de la Región de Las Villas, Por el Movimiento 26 de Julio.

E. Gutiérrez

El Comandante en Jefe del Segundo Frente Nacional del Escambray.-

エスカンブライ第二国民戦線との統一協定謄写版。

# 付録 ラス・ビジャス資料集

リディア・ドセからチェ・ゲバラへの手紙

司令官、お元気ですか？　わたしのことを覚えておいでですか？　わたしは一瞬たりともあなたのことが頭から離れません。わたしに手紙をくださってはいまいかと、いつも郵便物を心待ちにしています。今ごろはもうカメラを受け取って、わたしのことをよくやったと思ってくださっていることと思います。もうひとつ思い出していただきたいことがあります。もうお忘れだと思いますが、一度、ラス・ベガスで、わたしにピストルを一丁差し出してくださったことがあります。もうお忘れだと思いますが、それが今ごろになって必要になってきました。手もとに一丁もないのです。取りに来いとの命令をいつくださいます？　司令官、あなたからのお便りを期待しています。軍服は司令官に渡されるといいと思います。どこに送られるのかわからないものですから。わたしはここで戦っていますが、あまり気乗りしません。わたしに命令してくださる司令官がいらっしゃらないからです。何をすべきか教えてくださらないからです。わたしはここでは女性たちを組織しています。〈七月二六日女性団〉というグループです。いかがですか？　仕事はたくさんあります。わたしひとりではできないほどです。というのも、オチョーア[1]が昇進してから、わたしはひとりきりになってしまったからです。バヤモでお願いしたものはもう届きましたか？　つまり、皿や鍋など、司令部に必要ないっさいがっさいです。でもともかく、お願いです、早くわたしへの召還命令を出してください！　お目にかかって、強く抱きしめたいのです。そうされるにふさわしいお方ですから。わたしがそうするのでは、ご不満でしょうけれども。

ヒレ[2]とミゲル[3]によろしくお伝えください。犬を一頭、ドイツ種の獰猛なやつを手に入れました。ニューヨークでチャンピオンになった犬の子供です。お気に召すでしょうか？　お気に召すといいのですが。

いつも変わらぬ尊敬の念と、厚い抱擁をお送りします。何よりも厚い抱擁ですよ。

いつもおそばに。

リディア

✝注

1　デリオ・ゴメス＝オチョーア。

2　イスラエル・パルド＝ゲラ。

3　ミゲル・アルバレス。

# 人名録

アクーニャ、セルヒオ　反乱軍第一縦隊兵士。ラ・プラタの戦いに参加する。後に脱走し、オリエンテ州、サン・ロレンソにおいてバティスタ軍、サンティアゴ・ロセジョー伍長に殺害される。

アクーニャ＝サンチェス、マヌエル・エウセビオ（一九〇八―）　一二月一六日、グランマ州ニケーロ生まれ。一九五六年一二月、シンコ・パルマスにおいて反乱軍に参加。ウベーロ兵営襲撃において負傷。

アクーニャ＝ヌニェス、フアン・ビタリオ（ビロ）（一九二五―一九六七）　シエラ・マエストラの農民。一月二七日、グランマ州プリアル・デ・ビカナ生まれ。一九五七年四月、反乱軍第一縦隊に参加する。後に第四縦隊、さらに第三戦線第三縦隊へと移る。一九五八年一一月、司令官へと昇格し、分遣隊一個を指揮する。一九五九年一月の革命勝利後、革命軍の様々な職務を担当する。キューバ共産党の創設者でもあり、同党中央委員会の委員を務める。ボリビア国民解放軍の国際義勇軍闘士。一九六七年八月三一日、ボリビア共和国リオ・グランデ県バド・デ・プエルト・マウリシオにおいて、敵側の伏兵作戦により死亡。

アコスタ＝エスピノーサ、フリオ・セノン（一九一二―一九五七）　五月八日、グランマ州ベギータス生まれ。〈七月二六日運動〉の闘士であり、一九五七年一月、第一縦隊に加入する。一九五七年二月九日、エスピノーサ岳の戦いにおいて死亡。

アコスタ＝フェラルス、クロドミーラ（一九三七―一九五八）　バラ州カヤハル生まれ。〈七月二六日運動〉の構成員。第一縦隊伝令として反乱軍に参加。一九五八年九月一二日、ハバナでの作戦遂行中に捕らえられ、拷問の末殺害される。

アセベード＝ゴンサーレス、エンリケ（一九四二―）　八月一二日、ラス・ビジャス州プラセータス生まれ。一九五七年七月、反乱軍第四縦隊に加入。第八侵攻縦隊員。

アセベード＝ゴンサーレス、ロヘリオ（一九四一―）　ラス・ビジャス州プラセータス生まれ。一九五七年七月、反乱軍第四縦隊に加入。第八侵攻縦隊員。司令官の地位へ昇格する。

アメヘイラス＝デルガード、エフィヘニオ（一九三一―）九月二一日、ラス・トゥナス州プエルト・パドレ生まれ。〈グランマ〉号遠征隊員、第一縦隊員。後にオリエンテ州フランク・パイス第二戦線の第六縦隊長となる。蜂起闘争中に司令官の地位に至る。

アラルコン＝カブラーレス、リゴベルト（一九三一―一九五八）五月二五日、グランマ州メディア・ルナ生まれ。第八侵攻縦隊の兵士。一二月九日、戦死。

アラルコン＝レイェス、フベンティーノ（一九三〇―一九五七）五月一四日、グランマ州カンペチュエラ生まれ。〈七月二六日運動〉に所属しており、反乱軍に最初に加わった。第一縦隊員。中尉まで昇格し、八月一九日、パルマ・モチャの攻撃にて死亡。チェは彼の戦死を「増援部隊」という記事の中で追悼している［『革命戦争回顧録』内の「増援部隊」だとすれば、勘違いか。フベンティーノの名は一度挙げられるだけだし、この文章は一九五七年三月、まだ彼の戦死前の記事］。

アリアス＝ソトマヨール、ホセ（一九三三―）五月三日、グランマ州ニケーロス生まれ。第四縦隊員。第六縦隊に属し、最初にオリエンテ州第二戦線を張った。大尉の地位に至る。

アル＝ダバロス、アルマンド（一九三〇―）六月一三日、ハバナ生まれ。弁護士。一九四七年より真正党青年部に所属、ラファエル・ガルシア＝バルセナスの指揮する国民革命運動のメンバーともなる。〈七月二六日運動〉創設時からの戦闘員。オリエンテ州執行委員会委員。一一月三〇日蜂起の組織、および一九五七年二月一七日のシエラ・マエストラにおける〈七月二六日運動〉第一回会合に参加。一年間の自由剥奪の判決を受ける。一九五七年、ハバナ市内の法廷から逃亡。一九五八年八月に逮捕され、革命勝利までピノス島の刑務所に投獄される。一九五九年一月一日より、様々な職務を歴任。一九五九年から一九六五年までは教育大臣を務め、一九六五年から一九七〇年までキューバ共産党の組織部書記。オリエンテ州の共産党第一書記、文化大臣、中央諮問委員会および、キューバ共産党政治局員。

アルベントーサ＝チャコン、アンヘル・エミリオ（一九二〇―）五月三一日、サンティアーゴ・デ・クーバ市生まれ。モンカダ兵営襲撃兵。〈七月二六日運動〉に所属しており、〈グランマ〉号遠征隊員でもあった。アレグリア・デ・ピオで奇襲を受けた際に負傷し、メンバーが思い思いに散開して逃げたので、独り離れ、以後、地下活動に入る。

アルメイダ＝ボスケ、フアン（一九二七―二〇一〇）二月一七日、ハバナ市生まれ。モンカダ兵営襲撃兵であり、一九五三年の三七号訴訟［カストロらが企てたモンカダ兵営襲撃犯に対する裁判のこと］において訴追される。〈グランマ〉号遠征隊員。一九五八年二月、司令官の地位に昇格し、その後第三戦線長に任命される。革命司令官。

イグレシア＝フォンセカ、カルロス・フリオ（ニカラグワ）〈七月二六日運動〉指導者であり、同運動全国委員会委員。逮捕されたが、同運動の特殊部隊により解放される。第二戦線第一六縦隊員。司令官の地位に昇格する。

イグレシアス＝レイバ、ホエル（一九四一―）サンティアーゴ・デ・クーバ州サン・ルイス生まれ。一九五七年五月より反乱軍に参加。第一縦隊に所属し、後に第四縦隊、第八侵攻縦隊に所属。大尉の地位まで昇格。

イダルゴ＝バリオス、マリオ・オリベリオ（一九二四―）六月七日カマグエイ生まれ。〈グランマ〉号遠征隊員。アレグリア・デ・ピオで仲間とはぐれ、逮捕され、革命勝利まで獄中にて過ごす。

インファンテ＝ウリバーソ、エンソ（ブルーノ）（一九三〇―）一〇月三〇日、サンティアーゴ・デ・クーバ生まれ。サンティアーゴ・デ・クーバの〈七月二六日運動〉地域執行部員であり、一一月三一日蜂起闘士。カマグエイの〈七月二六日運動〉組織者。同運動の国民執行部のプロパガンダ責任者。モンピエでの会合ののち、ハバナ市の同運動の組織活動を担う。六月に逮捕され、一九五九年一月一日まで収監される。

ウェストブルック＝ロサーレス、ホセ（ジョー）（一九三七―一九五七）九月一四日、ハバナ生まれ。

国民防衛隊（ガルシア＝バルセナス設立）メンバー。ホセ・マルティ派女性市民戦線とも関係を持つ。革命幹部会創設者。ホセ・アントニオ・エチェベリーアとともに、メキシコでフィデルと会談。一九五七年三月一三日、レロー・ラジオ局を襲撃。四月二〇日、フンボルト七通り事件［三月一三日の大統領官邸およびラジオ局襲撃事件に参加した学生たちが、この通りにあるアジトで虐殺された事件のこと］にて殺害される。

ウルタード＝アルボナ、パブロ・アルキメデス（?―一九八七）〈七月二六日運動〉戦闘員。メキシコに亡命。〈グランマ〉号遠征隊員。アレグリア・デ・ピオの戦いにおいて負傷し、逮捕、投獄の後、拷問を受ける。革命勝利まで獄中にて過ごす。

エスカローナ＝アロンソ、デルミディオ　反乱軍第一戦線に参加。一九五七年七月、フィデルの配下についた「オルギン・グループ」の一員。第二次ピノ・デル・アグワおよびエル・ブランキサルの戦いにて傑出した活躍をする。一九五八年五月、ピナル・デル・リーオ州オルガノス山脈におけるゲリラ戦線を組織する任務を与えられる。負傷し、治療のためハバナに移送される。後に戦線に復帰し、革命集結時には司令官の地位にあった。

エスカローナ＝チャベス、マヌエル・エンリケ（キケ）（一九三六―）　マンサニージョ生まれ。〈七月二六日運動〉闘士。反乱軍第一戦線に参加。ウベーロ兵営の戦いにおいて負傷。中尉に任命される。

レネ・ラモス＝ラトゥール（ダニエル）とともにサンティアーゴ・デ・クーバにおいて地下活動に従事する。捕虜となるも、一時釈放され、その際アメリカ合衆国へ亡命する。革命勝利まで同地にて暮らす。

エスクデーロ＝マルティネス、マヌエル　シエラ・マエストラ農民。山岳におけるチェの第一伝令。反乱軍兵士。

エスピン＝ギジョイス、ビルマ（デボラ）（一九三〇―二〇〇七）　四月七日、サンティアーゴ・デ・クーバ生まれ。〈七月二六日運動〉に組み込まれたフランク・パイスのグループの一員。全国委員会のメンバーだった。一一月三〇日蜂起に参加し、後にオリエンテ州の運動の責任者をつとめる。一九五八年七月、反乱軍第二戦線第六縦隊に合流。革命勝利時には女性の権利のために尽力する。一九六〇年キューバ女性連盟委員長に選出される。没するまで同職に従事する。

エチェバリーア＝マルティネス、フアン・フランシスコ（〝がちゃ目〟）（?―一九五七）　フランク・パイスによって最初に派遣されたグループ（〈マメの木伐採隊〉）のメンバー。反乱軍第一戦線に合流。反乱軍兵士たるにはいかんとも許しがたい行動（武器を手に民間人を襲撃した）により、一九五七年一〇月、カラカス丘陵にて軍事裁判にかけられ、処刑される。

エチェベリーア＝ビアンチ、ホセ・アントニオ・ヘスス・デル・カルメン（マンサニータ）（一九三二―一九五七）　七月二六日、マタンサス州カルデナス生まれ。学生運動の指導者であり、バティスタ圧政に対する運動における傑出した闘士。一九五三年大学生連合総合書記を務め、一九五四年以降は同団体の議長を務める。ラテンアメリカ学生会議委員長。一九五五年に革命幹部会を結成し、一九五六年、フィデル・カストロとともに「メキシコからの手紙」に署名する。大統領官邸襲撃時には［エチェベリーアが組織した一九五七年三月一三日の反バティスタ蜂起のこと］、レロー・ラジオ局を襲撃。三月一三日、警察との武装衝突において死亡。

エルナンデス＝スワレス、フアン（グワンチ）（?―一九五八）　第八侵攻縦隊員。九月一四日、カマグエイ州ベルティエンテス郡クワトロ・コンパニェーロスの戦いにて死亡。

エルムス＝ゴンサーレス、エンリケ（?―一九七七）〈七月二六日運動〉戦闘員。フランク・パイスによって最初に派遣されたグループ（〈マメの木伐採隊〉）とともに第一戦線に合流。シエラ・マエストラのプエルト・マランガ反乱軍収容所の責任者。大尉の地位にまで昇格。一月二四日、サンティアーゴ・デ・クーバにおいて死去。

エンリケス（S・O・A）、サルスティアーノ・デ・ラ・クルス（クルシート）（?―一九五七）　今まで誤ってホセ・デ・ラ・クルスと表記されていた。第四縦隊に所属し、反乱部隊に日々起こった出来事についての十行詩《デシマ》により名をはせる。九月一七日、第一次ピノ・デル・アグワの戦いにおいて死亡。

オニャーテ＝カニェーテ、アレハンドロ（カンティンフラス）（一九三六―）五月三日、マンサニージョ生まれ。反乱軍戦士。第一縦隊および第四縦隊に参加。後にカミロ・シエンフエゴス司令官率いる第二侵攻縦隊へと移る。

オラサーバル＝セペーダ、ルイス・ラモン（一九二六―）八月二一日、グランマ州マンサニージョ生まれ。人民社会党員、後に〈七月二六日運動〉に合流。第四縦隊員。戦争終結時には、フィデル・カストロ最高司令官指揮下の大尉。

オルトゥスキ、エンリケ（一九三九―）［直後に三〇年生まれとしており、矛盾がある］一九三〇年一一月二五日ハバナ市生まれ。マタンサス州およびラス・ビジャス州における〈七月二六日運動〉支部の戦闘員だった。反乱軍兵士。キューバ革命軍将校。革命勝利時に通信大臣となる。

カストロ＝メルカデール、ラウル・H（一九三七―）一月一一日、ラス・トゥナス州プエルト・パドレ生まれ。〈七月二六日運動〉員。フランク・パイスによって送られたシエラ・マエストラへの第一陣（〈マメの木伐採隊〉）として反乱軍に合流。第一縦隊と第四縦隊に参加。一九五七年八月三〇日、エルネスト・チェ・ゲバラの指揮下にある縦隊において、大尉に昇進する。

**カストロ＝ルス、フィデル（アレハンドロ）**（一九二六―）　一九四〇年代半ばから、ハバナ大学における学生運動指導者を務める。一九四七年以降、キューバ人民党（真正党《オルトドクソ》）の革命青年部に所属する。一九五二年に予定されていた選挙には、真正党の代議士候補として出馬。しかしバティスタによるクーデタにより挫折。モンカダ兵営襲撃を指揮。このときサンティアーゴ・デ・クーバとバヤモはカルロス・マヌエル・デ・セスペデスが指揮した。逮捕され、禁固一五年の判決を受けるが、一九五三年一〇月一六日のサンティアーゴ・デ・クーバ裁判所第一法廷における自己弁護の演説「歴史は私に無罪を宣告するだろう」は、彼によって創設された〈七月二六日運動〉の綱領となる。〈グランマ〉号遠征隊総司令官であり、一九五八年五月より〈七月二六日運動〉総書記を務める。一九五九年から一九七六年まで、首相をつとめ、一九七六年より国家評議会および閣僚評議会議長。二〇〇六年まで革命軍総司令官。

**カストロ＝ルス、ラウル**（一九三一―）　ハバナ大学の学生指導者。モンカダ兵営襲撃には七名のグループを率いて最高裁判所を占拠する役割で参加。一三年の禁固刑を宣告されたが、一九五五年五月に恩赦を受ける。〈七月二六日運動〉の創設者であり、〈グランマ〉号遠征隊員でもある。一九五八年二月、司令官へと昇進し、オリエンテ州フランク・パイス第二戦線長官に任命される。一九五九年一月より、オリエンテ州軍長官を務め、後に革命軍長官となる。一九五九年から一九七六年まで副首相、後に国家評議会および閣僚評議会副議長。現在、キューバ国家元首およびキューバ共産党第一書記長。

カブレラ＝プポ、フランシスコ（パコ）（一九二四―一九五九）一二月五日、ラス・トゥナス州プエルト・パドレ生まれ。〈七月二六日運動〉の戦闘に参加、反乱軍第一縦隊に合流。後に第四縦隊に移る。一月二七日ベネズエラにて死亡。

カポーテ＝ロドリゲス、ヒルベルト・フランシスコ（一九二八―一九五八）一月二六日、ピナル・デル・リーオ生まれ。〈七月二六日運動〉にて活動し、第一戦線、第四縦隊に参加。二月一六日、第二次ピノ・デル・アグワの戦いにて死亡。

ガルシア＝ディーアス、アンドレス（一九二八―一九八八）一〇月三〇日、ハバナ市生まれ。バヤモのカルロス・マヌエル・デ・セスペデス兵営襲撃兵。作戦が敵に発見された後、拷問を受け、五三年三七号訴訟にて有罪判決を受ける。恩赦の後は、〈七月二六日運動〉のさまざまな任務を遂行。一九五七年反乱軍に参加し、後に第三戦線へと移り、大尉の地位まで昇格する。

ガルシア＝フリーアス、ギジェルモ（一九二八―）二月一〇日、グランマ州ニケーロ郡プラタノ生まれ。反乱軍にごく初期に協力した農民の一人。反乱軍第一縦隊に参加後、第三戦線創設に尽力する。一九五八年、司令官の地位に昇格。一九五九年、さまざまな職務に従事。革命軍将校、キューバ共産党中央委員会委員、一九七四年から一九八五年まで運輸省大臣。現在は国家評議会委員である。革命司令官。

ガルシア＝マルティネス、カリスト（一九三一―二〇一〇）一二月二七日、マタンサス州ロス・アラバス生まれ。バヤモのカルロス・マヌエル・デ・セスペデス兵営襲撃兵。コスタ・リカ、ホンジュラス、メキシコなどへ亡命。〈グランマ〉号遠征隊員であり、第一縦隊員。後に第三戦線マティーアス司令管区長。司令官の地位に昇格。

カルデーロ＝サンチェス、ヒルベルト・アントニオ（一九三〇―）一〇月一日、グランマ州ピロン生まれ。反乱軍第一戦線第七縦隊に参加。後に、いずれも第二戦線の第六縦隊、第一九縦隊へと移る。

カルデーロ＝マルティ、エルメス・ヒルベルト（一九二七―一九九四）三月一八日、グランマ州ピロン生まれ。シエラ・マエストラにて案内役を務めた農民。反乱軍第一戦線第七縦隊に参加。後に第二戦線第六縦隊へと移る。

カレーラス＝サヤス、ヘスス　エスカンブライ国民第二戦線司令官。一九五九年以降、反革命団に参加し、逮捕、裁判の末、反革命活動の罪により処刑される。

キローガ＝エスピノーサ、アントリン・オリンポ（ティト）（一九二七―）　七月二六日、グランマ州マンサニージョ生まれ。〈七月二六日運動〉戦闘員。第一戦線戦士。のちに第三戦線第九縦隊後衛分隊の大尉。第二次ピノ・デル・アグワの戦いにおいて負傷。

クエルボ＝ナバーロ、ペラーヨ・ヘナロ（一九〇一―一九五七）　九月三〇日、グワンタナモ州バラコア生まれ。有能な弁護士であり、キューバ人民党（真正党《オルトドクソ》）指導者。一九五七年の八二号訴訟被告。独裁政権の弾圧部隊により三月一三日の大統領官邸襲撃事件の数時間後に暗殺される。

グティエレス、ダルシオ（？―一九五八）　反乱軍兵士であり、第八侵攻縦隊員。一九五八年九月九日、カマグエイ州ラ・フェデラルにおける戦闘中に死去。

グティエレス＝メノーヨ、エロイ　革命幹部会メンバー。一九五七年一一月一〇日に結成されたエスカンブライ第二国民戦線の指導者及び司令官。当初、ラス・ビジャスでの反乱軍との作戦協力や共同作戦を拒否したが、ついには一九五八年一二月、協力協定に署名した。革命勝利後、革命を裏切り、アメリカ合衆国へと去る。一九六五年にキューバに秘密裡に帰国（バラコア付近より）するも、地元民兵に捕らえられ、三〇年間禁固の判決を受ける。一九六八年に釈放され、アメリカ合衆国へと去る。

グティエレス＝モンテーロ、オニリア（？―一九七一）　反乱軍兵士。第四縦隊員であり、後に第三戦線へと移る。八月一八日死去。

クベーラ＝セカーデ、ロランド（一九三三―）　学生闘士であり、エスカンブライ山地三月一三日革命幹部会の戦闘員。ラス・ビジャス州での軍事行動では、エルネスト・チェ・ゲバラ司令官と共闘する。一九五九年度大学生連合議長。マドリードにてCIAに雇われフィデル・カストロ暗殺を命じられる。実行に移そうとして逮捕され、革命裁判所にて有罪判決を下される。釈放後はスペインへ移住する。

ケサーダ＝ペレス、フロレンティーノ（一九三六―一九五八）　九月一六日、グランマ州ニケーロ郡コロニア・エスタカデーロ生まれ。反乱軍第一縦隊員。二月一六日、第二次ピノ・デル・アグワの戦いにおいて死亡。

ゲバラ、アンヘル（一九三〇―一九五八）　反乱軍第四縦隊に参加。第二次ピノ・デル・アグワの戦いにおいて負傷、その後、その傷がもとで二月二三日死亡。

ゲバラ・デ・ラ・セルナ、エルネスト（チェ）（一九二八―一九六七）　一九二八年六月一四日、アルゼンチン、ロサリオ生まれ。一九五五年、フィデル・カストロと知り合い、すぐさま〈グランマ〉号遠征隊に加わった。圧制を打倒するための戦いの火ぶたをシエラ・マエストラにおいて切った。反乱軍の第一司令官。第四縦隊、第八縦隊を指揮する。第八縦隊において、サンタ・クラーラの戦いを圧倒的勝利へと導く。革命勝利後、さまざまな役職を務める。国家農業改革機関の産業部門大臣、キューバ国民銀行総裁、産業大臣、中央計画委員会総裁。一九六五年にはコンゴ解放闘争に参加し、翌年、自身のインターナショナル主義の闘争を続けるため、ボリビアへと渡る。一九六七年一〇月八日に捕らえられ、翌日殺害される。

ゲラ＝ゴンサーレス、オレステス（一九三二―）　三月一五日、グランマ州カランブローシオ生まれ。反乱軍第一縦隊および第四縦隊に参加。第二侵攻縦隊西部襲撃作戦を実行。大尉の地位まで昇格。

ゲラ＝ペレス、アンドレス・アリスティデス（ノニート）　反乱軍第四縦隊兵士。

ゴエナガ＝バロン、アルナルド　第二次世界大戦の兵士であり、アメリカ合衆国政府により叙勲。ニューヨークにおける〈七月二六日運動〉創設者。〈オリオン号〉遠征を組織する。

ゴメス＝オチョーア、デリオ（マルコス）（一九二九―）　九月一八日オルギン州カコクン生まれ。反乱軍兵士であり、第一縦隊第二司令官を務める。一九五八年四月一八日、司令官の地位へと昇格。キューバ西部における戦線創設においてとりわけ優れた働きをしたため、モンピエ会議において、〈七月二六日運動〉の国家作戦司令官に任命される。彼が逮捕された後、ハバナにおける運動指揮はエンソ・インファンテが引き受けることとなる。シエラ・マエストラに帰還後、新たに第四縦隊の組織に従事する。

ゴンサーレス＝エルナンデス、フランシスコ（パンチョ）（一九二八―一九九四）一二月三一日、ハバナ市生まれ。モンカダ兵営襲撃兵。捕虜となり、五三年三七号訴訟において有罪判決、実刑を受ける。メキシコに亡命。〈グランマ〉号遠征隊員。一九五七年五月二五日、負傷を負い反乱軍から離脱。革命勝利まで地下生活を続ける。

サボリー＝ロドリゲス、エベリオ（一九三九―一九七五）二月二二日、グランマ州バヤモ生まれ。〈七月二六日運動〉戦闘員。一九五七年六月、第四縦隊に参入。後に第三戦線第三縦隊員となる。司令官の地位まで昇格する。

サヤス＝オチョーア、ルイス・アルフォンソ（一九三六―）九月二九日、オルギン州、プエルト・パドレ生まれ。フランク・パイスの手によりシエラ・マエストラに送られた最初の部隊（〈マメの木伐採隊〉）の一員。第一縦隊のメンバー、後に第八侵攻縦隊に移る。

サルディーニャス＝メネンデス、ギジェルモ（一九一六―一九六四）五月六日ラス・ビジャス州サグワ・ラ・グランデ生まれ。カトリック聖職者であり弁護士。反乱軍に参加。同軍の主任司祭を務める。

司令官の地位まで昇格する。

サルディーニャス＝ラブラーダ、エドワルド（ラロ）（一九二九—）グランマ州バヤモ郡ベギータス生まれ。第四縦隊に参加。後に第四戦線第一二縦隊長。司令官の地位まで昇格する。

サルバドール＝マンソ、ダビー（一九二三—）〈七月二六日運動〉戦闘員。一九五七年五月より一九五八年まで〈七月二六日運動〉労働者部門長。一九五八年のモンピエの会合において、アントニオ・トーレス（ニコ）にその座を譲る。一九五九年より一九六〇年までキューバ労働者会議総書記。一九六〇年、反革命活動により逮捕され、三〇年の禁固刑を宣告される。

サンタマリーア＝クワドラード、アイデー（イェイエ）（一九二二—一九八〇）ラス・ビジャス州エンクルシハーダ生まれ。真正党青年部党員。地下新聞『やつらだ《ソン・ロス・ミスモス》』および『告発者《エル・アクサドール》』においてアジテーションを打つ。モンカダ兵営襲撃兵。サトゥルニーノ・ロラ市民病院占拠には看護師として参加。逮捕され、五三年第三七号訴訟において有罪判決を受ける。「歴史は私に無罪を宣告する」の編集と流布に協力する。〈七月二六日運動〉全国委員会委員。一一月三〇日蜂起の組織にも一枚噛む。第一戦線第一縦隊に参入したが、亡命を余儀なくされ、外国での任務を拝命する。革命勝利後は、文化機関カサ・デ・ラス・アメリカスを創設し運営に参加した。

サンタマリーア＝クワドラード、アルド（一九二六―二〇〇八）　ラス・ビジャス州エンクルシハーダ生まれ。〈七月二六日運動〉を率いたかどで一九五六年、投獄される。一九五七年から反乱軍第一戦線に合流。一九五八年一二月二八日、司令官の地位に昇格する。

サンチェス＝アルバレス、ウニベルソ（一九一九―）　五月二二日、マタンサス州サン・ホセ・デ・ロス・ラモス生まれ。〈七月二六日運動〉戦闘員。〈グランマ〉号遠征隊員。アレグリア・デ・ピオで他のメンバーとはぐれたときにはフィデルと行動を共にした二人の兵士のうちの一人となった。ラス・ペーニャス司令管区長。一九五八年一二月二八日、司令官の地位に昇格する。

サンチェス＝ホワイト、カリスト（一九二四―一九五七）　二月三日、スコットランド、グラスゴー生まれ。飛行機のパイロット兼メカニック。真正者党《アウテンティコ》の組織する労働組合指導者。第二次世界大戦戦士。一九五七年三月一三日［前出、ホセ・アントニオ・エチェベリーアの組織による大統領官邸襲撃事件］の計画に参加。マイアミに亡命。ヨット〈コリンティア〉号遠征を組織し、導く。一九五八年五月二八日、オルギン州カボニーコで暗殺される。

サンチェス＝マンドゥレイ、セリア（一九二〇―一九八〇）　五月九日、メディア・ルナ生まれ。モンカダ兵営襲撃兵たちの服役期間中、援助をする。マンサニージョにおける〈七月二六日運動〉創設者。〈グランマ〉号遠征隊員を迎え入れる準備をする。フランク・パイスと共に、シエラ・マエストラへと登る最初の分遣隊（〈マメの木伐採隊〉）を組織する。一九五七年一〇月より、総司令部員となる。革命勝利後、フィデル・カストロ最高司令官と共に様々な役職を歴任する。一月一一日、ハバナ市にて死去。

ジェレーナ、マリオ（一九一三—）　キューバ人民党（真正党《オルトドクソ》）員であり、一九五五年には急進解放運動にも参加する。〈七月二六日運動〉ニューヨーク支部員。同地にて一九五八年八月まで委員会渉外部長を務める。革命方針に異議を唱え、一九六〇年六月、再びアメリカ合衆国へ渡る。

シエンフエゴス＝ゴリアラン、カミーロ（一九三二—一九五九）　二月六日、ハバナ生まれ。〈グランマ〉号遠征隊員。反乱軍では第一縦隊、第四縦隊に所属する。第一小隊長としてオリエンテ州の平地に下りて戦った。一九五八年四月一六日、司令官の地位に昇進。第二侵攻縦隊長。一九五九年一月、反乱軍参謀本部長に任命される。一〇月二八日、飛行機事故により死亡。

シス＝ナランホ、テオドーロ（ペレンチョ）　シエラ・マエストラの農民。第四縦隊のラ・メサの宿営地で寝食を共にした。反乱軍の伝令として活動。

シルバ＝ベレーア、ホセ・ラモン　反乱軍第八侵攻縦隊員。大尉、後に司令官の地位まで昇格する。

スニョル＝リカルド、エディ（一九二六―一九七二）八月一〇日、オルギン生まれ。キューバ人民党（真正党《オルトドクソ》）に加わって活動し、サンティアーゴ・デ・クーバの〈七月二六日運動〉でフランク・パイスの指示を仰ぐ。第一縦隊戦士であり、のちに第四戦線第一四縦隊にて指揮を執る。司令官の地位まで昇格。七月二日、ハバナ市にて死去。

スワレス＝マルティネス、ラウル（一九三五―一九五六）一〇月一二日、シエンフエゴス州ロダス生まれ。学生地下闘争に参加。国民防衛隊（ガルシア＝バルセナスの創設した）、およびキューバ人民党（真正党《オルトドクソ》）党員。〈七月二六日運動〉戦闘員。メキシコへ亡命。〈グランマ〉号遠征隊員。アレグリア・デ・ピオで仲間とはぐれた後、一二月八日、ボカ・デル・トロにて殺害される。

スワレス＝ロペス、ホセ・A（ペペ）（一九二七―）モンカダ兵営襲撃兵。禁固一〇年の判決を受ける。一九五五年五月に釈放される。〈七月二六日運動〉戦闘員。一九五六年一二月までキューバ国内で、それ以降は海外で活動する。一九五九年、キューバに帰国する。

ソット＝アルバ、ペドロ（ペドリン）（一九三五―一九五八）一二月二七日、グランマ州バヤモ生まれ。〈七月二六日運動〉戦闘員。〈グランマ〉号遠征隊員。アレグリア・デ・ピオではぐれてから、しばらくの間身を隠す。フランク・パイスの手によりシエラ・マエストラに送られた最初の部隊（〈マメの木伐採隊〉）の一員と共に反乱軍に再合流。第一縦隊員。後に第二戦線第六縦隊、第一九縦隊へと移る。六月二六日、ミナス・デ・モアの戦いにより死亡。死後、司令官に昇格。

ソト＝エルナンデス、フランシスコ（警官）（一九二二―一九五七）三月一七日、シエゴ・デ・アビラ州モロン生まれ。バティスタ政権下の国家警察にいて、除隊した。バネスにおける〈七月二六日運動〉闘士。フランク・パイスの手によりシエラ・マエストラに送られた最初の部隊（〈マメの木伐採隊〉）の一員。五月二八日、ウベーロ兵営の戦いにて死亡。

ソト＝クエスタ、フアン・ホルへ（一九三五―一九五七）オルギン州バネス生まれ。〈七月二六日運動〉戦闘員。フランク・パイスの手によりシエラ・マエストラに送られた最初の部隊（〈マメの木伐採隊〉）の一員。第一縦隊に参加。ガビロ襲撃の際には大尉になっていた。一一月二〇日、ガビロで戦死。死後、司令官に昇格。

ソトゥス＝ロメーロ、ホルへ　一九五七年三月、フランク・パイスの手によりシエラ・マエストラに送られた最初の部隊（〈マメの木伐採隊〉）五〇名の責任者。一九五九年以降、反革命行為により禁固刑を受ける。アメリカ合衆国マイアミにて死去。

ソトマヨール＝アルシス、イブライム　〈グランマ〉号遠征隊員を援助した農民。

ソトロンゴ＝ペレス、エステバン（一九二八―）　八月三日、ラス・ビジャス州プラセータス生まれ。〈七月二六日運動〉戦闘員。一九五六年六月、メキシコへ亡命。〈グランマ〉号遠征隊員。アレグリア・デ・ピオではぐれ、一九五七年二月一九日、反乱軍へ再合流。一九五七年五月初頭、体調不良のため除隊。革命勝利まで地下生活を送る。

ソリー＝マリン、ウンベルト（一九三五―一九六一）　第一縦隊員。一九五八年一二月二八日、司令官に昇格。革命勝利後、農業省大臣。反革命組織に参加し、一九六一年、逮捕され処刑される。

タマーヨ＝タマーヨ、フランシスコ・アマード（パンチョ）（一九〇四―一九六〇）　七月二四日、サンティアーゴ・デ・クーバ州バイレ生まれ。〈グランマ〉号遠征隊員の上陸時にペラデーロ付近で暮らしていた。ウベーロ兵営の戦いにおいて大いに助けになったゲリラの支援者。司令官の地位まで昇格。四月四日、背信者マヌエル・ベアトンの一味と衝突して死亡。

タマーヨ＝ペーニャ、フェリックス・レイ（一九三一―一九八七）　七月二八日、グランマ州ヒグワニ生まれ。人民社会党員、後、〈七月二六日運動〉戦闘員。一九五六年一二月五日、ペラデーロ・アリーバ地域で蜂起。第四縦隊に合流。戦争終結時には大尉。四月二五日、ハバナ市にて死去。

チバス＝リバス、ラウル（一九一四―）　キューバ人民党（真正党《オルトドクソ》）党員。党の創設者エドワルド・

チバスの弟。一九五七年シエラ・マエストラ宣言に署名する。第一戦線第一縦隊に合流。司令官へと昇格する。革命勝利後、キューバを去り、アメリカ合衆国へと移住する。

チャオ＝サンタナ、ラファエル（一九一四―）　九月一四日、ハバナ州カイミート生まれ。一九三六年から一九三九年におよぶスペイン内戦に参加した退役軍人。〈グランマ〉号遠征隊員であり、第一戦線第一縦隊員。一九五六年一二月五日アレグリア・デ・ピオではぐれ、同年、一二月二二日に再合流する。一九五七年五月一日より、病のため、革命勝利まで地下生活を送る。

チョモン＝メディアビージャ、ファウレ（一九二九―）　革命執行委員会の指導者であり、一九五七年三月一三日の大統領府襲撃メンバーでもある。一九五八年二月、ヨット〈スカパード〉号での武装遠征によりキューバに上陸した後、エスカンブライ山地でのゲリラ特殊部隊を組織、後にラス・ビジャス州にて反乱軍に合流する。司令官の地位まで昇進。チェの縦隊と協力し、エル・ペドレーロ協定に調印した。

ディーアス＝ゴンサーレス、フリオ（フリート）（一九二九―一九五七）　五月二三日、ハバナ州アルテミサ生まれ。モンカダ兵営襲撃に参加し、逮捕され、裁判を受け、五三年三七号訴訟において有罪判決を受ける。メキシコへ亡命し、〈グランマ〉号遠征隊に参加。五月二八日ウベーロ兵営の戦いにて戦死。当時の階級は大尉であった。

ディーアス＝ゴンサーレス、パブロ（一九一二―一九九二）　ラス・ビジャス州カラバサール・デ・サグワ生まれ。ニューヨークにおける〈七月二六日運動〉使節。〈グランマ〉号遠征隊員。アレグリア・デ・ピオではぐれた後、一九五六年一二月二一日まで隠れとおし、ハバナに入城。さらにアメリカ合衆国にわたり、同地で闘争に協力を続け、反乱軍に対して資金と兵器を調達した。

ディーアス＝トーレス、ラウル　〈グランマ〉遠征隊員。アレグリア・デ・ピオではぐれ、身を隠し続けて一九五七年二月一七日に反乱軍に再合流。第一戦線と第三戦線で戦う。戦争終結時には大尉だった。

ディーアス＝フェルナンデス、ヘスス　オルギンにおける〈七月二六日運動〉闘士。反乱軍第四戦線第一二縦隊員。

ディーアス＝フォンテーヌ、エミリアーノ・アルベルト（ナノ）（一九三六―一九五七）　九月六日、サンティアーゴ・デ・クーバ生まれ。フランク・パイスとともに〈七月二六日運動〉サンティアーゴ・デ・クーバ本部を創設した。一一月三〇日［同市で一九五六年に起こった反バティスタ武装蜂起］の闘士。フランク・パイスによって最初に派遣されたグループ（〈マメの木伐採隊〉）の一員として反乱軍に参加。五月二八日ウベーロ兵営の戦いにて死亡。

ドゥケ＝ゲルメス、フェリックス（一九三二―一九八九）　六月二日、サンクティ・スピリトゥス生まれ。〈七月二六日運動〉戦闘員。反乱軍第一戦線第一縦隊に合流し、後に第三戦線第九縦隊へと移る。一九五八年一二月二八日、司令官の地位に昇格する。

トーレス＝ゲラ、イポリト（ポロ）　第四縦隊の地元民協力者兼案内役。一九五七年末、彼のラ・メサ農場に第四縦隊の司令部が設置される。

トーレス＝ゴンサーレス、フェリックス（一九一三―）　六月二三日、サンクティ・スピリトゥス州ヤグワハイ生まれ。人民社会党員（一九三四）。ヤグワハイ農民戦線書記。反乱軍ラス・ビジャス州北部戦線に参加。マクシモ・ゴメス分遣隊長。司令官の地位に至る。

トーレス＝チェデベアウ、アントニオ（ニコ）（?―一九九一）　鉄道労働者。グワンタナモにおける〈七月二六日運動〉全国労働者代表。第二戦線に参入。一九五八年五月、ダビー・サルバドールに代わり〈七月二六日運動〉全国委員会労働者部門長となる。この部門が〈七月二六日運動〉全国統一労働者戦線である。一〇月三日、ハバナ市において死去。

ドセ＝サンチェス、リディア（一九一二―一九五八）　八月二七日オルギン州ベラスコ生まれ。〈七月二六日運動〉戦闘員。反乱軍に合流し、第一縦隊、第四縦隊にて伝令をつとめる。一二月一二日、拷問の末、殺害される。

**ドミンゲス＝ロペス、ギジェルモ**（一九三二─一九五七）六月三〇日、ラス・トゥナス州プエルト・パドレのデリシアス製糖場生まれ。〈七月二六日運動〉の闘士であり、地下活動をしていた。フランク・パイスによって最初に派遣されたグループ（〈マメの木伐採隊〉）の一員として反乱軍に合流。中尉の地位まで昇格。捕虜となり、五月一七日、ピノ・デル・アグワにおいて殺害される。

**ナランホ＝バスケス、クリスティーノ**（一九二九─一九五九）一二月一五日、サンティアーゴ・デ・クーバ州パルマ・ソリアーノ生まれ。農業労働者および鉱山労働者であった。〈七月二六日運動〉戦闘員。第一縦隊および第四縦隊員。一九五八年三月末、当時大尉だったカミーロ・シエンフエゴスの指示により、平地での作戦のため山を下りる。反乱軍司令官の地位まで昇格。一一月一二日、リベルタ－市第三派出所で背信者マヌエル・ベアトンの手にかかって暗殺された。

**ノゲーラス、フアン**　反乱軍戦士。除隊。

**ノダ＝ゴンサーレス、エンリケ**（一九二九─一九五八）九月九日、マタンサス州コロン生まれ。〈七月二六日運動〉戦闘員。反乱軍戦士。第四縦隊員。二月一六日、第二次ピノ・デル・アグワの戦いにおいて死亡。

パイス＝ガルシア、フランク・イサアク（ダビーもしくはカルロス）（一九三四―一九五七）一二月七日、サンティアーゴ・デ・クーバ生まれ。師範学校学生会長。解放行動隊、国民防衛隊、オリエンテ州革命行動隊、全国革命行動隊等、さまざまな団体にて活動した。革命行動やサボタージュの基盤を作り、自ら導いた。サンティアーゴ・デ・クーバにおける〈七月二六日運動〉全国委員会に参加。一一月三〇日蜂起の作戦を多数指揮した。故郷のサンティアーゴ・デ・クーバ市、ムーロ小路にて、七月三〇日、仲間のラウル・プホルによって暗殺される。

パイス＝ガルシア、ホスエ（一九三七―一九五七）一二月二八日サンティアーゴ・デ・クーバ生まれ。民衆デモや学生デモに積極的に参加する。全国革命行動隊員。ホセ・マルティ派学生連合戦闘員。サンティアーゴ・デ・クーバ市における〈七月二六日運動〉地下民兵組織大尉。一一月三〇日蜂起に積極的に参加。六月三〇日、郷里のマルティ通りとクロンベ通りの交差点で暗殺される。

バジェ＝ヒメネス、セルヒオ・デル（一九二七―二〇〇九）〈七月二六日運動〉メンバー。シエラ・マエストラで戦った第一縦隊の戦闘員兼医者。第二縦隊医師司令官。

バジェホ＝オルティス、レネ・シリロ（一九二〇―一九六九）三月二九日、グランマ州マンサニージョ生まれ。第二次世界大戦犠牲者リハビリテーションに派遣された二五名のキューバ人のひとり。マンサニージョ市内に自身の病院、ラ・カリダー診療所を設立。〈七月二六日運動〉の戦士や戦闘員を治療した。第一縦隊員。ポソ・アスル反乱軍病院長。八月一三日、ハバナで死去。

**パス＝ボロート、ラモン**（一九二四—一九五八）　八月三一日、シエゴ・デ・アビラ州モロン生まれ。〈七月二六日運動〉戦闘員および、反乱軍隊員。第一縦隊に参加の後、チェ配下の第八縦隊へと移る。七月二八日、第二次サント・ドミンゴの戦いの武力衝突の一つであるプロビデンシアの戦いにおいて死亡。

**バスケス＝イダルゴ、ロドルフォ**　シエラ・マエストラで戦い、第八二侵攻縦隊に参加。中尉の地位まで昇格。

**パソス＝ベアール、ハビエル**　フェリペ・パソス＝ロケの息子。〈七月二六日運動〉メンバー。一九五七年七月六日、医師のフリオ・マルティネス＝パエスとともにシエラ・マエストラに登る。同山中に一定期間滞在。一九五八年一月一一日、アルマンド・アル＝ダバロスおよびアントニオ・ブッシュの付き添いで下山中に逮捕される。ボニアート刑務所に収監される。一九六〇年九月、亡命。

**パソス＝ロケ、フェリペ**（一九一二—）　経済学者。アメリカ合衆国におけるキューバ解放委員会に所属。〈七月二六日運動〉に協力し、一九五七年七月シエラ・マエストラ宣言の署名者に名を連ねた。同年一一月のマイアミ合意にも署名する。革命勝利後、キューバ国立銀行頭取となる。一九六〇年、頭取の座を譲り、アメリカ合衆国へと去る。

バルデス＝メンデス、ラミーロ（一九三二―）　四月二八日、ハバナ州アルテミサ生まれ。モンカダ兵営襲撃兵。逮捕、五三年第三七号訴訟で有罪判決。メキシコへ亡命。〈グランマ〉号遠征隊員。一九五七年三月、中尉に任ぜられ、ラウル・カストロ分隊の一小隊長となる。後に大尉に昇格、第四縦隊に移る。一九五八年三月二八日、チェがミナス・デル・フリーオへと移されるのと同時に、司令官に昇格、第四縦隊を任される。第八侵攻縦隊の副隊長。革命司令官。

パルド＝ゲラ、イスラエル　第一縦隊および第四縦隊員。後に第三戦線第三縦隊に合流。キューバ革命軍メンバー。

パルド＝ゲラ、サムエル　反乱軍第一縦隊員。後に第三戦線第三縦隊に合流。

パルド＝ゲラ、ベンハミン（ミンゴロ）（一九三二―一九五八）　八月三日、サンティアーゴ・デ・クーバ州エル・コブレ生まれ。反乱軍にはエル・オンブリートの戦いから参加。第四縦隊。後に第三戦線へと移り、兄イスラエル・パルドの指揮下で戦う。一月四日、ドス・パルマスにて戦死。

パルド＝ゲラ、ホエル　反乱軍戦士。第八侵攻縦隊員。

パルド＝ゲラ、ラモン（ギレ）（一九三九―）　一九五七年より反乱軍戦士。第四縦隊員。のちに第八侵攻縦隊に合流。現在キューバ革命軍の師団将軍。

バレーラス、ルイス（エル・マエストロ）（?―一九五七）　一九五七年二月一七日、反乱軍に参加。ウベーロ兵営の戦いで戦った。ゲリラから離脱して敵前逃亡罪により裁判にかけられ、一〇月二八日処刑される。

バンデーラ＝マセオ、テオドーロ（一九三〇―一九五八）　サン・ルイス州マハグアーボ・デル・メディオ生まれ。反乱軍に所属し、七月一九日、ヒグエの戦いにて戦没。

ビシエド＝ペレス、セバスティアン（ポンピリオ）　ヘラルド・マチャード政権と戦う。キューバ青年団の一員。スペイン内戦民兵。キューバ人民党（真正《オルトドクソ》党）党員。サンクティ・スピリトゥス地下活動闘士。第八侵攻縦隊員。

ヒメネス＝ラヘ、レイネリオ（一九三〇―一九八七）　サンティアーゴ・デ・クーバ生まれ。〈七月二六日運動〉員。一一月三〇日蜂起闘士。フランク・パイスによりシエラ・マエストラに派遣された最初の部隊（〈マメの木伐採隊〉）の一員。第一縦隊員であり、のちに第二戦線第六縦隊および第一六縦隊に移る。

ビレジェス＝イニゲス、フェルナンド　ヨット〈コリンティア〉号遠征隊員。反乱軍第一戦線に合流。大尉まで昇格。

ファハルド＝ソトマヨール、マヌエル・エンリケ（一九三二―一九九五）　三月一八日、グランマ州ニケーロ生まれ。反乱軍第一戦線に参加した最初の農民のうちの一人。後に第二戦線へと移る。司令官へと昇格する。

ファハルド＝ソトマヨール、ロベルト　オリエンテ州ニケーロ出身。一九五七年四月一日、セビージャ・アリーバ付近で反乱軍に参加。最初第一縦隊に属し、後に第四戦線第三二縦隊に移動。司令官の地位に達する。。

ファハルド＝リベーロ、マヌエル・エウヘニオ（ピティ）（一九三〇―一九六〇）　一一月八日、グランマ州マンサニージョ生まれ。医師。反乱軍第一縦隊に参加し、後に第四戦線第十二縦隊へと移る。司令官の地位に至る。一九六〇年一一月二九日、エスカンブライにて地域住民の民兵組織を率いていた際、同地で反革命勢力と衝突して戦死。

フィアージョ＝バレーロ、ラモン・キンティリアーノ（フィアジート）（一九三六―）　一〇月三一日、グランマ州マンサニージョ生まれ。キューバ人民党（真正党《オルトドクソ》）員であり、後に〈七月二六日運動〉闘士となる。反乱軍第一戦線に参加後、第二戦線第六縦隊へと移る。大尉の地位にて戦争終結。

フェルナンデス＝フォント、マルセロ（一九三二―二〇〇九）四月二四日、ハバナ市生まれ。〈七月二六日運動〉の都市地下活動の指導者であり、その全国委員会のメンバー。一九五八年五月から一九六〇年まで、国民組織委員会への国民委員会使節を務める。その後、商務大臣、国立銀行総裁などさまざまな職を歴任。

フォンセカ＝プラード、アルキメデス（一九三五―）一〇月二四日、ミナス・デ・ブエイシート生まれ。〈七月二六日運動〉員。反乱軍第四縦隊に参加し、のちに第三戦線第一〇縦隊へと移る。中尉の地位にて戦争終結。

フォンセカ＝ロペス、パウリーノ（一九三二―）六月二二日、ドス・ボカス・デ・カルデーロ生まれ。一九五七年三月、エスピノーサ岳にて、第四縦隊に参加。チェの補佐、および物資輸送を務める。中尉の地位にて戦争終結。

ブチ＝ロドリゲス、ルイス・M〈七月二六日運動〉の戦列で戦った。弁護士。ベネズエラに亡命。カラカス協定（一九五八年八月）の調印者。革命勝利時には大統領府幹事長を務める。

プポ＝ペーニャ、ペドロ・オルランド　フランク・パイスの手によりシエラ・マエストラに送られた最初の部隊（〈マメの木伐採隊〉）の一員。第一縦隊員。後に第二戦線第六縦隊へと移る。

フランキ＝メサ、カルロス（一九二一―二〇一〇）　ジャーナリスト、一九四〇年代より共産党員。一九五〇年代に〈七月二六日運動〉に参加し、地下新聞『革命』の編集に携わる。反乱軍第一縦隊に参加し、反乱軍ラジオ局にもかかわった。一九五九年一月、『革命』紙の主幹に任命され、一九六五年まで同職を務める。後に国家評議会歴史局事務所長の職に就く。一九六八年、革命を裏切り、キューバを去る。

フリーアス＝カブレラ、シロ（エル・モリート）（一九二八―一九五八）　一二月一〇日、バヤモ州エンセナーダ生まれ。反乱軍第一縦隊に参加した農民。後に第二戦線第一八縦隊へと移る。大尉の地位まで昇格。四月一〇日、イミーアス兵営陥落のさなか、戦死。死後、司令官の地位へと昇格。

フリーアス＝ロブレホ、アンヘル（一九四〇―一九六九）　グランマ州マンサニージョ生まれ。反乱軍第一縦隊に参加。後に第八侵攻縦隊へと移る。

フレイタス、アルマンド　エロイ・グティエレス＝メノーヨとともにエスカンブライ第二国民戦線を指導した。一九六一年アメリカ合衆国へと去る。

ペーニャ＝トーレス、エルメス　反乱軍戦士。第八侵攻縦隊員。キューバ革命軍将校。インターナショナル関連の任務履行中に死亡。

ベガ＝ベルデシア、アンセルモ（爆弾《ボンバ》もしくは宝くじ売り《エル・ビジェテーロ》）　グランマ州ニケーロ郡ビカーナ・アリーバ生まれ。ピロンの製糖場農園労働者。キューバ人民党（真正党《オルトドクソ》）に属し労働者闘争に参加。〈七月二六日運動〉に合流、ヨット〈グランマ〉号迎え入れ準備では、メディア・ルナからニケーロまでの通信を遮断した班に所属した。一九五七年四月には第一縦隊に入隊。五月二八日、ウベーロ兵営の戦いにおいて死亡。

ペサント＝ゴンサーレス、アダルベルト（ベト）（一九三〇―一九五九）　八月八日、グランマ州マンサニージョ生まれ。キューバ人民党（真正党《オルトドクソ》）党員。マンサニージョにおける〈七月二六日運動〉創設者。第一縦隊員。反乱軍大尉に昇格。八月八日、ラス・メルセデス農園における事故で死亡。

ペナ＝ディーアス、フェリックス（一九三〇―一九五九）　三月二六日、サンティアーゴ・デ・クーバ生まれ。様々な団体に所属。キューバ人民党（真正党《オルトドクソ》）、ＡＡＡ［不明］、〈七月二六日運動〉など。サンティアーゴ・デ・クーバにおける一一月三〇日蜂起闘士。フランク・パイスの手によりシエラ・マエストラに送られた最初の部隊（〈マメの木伐採隊〉）の一員として第一縦隊に合流。後に第二戦線第六縦隊および第一八縦隊へと移る。司令官の地位まで昇格。四月一四日、リベルター市旧コロンビア要塞で死亡。

ベニーテス＝ナポレス、レイナルド（一九二八―）　四月二五日、グランマ州バヤモ生まれ。モンカダ兵営襲撃兵であり、フィデル・カストロと共に逮捕され、五三年三七号訴訟にて有罪判決が下される。アレグリア・デ・ピオにおける散開後、一九五六年一二月二一日、アルメイダの部隊に参加。一九五七年三月にマンサニージョにて拘留され、革命勝利まで収監される。

ベルデシア＝モレーノ、アンヘル（?―一九五八）　第一縦隊戦士。大尉の地位まで昇格。七月一三日、メリーニョ岳の戦いにおいて死亡。

ベルムデス＝ロドリゲス、カルロス（一九三三―）　八月七日、ラス・ビジャス州プラセータス生まれ。〈グランマ〉号遠征隊員。アレグリア・デ・ピオで離れ離れになった後、一九五六年一二月二七日、反乱軍に再合流する。二九日、病を患い、ハバナに移送される。革命勝利まで地下生活を送る。

ペレス、ホセ　チェ指揮下の第八侵攻縦隊に参加。オリエンテ州を出て西進中に脱走。

ペレス＝エルナンデス、ファウスティーノ（一九二〇―一九九二）　七月一五日、サンクティ・スピリトゥス州グワーヨス生まれ。ガルシア＝バルセナスの国民革命運動戦闘員。メキシコに亡命。ヨット

〈グランマ〉号遠征隊員。〈七月二六日運動〉行動並びに破壊工作部門全国代表。アレグリア・デ・ピオで散り散りになった際には、フィデルと行動を共にする。一九五六年一二月二三日、地下における任務を遂行するために山を下りる。一九五八年六月二八日ゲリラに復帰、第一縦隊に加わる。同縦隊にて戦闘終結。司令官の地位まで昇格。一九五九年一月以降は横領財大臣、全国水資源機関長、内閣副総裁、キューバ共産党中央委員会委員、および国会議員を務める。一二月二四日、ハバナにて死亡。

ペレス＝サモーラ、イグナシオ（一九三二―一九五八）三月八日、グランマ州ニケーロ生まれ。クレセンシオ・ペレスの息子。〈七月二六日運動〉戦闘員。第一縦隊員。大尉の地位まで昇格。一二月一九日、ヒグアニー郡サン・ホセ・デル・レティーロの戦いにおいて死亡。

ペレス＝モンターノ、クレセンシオ（一八九五―一九八六）四月一九日、ニケーロス州ピロン生まれ。若くして農民闘争に参加し、地方警備隊に追跡をうける。〈七月二六日運動〉創立メンバーにして戦闘員。セリア・サンチェスとともに〈グランマ〉号の上陸を支援。第一縦隊に参加。後に第七縦隊の指揮を執り、ピコ・カラカスからカボ・クルスまでの地帯で作戦を遂行。一九五八年三月一五日、司令官に任命される。一〇月一六日、ハバナにて死亡。

ペレス＝モンターノ、ラモン（モンゴ）（？―一九六〇）反乱軍に協力した地元農民。アレグリア・デ・ピオでメンバーが散り散りになったときには、フィデルとその他の遠征隊員たちを彼の所有地であるシンコ・パルマスの農園にかくまわせる。一九六〇年、事故により死亡。

ペレス＝リガール、ポンシアーナ（チャナばあさん）　シエラ・マエストラで反乱軍に協力した地元農民。

ボルドン＝マチャード、ビクトル（一九三〇―）　ラス・ビジャス州ケマード・デ・グイネス生まれ。真正《オルトドクソ》党青年部および〈七月二六日運動〉党員。四月九日のストライキに参加。司令官にしてラス・ビジャス州西部分遣隊長。一九五八年一〇月、第八侵攻縦隊に合流。

ボレーロ＝フォンセカ、マルコス（一九一七―一九五八）　四月二五日、サンティアーゴ・デ・クーバ州エル・コブレ生まれ。〈七月二六日運動〉員。反乱軍第一戦線に参加するまで地下活動を続ける。後に第八侵攻縦隊に参加。九月九日、カマグエイ州ラ・フェデラル農園の戦いにて死亡。

ポンセ＝ディーアス、ホセ（一九二六―）　四月九日、ハバナ州アルテミサ生まれ。キューバ人民党（真正党《オルトドクソ》）員、その後〈七月二六日運動〉戦闘員。モンカダ兵営襲撃兵。逮捕され、五三年第三七号訴訟で有罪判決を受けた。恩赦後コスタ・リカおよびメキシコへと亡命。〈グランマ〉号遠征隊員。アレグリア・デ・ピオで仲間とはぐれ、収監され、革命勝利までピノス島にて服役。

マーク［正しくはマークス］、ハーマン　反乱軍第一戦線に参加した北米人。一九五八年ミナス・デル・フリーオ新兵教練所の教官。第八侵攻縦隊員。前衛分隊長。大尉の地位に昇格する。

マガダン＝バランディータ、ホセ・ラモン（ペピン）　ある地域で作戦展開中の反乱軍に協力し、食糧補給の任に当たった。一九五八年中頃にはグループを率いる存在になった。

マシーアス＝エリーアス、オスカル　反乱軍戦士、第八侵攻縦隊員。後にチェにより除隊を命じられる。

マシーアス＝セグーラ、ルイス（？―一九五八）　反乱軍戦士、第三戦線第三縦隊員。二月一六日、ピノ・デル・アグワにて死亡。

マス＝ロペス、カルロス（カルリートス）（一九三九―一九五八）　一二月四日、グランマ州ニケーロ生まれ。一九五七年七月三日、反乱軍第一縦隊に参加。サント・ドミンゴの敵軍の攻勢において戦い、一九五八年七月一一日エル・ナランホの戦いにおいて重傷を負う。七月一四日、ラ・プラタ病院にて死亡。大尉の地位まで昇格する。

マセオ＝ケサーダ、マリオ（一九三八―一九五八）　二月二八日、サンティアーゴ・デ・クーバ州パルマ・ソリアーノ生まれ。〈七月二六日運動〉戦闘員。フランク・パイスによりシエラ・マエストラに派遣された最初の部隊（〈マメの木伐採隊〉）の一員。第一縦隊、第四縦隊に参加。後に第三戦線第三縦隊へと移る。サンティアーゴ・デ・クーバでの任務遂行中にとらえられ、八月三一日、プンタ・ゴルダにて殺害される。

マセッティ＝ブランコ、ホルヘ・リカルド（セグンド）（一九二九―一九六四）アルゼンチン生まれ。シエラ・マエストラの山奥でフィデル・カストロおよびチェ・ゲバラにインタビューしたジャーナリスト。シエラからのラジオ放送で闘争についての従軍記録とルポを流した。これが発端となって一九五八年四月から五月にかけて大陸全土で報道がなされた。通信局プレンサ・ラティーナ創設者。九月八日、アルゼンチン、サルタ州におけるゲリラ闘争中に死亡。

マトス＝ベニーテス、ウベル（一九一九―）一九五八年、反乱軍第三戦線第九縦隊に参加した小地主。後に同縦隊を指揮し、同縦隊はサンティアーゴ・デ・クーバ州北東部において作戦展開する。司令官の地位まで昇格。一九五九年にはカマグエイ州における反乱軍地方司令官の地位に就く。同年一〇月、反革命暴動を組織しようと試みる。逮捕され、公開裁判にかけられ、騒乱罪で二〇年間の自由拘束の判決を受ける。

マナルス＝ロドリゲス、ミゲル・アンヘル（ミケもしくはビクトル）（一九三七―）五月八日、グランマ州メディア・ルナ生まれ。フランク・パイスによりシエラ・マエストラに派遣された最初の部隊〈〈マメの木伐採隊〉〉の一員。第一縦隊に兵士として合流。ウベーロの戦いにおいて負傷し、一九五七年六月に除隊。回復後、第二戦線へ再加入。

**マルケス＝ロドリゲス、フアン・マヌエル**（一九一五―一九五六）　六月一五日ハバナ市生まれ。ヘラルド・マチャード独裁政権への反対運動のために、一九三〇年代を獄中にて過ごす。キューバ人民党（真正党《オルトドクソ》）創設者にして指導者。同党マリアナーオ支部の党首。〈七月二六日運動〉戦闘員。ヨット〈グランマ〉号遠征の準備に活発にかかわり、同遠征隊の副隊長をつとめる。ラス・コロラーダスでの上陸後、一二月一六日、グランマ州サン・ラモンのラ・ノルマ農園にて殺害される。

**マルティネス＝アルバレス、ホセ・ラモン**（一九二八―一九五六）　三月二八日ピナル・デル・リーオ州グアナハイ生まれ。〈七月二六日運動〉戦闘員。モンカダ兵営襲撃には裁判所占拠によって参加。パナマ大使館に避難し、コスタ・リカ、後にメキシコへと亡命。〈グランマ〉号遠征隊員。一二月八日、グランマ州ニケーロのマカワル森にて殺害される。

**マルティネス＝パエス、フリオ**　反乱軍第一戦線に参加。医師。シエラ・マエストラにラ・プラタ病院を創設した。反乱軍司令官。革命勝利時に、厚生大臣に任命される。

ミレー＝プリエト、ペドロ（一九二七―）　モンカダ兵営襲撃の準備に積極的に参加。作戦を準備した軍事委員会の委員。戦闘中に負傷、逮捕され、五三年第三七号訴訟にて禁固一三年の有罪判決を受ける。一九五五年に釈放。メキシコに亡命し、〈グランマ〉号遠征隊に入隊。〈グランマ〉号出航時に収監されていたため、遠征作戦には参加できず。一九五八年五月に空路による遠征隊を組織し、シエラ・マエストラに到着、反乱軍第一縦隊に合流した。司令官の地位まで昇格。

メディーナ＝レィエス、リカルド（一九三六―一九五八）　一二月三一日、グランマ州ブエイシート生まれ。〈七月二六日運動〉戦闘員。第四縦隊に参加。ミナス・デ・ブエイシートの戦いにおいて、奇襲攻撃を受け負傷。三月一一日殺害される。

メンドーサ＝ソト、フェリックス・バウティスタ（一九二二―）　三月一〇日、シエンフエゴス生まれ。反乱軍第四縦隊に参加。大尉の地位まで昇格する。

メンドーサ＝ディーアス、エリヒオ（？―一九五七）　反乱軍参加者。第一縦隊の案内人および伝令係として参加。五月二八日、ウベーロ兵営の戦いにおいて死亡。

モトラー＝エリマン、ダニエル（ピト）　反乱軍戦士。第一戦線第一縦隊員。

**モラ＝ペレス、ビクトル**　一九五七年四月二二日反乱軍に参加。カマグエイ戦線総司令官。革命を去る。

**モラ＝モラーレス、メネラーオ**（一九〇五―一九五七）　七月二二日、ピナル・デル・リーオ市、リーオ・フェオ地区生まれ。反ヘラルド・マチャード独裁政権運動を盛んに行った。独裁者フルヘンシオ・バティスタ処刑を目指す革命幹部会の活動の一環として、三月一三日大統領官邸を襲撃し、戦士。

**モラーレス＝エルナンデス、カリスト**（一九二九―）　八月一四日、カマグエイ州フロリダ生まれ。〈グランマ〉号遠征隊員。第一縦隊員。最高司令官の命令により、一九五七年九月、サンティアーゴ・デ・クーバへ赴き、地下活動に従事。一九五八年八月、ラス・ビジャスにおいて反乱軍に再び合流。第八侵攻縦隊員となる。大尉の地位まで昇格。

**モラン＝ロシージャ、ホセ・ロレンソ**（ガリシア人）（一九二九―一九五九）　五月六日、カマグエイ生まれ。スペイン内戦に従軍。〈グランマ〉号遠征隊員であり、反乱軍第一戦線隊員。グワンタナモにおいて、革命背信のかどで処刑される。

**モル＝レイバ、グスターボ・アドルフォ**（一九三五―一九五七）　グアンタナモ州カイマネーラ生まれ。〈七月二六日運動〉戦闘員。反乱軍戦士。フランク・パイスによってシエラ・マエストラに派遣された最初の部隊〈〈ママの木伐採隊〉〉の一員。第一縦隊に合流する。五月二八日、ウベーロ兵営の戦いにおいて死亡。

**モレーノ＝ミリアン、ホセ・ロレンソ（モレニート）**　反乱軍戦士。第八侵攻縦隊員。

**モンタネー＝オロペサ、ヘスス・セルヒオ（一九二三―一九九九）**　四月一五日、ピノス島、今日のフベントゥ島ヌエバ・ヘローナ生まれ。モンカダ兵営襲撃兵であり、その指導者のうちの一人。作戦後、フィデルとともにグラン・ピエドラ支脈へと出発したグループのひとり。逮捕され、五三年第三七号訴訟にかけられ、有罪判決を受ける。メキシコへ亡命。〈グランマ〉号遠征隊員。アレグリア・デ・ピオで仲間からはぐれ、一九五六年一二月一二日に捕虜となる。革命勝利まで獄中で過ごす。

**ラフェルテ＝ペレス、エベリオ**　バティスタ軍准尉。一九五八年初頭に将校に任ぜられる。一九五八年二月一六日、第二次ピノ・デル・アグワの戦いで反乱軍の捕虜となる。一九五八年三月、フィデル・カストロ総司令官指揮下のゲリラとなる。ミナス・デル・フリーオ新兵教練所の所長に任命される。敵軍攻勢の後に、参謀本部にて任務（副官）につく。モンピエに拠点を構えた通信部の長。大尉の地位まで昇格する。

**ラモーテ＝コロナード、ウンベルト（一九一九―一九五六）**　五月一日、マタンサス州生まれ。キューバ人革命家アントニオ・ギテーラス［一九〇六－一九三五。ここでいう「革命」とは三〇年代のヘラルド・マチャード独裁打倒を目的としたもの］により設立されたキューバ青年団に所属。〈七月二六日運動〉闘士。メキシコに亡命した後、〈グランマ〉号遠征隊に参加。一二月五日、アレグリア・デ・ピオにて死亡。

ラモス＝ラトゥール、レネ（ダニエル）（一九三二－一九五八）　五月一二日、オルギン州アンティージャ生まれ。マヤリー、カウト、アンティージャ、ニカロ等北部での〈七月二六日運動〉組織に尽力。一九五七年三月一六日、シエラ・マエストラに到着。フランク・パイス死後、オリエンテ州における〈七月二六日運動〉の指揮を執り、後に〈七月二六日運動〉全国委員会の一員として革命作戦の全国的な指揮を執る立場となった。四月のストライキの失敗を受け、モンピエで会合を持った後、五月三日、シエラ・マエストラに再合流。第一縦隊に組み入れられた。司令官の地位まで昇格。七月三〇日、ホバルの戦いにおいて死亡。

リベーロ、コンセプシオン　オリエンテ州ヒバコア地域における反乱軍への協力者。

リベーロ＝ペーニャ、ペドロ（一九三九－一九五七）　四月二九日、グランマ州カンペチュエラ生まれ。第四縦隊員。八月一日ブエイシートの戦いにおいて死亡。

ルイス＝ボレーロ、ロベルト　反乱軍第一戦線戦士。のちに第八侵攻縦隊へ移る。

ルゴーネス＝ラミーレス、フェリックス（ピロン）（一九三四―一九七〇）　五月一八日、グランマ州ピロン郡エンセナーダ・デ・モーラ生まれ。〈七月二六日運動〉戦闘員。第一縦隊に参加し、後に第二戦線第六縦隊へと移る。大尉の地位まで昇格し、一九五九年一月には司令官に昇格。革命国家警察ハバナ市タジャピエドラ署長、のちにカマグエイの署長に任命される。

レイェス（S・O・A）、ヘラルド（ヤヨ）（？―一九七七）〈七月二六日運動〉戦闘員。フランク・パイスの手によりシエラ・マエストラに送られた最初の部隊（〈マメの木伐採隊〉）の一員。第一縦隊員。後に第二戦線第六縦隊へと移る。大尉の地位まで昇格。七月八日、サンティアーゴ・デ・クーバにて死亡。

レイェス＝ロサーレス、テオドーロ　反乱軍戦士。第八侵攻縦隊員。西進中に脱走する。

レイバ＝フエンテス、エスタニスラオ・エルメス（一九三八―一九五七）　サンティアーゴ・デ・クーバ州パルマ・ソリアーノ生まれ。第四縦隊に所属。八月二九日、エル・オンブリートの戦いにて死亡。

レイバ＝レイェス、エイスレール（一九三四―）　四月一七日、グランマ州ニケーロ生まれ。〈七月二六日運動〉創設メンバー。反乱軍第一戦線に参加し、のちに第三戦線第三縦隊へと移る。ファン・アルメイダ司令官の副官。司令官の地位まで昇格する。

**レドンド＝ガルシア、シロ**（一九三一―一九五七）一二月九日、ハバナ州アルテミサ生まれ。真正党青年部党員。モンカダ兵営襲撃兵。収監され、五三年第三七号訴訟において有罪判決を受ける。一九五五年五月一五日恩赦を受ける。〈七月二六日運動〉において闘争を展開。メキシコに亡命。〈グランマ〉号遠征隊員。反乱軍参謀本部メンバー。第四縦隊員。大尉の地位まで昇格する。一一月二九日、マル・ベルデの戦いにおいて死亡。没後、司令官の地位に昇格する。

**ロケ＝ヌニェス、ロベルト・レオナルド**（一九一五―一九八九）一一月六日、シエンフエゴス州パルミーラ生まれ。海軍に所属（一九五二）。〈七月二六日運動〉戦闘員。〈グランマ〉号遠征隊員（操舵手）。アレグリア・デ・ピオではぐれた後、一九五六年一二月一二日、捕えられ、革命勝利まで獄中で過ごす。一二月一日、ハバナ市にて死亡。

**ロドリゲス＝エルナンデス、オラシオ**（一九二八―一九五九）四月二五日、マタンサス州シドラ生まれ。〈七月二六日運動〉戦闘員。メキシコに亡命。〈グランマ〉号遠征隊員。アレグリア・デ・ピオではぐれてからも身を隠し通し、一九五七年一一月一七日、反乱軍と再合流。一月二日、マンサニージョにおいてマスフェレール派［五七年八月一〇日の本文および原注4を参照のこと］の手により殺害される。

ロドリゲス＝クルス、レネ（やせっぽち）（一九三一―一九九〇）五月二八日、マタンサス州カルデナス生まれ。〈七月二六日運動〉戦闘員。〈グランマ〉号遠征隊員。一九五七年一月二八日、シエラ・マエストラを下り、地下活動に入る。一九五七年、エピファニオ・ディーアス農園での会合に参加。第八侵攻縦隊員。キューバ革命軍将校。キューバ共産党中央委員会委員。キューバ人民友好機関所長。一〇月一五日、ハバナ市にて死去。

ロドリゲス＝コルドビー、ヘオネル（一九三四―一九五八）五月一〇日、パルマ・ソリアーノ、マナティ製糖場生まれ。ハバナ大学における〈七月二六日運動〉戦闘員。第四縦隊に参加。敵軍の攻勢中にフィデルによって、第一縦隊の分隊を指揮するように指示される。一九五八年六月三〇日、サント・ドミンゴの戦いに参加。『自由キューバ人《エル・クバーノ・リブレ》』紙の編集および出版に参加。大尉の地位まで昇格する。七月一一日、エル・ナランホで病床についていたところを、迫撃砲に撃たれる。七月一二日、ラ・プラタ病院にて死亡。

ロドリゲス＝ビアモンテ、ウィリアム（一九三一―一九八三）五月一日、アローヨ・ブランコ・デ・ギサ生まれ。キューバ人民党（真正党《オルトドクソ》）員、後に〈七月二六日運動〉戦闘員。一九五七年六月二二日、第四縦隊に参入。一九五八年四月一五日、フィデルの指示を受け、ギサ地方の平原、ラス・ペーニャス野営地へと下り、革命勝利まで同地にとどまる。ギサでの戦いに参加。戦争終結時、中佐。八月三日、ハバナ市において死亡。

ロドリゲス＝フェルナンデス、ロベルト（ちびカウボーイ）（一九三五―一九五八）六月七日、サンクティ・スピリトゥス生まれ。第一縦隊および第四縦隊員。第八侵攻縦隊特攻分隊大尉。一二月三〇日サンタ・クララ市警察本部陥落の最中に死亡。

ロドリゲス＝モヤ、アルマンド　〈七月二六日運動〉戦闘員。コスタ・リカおよびメキシコに亡命。〈グランマ〉号遠征隊員。第一縦隊員。エスピノーサ岳でばらばらに退却した際、逃亡。

ロドリゲス＝ロドリゲス、ルイス・オルランド（一九一二―一九八九）ヘラルド・マチャード独裁政権反対闘争に参加。真正者党青年部幹部。キューバ人民党（真正党《オルトドクソ》）創設者。〈七月二六日運動〉戦闘員。『街路《ラ・カジェ》』紙編集長。一九五七年より第四縦隊に参加。『自由キューバ人《エル・クバーノ・リブレ》』紙および反乱軍ラジオ局創設者にして責任者。一九五八年一二月、外国における特別任務を遂行して、武器を積んだ飛行機にてシエラ・マエストラに帰還した。一九五八年一二月二八日、司令官の地位に昇格。一九五九年一月から一〇月まで、内務大臣。二〇数年以上外交官の職務に携わる。一月二六日、ハバナ市にて死亡。

ロドリゲス・デ・ラ・ベガ、アドルフォ（クコ）　反乱軍戦士。医師であり、ラス・ビジャス州における軍事行動で第八侵攻縦隊大尉として傑出した功績を残した。敵軍の第三連隊との会見において、チェの代弁者の務めを果たす。チェの指示を受けラ・カバーニャ［ハバナのサン・カルロス要塞のこと。軍司令部および牢獄として使われた。革命成就後、ゲバラの指揮下、ここで軍事裁判などが開かれた］で働く。

ロペス＝トマス、エンリケ（？—一九八五）　フィデルおよびラウルの幼馴なじみ。バブン家によって雇われる。反乱軍の協力者であり、のちに同軍兵士となる。一二月二四日死亡。

ロペス＝フェルナンデス、アントニオ（ニコ）（一九三四—一九五六）　一〇月二日ハバナ州ラ・リサ生まれ。大学生連盟の全てのデモ（一九五二—一九五三）に参加。エル・プリンシペ城塞に収監される。バヤモのカルロス・マヌエル・デ・セスペデス兵営襲撃に参加。これの準備期間はハバナのパボール広場の末端組織で活動した。グワテマラ大使館に亡命し、グワテマラ共和国に亡命中、後にメキシコにて再会することとなるエルネスト・チェ・ゲバラと出会う。〈七月二六日運動〉全国委員会委員。〈グランマ〉号遠征隊員。一二月八日、ボカ・デル・トロにて殺害さる。

# 訳者あとがき

若い読者も想定されるので、基本的なことから書いていこう。

エルネスト・ゲバラ Ernesto Guevara（一九二八―六七）は、アルゼンチン人の医師だ。チェ・ゲバラなどと呼ばれることも多いが、「チェ」は愛称。愛称として単独で言うときには、スペイン語では定冠詞エル el をつけるので、el che となる。だから彼のことを「エル・チェ」と書く人もいる。愛称といっても、もともと、アルゼンチン人たちが人に話しかけるときに使う単語がチェ。「ねえ」とか「ちょっと」という程度の意味合いだ。チェという単語を持たないキューバ人たちの間に入ってもなお、ゲバラはこの言葉を発し続けたのだろう。周囲の人たちにはたいそう耳についたのかもしれない。おかしみを感じた者もいたに違いない。そんなわけで、キューバ人の仲間入りをしたこのアルゼンチン人は「チェ」と呼ばれるようになった。

キューバ人たちと出会ったのはメキシコでのこと。すぐさま仲間内のリーダー、フィデル・カストロに引き合わされ、意気投合、ゲリラに加わり、一九五六年一二月二日、〈グランマ〉号というヨットでキューバに上陸した。キューバ島東端近くのシエラ・マエストラ（マエストラ山脈）を拠点に勢力を広げ、アメリカ合衆国の傀儡と言われ暴君ぶりを発揮していた独裁者フルヘンシオ・バティスタ打倒をもくろんだ。当初、軍医兼ゲリラ戦士だったゲバラは、その向こう見ずなまでの勇敢さによって頭角を現し、やがて司令官の地位を拝命。シエラで新たに集めた新兵の教練役なども務めた。革命戦略がいよいよ大詰めを迎えた五八年後半には、シエラを出て西に移動、ラス・ビジャス州に向かった。そして一二月三一日に、前日から始まった攻防戦を制して中部の都市サンタ・クラーラを陥落した。装甲列車転覆などの陥落戦のエピソードは有名で、スティーヴン・ソダーバーグの映画『チェ 28歳の革命』（二〇〇八）ではさすがにクライマックスを盛り上げていた。

キューバ革命の成就と言われているものは、一九五九年一月一日、バティスタが国外に逃亡した出来事を指している。国内情勢に鑑みて合衆国がバティスタを見放したからだが、前日のサンタ・クラーラ陥落も、バティスタに逃亡を決意させる重要な要素のひとつだったに違いない。ゲバラは二日にはハバナに入城、反乱軍（革命勢力）はキューバ全土を制圧した。

革命成就後、ゲバラは革命政府の要職を歴任し、時にはコンゴにゲリラ指導の密命を受けて出向いたりもしたが、全アメリカ的な革命の実現という理想への思い断ちがたく、ボリビアへと旅立つ。しかし、ボリビアでの活動中、政府軍の待ち伏せ攻撃を食らって捕縛され、殺害された。三九年の短い生涯だった。

本書の注で編者がカストロの本から引用して説明しているように、チェ・ゲバラは革命成就以前、シエラ・マエストラ潜伏中からすでに神話化された存在になっていたようだ。山中での活動といっても、外界との接触を断って山籠もりの武者修行のようなことをやっていたわけではない。ことは政治的・軍事的活動だ。プロパガンダなども盛んに行っていた（でなければこんなに写真などが存在するはずがないではないか）。さらにこの日記からわかるところでは、ラジオを通じて発表される政府の見解にも、外国人であるゲバラを悪玉に仕立てて攻撃したものが多々あったようだ。早くも上陸後一月と経たない一二月二四日には、ゲバラという名の「札付きの悪党」アルゼンチン人が遠征隊に加わっているというラジオ放送があったことが書き記されている。こうしたことも皮肉にも彼の神話化に寄与しただろうということは、容易に察せられる。

こうして、実質、革命勢力ナンバー2と見なされるようになっていたゲバラが、ボリビアで無残な殺され方で死んだのだ。神話は一層増幅されることになった。彼の死を報告する盟友フィデル・カストロの演説は、演説の名手カストロにあっても最良のもののひとつだと、カストロの友人のノーベル賞作家ガブリエル・ガルシア＝マルケスは評価している（その演説はフィデル・カストロ『チェ・ゲバラの記憶』〔柳原孝敦監訳、トランスワールドジャパン、二〇〇八〕に収められている）。死の直前までのボリビアでの活動を綴った『ゲバラ日記』はこれまでいくつかの版が出版されてきた（最新の版は平岡緑訳、中公文庫、二〇〇七）。フランスの思想家で、今ではメディオロジー（メディア学）の提唱者として名高いレジス・ドブレは、ボリビアでのゲリラ活動に参加した体験を出版して世界中で読まれた（『ゲバラ最後の闘い――ボリビア革命の日々』安部住雄訳、新泉社、新版二〇〇〇）。メキシコの作家パコ・イグナシオ・タイボ二世をはじめ、各国の作家がゲバラ関連の書籍を書いた。もちろん、日本でもとりわけ三好徹や戸井十月らの作家がゲバラについて書いた。写真集すらも数点ある。

写真といえば、びっしりと髭を生やした精悍な顔の上にベレー帽の乗ったポートレートは、写真としてのみならず、ポスターやTシャツの図柄にまでなり、すっかり反逆のイコンとしてもてはやされている。イコンとしてのゲバラならば、彼のことをよく知らない人々でも一度は目にしているはずだ。エルネスト・ゲバラはおそらく、世界で最も有名な人物のひとりだ。

他の作家がチェについて書いた本ばかりではない。ゲバラ自身が書いた本もある。『ゲリラ戦争——キューバ革命軍の戦略・戦術』（甲斐美都里訳、中公文庫、二〇〇八）、『ゲバラ　世界を語る』（甲斐美都里訳、中公文庫、二〇〇八）、そして『革命戦争回顧録』（平岡緑訳、中公文庫、二〇〇八）だ（ここに挙げたのはいずれも二〇〇七年から八年にかけて、つまり死後四〇年、生誕八〇年を記念する年に出された新訳版）。これだけの本を残したゲバラはそれにふさわしい筆まめだったようで、細かく日記をつけており、死後にはそれらも出版された。ボリビアでの日々を扱った『ゲバラ日記』と、まだ学生だったころ、友人と南米を旅したおりの『モーターサイクル・ダイアリーズ』（棚橋加奈江訳、角川文庫、二〇〇四）だ。

そして、ここにはじめて訳出する『チェ・ゲバラ革命日記』は、昨年（二〇一一年）夏に待望久しく出版された、革命直前のシエラ・マエストラでのゲリラ活動中の日記だ。

この時期のことは、後にゲバラ自身が情報を整理し、文章にまとめ、前述の『革命戦争回顧録』として出版している。本書の注に何度も指摘されているように、革命の記録としてはこの『回顧録』の方が包括的で客観的であろう。さすがに日記はメモに近い記述だから、むしろこれを参照しながら読んだ方がわかりやすいかもしれない。でも、だとすれば、『回顧録』の存在する現在、あえて『日記』を読むことの意義はどこにあるのか？　逆に包括的、客観的でありえないチェの活動のあり方を知ることである。つまり、チェの主観、感情に触れることである。ただし、日記とはいっても、そこは革命日記、決して感情が吐露されているわけではない。そうではなくて、メモされているデータの端々からゲバラの感情が垣間見えるということだ。

たとえば、一九五六年一二月から翌年の初頭にかけて、ゲバラは日記に頻繁に食べ物の記録をつけている。「豚肉を皆で盛大に食べ」た（五六年一二月二五日。クリスマスだ）とか、「アルゼンチン風に牛を焼いた。なかなか美味に仕上がった」（同二七日）とか。ある地元住民の家では「たいそうな豚肉のもてなしを受けた」（五七年一月一七日）という具合だ。これを読んでも、よもや切迫したゲリラ活動の最中も、美味しい料理に舌鼓を打つ、グルメなゲバラの姿を想像はすまい。事態はまったく逆だ。キューバ上陸直後に政府軍の襲撃に遭い、てんでんばらばらになって逃げ、命拾いしてさまよい歩くゲバラたちは、それだけ腹が減っていたのだ。重い荷物を担いで歩き続ける重労働の連続だというのに、一日に一度の食にもありつけないかもしれない極限状態の中に彼らはいた。だから豚やら牛やらを食べられることは嬉しいことだし、おかげで死なずにすんだという安堵と感謝の気持ちがあるに違いない。なるほど、『回顧録』には、この迷走の時期、仲間たちが始終、腹を空かせ喉もからからだったことは記されるけれども、それはあくまでも後からの回想だ。「回顧」だ。一方で、いちいち空腹が癒されるたびにそれを戦争の記録と同列に並べて記さなければならないこの日記の記述は、それまでの空腹の生々しい精算であり、ついさっきまで生きていた現在の感情なのだ。その証拠に、シエラ・マエストラに拠点を定めてからは食べ物の話は少なくなる。そしてまた最後のサンタ・クラーラ攻略にむけての西進を始めると、食事についての記述が再び現れる。こうした記述の存在と不在の間に、彼らゲリラ戦士の生きていた現実と、そこで感じた苦しみが垣間見えるのだ。

本書の口絵には「シエラ・マエストラでの軍事行動最初期のチェ」と「シエラ・マエストラの奥深くでのチェ」の二枚の肖像写真が連続で出てくるページがある。「最初期のチェ」は「奥深く」で、おそらくはだいぶ落ち着いたころと思われる彼に比べ、かなりげっそりと痩せているように見える。かぶっているものや髭の濃さの違いがもたらす錯覚かもしれないが、私にはこのこけた頰に初期のゲバラの耐えてきた空腹が表れているように思われてならない。

密告者が重傷を負ったと聞いて喜ぶゲバラや脱走を試みた者に厳罰を望むゲバラ、取り澄まして書いた後の文章とは違い、俗語や造語を使うゲバラが、この『チェ・ゲバラ革命日記』には書かれている。そのいちいちにゲバラの感情が、感覚が、生きてきた現実が読み取れるようだ。

本書は Ernesto Che Guevara, *Diario de un combatiente*, Prólogo de Armando Hart, México, Ocean Sur, 2011 の全訳である。

原題は、巻頭の「編者から」の文章に注記したように、直訳すれば『一戦士の日記』である。この日記の発行は昨年、話題になり、日本でもいくつかの新聞が紹介した。そのときは（原書の表紙には、あたかも副題のように「シエラ・マエストラ―サンタ・クラーラ／一九五六―一九五八」"Sierra Maestra-Santa Clara/1956-1958" と記されているが、これにつられてのことか）サンタ・クラーラの攻略の瞬間までが書かれているかのような報道だった。実際には、既に読まれたとおり、五八年の一二月の記述はほとんどなく、一一月も途中で終わり、そればかりか、ノートが一冊欠落していたりと、ゲリラ活動の全日程をカバーするものにはなっていない。しかし、それでも充分な読み応えのある読み物だと思う。

これだけ話題になった本なので、きっと出版直後に激しい翻訳権の落札合戦があったのだろうと推察する。昨年の夏休みのうちに大学の研究室に意向を問うファックスをいただき、気づくのが遅れたのではあるが、何やら面白そうなので引き受けることにした。

急ぎの仕事だったので、さすがに巻末の「人名録」は加勢をお願いした。東京外国語大学大学院博士後期課程の高際裕哉さんに粗く訳してもらったのだ。私はあまりこうしたことに学生を巻き込みたくはないのだが、背に腹は代えられなかった。記して感謝する。ただし、高際さんの作った訳に手を入れて修正し、訳語の統一などを図ったのは当然のことで、従って、間違いや読みにくさなどはひとえに柳原の責任に帰すべきである。

編集には原書房の寿田英洋さんが当たられた。寿田さんが当初考えておられたよりは時間がかかってしまったが、これも昨今の大学教員の業務の激化ゆえのことと思ってお許し願いたい。やはり記して感謝する次第。

二〇一二年五月

柳原孝敦

# 人名索引

〔訳注：人名の場合、「姓、名」の順。二重ハイフン（＝）で繋いだものは、父姓と母姓。通常は父姓のみが流通している。「イ」や「デ」の入る姓はその限りではない。名はナカグロ（・）で繋いだ。個人名に続く読点（、）の後はあだ名や通称、戦闘名〕

## 【ア】

**【カ】**

【サ】

## 【タ】

【ナ】



【ハ】

## 【マ】

【ラ】

【ワ】

◆著者略歴

エルネスト・チェ・ゲバラ（Ernesto che Guevara）

1928年にアルゼンチンで生まれた。若い医学生の時、ゲバラはラテンアメリカを縦横に旅してまわった。1954年にグアテマラにたどりつくが、アメリカが画策したクーデタによって、民衆に支持されていたアルベンス政権が倒されるのを目のあたりにする。メキシコに逃れたゲバラは、亡命中のキューバ人革命家グループと親しくなり、「チェ」というニックネームをつけられた。フィデル・カストロと肩をならべて、２年間にわたってゲリラ戦を戦い抜いたチェは、キューバの中心的指導者となった。1966年、ゲリラ組織を率いてボリビアに渡ったが、1967年10月、政府軍に捕らえられて処刑された。タイム誌によって「20世紀の肖像」のひとりに選ばれた。

◆訳者略歴

柳原孝敦（やなぎはら・たかあつ）

1963年、鹿児島県名瀬市（現・奄美市）生まれ。東京外国語大学大学院博士後期課程満期退学。文学博士。現在、東京外国語大学大学院教授。著書に、『ラテンアメリカ主義のレトリック』（エディマン／新宿書房、2007）ほか、訳書に、『ホセ・マルティ選集①』（共訳、日本経済評論社、1998）、アレホ・カルペンティエール『春の祭典』（国書刊行会、2001）、フィデル・カストロ『少年フィデル』（監訳、トランスワールドジャパン、2007）、フィデル・カストロ『チェ・ゲバラの記憶』（監訳、トランスワールドジャパン、2008）、セサル・アイラ『わたしの物語』（松籟社、近刊予定）ほかがある。

チェ・ゲバラ
革命日記《かくめいにっき》

●

2012年6月14日　第1刷

著者………エルネスト・チェ・ゲバラ
訳者………柳原孝敦《やなぎはらたかあつ》
装幀者………川島進（スタジオ・ギブ）
本文組版・印刷………株式会社ディグ
カバー印刷………株式会社明光社
製本………小高製本工業株式会社

発行者………成瀬雅人
発行所………株式会社原書房
〒160-0022　東京都新宿区新宿1-25-13
電話・代表 03(3354)0685
http://www.harashobo.co.jp
振替・00150-6-151594
ISBN978-4-562-04788-8